UM DE NÓS
É O PRÓXIMO

Obras da autora publicadas pela Galera Record:

Série Um de Nós Está Mentindo
Um de nós está mentindo
Um de nós é o próximo

Mortos não contam segredos
Os primos
Assim você me mata

Karen McManus

UM DE NÓS
É O PRÓXIMO

Tradução de
Ana Lima

18ª edição

Galera

RIO DE JANEIRO

2024

CIP-BRASIL. CATALOGAÇÃO NA PUBLICAÇÃO
SINDICATO NACIONAL DOS EDITORES DE LIVROS, RJ

M429d
18ª ed.
McManus, Karen
Um de nós é o próximo / Karen McManus ; tradução Ana Lima. – 18ª ed. – Rio de Janeiro : Galera Record, 2024.

Tradução de : One of us is next
Sequência de : Um de nós está mentindo

ISBN 978-85-01-11952-0

1. Ficção americana. I. Lima, Ana. II. Título. III. Série.

20-65228

CDD: 813
CDU: 82-3(73)

Camila Donis Hartmann – Bibliotecária – CRB-7/6472

Título original norte-americano:
One of us is next

Copyright © 2020 by Karen McManus
Leitura sensível: Lorena Ribeiro

Todos os direitos reservados. Proibida a reprodução, no todo ou em parte, através de quaisquer meios. Os direitos morais da autora foram assegurados.

Texto revisado segundo o novo Acordo Ortográfico da Língua Portuguesa.

Direitos exclusivos de publicação em língua portuguesa somente para o Brasil adquiridos pela
EDITORA RECORD LTDA.
Rua Argentina, 171 – Rio de Janeiro, RJ – 20921-380 – Tel.: (21) 2585-2000, que se reserva a propriedade literária desta tradução.

Impresso no Brasil

ISBN 978-85-01-11952-0

Seja um leitor preferencial Record.
Cadastre-se no site www.record.com.br e
receba informações sobre nossos lançamentos
e nossas promoções.

Atendimento e venda direta ao leitor:
sac@record.com.br

EDITORA AFILIADA

Para mamãe e papai

+   Editar

Favoritos

MR   **Maeve Rojas**
Caloura no Colégio Bayview, irmã de Bronwyn   ◑

KM   **Knox Myers**
Calouro no Colégio Bayview, Até que Provem   ◑

PL   **Phoebe Lawton**
Caloura no Colégio Bayview, Café Contigo   ◑

BR   **Bronwyn Rojas**
Uma das integrantes originais do Quarteto de Bayview, irmã de Maeve   ◑

NM   **Nate Macauley**
Um dos integrantes originais do Quarteto de Bayview   ◑

AP   **Addy Prentiss**
Uma das integrantes originais do Quarteto de Bayview, Café Contigo   ◑

CC   **Cooper Clay**
Um dos integrantes originais do Quarteto de Bayview   ◑

LS   **Luis Santos**
O melhor amigo de Cooper, Café Contigo   ◑

EL   **Emma Lawton**
Formanda no Colégio Bayview, irmã de Phoebe   ◑

OL   **Owen Lawton**
Irmão de Phoebe   ◑

AP   **Ashton Prentiss**
Irmã de Addy   ◑

KM   **Kiersten Myers**
Irmã de Knox   ◑

EK   **Eli Kleinfelter**
Advogado, Até que Provem   ◑

JC   **Jules Crandall**
Calouro do Colégio Bayview, melhor amigo de Phoebe   ◑

BW   **Brandon Weber**
Calouro do Colégio Bayview, *quarterback*   ◑

SM   **Sean Murdock**
Calouro do Colégio Bayview, jogador de beisebol   ◑

PARTE UM

Sexta-feira, 6 de março

REPÓRTER: (parada no extremo de uma rua sinuosa, com um grande prédio branco de estuque atrás dela): Bom dia. Eu sou Liz Rosen, para o noticiário do Channel 7 ao vivo do Colégio Bayview, cujos alunos se recuperam da perda, ocorrida ontem, de um de seus colegas. É a segunda morte trágica de um adolescente nesta cidadezinha nos últimos 18 meses, e o clima fora da escola é de choque e *déjà-vu*.

(corte para duas meninas, uma chorando, a outra sem expressão)

GAROTA CHORANDO: É só que... é muito triste. Tipo, às vezes parece que Bayview está amaldiçoado, sabe? Primeiro Simon, agora isso.

GAROTA INDIFERENTE: Isso não se parece nem um pouco com o que aconteceu com Simon.

REPÓRTER: (inclinando o microfone na direção da garota chorando): Você e o estudante que morreu eram próximos?

GAROTA CHORANDO: Tipo, próximos *próximos* não. Acho que nem um pouco próximos. Quero dizer, eu sou só uma caloura.

REPÓRTER: (se virando para a outra garota): E você?

GAROTA INDIFERENTE: Acho que não deveríamos estar falando com você.

Dez semanas atrás

Reddit, subfórum A Vingança É Minha

Fio iniciado por Bayview2020

Oi. Esse é o grupo em que Simon Kelleher costumava postar? — Bayview2020

Olá. O próprio. — Darkestmind

Por que você mudou? E por que quase não tem postagem? — Bayview2020

Muitos enxeridos e jornalistas no site antigo.
E adotamos novas medidas de segurança. Uma lição aprendida com o nosso amigo Simon. Que eu imagino que você conheça, considerando seu nome de usuário?
— Darkestmind

Todo mundo conhece Simon. Aliás. Conhecia.
Mas não é como se fôssemos amigos. — Bayview2020

Certo. Então o que veio fazer aqui? — Darkestmind

Eu não sei. Encontrei o fórum por acaso. — Bayview2020

Mentira. Esse fórum é dedicado à vingança e não é fácil
de encontrar.
Você está aqui por um motivo.
Qual é? Ou eu deveria perguntar *quem* é? — Darkestmind

Quem.
Uma pessoa fez algo horrível.
Acabou com a minha vida e com a de tantos outros.
E, ainda assim, NADA aconteceu com ela.
E não há nada que eu possa fazer quanto a isso.
— Bayview2020

Sei como é.
Nós temos muito em comum.
É uma merda quando quem destruiu sua vida pode seguir
livremente por aí.
Como se o que fizessem não importasse. Só que preciso
discordar de sua conclusão.
Sempre tem alguma coisa que você pode fazer.
— Darkestmind

CAPÍTULO 1

Maeve

Segunda-feira, 17 de fevereiro

Minha irmã me acha preguiçosa. Ela não diz isso na minha cara — na verdade, não diz nem por mensagem —, mas está bem óbvio.

Você viu a lista de faculdades que eu mandei?

O segundo semestre do primeiro ano não é cedo demais para começar a procurar. Na real, é meio tarde.

Nós podemos visitar alguns lugares quando eu estiver em casa para a despedida de solteira de Ashton, se você quiser.

Você deveria tentar um lugar totalmente fora da sua zona de conforto também.

Que tal a Universidade do Havaí?

Eu desvio os olhos das mensagens piscando no meu celular para encontrar o olhar questionador de Knox Myers.

— Bronwyn acha que eu deveria estudar na Universidade do Havaí — informo, e ele quase se engasga com a empanada que está mastigando.

— Ela sabe que fica em uma ilha, né? — pergunta ele, alcançando um copo de água gelada e bebendo metade dele num só gole. As empanadas do Café Contigo são lendárias em Bayview, mas também difíceis de comer se você não está acostumado com comida apimentada. Knox, que se mudou para cá do Kansas durante o ensino fundamental e ainda considera uma sopa à base de cogumelos sua comida favorita, definitivamente não se acostumou com comida apimentada. — Bronwyn já se esqueceu de que você é veementemente contra a praia?

— Não sou contra a praia — protesto. — Só não sou a favor da areia. Ou de muito sol. Ou ondas fortes. Ou criaturas submarinas. — A cada frase as sobrancelhas de Knox se levantam mais e mais. — Veja bem, foi você quem me fez assistir a *Monsters of the Deep* — lembro a ele. — A minha talassofobia é, em grande parte, culpa sua. — Knox foi meu primeiro namorado, e isso aconteceu durante o verão passado. Os dois inexperientes demais para perceber que não estávamos realmente atraídos um pelo outro. Passamos a maior parte do nosso relacionamento assistindo ao Science Channel, o que deveria ter rapidamente indicado que a gente funcionava melhor sendo amigos.

— Você me convenceu — diz Knox, secamente. — É a faculdade para você. Mal posso esperar para ler sua, sem nenhuma dúvida, sincera carta de apresentação quando chegar o prazo. — Ele se inclina para a frente e eleva o tom de voz para enfatizar. — No ano que vem.

Dou um suspiro, batendo os dedos na mesa brilhante de azulejos. O Café Contigo é uma cafeteria argentina com paredes azul-escuras e telhado de zinco, e o ar é uma mistura de fragrâncias doces e salgadas. Fica a menos de dois quilômetros da minha casa e se tornou meu lugar preferido para fazer trabalhos da escola desde que Bronwyn foi para Yale e meu quarto, de repente, ficou quieto demais. Gosto do alvoroço amistoso do café e do fato de ninguém se importar se peço apenas um café durante as três horas que fico aqui.

— Bronwyn acha que estou atrasada — digo a Knox.

— Sim, bem, Bronwyn tinha a inscrição para Yale pronta praticamente desde a educação infantil, né? — ele retruca. — Temos tempo suficiente. — Knox é, assim como eu, um calouro de 17 anos do Colégio Bayview, mais velho do que a maioria dos nossos colegas de turma. No caso dele, porque era baixinho para a idade que tinha no jardim de infância e os pais o fizeram repetir. No meu caso, porque precisei frequentar muitos hospitais durante metade de minha infância devido à leucemia.

— Suponho que sim. — Eu me estico para pegar o prato vazio de Knox a fim de colocá-lo em cima do meu, mas, em vez disso, derrubo o saleiro, espalhando sal pela mesa. Quase sem pensar, eu pego uma pitada de sal entre os dois dedos e jogo por cima do ombro. Para afastar a má sorte, conforme Ita me ensinou. Minha avó tem dezenas de superstições: algumas vêm da Colômbia e outras ela incorporou depois de morar nos Estados Unidos por 30 anos. Eu costumava seguir todas elas quando era pequena, principalmente quando ficava doente. Se eu usar a pulseira de contas que Ita me deu, esse exame não vai doer. *Se eu evitar pisar em todas as falhas do chão, a minha contagem de células brancas estará normal. Se eu comer 12 uvas à meia-noite, na noite de Ano-Novo, não vou morrer este ano.*

— De todo modo, não é o fim do mundo se você não for para a faculdade esse ano — diz Knox. Ele se larga na cadeira, afastando um tufo de cabelo castanho da testa. Knox é tão magro e ossudo que mesmo depois de se entupir com todas as suas empanadas e metade das minhas ele ainda parece estar faminto. Toda vez

17

que ele está na minha casa, meu pai ou minha mãe, ou os dois, tentam alimentá-lo. — Muita gente não vai. — Seu olhar ronda a lanchonete até parar em Addy Prentiss empurrando as portas da cozinha com uma bandeja equilibrada numa das mãos.

Observo Addy atravessar o Café Contigo, deixando os pratos de comida nas mesas com prática e facilidade. Ao longo do feriado de Ação de Graças, quando o programa de crimes reais *Mikhail Powers Investiga* exibiu sua reportagem especial "O Quarteto de Bayview — Onde eles estão agora?", Addy concordou pela primeira vez em conceder uma entrevista. Provavelmente porque percebeu que os produtores estavam armando para apresentá-la como a indolente do grupo — minha irmã foi para Yale; Cooper tinha uma impressionante bolsa na Cal State, ou Universidade Estadual da Califórnia, em Fullerton; e até mesmo Nate estava frequentando algumas aulas na universidade pública — e Addy não deixaria isso acontecer. Adelaide Prentiss não seria identificada numa matéria com a chamada "O auge da ex-rainha da beleza foi no ensino médio".

— Se você sabe o que quer fazer quando se formar, ótimo — tinha dito ela, em cima de um banco do Café Contigo com o cardápio do dia escrito a giz no quadro atrás dela. — Se não sabe, por que pagar uma fortuna por um diploma que talvez nunca seja usado? Não há nada de errado em não ter sua vida inteira traçada quando se tem 18 anos.

Ou dezessete. Olho para o meu celular com cautela, esperando por mais uma enxurrada de mensagens de Bronwyn. Eu amo a minha irmã, mas seu perfeccionismo é algo difícil de acompanhar.

Os clientes da noite estão começando a chegar, ocupando as últimas mesas quando alguém liga todas as televisões suspensas no jogo de beisebol de abertura da Cal State Fullerton. Addy para quando sua bandeja está praticamente vazia e dá uma conferida no local, sorrindo quando encontra meu olhar. Ela vem até nossa mesa no canto e põe um pequeno prato de alfajores entre mim e Knox. Os sanduíches de cookie com doce de leite são uma especialidade do Café Contigo e a única coisa que Addy aprendeu a fazer ao longo dos nove meses em que trabalha aqui.

Tanto eu quanto Knox nos esticamos para pegá-los.

— Querem mais alguma coisa, pessoal? — pergunta Addy, pondo uma mecha do cabelo prata e cor-de-rosa atrás da orelha. Ela experimentou algumas cores diferentes durante o ano anterior, mas nada que não fosse cor-de-rosa ou roxo por muito tempo. — Se quiserem, deveriam fazer o pedido agora. Todos vão parar um pouco assim que Cooper começar a arremessar... — Ela dá uma olhada no relógio na parede. — Em cinco minutos, mais ou menos.

Eu balanço a cabeça quando Knox se levanta, limpando as migalhas da frente do seu moletom cinza favorito.

— Estou bem, mas preciso ir ao banheiro — diz ele. — Você pode guardar meu lugar, Maeve?

— Com certeza — digo, colocando minha bolsa sobre a cadeira dele.

Addy gira o corpo de leve e quase deixa a bandeja cair.

— Ai, meu Deus! Olha ele ali!

Todas as TVs do restaurante se enchem com a mesma imagem: Cooper Clay indo até o montinho para se aquecer antes do seu primeiro jogo de beisebol. Eu encontrei Cooper no Natal, não faz nem dois meses, mas ele parece maior do que eu me lembro. Lindo e com o queixo quadrado de sempre, além de um brilho determinado nos olhos que eu nunca vi antes. Mas também, até este exato momento, eu só tinha visto Cooper arremessar de longe.

Não consigo ouvir os anunciantes por causa do falatório na lanchonete, mas posso adivinhar o que estão dizendo: a estreia de Cooper é o assunto do momento no beisebol universitário, algo grande o bastante para que um programa local de esportes de um canal a cabo cubra o jogo inteiro. Parte da comoção se deve à persistente notoriedade do Quarteto de Bayview e ao fato de Cooper ser um dos poucos jogadores de beisebol a assumir a homossexualidade, mas também porque ele foi muito bem nos treinos de primavera. Analistas de esporte estão apostando se ele vai pular para o time dos veteranos antes de sequer terminar a primeira temporada na faculdade.

— Nossa estrela finalmente vai se encontrar com seu destino — diz Addy, carinhosamente, enquanto Cooper ajeita o boné na tela. — Preciso verificar minhas mesas uma última vez, mas já me junto a vocês. — Ela começa a se mover pelo restaurante com a bandeja debaixo do braço e o bloco de pedidos na mão, mas a atenção do salão já se voltou da comida para o jogo.

Meus olhos se demoram na televisão ainda que a imagem tenha mudado de Cooper para uma entrevista com o técnico do outro time. *Se Cooper vencer, esse ano vai terminar bem.* Tento afastar o pensamento assim que ele se forma, porque não serei capaz de curtir o jogo se transformá-lo em mais uma aposta contra o destino.

Uma cadeira é arrastada ruidosamente ao meu lado e uma jaqueta de couro preta familiar roça no meu braço.

— E aí, Maeve? — Nate Macauley pergunta, sentando-se na cadeira. Seus olhos perambulam pela mesa repleta de sódio. — Ops. Massacre salino. Estamos condenados, não estamos?

— Ha e ha — digo, mas meus lábios retorcem. Nate é como um irmão mais velho para mim desde que ele e Bronwyn começaram a namorar, quase um ano atrás, então suponho que a provocação venha no pacote. Mesmo agora, que eles estão dando "um tempo" pela terceira vez desde que Bronwyn foi para a faculdade. Depois de passar o último verão se remoendo, considerando se um relacionamento à distância de mais de quatro mil quilômetros poderia funcionar, minha irmã e o namorado se ajeitaram num padrão — sendo inseparáveis, discutindo, terminando e voltando — que parece funcionar para ambos.

Nate sorri e caímos num confortável silêncio. É fácil sair com ele, Addy e os outros amigos de Bronwyn. *Nossos amigos*, ela sempre diz, mas não é exatamente verdade. Eles eram amigos dela primeiro e não seriam meus se não fosse por ela.

Meu telefone toca como se pegasse a deixa e eu baixo o olhar para ler outra mensagem de Bronwyn. *O jogo começou?*

Em breve, digito. *Cooper está aquecendo.*

Queria que fosse transmitido pela ESPN para eu poder assistir!!! O canal Pacific Coast Sports infelizmente não pega em New Haven, Connecticut. Nem em nenhum lugar num raio maior que três horas de San Diego. E eles não transmitem on-line também.

Estou gravando para você, lembro a ela.

Eu sei, mas não é a mesma coisa.

Desculpa :(

Engulo meu último alfajor, vendo que Bronwyn está digitando por tanto tempo que já sei o que vem em seguida. Bronwyn é uma digitadora muito veloz. Ela nunca hesita, a não ser que esteja prestes a dizer algo que acha que não deveria, e no momento há apenas um tópico na lista que ela impôs a si mesma sobre O Que Não Falar.

E obviamente é: *Nate está aí?*

Minha irmã pode não morar mais a um quarto de distância de mim, mas isso não significa que eu não possa lhe dar algum trabalho. *Quem?*, digito em resposta, e depois olho para Nate.

— Bronwyn está dando oi — digo.

Seus olhos azul-escuros brilham, mas a expressão dele se mantém impassível.

— Diga oi de volta.

Acho que eu entendo. Independentemente do quanto você goste de alguém, as coisas mudam quando essa pessoa que costumava estar por perto o tempo todo, de repente, não está mais. Entretanto, Nate e eu não temos o costume de conversar sobre o que estamos sentindo — nenhum de nós faz isso com ninguém além de Bronwyn, na verdade —, então eu só faço uma careta para ele.

— Reprimir não é saudável, você sabe.

Antes de Nate conseguir responder, há uma repentina agitação ao nosso redor: Knox está de volta, Addy puxa uma cadeira até a mesa em que estamos e um prato de tortillas de milho cobertas por carne, queijo derretido e chimichurri — a versão do Café Contigo para nachos — se materializa na minha frente.

Eu olho na direção de onde o prato veio para encontrar um par de intensos olhos castanho-escuros.

— O lanchinho do jogo — diz Luis Santos, transferindo para o ombro a toalha que usou para segurar o prato. Luis é o melhor amigo de Cooper do Colégio Bayview. Até o ano anterior, quando os dois se formaram, ele era o receptor para as bolas que Cooper arremessava no campo de beisebol. Os pais de Luis são os donos do Café Contigo e, enquanto está estudando na universidade pública, ele trabalha aqui meio expediente. Desde que fiz dessa mesa de canto a minha segunda casa, eu vejo Luis mais vezes do que via quando frequentávamos a mesma escola.

Knox avança nos nachos como se não tivesse acabado de comer duas empanadas e um prato de alfajores cinco minutos atrás.

— Cuidado, tá muito quente — alerta Luis, se abaixando na cadeira à minha frente. E eu imediatamente penso *É, está mesmo*, porque tenho um fraco constrangedor por atletas bonitinhos que despertam a Maeve de 12 anos que habita em mim. É de se pensar que eu teria aprendido depois que meu interesse não correspondido em um jogador de basquete me rendeu um post humilhante no blog de fofoca de Simon Kelleher, Falando Nisso, no primeiro ano. Mas não.

Não estou exatamente com fome, mas pego um nacho da pilha mesmo assim.

— Obrigada, Luis — digo, chupando o sal de uma das pontas. Nate ri com desdém.

— O que você estava dizendo sobre repressão mesmo, Maeve?

Meu rosto fica vermelho e eu não consigo pensar em uma resposta melhor para dar a ele além de enfiar o nacho inteiro na boca e mastigá-lo agressivamente. Às vezes eu não sei o que minha irmã vê nele.

Merda. Minha irmã. Olho meu celular já sentindo uma fisgada de culpa quando noto as carinhas tristes que Bronwyn mandou. *Tô brincando. Nate parece bem triste*, garanto a ela. Ele não parece triste, até porque ninguém usa tão bem a máscara "tô-nem-aí" quanto Nate Macauley, mas tenho certeza de que ele está triste, sim.

Phoebe Lawton, outra garçonete do Café Contigo e caloura no colégio, entrega copos de água antes de se sentar na extremidade da mesa assim que a rebatida do time oposto passeia pelo campo de beisebol. A câmera foca no rosto de Cooper, que levanta a luva e estreita os olhos.

— Vamos lá, Coop — murmura Luis, a mão esquerda se curvando instintivamente como se estivesse dentro da luva de couro. — Jogue!

Em duas horas o café está tomado por uma agitação animada, depois do desempenho praticamente irretocável de Cooper: oito arremessos válidos, um walk, uma rebatida e nenhuma corrida durante sete entradas. Os Cal State Fullerton Titans estão ganhando por três pontos, mas ninguém em Bayview se importa muito agora que um lançador reserva assumiu o lugar de Cooper.

— Estou tão feliz por ele — comemora Addy. — Ele merece tanto depois de... você sabe. — O sorriso dela vacila. — Depois de tudo.

Tudo. É uma palavra pequena demais para definir o que aconteceu quando Simon Kelleher decidiu encenar a própria morte, há quase 18 meses, enquadrando minha irmã, Cooper e Addy como responsáveis. O especial de Ação de Graças do *Mikhail Powers Investiga* refez tudo em detalhes excruciantes, da armação de Simon para manter todos juntos na detenção aos segredos que ele deu um jeito de vazar no *Falando Nisso* para fazer parecer que os outros quatro tinham razões para querê-lo morto.

Eu vi o especial com Bronwyn enquanto ela estava em casa no feriado. O programa me levou imediatamente de volta ao ano anterior, quando a história se tornou uma obsessão nacional e vans de noticiários lotavam nossa calçada todos os dias. O país inteiro ficou sabendo que Bronwyn havia roubado provas para tirar 10 em química, que Nate tinha vendido drogas enquanto estava em liberdade condicional por *vender drogas* e que Addy traíra o namorado, Jake — que veio a ser um boy lixo controlador tão horrível que concordou em ser cúmplice de Simon. E Cooper foi falsamente acusado de usar anabolizantes e arrancado do armário antes de estar pronto para se assumir para sua família e seus amigos.

Tudo isso foi um pesadelo, mas não um pesadelo tão ruim quanto ser suspeito de um assassinato.

A investigação se desenrolou mais ou menos como Simon havia previsto — exceto pela parte em que Bronwyn, Cooper, Addy e Nate se uniram em vez de se voltarem uns contra os outros. É difícil imaginar como seria essa noite se eles tivessem feito isso. Duvido que Cooper pontuaria em praticamente todos os arremessos do seu primeiro jogo na universidade, ou que Bronwyn entraria em Yale. Nate provavelmente estaria preso. E Addy... Não gosto de pensar onde Addy poderia estar. Principalmente porque receio que ela não estaria mais aqui.

Sinto um calafrio e chamo a atenção de Luis. Ele levanta seu copo, com o olhar determinado de quem não vai deixar que o triunfo de seu melhor amigo fique amargo.

— Bom, então um brinde ao carma. E a Coop, por arrasar em seu primeiro jogo universitário.

— A Cooper — todos repetem.

— Temos que planejar uma viagem de carro para vê-lo! — Addy exclama. Ela toca o braço de Nate por cima da mesa e dá uma cutucada quando ele começa a olhar ao redor do café como se estivesse calculando em quanto tempo pode ir embora. — Isso inclui você. Não tente escapar.

— O time de beisebol inteiro vai querer ir — diz Luis. Nate sorri de um jeito resignado, porque Addy é uma força da natureza quando está determinada a fazê-lo socializar.

Phoebe, que se aproximou de mim e de Knox enquanto o jogo rolava e as pessoas iam embora, se serve de um dos copos de água da mesa.

— Bayview é tão diferente sem Simon, mas também... não é. Entendem? — murmura ela, tão baixinho que somente eu e Knox ouvimos. — Não é como se as pessoas tivessem ficado mais legais depois que o choque passou. Só não temos mais o Falando Nisso para acompanhar quem está sendo horrível uma semana após a outra.

— Não por falta de esforço — murmura Knox.

Criaram um monte de blogs copiando o Falando Nisso depois que Simon morreu. A maior parte fracassou em dias, embora um site, o Simon Manda, tenha ficado no ar por quase um mês no último outono, até que a escola resolveu se envolver e derrubá--lo. Mas ninguém levou o site a sério, porque seu criador — um daqueles alunos quietinhos que quase ninguém conhece — não postou uma só fofoca que já não fosse do conhecimento de todos.

Esse era o lance com Simon Kelleher: ele sabia de segredos que a maioria nem chegaria a imaginar. Ele era paciente, estava disposto a descobrir o que fosse possível em termos de drama e dor em qualquer situação. E era bom em esconder o quanto detestava todo mundo no Colégio Bayview; o único lugar em que extravasava era no fórum de vingança que encontrei enquanto procurava por pistas que explicassem sua morte. Ler os posts que Simon fazia naquela época me deixou enojada. Ainda me provoca arrepios às vezes, pensar em como qualquer um de nós entendia tão pouco sobre o que significava ir contra uma mente como a de Simon.

As coisas poderiam ter sido muito diferentes.

— Ei — Knox me chama de volta ao presente, e eu pisco até seu rosto entrar em foco. Ainda somos só nós três presos a nossa conversa paralela; não acho que os formandos do ano anterior se permitam pensar em Simon por muito tempo. — Por que está tão séria? O passado ficou para trás, certo?

— Certo — concordo, e me viro quando um gemido alto vem da multidão no Café Contigo. Levo um minuto para entender o que está acontecendo e, quando entendo, meu coração aperta: o reserva de Cooper deixou corredores ocuparem todas as bases na nona entrada, saiu, e o novo arremessador entregou um grand slam. Do nada, a vantagem do Cal State sumiu, uma corrida perdida. O outro time avança no rebatedor em campo, pulando em cima dele até caírem num animado amontoado. Apesar de ter arremessado como num sonho, Cooper não teve sua vitória.

— Nãoooo — resmunga Luis, enfiando o rosto nas mãos. Ele soa como se estivesse sentindo dor de verdade. — Mas que merda.

Phoebe estremece.

— Que azar. Mas não foi culpa de Cooper.

Meus olhos procuram pela única pessoa na mesa com quem posso contar numa reação sem filtro: Nate. Ele olha da minha expressão tensa para o sal ainda espalhado pela mesa e balança a cabeça, como se soubesse da aposta supersticiosa que fiz comigo mesma. Consigo ler seu gesto como se ele estivesse falando: *Não quer dizer nada, Maeve, é só um jogo.*

Tenho certeza de que ele tem razão. Mas ainda assim. Eu gostaria que Cooper tivesse ganhado.

CAPÍTULO 2

Phoebe

Terça-feira, 18 de fevereiro

A parte lógica do meu cérebro sabe que minha mãe não está brincando de boneca. Mas é cedo, estou cansada e ainda sem as minhas lentes de contato. Então, em vez de gritar mais alto que ela, eu me inclino sobre a bancada da cozinha e pergunto:

— O que são essas bonecas?

— São para o topo de um bolo de casamento — diz minha mãe, puxando uma delas da mão do meu irmão de 12 anos, Owen, e me entregando. Olho e vejo uma noiva de vestido branco, com as pernas entrelaçadas na cintura do noivo. Um artista subestimado deu um jeito de deixar cheias de desejo as carinhas de plástico dos dois.

— Elegante — digo. Eu deveria ter adivinhado que tinha alguma relação com casamento. Na semana anterior, a bancada da cozinha estava coberta por artigos de papelaria e antes disso havia arranjos artesanais florais para os centros das mesas.

— Essa é a única assim — diz ela, na defensiva. — Suponho que todos os gostos devem ser considerados. Você poderia pôr na caixa? — Ela projeta o queixo na direção de uma caixa de papelão com bolinhas de espuma até a metade. Jogo o casal feliz lá dentro e pego um copo de vidro do armário que fica ao lado da nossa pia, enchendo-o com água da torneira para esvaziar seu conteúdo em dois goles longos e ávidos.

— Enfeites de bolo, é? — pergunto. — As pessoas ainda usam isso?

— São só amostras da Golden Rings — diz mamãe.

Desde que ela se uniu a um grupo de cerimonialistas, caixas cheias desse tipo de coisa surgem em nosso apartamento a cada duas semanas. Minha mãe tira fotos, toma nota do que gostou e em seguida empacota de novo e envia para a próxima cerimonialista do grupo.

— Alguns são até fofos. — Ela segura um casal de noivos dançando valsa. — O que acha desse?

Tem uma caixa de waffles Eggo aberta em cima da bancada. Eu pego os dois últimos e ponho na torradeira.

— Eu acho que pessoas de plástico em cima do bolo de casamento de Ashton e Eli não faz muito o estilo dos dois. Eles não estão tentando deixar tudo bem simples?

— Às vezes você não sabe o que quer até encontrar — diz mamãe, animada. — Parte do meu trabalho é abrir os olhos deles para o que existe por aí.

Pobre Ashton. A irmã mais velha de Addy tem sido a vizinha dos sonhos desde que nos mudamos para o apartamento em frente ao delas no último verão — ela nos deu indicações de delivery, nos mostrou quais máquinas de lavar não comem as nossas moedas e nos deu ingressos para espetáculos que ganha onde trabalha, o California Center for the Arts. Ela não tinha ideia de onde estava se metendo quando concordou em ajudar mamãe em seu negócio de organização de casamentos, coordenando alguns "detalhes" de seu casamento com Eli Kleinfelter, que acontecerá em breve.

Minha mãe errou a mão um bocadinho. Ela quer causar uma boa impressão, já que Eli é tipo uma celebridade local. Ele é o advogado que defendeu Nate Macauley quando Nate foi acusado de matar Simon Kelleher, e agora ele está sempre sendo entrevistado a respeito de um ou outro caso importante. A imprensa adora o fato de que ele está prestes a se casar com a irmã de uma integrante do Quarteto de Bayview, então noticiam o casamento dele com alguma frequência. Isso significa mídia espontânea para mamãe, incluindo uma menção no jornal *Tribuna de San Diego* e um perfil elaborado na edição de dezembro do *Bayview Blade*, que virou um jornaleco de fofocas desde a cobertura da morte de Simon, então é óbvio que escolheram a abordagem mais dramática possível: "Depois de uma arrebatadora perda, viúva de Bayview começa um negócio com base na alegria".

Nós poderíamos ter ficado sem esse *lembrete*.

Ainda assim, mamãe pôs muito mais energia nesse casamento do que em qualquer outra coisa que fez nos últimos anos, então eu deveria ser grata pela infinita paciência de Ashton e Eli.

— Seus waffles estão queimando — diz Owen placidamente, enfiando na boca os quadradinhos ensopados de xarope de bordo.

— Merda! — Eu puxo meus waffles com um gemido de dor quando meus dedos roçam o metal quente. — Mãe, podemos comprar uma torradeira nova, por favor? Essa não serve mais para nada. Vai de zero a queimando em 30 segundos.

As sobrancelhas da minha mãe ficam unidas e ela ganha o ar preocupado de sempre que falamos em gastar dinheiro.

— Eu percebi isso. Mas primeiro devemos tentar limpá-la antes de trocar. Deve ter uns dez anos de migalhas de pão aí dentro.

— Eu faço isso — Owen se oferece, ajeitando os óculos no nariz. — E se não funcionar, eu vou abri-la. Aposto que posso consertar isso.

Sorrio para ele, distraída.

— Não tenho dúvidas, craniozinho. Eu deveria ter pensado primeiro nisso.

— Eu não quero você brincando com nada que seja elétrico, Owen — retruca minha mãe.

Ele parece ficar ofendido.

— Eu não estaria *brincando*.

Ouvimos o clique de uma porta se abrindo quando nossa irmã mais velha, Emma, sai do quarto em direção à cozinha. Essa é uma coisa que eu nunca vou me acostumar em relação a um apartamento: como estar num único andar faz com que seja possível saber onde todos estão o tempo inteiro. Não tem onde se esconder. Que saudade da nossa antiga casa, onde não só cada um tinha seu quarto como havia uma sala de estar, um escritório que eventualmente virava a sala de jogos de Owen e a sala de trabalho do papai no porão.

Também tínhamos meu pai.

Minha garganta fecha enquanto os olhos de Emma percorrem as pilhas de bonecas de plástico com vestido na bancada da cozinha.

— Ainda tem gente que usa enfeite de bolo?

— Sua irmã perguntou exatamente a mesma coisa — diz mamãe. Ela faz isso o tempo todo: aponta semelhanças entre mim e Emma, como se ter ciência disso fosse capaz de nos deixar unidas como fomos quando pequenas.

Emma solta um murmúrio e eu fico concentrada no meu waffle conforme ela se aproxima.

— Pode se afastar? — pede com educação. — Preciso do liquidificador.

Eu chego para o lado e Owen pega um enfeite de bolo com uma noiva de cabelos ruivos.

— Essa se parece com você, Emma — diz ele.

Nós da família Lawton somos todos ruivos de algum modo — o cabelo de Emma é ruivo escuro, o meu é acobreado e o de Owen é louro-avermelhado —, mas nosso pai era quem realmente se destacava na multidão, seu cabelo era tão laranja que o apelido dele no ensino médio era Cheetos. Uma vez meu pai nos deixou na praça de alimentação do shopping de Bayview enquanto ia ao banheiro e, quando voltou, encontrou um casal mais velho sorrateiramente de olho na mamãe, com seu cabelo e pele escuros e suas três crianças clarinhas e ruivas. Papai surgiu ao lado da minha mãe, pondo o braço ao redor de seu ombro e dando um sorriso ao casal.

— Viu, *agora* nós fazemos sentido — disse ele.

E agora, três anos depois da morte dele? Não fazemos.

Se eu tivesse que sinalizar a parte do dia que Emma mais detesta... Eu estaria sob pressão, porque parece que Emma não gosta de muitas coisas ultimamente. Mas ter que buscar minha amiga Jules a caminho do colégio certamente está entre as três primeiras.

— Ai, meu Deus — diz Jules, ofegante, quando entra no banco de trás do nosso Corolla de 10 anos de idade, empurrando a mochila para longe. Eu me viro no assento e ela tira os óculos escuros para fixar um olhar mortal em mim. — Phoebe, eu não *suporto* você.

— O quê? Por quê? — pergunto, confusa. Eu me mexo no lugar para ajeitar a saia que sobe pelas minhas coxas. Depois de anos de tentativa e erro, eu finalmente descobri o tipo de roupa que cai bem no meu corpo: saia curta e esvoaçante, principalmente se tiver uma padronagem ousada; blusa de gola v ou decote cavado, de cor vibrante; e um tipo de bota de salto baixo.

— Cinto de segurança, por favor — pede Emma.

Jules prende o cinto, ainda me observando.

— Você sabe o porquê.

— Sinceramente não sei, não — reclamo. Emma se afasta do meio-fio da modesta casa de dois andares de Jules, que fica a apenas uma rua de onde costumávamos morar. Nosso antigo bairro nem de longe é o mais abastado de Bayview, mas ainda assim o jovem casal para quem mamãe vendeu a casa estava eufórico por comprar o primeiro imóvel aqui.

Os olhos verdes de Jules, em contraste com a pele marrom e o cabelo preto, se arregalam de forma dramática.

— Nate Macauley estava no Café Contigo ontem à noite e você não me mandou uma única mensagem!

— É, bem… — Eu aumento o som para que minha resposta se misture à última música de Taylor Swift.

Jules sempre teve uma quedinha por Nate — ela adora esse tipinho bad boy bonito —, mas nunca o considerou namorável até Bronwyn Rojas considerar. E agora ela vive como um abutre ao redor dele toda vez que Bronwyn e ele terminam o namoro. O que fez minha lealdade se dividir desde que comecei a trabalhar no Café Contigo e fiquei amiga de Addy, que, obviamente, veste a camisa do time de Bronwyn.

— E ele *nunca* sai — lamenta Jules. — Que boa oportunidade desperdiçada. Você vacilou com sua amiga, Phoebe Jeebies. Não foi legal. — Ela pega um tubo de gloss cor de vinho e se inclina para a frente para que possa se enxergar no retrovisor enquanto

34

passa uma camada. — Como ele estava? Você acha que ele supe-rou Bronwyn?

— Quer dizer, é difícil saber — respondo. — Ele não conversou muito com ninguém além de Maeve e Addy. Principalmente Addy.

Jules pressiona um lábio contra o outro, e uma leve expressão de pânico cruza seu rosto.

— Ai, meu Deus. Você acha que *eles* estão juntos agora?

— Não. Definitivamente não. São amigos. Nem todo mundo acha Nate irresistível, Jules.

Jules devolve o gloss labial para a bolsa e encosta a cabeça no vidro da janela com um suspiro.

— Fale por você. Ele é tão gostoso. Eu morro.

Emma para em um sinal vermelho e esfrega os olhos, em seguida alcançando o botão de volume do rádio.

— Preciso abaixar o som — diz ela. — Minha cabeça está explodindo.

— Você está ficando doente? — pergunto.

— Apenas cansada. Minha monitoria com Sean Murdock terminou muito tarde ontem.

— Surpresa nenhuma — murmuro. Se estiver procurando por sinais de vida inteligente na turma de calouros do Colégio Bayview, não é em Sean Murdock que você vai achar. Mas os pais do garoto têm dinheiro e vão despejá-lo em Emma com felicidade para que, talvez, a ética de trabalho ou notas da minha irmã passe para o filho deles, pelo menos um pouquinho.

— Eu deveria contratar você, Emma — diz Jules. — Nesse semestre, química vai ser um pesadelo se eu não tiver ajuda. Ou posso dar uma de Bronwyn Rojas e roubar o teste.

— Bronwyn inventou essa aula — lembro, e Jules chuta o encosto do meu banco.

— Não defenda Bronwyn — diz ela, emburrada. — Ela está destruindo minha vida amorosa.

— Se você estiver falando sério sobre a monitoria, tenho um horário vago nesse fim de semana — diz Emma.

— Química no *fim de semana*? — Jules parece escandalizada. — Não, obrigada.

— Então tá. — Minha irmã dá um suspiro breve, como se não estivesse esperando nada diferente disso. — Não era sério.

Emma é somente um ano mais velha do que eu e Jules, mas a maior parte do tempo ela parece ter mais a idade de Ashton Prentiss do que a nossa. Emma não age como uma garota de 17 anos. Ela parece ter vinte e poucos e fazer pós-graduação em vez de aulas avançadas no ensino médio. Mesmo agora, com todas as aplicações das faculdades entregues, apenas esperando o retorno, ela não consegue relaxar.

Seguimos em silêncio o restante do caminho até que, quando Emma entra no estacionamento, meu telefone toca. Olho e leio a mensagem.

Arquibancada?

Eu não deveria ir. Mas ao mesmo tempo em que meu cérebro me lembra de que já levei duas advertências por atraso esse mês, meus dedos digitam *Ok*. Ponho o telefone no bolso e mantenho a porta do carro semiaberta antes mesmo de Emma acabar de estacionar. Ela levanta as sobrancelhas quando saio.

— Tenho que ir rapidinho até o campo de futebol — digo, levando minha mochila até o ombro e pousando a mão sobre a maçaneta da porta.

— Para quê? Não vá se atrasar de novo — Emma diz, estreitando os olhos castanho-claros para mim. São iguaizinhos aos do papai e, junto com o cabelo ruivo, o único traço que temos em comum. Emma é alta e magra. Eu sou baixinha e curvilínea. O cabelo dela é totalmente liso e não chega aos ombros. O meu é comprido e ondulado. No sol, ela fica com sardas e eu fico bronzeada. Agora nós duas estamos com a cor do inverno, no entanto, e posso sentir minhas bochechas ficando vermelhas conforme olho para o chão.

— É para, hum, o dever — murmuro.

Jules sorri ao sair do carro.

— É assim que vamos chamar agora?

Eu dou meia-volta para me retirar o mais rápido possível, mas ainda sinto o peso da censura de Emma pairando sobre meus ombros como uma capa. Ela sempre foi séria, mas isso não importava quando éramos jovens. Nós duas éramos tão próximas que costumávamos ter conversas inteiras sem dizer uma palavra. Mamãe brincava que a gente devia ser telepata, mas não era isso. Nós apenas nos conhecíamos tão bem que era possível ler cada expressão com a mesma nitidez de uma palavra.

Também éramos próximas a Owen, apesar da diferença de idade. Meu pai costumava nos chamar de "Los tres amigos", e, na infância, fazíamos sempre a mesma pose para as fotos: eu e Emma de cada lado de Owen, os braços entrelaçados sobre os ombros, os sorrisos largos. Nós parecíamos inseparáveis — e eu pensei que fôssemos. Nunca me ocorreu que papai era a cola que nos mantinha juntos.

A separação foi tão súbita que eu não reparei imediatamente. Emma se afastou primeiro, se enterrando em trabalhos escolares.

— É o jeito dela de sofrer — dissera mamãe, então eu deixei, embora o *meu jeito* fosse sofrer junto dela.

Eu compensava a tristeza indo para qualquer evento que encontrava — principalmente depois que meninos começaram a se interessar por mim —, enquanto Owen fugia para o confortável mundo fantástico dos jogos de videogame. Antes que eu pudesse perceber, esses se tornaram nossos caminhos e nós nos mantemos neles. No nosso cartão do último Natal, estávamos os três parados atrás da árvore, organizados por altura, as mãos entrelaçadas na frente do corpo e os sorrisos duros. Meu pai teria ficado tão decepcionado com aquela foto.

E também teria ficado decepcionado comigo, porque, depois que tiramos a foto, eu fui para a festa de Natal de Jules. Uma coisa é tratar sua irmã mais velha como uma estranha e outra... é fazer o que fiz. Eu costumava sentir um tipo melancólico de solidão quando pensava em Emma, mas agora sinto apenas culpa. E alívio por ela não conseguir mais ler meus pensamentos ou minhas expressões.

— Ei! — Estou tão imersa em meus pensamentos que teria dado de cara com uma coluna embaixo das arquibancadas se uma mão não tivesse me alcançado e impedido. Ele me puxa com tanta rapidez que meu telefone escorrega do bolso e ouço a batida fraca quando ele cai na grama.

— Merda — digo, mas os lábios de Brandon Weber estão colados aos meus antes que eu consiga dizer qualquer outra coisa. Eu sacudo meus ombros até que minha mochila se solte e caia no chão, junto ao telefone. Brandon puxa a barra da minha blusa, e, já que eu vim até aqui exatamente para isso, eu o ajudo a tirá-la de dentro da saia.

As mãos de Brandon sobem pela minha pele nua, puxando a renda do meu sutiã, quando ele ronrona contra minha boca:

— Meu Deus, você é muito sexy.

E ele também é. Brandon é *quarterback* do time de futebol americano, e o *Bayview Blade* gosta de chamá-lo de "o próximo

Cooper Clay", porque ele é bom ao ponto de algumas universidades estarem começando a observá-lo. Mas eu não acho essa comparação muito boa. Por um motivo: o talento de Cooper está em outro patamar. E ele também é um docinho. Enquanto isso, Brandon é basicamente um babaca.

Mas ele sabe beijar. Toda a tensão se esvai do meu corpo conforme ele me empurra na direção da coluna atrás de nós, e agora o que sinto é uma inebriante fagulha de expectativa. Passo um dos braços pelo seu pescoço, tentando trazê-lo até a minha altura enquanto a outra mão brinca com o cós de sua calça jeans. E então o meu pé chuta alguma coisa pelo chão e o ruído de uma mensagem de texto me distrai.

— Meu telefone — digo, me afastando. — Nós vamos quebrá-lo se eu não pegar do chão.

— Eu compro um novo para você — diz Brandon, com a língua no meu ouvido. Não gosto disso (por que os caras acham isso sexy?), então eu o empurro até que ele me solte. O bolso da frente da calça de Brandon vibra alto e eu sorrio ao ver o volume ali enquanto pego meu celular do chão.

— Recebeu uma mensagem ou só está feliz em me ver? — digo, limpando a tela. Então olho para baixo e recupero o fôlego. — Ah, tá de brincadeira? De novo isso?

— O que foi? — pergunta Brandon, tirando o próprio celular do bolso.

— Número desconhecido, e adivinhe a mensagem? — Faço uma voz afetada. — *Ainda tem saudades do Falando Nisso? Eu sei que eu tenho. Vamos brincar de um novo jogo.* Não acredito que alguém inventa uma merda dessas depois do aviso da Sra. Gupta.

Os olhos de Brandon piscam na direção da tela.

— Recebi a mesma coisa. Tá vendo o link?

— Sim. Não clica, provavelmente é um vírus ou...

— Tarde demais. — Brandon ri. Ele mantém os olhos semicerrados na tela enquanto eu observo sua imagem: mais de 1,80 de altura, cabelos louros, olhos azul-esverdeados e lábios carnudos, do tipo que uma garota mataria para ter. Ele é tão lindo que parece poder voar com uma harpa pelos céus a qualquer instante. E ninguém sabe disso melhor do que ele. — Jesus, é uma merda de um livro — reclama.

— Deixa eu ver. — Pego o telefone de sua mão, porque de jeito nenhum vou clicar naquele link do meu aparelho. Deixo a tela fora do sol para poder enxergar melhor. Estou olhando para um site com uma réplica malfeita da logomarca do Falando Nisso e um bloco grande de texto abaixo dela. — *Atenção, Colégio Bayview. Vou explicar as regras apenas uma vez* — leio. — *É assim que brincamos de Verdade ou Consequência. Irei incitar apenas uma pessoa e, se for você, não pode contar a NINGUÉM. Não estrague a surpresa. Isso vai me deixar chateado, e não sou tão legal quando estou chateado. Você tem 24 horas para me mandar uma mensagem de volta com a sua escolha. Se escolher verdade, eu revelo um de seus segredos. Se escolher consequência, eu lhe darei um desafio. De um modo ou de outro, vamos nos divertir um pouco e aliviar a monotonia de nossa existência.*

Brandon corre uma das mãos pelo cabelo grosso e amarelado.

— Fale por você, babaca.

— *Qual é, Colégio Bayview. Vocês sabem que sentiram falta disso.* — Faço uma careta ao terminar. — Você acha que isso foi enviado para todos na escola? É melhor que ninguém diga nada, se quisermos ficar com nossos celulares. — No último outono, depois que a diretora Gupta derrubou o último engraçadinho que se fazia passar por Simon, ela nos disse que estava instaurando uma política de tolerância zero na escola: se visse qualquer vestígio de algum outro Falando Nisso, iria banir os celulares da escola permanentemente. E expulsar quem quer que fosse pego tentando entrar com um aparelho.

Fomos todos cidadãos exemplares desde então, ao menos no que se refere à fofoca on-line. Ninguém consegue imaginar o que é enfrentar um dia de aula — imagine *anos* — sem o celular.

— Ninguém se importa. Isso é velho — diz Brandon com desdém.

Ele guarda o telefone no bolso e passa um braço pela minha cintura, me puxando para mais perto.

— E onde estávamos?

Ainda estou segurando meu celular, agora pressionada contra o peito de Brandon, e ele vibra na minha mão antes que eu possa responder. Quando inclino a cabeça para trás para olhar a tela, vejo que há mais uma mensagem do Número Desconhecido. Mas, dessa vez, o telefone no bolso de Brandon não toca junto com o meu.

Phoebe Lawton, você é a primeira! Mande de volta a sua escolha: devo revelar uma verdade ou você vai arriscar a consequência?

CAPÍTULO 3

Knox

Quarta-feira, 19 de fevereiro

Eu inspeciono a metade exposta da arara de roupas ao meu lado, sentindo um pavor existencial. Odeio lojas de departamento. Elas são claras demais, barulhentas demais e muito cheias de porcarias que ninguém precisa. Sempre que sou forçado a passar algum tempo numa delas, eu começo a pensar em como a cultura do consumismo é apenas uma longa e cara destruição do planeta com o intuito de nos fazer esquecer de que todos vamos morrer de qualquer forma.

Então termino de tomar o restinho do meu café gelado de seis dólares, porque nada sou além de um disposto participante dessa charada.

— São 42 dólares, querido — diz a mulher quando chega minha vez. Estou comprando uma carteira nova para minha mãe e espero ter escolhido certo. Mesmo com as instruções detalhadas que ela me deu, essa se parece com outras 12 carteiras pretas. Fiquei tempo demais me decidindo entre elas e agora estou atrasado para o trabalho.

Provavelmente isso não importa, porque Eli Kleinfelter não me paga ou, na maioria dos dias, sequer percebe que estou ali. Ainda assim, eu acelero o passo quando saio do shopping de Bayview, seguindo por uma calçada atrás do prédio até que ela fica estreita e termina no asfalto. Então, depois de uma olhada rápida por cima do ombro para garantir que ninguém está me vendo, eu me aproximo da frágil cerca de arame que circunda um terreno vazio em construção.

Deveria existir um novo estacionamento entrando pela encosta atrás do shopping, mas a construtora faliu depois que a obra já estava em andamento. Algumas empresas estão participando de um leilão para assumir a construção, incluindo a do meu pai. Até lá, a obra está no meio do que costumava ser um caminho entre o shopping e o centro de Bayview. Agora é preciso contornar o prédio e descer uma rua, o que demora dez vezes mais.

A não ser que você faça o que estou prestes a fazer.

Eu me abaixo para passar por um buraco gigantesco na cerca e vou margeando uma meia dúzia de cones brancos com laranja até estar de frente para uma garagem semiconstruída e o que deveria ser seu teto. A coisa toda é coberta por uma lona plástica grossa, com exceção da plataforma de madeira com um conjunto de escadas de metal de um dos lados, levando a uma parte da colina que ainda não foi escavada.

Eu não sei quem do Colégio Bayview teve essa ideia primeiro, mas agora é um atalho conhecido do shopping até o centro da cidade. E, obviamente, meu pai me *mataria* se soubesse que peguei esse caminho. Mas ele não está aqui e, ainda que estivesse, presta ainda menos atenção em mim do que Eli. Então eu me seguro em um dos cones da construção e olho para baixo.

Há um único problema.

Não é que eu tenha medo de altura. Mas meio que tenho uma preferência pela terra firme. Quando interpretei Peter Pan no acampamento de teatro no último verão, eu surtei tanto com a ideia de voar preso por uma roldana que tiveram que me abaixar para que eu ficasse a um metro do palco.

— Você não está voando, Knox — reclamava o produtor geral a cada vez que eu passava por ele balançando. — Está, no máximo, planando.

Tudo bem. Tenho medo de altura. Mas estou tentando superar. Olho para as grossas tábuas de madeira abaixo. Parecem estar a seis metros de mim. Alguém rebaixou o telhado?

— É um excelente dia para alguém morrer. Mas não eu — murmuro como se eu fosse Dax Reaper, o mais cruel dos caçadores de recompensas de *Bounty Wars*. Porque a única forma de deixar essa situação ainda mais patética é citando um personagem de videogame.

Eu não consigo fazer isso. Saltar de verdade. Sento na beirada, fecho os olhos e empurro o corpo para rastejar pelos metros restantes como uma cobra covarde. Eu aterrisso desajeitado, tremendo com o impacto e tropeçando nas tábuas irregulares de madeira. Não, não sou nada atlético.

Consigo recuperar o equilíbrio e sigo mancando em direção às escadas. O metal leve faz um som estridente a cada degrau que desço. Solto um suspiro de alívio quando encontro chão firme e sigo o que falta do caminho pela encosta até a última cerca. As pessoas costumavam passar por cima dela até alguém quebrar o cadeado. Atravesso o portão e saio no arvoredo na lateral do Bayview Center. Um ônibus da linha 11, que leva ao centro de San Diego, está com o motor ligado, mas parado na garagem em frente à prefeitura, então dou uma corridinha para atravessar a rua e entrar pelas portas ainda abertas.

Cheguei com um minuto de vantagem. Talvez eu chegue ao Até que Provem a tempo, no fim das contas. Pago minha passagem, afundo num dos últimos lugares vazios e tiro o telefone do bolso.

Ouço uma fungada alta ao meu lado.

— Essas coisas praticamente fazem parte da sua mão hoje em dia, não é mesmo? O meu neto não larga o dele. Eu sugeri que ele deixasse o telefone em casa da última vez em que saímos para comer e parecia que eu o havia ameaçado fisicamente.

Levanto a cabeça e encontro olhos azul-claros atrás das lentes bifocais. É óbvio. Não falha nunca: sempre que estou num lugar público e há uma senhora por perto, ela começa a conversar comigo. Maeve chama isso de Fator Jovem Bonzinho.

— Você tem essa cara — costuma dizer ela. — Elas sabem que você não vai ser grosseiro.

Eu chamo de A Praga de Knox Myers: irresistível para as octogenárias, invisível para as meninas da minha idade. Durante o jogo de estreia da Cal State Fullerton na temporada, no Café Contigo, Phoebe Lawton literalmente tropeçou em mim para chegar em Brandon Weber quando ele apareceu por lá no fim da noite.

Eu deveria continuar mexendo no celular e fingir que não ouvi, como Brandon faria. *O Que Brandon Faria* é um mantra de vida terrível, já que ele é um desperdício de espaço deprimente, que patina pela vida com o cabelo bonito, feições simétricas e a habilidade de fazer um arremesso perfeito — mas ele também consegue tudo o que quer e provavelmente nunca fica preso em estranhas conversas geriátricas no ônibus.

Então, sim. Perda seletiva de audição pelos próximos 15 minutos seria uma solução. Em vez disso, eu me pego dizendo:

— Tem uma palavra para isso: nomofobia. Medo de ficar sem o celular.

— É mesmo? — pergunta ela, e eu sou responsável por isso. As comportas estão abertas. Quando chegamos ao centro, eu já sei tudo sobre seus seis netos e sua cirurgia de quadril. Só quando desço do ônibus, a uma quadra do escritório de Eli, é que consigo voltar a fazer o que ia fazer no celular, para começo de conversa — verificar se havia mais alguma mensagem de quem quer que tenha mandado as regras da Verdade ou Consequência no dia anterior.

Eu deveria ter fingido que não tinha visto. Todos no Colégio Bayview deveriam ter feito isso. Mas não fizemos. Depois do que aconteceu com Simon, ficou gravado no nosso DNA um fascínio mórbido por essas coisas. Na noite anterior, enquanto muitos de nós deveríamos estar memorizando as falas da peça da primavera, ficamos desviando do assunto para tentar descobrir quem havia mandado a mensagem.

Só que a coisa toda provavelmente era uma piada. São quatro da tarde quando passo pelas portas do prédio onde fica o escritório do Até que Provem — passou muito do prazo de 24 horas que quem quer que fosse jogar tinha para responder —, e parece que o último que tentou ser Simon se calou.

Passo pela cafeteria no saguão e pego o elevador para o terceiro andar. O Até que Provem fica no fim de um estreito corredor, ao lado de uma dessas clínicas de implante capilar que empesteia o ambiente inteiro com um cheiro rançoso de química. Um sujeito careca sai pela porta, a cabeça salpicada por tufos irregulares de cabelo fino. Ele baixa o olhar e se retira furtivamente como se eu o tivesse pego comprando pornografia.

Quando eu escancaro a porta do Até que Provem, sou imediatamente golpeado pelo zumbido de pessoas demais amontoadas em um lugar pequeno, todas falando ao mesmo tempo.

— Quantas condenações?

— Sabemos de doze, mas deve haver mais.

— Alguém chamou o Channel 7 de volta?

— Dezoito meses, foi solto e então voltou.

— Knox! — Sandeep Ghai, um graduando de direito em Harvard que começou a trabalhar para Eli no último outono, vem rapidamente até onde estou, os braços tomados por uma pilha de pastas vermelhas que vai até a altura do seu nariz. — O homem que eu estava procurando. Preciso de 40 kits-emprego montados e enviados hoje. O kit que você vai usar como modelo está no topo da pilha, junto aos endereços. Você consegue fazer isso até o correio das cinco?

— Quarenta? — Levanto as sobrancelhas quando pego as pastas que ele segura. O Até que Provem não somente defende pessoas que Eli e os outros advogados acreditam terem sido injustamente incriminadas, como também as ajuda a conseguir empregos quando saem da prisão. Então de vez em quando eu envio folhetos cheios de currículos e uma carta de apresentação, que explica por que contratar ex-detentos é bom para os negócios. Mas geralmente temos sorte se, por semana, uma empresa local se interessa. — Por que tantos?

— Publicidade depois do caso Agostino — diz Sandeep, como se isso explicasse tudo. Já que eu ainda pareço confuso, ele acrescenta: — Todo empresário vira um cidadão consciente quando há chance de publicidade gratuita.

Eu devia ter adivinhado. Eli está aparecendo toda hora no noticiário depois de provar que um monte de gente condenada por acusações ligadas a drogas na verdade havia sido chantageada e incriminada por um sargento da polícia de San Diego, Carl D'Agostino, e dois de seus subordinados. Eles estão todos presos aguardando o julgamento, e o Até que Provem está trabalhando para que as acusações falsas sejam retiradas.

Da última vez que Eli conseguiu tanta imprensa assim foi no caso de Simon Kelleher. Na época, Eli foi notícia principal em todos os programas depois de tirar Nate Macauley da cadeia. A empresa do meu pai contratou Nate algumas semanas depois. Ele ainda trabalha lá, e agora a empresa está pagando para ele cursar uma universidade.

Depois que Bronwyn Rojas foi para Yale e o Até que Provem começou a procurar por outro estagiário do ensino médio, eu imaginei que Maeve ficaria com a vaga. Ela é próxima de Eli e também foi uma peça importante para desvendar o plano de Simon, para começo de conversa. Ninguém teria olhado para Simon como algo além de vítima se Maeve não tivesse rastreado a persona virtual secreta dele.

Mas Maeve não queria o emprego.

— Isso é coisa da Bronwyn. Não é para mim — ela chegou a dizer, no tom de voz que usa quando quer que uma conversa termine.

Então eu me candidatei. Em parte porque é interessante, mas também porque eu não estava exatamente com alguma outra oportunidade de trabalho em vista. Meu pai, que dizia para quem quisesse ouvir que Nate Macauley "é um jovem excepcional", nunca se preocupou em perguntar se eu queria trabalhar na Myers Construções.

Para ser justo: eu sou péssimo em qualquer coisa que precise de ferramentas para ser executada. Uma vez fui parar na emergência depois de martelar o dedo pendurando um quadro. Mas, ainda assim, ele poderia ter perguntado.

— Cinco horas — repete Sandeep, apontando para mim conforme se afasta em direção a sua mesa. — Posso contar com você, né?

— Pode deixar — digo, olhando ao redor à procura de algum lugar vazio. Meu olhar para em Eli, que é a única pessoa no Até que Provem que tem uma mesa inteira para si. Ela está tão tomada por pastas que quando ele se arqueia para a frente para pegar o telefone, tudo que vemos é seu cabelo de cientista maluco. Por algum milagre, a mesa que fica atrás dele está vazia.

Sigo naquela direção, esperando, talvez, ter uma chance de falar com ele. Eli me fascina, não somente porque é ridiculamente bom no seu trabalho, mas porque ele é o cara para o qual você provavelmente não olharia duas vezes se visse na rua. Ainda assim, ele é tão confiante e, não sei, *magnético*, ou algo do gênero. Agora que já trabalho com Eli tem alguns meses, não me surpreende que ele tenha uma noiva espetacular ou que consiga fazer com que pessoas que estão envolvidas em processos criminais digam todo o tipo de coisa que provavelmente não deveriam dizer. Eu quero que Eli me ensine seus métodos.

E também seria ótimo se ele aprendesse meu nome.

Mas eu nem consigo chegar à metade do corredor quando Sandeep grita:

— Eli! Precisamos de você em Winterfell.

Eli empurra a cadeira para trás e espia através das pastas a seu redor.

— Onde?

— Winterfell — responde Sandeep, com expectativa.

Quando Eli segue inexpressivo, limpo a garganta.

— É a sala de reunião pequena — explico. — Sabe? Sandeep deu nomes a elas para que pudéssemos diferenciá-las. A outra se chama, hum, King's Landing. — Assim como eu, Sandeep é um grande fã de *Game of Thrones*, então deu às salas de reunião os nomes de dois lugares da trama. Mas Eli nunca leu os livros ou viu a série de TV, e a coisa toda o confunde à beça.

— Ah. Certo. Obrigado. — Eli acena com a cabeça discretamente para mim, depois se vira para Sandeep. — O que tem a sala de reunião pequena?

— Precisamos de você em Winterfell — repete Sandeep, a voz ganhando um tom de impaciência. Eli se levanta com um suspiro e eu ganho um sorriso torto quando ele passa. Progresso.

Espalho minhas pastas pela mesa vazia, ponho meu telefone ao lado delas e começo a montar os kits. Assim que o faço, meu celular recebe uma série de notificações de mensagens enviadas, é óbvio, pelas minhas irmãs. Eu tenho quatro irmãs, todas mais velhas do que eu e com nomes começando por K: Kiersten, Katie, Kelsey e Kara. Somos como as Kardashian, mas sem a grana.

Minhas irmãs começam uma conversa em grupo por qualquer assunto. Aniversários, séries de televisão, namorados ou namoradas atuais, os/as ex. E frequentemente o assunto sou eu. É um pesadelo quando todas elas começam a se meter na minha vida amorosa ou no meu futuro ao mesmo tempo. *Knox, o que houve com Maeve? Ela era tão legal! Knox, quem você vai levar para a formatura? Knox, você já pensou nas opções de faculdade? Antes de você perceber já chegamos no próximo ano!*

Mas dessa vez elas estão falando sobre o noivado surpresa de Katie, que aconteceu no Dia de São Valentim. Ela vai ser a primeira dos Myers a se casar, então há *muito* o que conversar.

Elas eventualmente ficam em silêncio, e já estou na metade dos kits quando chega outra mensagem. Abaixo o olhar para dar uma espiada, esperando ver o nome de uma das minhas irmãs — provavelmente Kiersten, porque ela precisa ter a última palavra em tudo —, mas é de um número desconhecido.

Tsc, nenhuma resposta do nosso primeiro jogador. Quer dizer que você perdeu.

Eu esperava mais de você, Phoebe Lawton. Não tem nenhuma graça.

Agora preciso revelar um dos seus segredos no melhor estilo Falando Nisso.

Merda. Está mesmo acontecendo. Se bem que... Quão ruim poderia ser? Simon nunca se incomodou em colocar Phoebe no *Falando Nisso* porque ela é um livro aberto. Phoebe fica com um monte de gente, mas não trai ninguém nem faz com que se separem. E ela é uma daquelas garotas que transita com facilidade entre os grupos sociais da Escola Bayview, como se os limites imaginários que mantêm a maioria de nós separados não se aplicassem a ela. Tenho bastante certeza de que não há nada a ser dito sobre Phoebe que a gente já não saiba.

Por um tempo vejo que a pessoa está *digitando*. O anônimo das mensagens está tentando criar um suspense e, embora eu saiba que não devo morder a isca, minha pulsação acelera, o que meio que faz eu me odiar. Estou prestes a virar a tela do aparelho para baixo quando uma mensagem finalmente pipoca.

Phoebe dormiu com o namorado de Emma, a irmã dela.

Calma aí. Como é?

Olho ao redor do escritório esperando algum tipo de reação coletiva. Às vezes esqueço que sou o único por aqui que ainda está no ensino médio. Todos me ignoram, pois precisam lidar com problemas que realmente importam, então volto ao meu telefone. A tela escureceu e, portanto, aperto o botão para reativá-la.

Phoebe dormiu com o namorado de Emma, a irmã dela.

Isso não pode ser verdade. Para começo de conversa, Emma Lawton *tem* namorado? Ela é uma das garotas mais quietas e menos sociáveis do terceiro ano. Pelo que posso perceber, ela tem uma relação íntima com seu dever de casa, e é isso. Phoebe não faria isso com a própria irmã, faria? Quero dizer, eu não a conheço bem, mas existem regras. Minhas irmãs derramariam sangue numa situação dessas.

Mais mensagens surgem. Uma após a outra.

Como assim, Bayview? Vocês não sabiam?

Que vergonha. Estão atrasados nas fofocas.

Aqui vai um conselho para a próxima vez que brincarmos:

Sempre escolham consequência.

CAPÍTULO 4

Maeve

Quinta-feira, 20 de fevereiro

Eu deveria saber fazer esse negócio de falar com alguém que acabou de ter seu segredo mais profundo e vergonhoso vazado para a escola inteirinha. Mas estou meio enferrujada. Tem um tempo já.

Ontem eu estava no Café Contigo fazendo o dever de casa quando as mensagens sobre Phoebe chegaram. Assim que ela parou de servir as mesas e conferiu o celular, eu soube que a fofoca era verdadeira. A expressão em seu rosto era exatamente a mesma de Bronwyn, 18 meses atrás, quando o site de Jake Riordan — o que copiava o Falando Nisso depois da morte de Simon — revelou que ela havia colado em química. Não era apenas horror, mas também culpa.

Emma entrou correndo pela porta do café logo em seguida, o rosto vermelho e tremendo. Eu quase não a reconheci.

— Isso é verdade? É por isso que você está tão estranha? — ela cuspiu as palavras, o celular na mão.

53

Phoebe estava no caixa, ao lado do pai de Luis, tirando o avental. Eu tenho certeza de que ela estava prestes a fingir que não se sentia bem para dar o fora dali. Phoebe congelou, os olhos redondos, e não respondeu. Emma continuou se aproximando até estar a centímetros da irmã e, por um segundo, tive medo de que batesse nela.

— Foi enquanto nós estávamos namorando?

— Depois — disse Phoebe, tão enfática e rapidamente que eu tinha certeza de que também era verdade. Então o Sr. Santos entrou em ação, pondo um braço ao redor de Phoebe e de Emma, conduzindo as duas para a cozinha. Foi a última vez que os vi naquela noite.

Eu achei que o Sr. Santos tinha sido rápido o suficiente para manter a briga das duas em segredo, mas então percebi dois alunos do segundo ano do Colégio Bayview, os dois do time de beisebol, se aproximando do balcão.

— O pedido para viagem de Reynolds — disse um deles para o garçom, que de repente era o responsável por atender todo o salão e pelo caixa. O outro rapaz nem levantou os olhos do celular. Quando cheguei em casa e falei com Knox, ele já sabia de tudo.

— Parece que o mais novo fofoqueiro de Bayview sabe dos podres — disse ele.

Na noite passada, fiquei pensando se deveria mandar uma mensagem para Phoebe. *Tudo bem?* Mas acontece que, embora eu sempre tenha gostado dela, nós não somos amigas. Somos *colegas*, principalmente porque passo tempo demais onde ela trabalha e porque ela é uma dessas pessoas extrovertidas que conversam com todo mundo. Uma vez Phoebe me deu seu número de celular "só para eu ter", mas nunca entrei em contato, e parecia um momento estranho para fazê-lo pela primeira vez. Como se eu estivesse curiosa em vez de preocupada. Agora, descendo as escadas para o café da manhã, eu ainda não sei se minha decisão foi acertada.

Mamãe está à mesa quando entro na cozinha, a testa franzida para o notebook. Quando estava aqui, Bronwyn costumava tomar café da manhã na bancada da cozinha. Sentar no banco ao lado do dela, agora vazio, me faz perder o apetite. Mamãe nunca diria nada, porque o fato de Bronwyn estar em Yale era um sonho tanto dela quanto da minha irmã, mas acho que ela se sente como eu.

Mamãe levanta a cabeça e abre um sorriso brilhante.

— Adivinha só? — E então seus olhos se estreitam quando puxo uma caixa de Froot Loops do armário ao lado da pia. — Eu não me lembro de ter comprado isso.

— Não comprou — respondo. Encho um pote com rodelinhas coloridas até a borda, depois pego uma caixa de leite da geladeira e me sento ao seu lado. Papai entra na cozinha ajeitando a gravata e mamãe lança para ele seu olhar do mal.

— Sério, Javier? Achei que tivéssemos combinado de comprar um café da manhã saudável.

Ele parece culpado apenas por um segundo.

— Esses pelo menos são fortificados, têm vitaminas e minerais. É o que diz na caixa. — Ele pega um pouquinho de cereal do meu pote e põe na boca antes que eu acrescente o leite.

Mamãe revira os olhos.

— Você é tão horrível quanto ela. Não venha chorar para mim quando seus dentes apodrecerem.

Papai engole o cereal e dá um beijo na bochecha dela e outro no topo da minha cabeça.

— Eu prometo suportar todas as cáries com o nível apropriado de austeridade — diz ele. Meu pai se mudou da Colômbia para os Estados Unidos quando tinha dez anos, então ele não tem exatamente um sotaque, mas há um ritmo no seu jeito de falar que é um pouquinho formal e um pouquinho musical. É uma das coisas que eu mais gosto nele. Bom, isso e a nossa mútua apreciação por açúcar refinado, uma coisa que mamãe e Bronwyn não compartilham conosco. — Não esperem por mim para jantar, tudo bem? Temos aquela reunião do conselho hoje. Tenho certeza de que vai terminar tarde.

— Certo, mau exemplo — responde minha mãe com afeto. Papai pega suas chaves de um gancho na parede e sai porta afora.

Engulo uma imensa colherada de Froot Loops já mole e faço um gesto na direção do notebook dela.

— Então, o que você comprou?

Ela pisca com a mudança de assunto e depois sorri.

— Ah, você vai amar isso. Ingressos para assistir a *Into the Woods* quando Bronwyn vier, na semana que vem. Está passando no Civic. É a peça que o clube de teatro vai fazer nessa primavera, não é? O Colégio Bayview é do time dos profissionais mesmo.

Engulo outra colherada de cereal antes de respondê-la. Preciso de um segundo para reunir o nível apropriado de entusiasmo.

— É, sim. Incrível! Vai ser tão divertido.

Demais. Eu exagerei. Minha mãe enruga a testa.

— Você não quer ir?

— Não, eu quero muito ir — minto.

Ela não se deixa convencer.

— Qual o problema? Achei que você amava musicais!

Essa é minha mãe. Preciso lhe dar algum crédito por sempre defender cada um dos meus interesses passageiros. *Uma vez Maeve atuou em uma peça. Logo, Maeve ama todas as peças!* Eu participei da peça da escola no ano passado e foi… legal. Mas não participei dos testes para a deste ano. É como uma daquelas coisas que eu fiz uma vez e agora poderia facilmente colocar na prateleira das experiências que não preciso repetir. *Sim, eu tentei, foi legal, mas não é para mim*. Que é onde costumo pôr a maior parte das minhas experiências.

— Eu gosto — digo. — Mas Bronwyn já não viu *Into the Woods*?

Mamãe franze a testa.

— Ela viu? Quando?

Eu procuro as últimas rodelas de Froot Loops com a colher e demoro um tempo para engolir.

— No Natal, eu acho? Com, hum… Nate.

Hum. Que mentira ruim. Nate nunca iria a um musical.

A testa dela fica ainda mais franzida. Mamãe não desgosta de Nate, mas também não faz questão de esconder que acha que ele e Bronwyn vêm de, como costuma dizer, "mundos diferentes". Além do mais, ela vive insistindo em dizer que Bronwyn é nova demais para estar em um relacionamento sério. Quando eu interfiro e falo que ela e papai se conheceram na faculdade, ela responde:

— Quando estávamos no *segundo ano*.

Como se eles tivessem amadurecido uma década nesse intervalo.

— Bom, deixa eu confirmar com ela — diz mamãe agora, alcançando o telefone. — Eu tenho 30 minutos para pedir o reembolso.

Dou um tapa na testa.

— Quer saber? Esquece. Eles não viram *Into the Woods*, foi *Velozes e Furiosos parte 12*, ou algo assim. Você sabe. Basicamente a mesma coisa.

Mamãe logo muda a expressão de confusa para exasperada quando eu viro a tigela em que estava o cereal para beber o leite cor-de-rosa com um ruído.

— Maeve, pare com isso. Você não tem mais seis anos. — Ela se volta para o notebook, a testa franzida. — Ah, pelo amor de Deus. Eu acabei de olhar meus e-mails. Como já chegaram tantos outros?

Abaixo a tigela e pego um guardanapo, porque do nada meu nariz começou a escorrer. Eu limpo sem pensar em muito mais que *ainda não chegamos na época da alergia*, mas então abaixo minha mão e… ah.

Ai, meu Deus.

Eu me levanto sem dizer nada, o guardanapo preso entre os dedos, e vou para o banheiro do primeiro andar. Posso sentir a umidade se acumulando debaixo das minhas narinas e, antes mesmo de olhar no espelho, eu sei o que verei. Rosto pálido, boca rígida, olhos estupefatos — e um fio curto de sangue vermelho--vivo descendo por cada narina.

O pavor vem tão forte e tão rápido que parece que alguém me acertou com uma arma elétrica: há um momento de choque gélido e depois estou tremendo, tendo espasmos, sacudindo tão fortemente que mal consigo segurar o guardanapo no nariz. O vermelho corre em uma padronagem de cerejas conforme meu coração martela no peito, o pulsar frenético ecoando nos meus ouvidos. Meus olhos não param de piscar, seguindo o ritmo perfeito da palavra que se repete no meu cérebro.

Voltou. Voltou. Voltou.

Todas as vezes em que a leucemia voltou, começou com um sangramento nasal.

Eu me imagino entrando na cozinha e mostrando o guarda-napo sujo de sangue para minha mãe, e todo o ar deixa meus pulmões. Eu não posso ver *aquela expressão* no rosto dela de novo — como se estivéssemos em um filme em que o tempo acelera e mamãe envelhece vinte anos em vinte segundos. Ela vai ligar para meu pai e, quando ele voltar para casa, toda a alegria que tinha pela manhã terá ido embora. Ele estará com aquela expressão que eu detesto mais que tudo, porque conheço a prece silenciosa que a acompanha. Eu a ouvi uma vez — quando tinha oito anos e quase morri —, as palavras em espanhol sussurradas enquanto ele estava sentado com a cabeça baixa ao lado da minha cama no hospital.

— *Por favor, Dios, llévame a mi en su lugar. Yo por ella. Por favor.* — Embora estivesse semiconsciente, eu pensei, *Não, Deus, não ouça meu pai*, porque eu refuto qualquer prece em que ele peça para estar no meu lugar.

Se eu mostrar esse guardanapo para minha mãe, teremos que voltar às baterias de exames. Eles começam com o menos invasivo e doloroso, mas torna-se necessário realizar todos eles. E então nos sentaremos no consultório do Dr. Gutierrez, encarando seu rosto fino e preocupado, enquanto ele apresenta os prós e os contras das opções igualmente horríveis de tratamento, nos lembrando de que *a cada vez que o câncer volta, é mais difícil de tratar, por isso precisamos nos ajustar.* Por fim, escolhemos o medicamento, que é seguido por meses de perda de peso, perda de cabelo, perda de energia, perda de tempo. Perda de esperança.

Da última vez, aos treze anos, eu disse a mim mesma que nunca faria aquilo novamente.

Meu nariz parou de sangrar. Analiso o guardanapo com o máximo de distanciamento clínico que consigo. Não tem tanto sangue assim, na verdade. Talvez seja apenas o ar seco; estamos em fevereiro, afinal. Às vezes um sangramento nasal é apenas um sangramento nasal e não é preciso deixar as pessoas nervosas por conta disso. Minha pulsação desacelera conforme pressiono um lábio contra o outro e respiro fundo, ouvindo nada além do ar.

Jogo o guardanapo no vaso sanitário e dou descarga rapidamente para não precisar ver os filetes de sangue se dissolvendo na água. Então pego outro lenço de papel da caixa em cima da privada e o umedeço para limpar os traços restantes de vermelho.

— Está tudo bem — digo para o meu reflexo, segurando a pia pelas beiradas. — Está tudo bem.

Chegaram, pela manhã, duas mensagens sobre o novo jogo de fofoca do Colégio Bayview: um alerta sobre o próximo jogador ser contatado em breve e um lembrete com um link para as regras do jogo. Os alunos todos estão lendo o novo site do Falando Nisso durante o almoço, jogando distraidamente a comida na boca, os olhos colados aos celulares. Eu não consigo não pensar que Simon estaria *amando* a cena.

E, sendo totalmente honesta, essa distração não me incomoda agora.

— Eu ainda estou mais chocado por Emma ter um namorado — diz Knox, dando uma olhada na mesa em que Phoebe está sentada com uma amiga, Jules Crandall, e várias outras meninas do segundo ano. Emma não está em lugar algum, mas ela nunca está. Eu tenho certeza de que ela almoça lá fora com a amiga com quem já a vi, uma menina quieta chamada Gillian. — Você acha que ele é da escola?

Pego uma das batatas fritas que estamos dividindo e passo no ketchup antes de jogá-la na boca.

— Eu nunca vi Emma com ninguém.

Lucy Chen, que estava profundamente envolvida em outra conversa na nossa mesa, se vira para nós.

— Vocês estão falando sobre Phoebe e Emma? — pergunta, nos encarando com um olhar de reprovação. Porque Lucy Chen é *aquela* garota: a que reclama de qualquer coisa que você estiver fazendo enquanto tenta se intrometer no assunto. E esse ano ela é também a estrela da peça de teatro ao lado de Knox. — Todo mundo precisa ignorar esse jogo.

Chase Russo, o namorado dela, pisca em sua direção.

— Lucie, *esse jogo* é sobre o que você não para de falar nos últimos dez minutos.

— Sobre o quanto ele é *perigoso* — diz Lucy, presunçosamente cheia de razão. — O Colégio Bayview tem uma população de alto risco quando se trata desse tipo de coisa.

Eu seguro um suspiro. É isso que acontece quando você não é boa em fazer amigos: você acaba andando com umas pessoas de quem não necessariamente gosta. Na maior parte do tempo, sou grata pela camaradagem entre os integrantes do grupo de teatro, porque eles me fazem companhia mesmo quando Knox não está por perto. Outras vezes, eu penso em como seria a escola e a vida se eu me esforçasse mais. Se eu escolhesse alguém para andar comigo em vez de me deixar levar por qualquer círculo que me aceite. Fico olhando para Phoebe, que está mastigando e encarando o nada. Hoje deve estar sendo difícil, mas ela está aqui, de cabeça erguida. Ela me lembra a Bronwyn. Phoebe está com um de seus vestidos brilhantes, os cachos cor de bronze caindo pelos ombros, a maquiagem perfeita. Nada de ficar nos bastidores.

Eu gostaria de ter mandando uma mensagem para ela ontem, no fim das contas.

— De todo modo, estou certa de que todos sabemos quem está por trás disso — completa Lucy, apontando com a cabeça para um canto onde Matthias Schroeder está almoçando sozinho, seu rosto escondido atrás de um grosso livro. — Matthias devia ter sido expulso depois do Simon Manda. A política de zero tolerância da diretora Gupta chegou tarde demais.

— Sério? Você acha que Matthias fez isso? Mas as brincadeiras do Simon Manda eram tão inofensivas — respondo. Eu não consigo desgostar de Matthias, mesmo que meu nome sempre aparecesse no blog-plágio de curta duração que ele fez no último outono. Matthias se mudou para cá quando era calouro, bem na época em que eu comecei a vir mais para a escola, e ele nunca se encaixou muito bem em nenhum lugar. Eu o observava andando com grupinhos que ou o zoavam ou o ignoravam, e eu sabia que seria exatamente como ele se não fosse por Bronwyn.

Chase sorri.

— Aquele cara inventou as fofocas mais toscas de todos os tempos. — Ele entoa uma voz esbaforida. — *Maeve Rojas e Knox Myers terminaram!* Tipo, tá, cara. Todo mundo já sabe disso e ninguém se importa. Foi o término mais sem emoção da história. Tente mais uma vez.

— Ainda assim. — Lucy dá uma fungada. — Eu não confio nele. Ele tem a mesma vibe de garoto solitário e triste que Simon tinha.

— Simon não tinha... — começo, mas sou interrompida por uma voz retumbante atrás de nós.

— E aí, Phoebe, qual é? — Todos nós nos viramos e Knox deixa escapar um "ugh" quando avistamos Sean Murdock inclinando sua cadeira para trás, o dorso forte virado na direção da mesa de Phoebe. Sean é o amigo mais babaca de Brandon Weber, o que é algo relevante a ser dito. Ele costumava me chamar de Zumbi

Ambulante no primeiro ano, e tenho certeza de que ainda não sabe o meu nome de verdade.

Phoebe não responde e Sean empurra sua cadeira para longe da mesa, com um som alto de raspagem.

— Eu não sabia que você e Emma eram tão próximas — diz ele, mais alto que o burburinho da lanchonete. — Se estiver procurando por um rapaz novo para dividir, eu ofereço os meus serviços. — Os amigos dele começam a rir e Sean levanta o tom de voz: — Vocês podem revezar. Ou as duas ficam comigo ao mesmo tempo. Eu sou bom de uma forma ou de outra.

Monica Hill, uma aluna do segundo ano que sempre anda com Sean e Brandon, dá um grito alto e bate no braço de Sean — mais como se para provocar o garoto do que pedindo que se calasse. Quanto a Brandon, ele está rindo mais do que qualquer outra pessoa em sua mesa.

— Só se for nos seus sonhos, cara — diz ele, sem nem mesmo olhar na direção de Phoebe.

— Não seja guloso só porque tá pegando — diz Sean. — As Lawton têm amor suficiente para dividir. Não é verdade, Phoebe? O dobro para o povo. Compartilhar é amar. — Ele está gargalhando agora. — Olha isso, Bran. Sou um poeta, eu sei.

De repente, o ambiente fica muito silencioso. O tipo de silêncio que só ocorre quando todo mundo do lugar está focado na mesma coisa. Phoebe está encarando o chão, as bochechas pálidas, os lábios pressionados num traço fino. Eu estou praticamente de pé tamanha a necessidade de fazer *alguma coisa*, ainda que não tenha a menor ideia do que, quando Phoebe levanta a cabeça e olha diretamente para Sean.

— Obrigada, mas não — diz ela em alto e bom som. — Se eu quisesse ficar entediada e decepcionada, era só assistir a você jogando beisebol. — Em seguida, ela dá uma grande e consciente mordida em uma maçã verde brilhante.

Os murmúrios dão lugar a vaias e assobios enquanto Chase diz:

— Cacete, garota. — O rosto de Sean fica vermelho como um pimentão, mas antes que ele possa dizer qualquer coisa, um dos atendentes da lanchonete sai da cozinha. É Robert, que tem o corpo de um *linebacker* e é a única pessoa no Colégio Bayview que tem a voz mais alta que a de Sean. Ele põe as mãos ao redor da boca, como se fosse um megafone, enquanto afundo de volta no meu lugar.

— Todos precisam se acalmar agora. Ou querem que eu chame um dos professores? — grita.

O barulho cai pela metade imediatamente, mas isso só faz com que seja mais fácil ouvir as últimas palavras de Sean, quando ele vira de costas de volta para a sua mesa.

— Falou como a puta que você é, Lawton.

Robert não hesita.

— Diretoria, Murdock.

— O quê? — Sean reclama, abrindo os braços. — Ela começou! Ela veio me desrespeitar. É uma violação da prática antibullying da escola.

Uma indignação toma as minhas veias. Por que exatamente eu estou calada? O que eu tenho a perder nessa vida?

— Mentiroso — chamo, assustando tanto Knox que ele dá um pulo da cadeira. — Você a provocou e todo mundo sabe disso.

Sean funga mais alto que o murmúrio de concordância ao redor.

— Ninguém perguntou nada a você, Cancerígena.

As palavras fazem o meu estômago afundar, mas reviro os olhos como se fosse uma ofensa datada.

— Ora, ora — devolvo.

Robert cruza os braços tatuados e dá alguns passos à frente. Há rumores de que ele costumava trabalhar na cozinha da penitenciária, o que é um treinamento sólido para o que faz agora. Na verdade, é provavelmente por isso que foi contratado. A diretora Gupta aprendeu ao menos algumas coisas no ano passado.

— Diretoria, Murdock — rosna ele. — Pode ir por conta própria ou eu posso levar você. Prometo que não vai gostar da experiência.

Dessa vez, eu não consigo ouvir nada do que Sean resmunga enquanto se levanta. Ele lança um olhar mortal para Phoebe quando passa por sua mesa, e ela devolve na mesma moeda. Mas, uma vez que ele passa, o rosto dela meio que... fica estranho.

— Alguém vai para a detenção — avisa Chase, cantarolando.

— Tente não morrer, Murdock. — Eu prendo a respiração, e ele dá um sorriso de desculpas. — Cedo demais?

O sinal toca e começamos a reunir nossas coisas. Algumas mesas adiante, Jules pega a bandeja de Phoebe e sussurra alguma coisa no ouvido da amiga. Phoebe concorda, balançando a cabeça, e põe uma das alças da mochila sobre o ombro. Ela segue em direção à porta, parando ao lado da nossa mesa, fazendo com que um grupo de alunas se afaste para ela passar no pequeno espaço entre as cadeiras. Todas olham para trás, para ela, e começam a rir baixinho.

Eu encosto no braço de Phoebe.

— Você está bem? — pergunto. Ela parece bem, mas, antes que possa responder, eu vejo Lucy se aproximando pelo outro lado.

— Você não precisa passar por isso, Phoebe — diz Lucy, e por um segundo eu quase gosto dela. Mas então ela assume seu ar de certinha de novo. — Talvez a gente deva contar para a diretora

Gupta o que está acontecendo. Estou começando a achar que essa escola seria melhor se ninguém tivesse um celular, para começo de conv...

Phoebe se vira na direção dela, os olhos em chamas. Lucy arfa e tropeça dando um passo para trás, porque ela é dramática desse jeito. Phoebe parece realmente preparada para dar o bote e, quando fala, sua voz é gélida:

— Não ouse. Não. Ouse.

CAPÍTULO 5

Phoebe

Quinta-feira, 20 de fevereiro

— *Bizarro* — digo a Owen.

Ele se inclina para a frente no seu banquinho, na bancada da cozinha, franzindo o rosto de preocupação.

— Você consegue usar numa frase?

— Hum... — hesito, e ele deixa escapar um leve suspiro.

— Tem uma no verso da carta.

— Ah. Certo. — Giro a carta que estou segurando e leio: — *O filme era tão bizarro que deixamos o cinema num silêncio estupefato.*

— Bizarro — diz Owen. — B-I-Z-A-R-O. — Então ele sorri com expectativa, como se estivesse esperando pelo sinal de joinha que fiz para as 12 palavras anteriores.

Eu sorrio para ele, o cartão na mão. Não há muitas coisas que possam me distrair das últimas 24 horas com facilidade, mas Owen se enrolando enquanto pratica para o campeonato de soletração do ensino fundamental é uma delas. Ele geralmente está no nível ensino médio nesse tipo de coisa.

— Não — falo. — Você soletrou errado.

— O quê? — pergunta ele, ajeitando os óculos. — Eu soletrei a palavra que você me deu. Posso ver? — pede Owen com a mão estendida para a carta.

Eu não costumo ajudá-lo com nada relacionado à escola, mas a culpa por ter sido uma irmã tão horrível com Emma me levou a isso ao chegar em casa. Ele ficou tão positivamente surpreso que agora eu me sinto ainda pior. Sei que Owen quer mais a minha atenção e de Emma. É óbvio pelo tanto que ele fica nos rondando. Meu irmão é naturalmente curioso e fica pior quando recebemos amigos. Quando Jules está, ele fica vagando pelo meu quarto o tempo todo, além de seguir Emma nas sessões de tutoria na biblioteca às vezes. Nós duas ficamos irritadas com ele, embora eu saiba — e tenho certeza de que Emma também sabe — que ele quer apenas fazer parte das coisas.

Seria fácil chamá-lo para ficar conosco, mas nunca fazemos isso. Cada um fica na sua.

— É óbvio! — A culpa novinha em folha deixa a minha voz gentil demais, e Owen me dá uma olhada confusa ao pegar a carta.

Estamos sozinhos no apartamento, mamãe está no escritório e Emma... não está aqui. Eu mal a vi desde que o Sr. Santos nos puxou na cozinha do Café Contigo e sugeriu que fôssemos conversar em casa. Emma concordou, mas assim que saímos do restaurante, ela seguiu para a casa da amiga, Gillian, e passou a noite lá. Ela não respondeu a nenhuma das minhas mensagens e me evitou na escola.

O que, de certa forma, foi um alívio, exceto pela parte em que estamos evitando o inevitável.

— Hum. Eu sempre pensei que fosse com um "r" só. — Owen larga a carta na bancada e amassa uma framboesa. — Que constrangedor.

Eu resisto ao impulso de bagunçar o cabelo dele. Owen não é mais um menininho, embora ainda aja como um. Às vezes sinto como se ele tivesse parado no tempo quando o papai morreu, para sempre com nove anos, independentemente do quanto cresceu. Owen é mais esperto do que eu e Emma juntas — suas provas estão no nível de um geniozinho e ele conseguiu botar nosso antigo notebook para funcionar, além de ter sincronizado o computador com todos os celulares da casa, o que nos deixou abismadas. Mas ele é tão emocionalmente imaturo que minha mãe nunca deixou que pulasse uma série na escola, embora Owen tivesse inteligência para isso.

Antes que eu possa responder, uma chave gira na fechadura da porta da frente e meu coração acelera. É cedo demais para a mamãe chegar, o que significa que Emma finalmente apareceu.

Minha irmã atravessa a porta com a mochila em um ombro e uma bolsa no outro. Ela está de camisa social azul-clara e calças jeans, o cabelo preso para trás com uma faixa azul-marinho. Seus lábios estão finos e ressecados. Ela para rapidamente quando me vê e deixa as duas bolsas caírem no chão.

— Oi — digo. Minha voz sai mais como um ganido, depois some.

— Oi, Emma — cumprimenta Owen, animado. — Você não vai acreditar no que eu acabei de soletrar errado. — Ele fica esperando, ansioso, mas quando só o que ela lhe dá é um sorriso contido, ele completa: — Sabe a palavra *bizarro*? Tipo quando uma coisa é bem esquisita?

— Sei — responde Emma, os olhos grudados em mim.

— Eu soletrei com um "r" só.

— É compreensível. — Emma parece estar fazendo um esforço tremendo para falar. — Você vai tentar de novo?

— Não, agora eu já aprendi — diz Owen, levantando do banco. — Vou jogar um pouco de *Bounty Wars*. — Nem eu nem Emma respondemos quando Owen sai pelo corredor em direção ao quarto dele. Assim que a porta se fecha com um clique suave, Emma cruza os braços e se vira para mim.

— Por quê? — pergunta ela, calma.

Minha boca está totalmente seca. Eu alcanço o copo quase cheio de Fanta já quente que Owen deixou na bancada e bebo a coisa toda antes de responder.

— Me desculpa.

O rosto de Emma fica tenso, e posso ver sua garganta se mexendo quando engole.

— Não é um motivo.

— Eu sei. Mas eu sinto. Sinto muito, quero dizer. Eu nunca tive a intenção de… É só que teve essa festa na casa de Jules na véspera do Natal, e o Derek… — Ela vacila quando digo o nome dele, mas continuo: — Bom, acontece que ele conhece o primo de Jules. Eles foram para um acampamento de música juntos. Os dois tocam saxofone. — Agora estou falando demais e Emma apenas me olha com o cenho cada vez mais franzido. — Eu fui para a festa ver Jules, e ele estava… lá.

— Ele estava lá — repete Emma num tom maçante. — Então é esse o seu motivo? Proximidade?

Eu abro a boca e fecho logo em seguida. Não tenho uma boa resposta. Nem para ela e nem para mim mesma. Tenho tentado entender faz dois meses.

Porque eu estava bêbada. Óbvio, mas é só uma desculpa. O álcool não me faz ter atitudes que eu não teria sóbria. Apenas me dá um empurrãozinho para que eu faça o que normalmente já faria.

Porque vocês tinham terminado. Sim, três semanas antes. Emma conheceu Derek na simulação da ONU no verão e eles namoraram por cinco meses. Eu não sei a razão do término. Ela nunca me contou, assim como nunca me contou sobre os encontros dos dois. Mas eu via, no nosso quarto desconfortavelmente pequeno, como ela demorava para se arrumar. Talvez eles reatassem se eu e Derek não tivéssemos arruinado essa chance.

Porque eu gostava dele. Argh. Essa é a cereja no topo do meu sundae de más decisões. E nem era tanto assim.

Porque eu queria magoar você. Não conscientemente, mas... às vezes eu me pergunto se estou me aproximando da verdade com essa possibilidade. Eu venho tentando chamar a atenção de Emma desde que papai morreu, mas na maior parte do tempo é como se eu não estivesse ali. Talvez algo no meu cérebro quisesse *forçá-la* a me notar. E, nesse caso, missão cumprida.

Os olhos dela encontram os meus.

— Ele foi o meu primeiro, sabe — diz. — O meu único.

Eu não sabia porque ela nunca me contou. Mas eu poderia ter adivinhado. E sei que Derek ocupar esse lugar na vida dela faz tudo ser ainda pior. Sinto uma fisgada forte de culpa ao dizer:

— Me desculpe, Emma. Eu faria qualquer coisa para compensar. E juro por Deus que nunca contei a ninguém. Nem para Jules! Derek deve ter...

— *Pare de dizer o nome dele!* — O grito de Emma é tão agudo que me cala. — Eu não quero ouvir. Eu o odeio, odeio você e, enquanto eu viver, não quero falar com nenhum dos dois nunca mais!

As lágrimas começam a escorrer pelas bochechas dela e, por um segundo, eu não consigo respirar. Emma dificilmente chora na frente dos outros; a última vez foi no enterro do papai.

— Emma, nós podemos...

— Estou falando sério, Phoebe! Me deixe em paz! — Ela passa por mim em disparada para o nosso quarto, batendo a porta com tanta força que as dobradiças chacoalham. A porta do quarto de Owen se abre devagar, mas antes que ele possa colocar a cabeça para fora e fazer perguntas, eu pego a minha chave e saio do apartamento.

Meus olhos começam a encher d'água e eu preciso piscar para que a pessoa que está à minha frente no corredor entre em foco.

— Oi — diz Addy Prentiss. — Eu só ia ver se a sua mãe está em casa... — Ela se cala quando chega mais perto, o rostinho de fada se enrugando de preocupação. — Está tudo bem com você?

— Tudo bem. Alergia — digo, enxugando os olhos. Addy não parece convencida, então eu me adianto: — Minha mãe ainda está no trabalho, mas deve estar de volta em mais ou menos uma hora. Você precisa de algo antes disso? Posso ligar para ela.

— Ah, não tem pressa — responde Addy. — Estou planejando a despedida de solteira de Ashton e queria pegar algumas sugestões de restaurantes com ela. Vou mandar uma mensagem.

Ela sorri e o nó no meu peito afrouxa um pouquinho. Addy me dá esperança, porque mesmo quando sua vida desmoronou depois que o blog de Simon revelou o seu pior erro, ela recolocou tudo no lugar — e ficou melhor do que estava antes. Ela está mais forte, mais feliz e muito mais próxima da irmã. Addy é a rainha das segundas chances e, nesse exato momento, eu realmente preciso acreditar que elas existem.

— Que tipo de lugar você tem em mente? — pergunto.

— Um lugar discreto. — Addy dá um sorriso torto. — Nem sei ao certo se posso usar o termo "despedida de solteira". Ele tem todo um significado, não é mesmo? É só uma noite apenas para as meninas, na verdade. Um lugar em que eu possa entrar.

Tenho um impulso de chamar Addy para sair comigo, embora eu nem saiba para onde estou indo. Estava apenas à procura de um plano de fuga. Mas antes que eu possa inventar um bom motivo para sairmos, ela olha novamente para a porta de sua casa e diz:

— É melhor eu ir. Preciso encomendar as coisas para as lembrancinhas do casamento. As funções da madrinha nunca acabam.

— Que tipo de lembrancinhas?

— Saquinhos de amêndoas caramelizadas. Bem original, né? Mas Ash e Eli adoram isso.

— Você quer ajuda para embalá-las? — pergunto. — Eu me tornei uma expert em lembrancinhas agora que a minha mãe vive recebendo coisas para experimentar.

Addy se anima.

— Isso seria ótimo! Eu aviso quando chegarem. — Ela se vira para o apartamento com um aceno. — Aproveite o que você estava indo fazer. O dia está lindo.

— Vou aproveitar. — Ponho as chaves no bolso, a animação que surgiu por conversar com Addy rapidamente vai embora. Fico repetindo as palavras de Emma na cabeça enquanto entro no elevador. "Eu o odeio, odeio você e, enquanto eu viver, não quero falar com nenhum dos dois nunca mais!" Addy e Ashton podiam não se dar bem antes do ano que passou, mas aposto que nunca tiveram uma conversa dessa.

Quando a porta do elevador se abre, eu cruzo o chão que imita mármore e empurro as pesadas portas de vidro para alcançar a luz do dia. Não peguei meus óculos escuros ao sair, então preciso colocar a mão sobre os olhos quando atravesso até o parque do outro lado da rua. Ele é pequenino, do tamanho de um quarteirão, e popular entre os pais jovens e descolados de Bayview por conta da parede de escaladas para crianças e do mercado Whole Foods que fica próximo. Eu atravesso a entrada em arco, passando por dois menininhos brincando de bola, a caminho de um canto relativamente calmo, com sombra e um banco vazio.

Puxo o celular do bolso sentindo um vazio no peito. Recebi dezenas de mensagens hoje, mas depois de confirmar que nenhuma delas era de Emma, eu mal conseguia lê-las. Pela centésima vez no dia, eu gostaria de ter acreditado que dessa vez a cópia de Simon era para valer.

Ignoro as mensagens das pessoas que eu não conheço muito bem e leio todas as de Jules.

Você podia ter me contado, sabe.

Eu não julgo.

Quero dizer, foi desonesto, mas todo mundo erra.

Sinto um peso no estômago. Jules foi ótima hoje, um escudo entre mim e o restante da escola. Mas eu sabia que ela estava magoada por ter descoberto sobre Derek ao mesmo tempo que todos os alunos do Colégio Bayview. Nós geralmente contamos tudo uma para a outra, mas eu não consegui contar isso para ela.

A última mensagem de Jules diz: *Monica está me dando uma carona para casa. Você quer ir?* Eu gostaria de ter lido isso antes de andar mais de três quilômetros do colégio até meu apartamento. Exceto por... Monica? Desde quando ela e Jules andam juntas? A imagem de Monica sendo alegremente falsa com Sean no almoço me vem e tenho a sensação de que começou assim que ela viu uma chance de descobrir mais podres.

A mensagem seguinte é de um número que eu não conheço e que não tenho nos meus contatos. *Oi, é a Maeve. Só para saber se você está bem.* Maeve nunca me escreveu antes. É legal da parte dela ter me procurado, eu acho, e ter se posicionado contra Sean no almoço hoje, mas eu não sei exatamente o que responder. Não estou bem, mas não há nada que Maeve — com seus pais perfeitos, sua irmã perfeita e um ex-namorado que agora é seu melhor amigo, porque nem quem leva um pé na bunda dela consegue se zangar com Maeve — possa fazer.

Brandon: *Passa aqui? Meus pais estão fora. ;)*

Meu rosto queima e fico irritada.

— Eu não acredito! — grito para a tela do telefone. Só que acredito sim, porque eu sempre soube que Brandon se importa menos comigo do que com um par novo de chuteiras de futebol americano. Rir de mim no almoço combina perfeitamente com Brandon, e eu deveria saber disso antes de ficar com ele.

Diferentemente de Emma, eu tive muitos namorados. E embora eu não tenha dormido com todos eles, eu dormi toda vez que me pareceu a coisa certa a se fazer. Sexo sempre pareceu algo positivo na minha vida até o último dezembro, quando me escondi na lavanderia de Jules com Derek. Depois corri dele diretamente para Brandon, apesar de todos os alertas para me manter afastada. Talvez depois de ter vacilado tanto com Derek eu tenha achado que não merecia coisa melhor.

Mas eu mereço. Um erro não condena ninguém a um futuro cheio de Brandons Weber. Apago a última mensagem. E então apago o número dele da agenda. Isso me dá meio segundo de satisfação, até que vejo a mensagem seguinte.

Número desconhecido: *Bom, isso foi divertido, não foi? Quem está pronto para...*

Eu não consigo ler mais nada na prévia da mensagem. Penso se devo apagar essa também, sem ler mais nada, mas não tenho motivo para isso. Se esse joguinho doentio estiver falando de mim, eu vou saber mais cedo ou mais tarde. Então abro a mensagem.

Bom, isso foi divertido, não foi? Quem está pronto para outra partida? Em seguida chegam mais de 50 mensagens de alunos do Colégio Bayview implorando por mais. Babacas. Eu deslizo pelas mensagens até chegar na última, de Desconhecido:

O próximo jogador será contatado em breve. Tic-toc.

E então eu me lembro por que o Falando Nisso foi tão popular por tanto tempo. Porque apesar de odiar o Número Desconhecido, de ficar nervosa por ele ter revelado um segredo que jamais pensei que vazaria e de a ideia de outro Simon Kelleher rondando o Colégio Bayview ser nauseante, eu não consigo **não** ficar curiosa

O que vai acontecer agora?

CAPÍTULO 6

Knox

Sábado, 22 de fevereiro

Estou prestes a matar a minha irmã.

— Desculpa, Kiersten, mas você tá no meu caminho. — Com um clique do meu dedão no controle, o avatar de Kiersten em *Bounty Wars* cai esmagado no chão, sangue esvaindo pelo pescoço dela. Minha irmã pisca, aperta alguns botões aleatoriamente e se vira para mim com uma careta incrédula.

— Agora você *rasgou a minha garganta*? — Ela observa a tela da televisão enquanto Dax Reaper paira sobre seu corpo sem vida. — Achei que estivéssemos nessa juntos! — Nosso golden retriever coroa, o Fritz, que estava semiadormecido aos pés de Kiersten, levanta a cabeça e deixa um chiado alto escapar.

— Estávamos — digo, tirando uma das mãos do controle para coçar atrás da orelha do Fritz. — Mas você viveu além da sua utilidade.

Na tela, Dax concorda comigo.

— É um bom dia para alguém morrer — rosna ele, metendo sua faca na bainha e flexionando os músculos. — Só que não eu.

Kiersten faz uma careta.

— Esse jogo é ruim. E estou faminta. — Ela está sentada ao meu lado no sofá do nosso porão e se mexe um pouco para cutucar meus joelhos com os dela. Kiersten mora a uma hora daqui e geralmente não passa os sábados conosco, mas a namorada dela está dando aulas no Japão por seis semanas, e ela está inquieta com isso — Vamos lá, dê uma pausa no seu *alter ego* ridiculamente exibido e almoce comigo.

— Você se refere ao meu sósia — digo. — A semelhança é desconcertante. — Eu baixo meu controle e flexiono um braço, logo em seguida eu desejo não tê-lo feito. Qual é o contrário de *ridiculamente exibido*? Pateticamente franzino? Entre os irmãos, eu e Kiersten somos os mais parecidos, até o cabelo curto espetado, mas ela tem uma musculatura mais bem desenvolvida devido aos treinos de remo nos finais de semana. Normalmente, eu tento não chamar atenção para o meu corpo.

Kiersten ignora a minha tentativa lamentável de piada.

— O que você está a fim de comer? — Ela levanta a mão antes que eu possa responder. — Por favor, não diga *fast-food*. Eu sou velha, lembra? Preciso de uma taça de vinho e alguns legumes.

— Kiersten tem 30 anos, é a mais velha entre as minhas quatro irmãs. Elas nasceram uma atrás da outra, e então meus pais pensaram que tinham fechado a fábrica até eu aparecer 10 anos mais tarde. Minhas irmãs me trataram como um boneco por anos, me levando no colo o tempo todo, e por isso eu não me incomodei em aprender a andar até quase completar dois anos.

— Wing Zone — respondo imediatamente. É um restaurante famoso por suas asinhas de frango ultrapicantes e uma galinha inflável gigante no teto. Agora que Bayview está ficando na moda, os que chegaram há pouco começaram a reclamar que a galinha é brega e "não combina com a estética da cidade". Aspas de uma carta ao editor na edição da semana passada do *Bayview Blade*. Com isso, os donos do Wing Zone estão dobrando a aposta: no Dia de São Valentim, amarraram uma guirlanda de corações vermelhos de néon no pescoço da galinha, e continua lá até hoje. Um deboche de nível profissional, e eu estou 100% de acordo.

— Wing Zone? — Kiersten franze a testa conforme seguimos para as escadas do porão, Fritz no nosso encalço. — Eu não acabei de pedir especificamente por legumes?

— Eles têm palitinhos de aipo.

— Isso não conta, é 99% água.

— Também tem salada de repolho.

— É 100% maionese.

— As asinhas de Lemon Pepper têm… suco de limão?

— Vou ensinar uma coisa para você, Knox. Gosto artificial de fruta não é nem nunca vai ser natural. — Kiersten me olha de novo ao abrir a porta do porão e eu lhe dou o tipo de sorriso esperançoso e cativante que funciona com absolutamente ninguém além das minhas irmãs. — Argh, tudo bem — resmunga. — Mas você me deve essa.

— É óbvio — digo. Mas sei que ela nunca vai me cobrar. É a vantagem de ter irmãs que pensam que são sua mãe.

Nosso porão dá na cozinha e, quando subimos as escadas, vejo que meu pai está sentado à mesa, curvado sobre uma papelada. Ele se parece bem mais com Dax Reaper do que eu. Agora que ele é o dono da sua própria empresa, papai não necessariamente precisa pôr a mão na massa numa construção, mas ainda o faz, o que o torna o cinquentão mais em forma que conheço. Ele olha para cima, e seus olhos passam rapidamente por mim — o garoto chatonildo que ainda mora em sua casa — e brilham quando param em Kiersten.

— Eu não sabia que você ainda estava aqui — diz ele. Fritz, que sempre gostou mais do macho alfa que é meu pai do que de qualquer outra pessoa, se inclina adoravelmente em sua direção.

Minha irmã suspira.

— Knox me prendeu no mundo infernal dos videogames.

Papai franze a testa, porque ele acha que jogos de videogame são uma perda de tempo. Ao contrário dos esportes de verdade, que ele adoraria que eu praticasse. Mas ele apenas balança para mim a pasta que está segurando e diz:

— Vou deixar isso para você levar para o trabalho na segunda--feira.

— O que é? — pergunto.

— Cartas de apresentação. Vamos contratar alguns dos ex--detentos do D'Agostini — diz. — Recebi do Até que Provem pelo correio.

Ótimo. Mas não veio pelo correio. Eu trouxe para casa e deixei na mesa dele. Com um *bilhete*. Que, eu suponho, ele nem notou.

Kiersten se anima.

— Que ótimo, pai! Uma bela maneira de servir de exemplo para a comunidade.

Meu pai e Kiersten são um estranho e amistoso par. Ele é aquele cara conservador, machão, das antigas, que de algum modo se dá melhor com a filha lésbica de costumes ultraliberais do que com qualquer outra pessoa. Talvez porque os dois são do tipo atlético, controlador e independente.

— Bom, até agora tem funcionado bem — diz meu pai, em-purrando a pasta para um canto da mesa. — Nate é um bom funcionário. E você sabe que ele tirou dez nas duas matérias que custeamos para ele no último semestre. O garoto é bem mais inteligente do que acham.

Bom, nessa casa ele tem bastante reconhecimento. Mas tudo bem.

— É tão legal que você esteja fazendo isso por ele — diz Kiersten, e a emoção genuína contida em sua voz faz eu me sentir um babaca. Eu não tenho nada contra Nate, mas não consigo afastar a sensação de que ele é o filho que o meu pai *gostaria* de ter tido. Pego meu moletom da cadeira, onde o deixei mais cedo, enquanto Kiersten complementa: — Quer almoçar, pai? Vamos comer asinhas de frango. — Ela dá um sorrisinho ao dizê-lo.

— Não, obrigado. Preciso voltar ao trabalho e terminar a proposta para o estacionamento do shopping. Está desocupado por tempo demais e, sendo sincero, é ao mesmo tempo uma monstruosidade e um perigo. — Ele franze a testa e se vira para mim. — Um dos meus funcionários disse ter ouvido rumores de que adolescentes estão cortando caminho pelo terreno em construção. Você viu algo assim, Knox?

— O quê? Não! Definitivamente não. — Eu praticamente grito, alto demais e agitado demais. Deus, meu pai me deixa nervoso. Sua testa fica ainda mais franzida e Kiersten me puxa pelo braço.

— Tudo bem, então. Estamos indo. Vejo você mais tarde! — Já passamos pela porta da entrada e estamos na metade do caminho até a calçada quando Kiersten fala novamente. — Você precisa treinar sua expressão quando mente, Knox — murmura ela, tirando um molho de chaves da bolsa e apontando para o seu Civic prateado. — E pare de cortar caminho por terrenos abandonados.

É um sábado ensolarado, porém frio. Eu puxo o gorro do meu casaco quando sento no banco do passageiro.

— Foram apenas algumas vezes.

— Ainda assim — diz Kiersten, sentando-se ao meu lado. — É meu dever enquanto irmã mais velha lembrá-lo de que isso não é seguro. Considere-se avisado. — Ela gira a chave e nós dois estremecemos quando a música toca no volume máximo. Eu sempre me esqueço de que Kiersten ouve música muito alto quando está dirigindo sozinha. — Foi mal — diz, abaixando o som. Ela dá uma olhada pelo retrovisor e começa a dar ré na calçada. — Então, quase não consegui falar com você durante aquele jogo esquisito. Segue sendo palhaçada você ter me matado, aliás. Não superei. Mas e quais são as novidades? Como está o trabalho, a peça, a escola?

— Está tudo bem. Tudo muito bom.

Ela liga a seta e se prepara para sair da nossa rua.

— Por que só muito bom?

Eu não sei bem como começar. Mas não preciso, porque o telefone de Kiersten toca.

— Um instante — diz ela, o pé ainda no freio enquanto revira o interior da bolsa. — É Katie — diz, me entregando o celular. — Ponha no viva-voz, pode ser? — Obedeço e Kiersten chama: — Oi, Katie. Estou no carro com Knox. Tudo bem?

A vozinha da minha segunda irmã mais velha começa a reclamar pelo alto-falante sobre algo que é salmão, mas deveria ser cor-de-rosa. Ou talvez seja o contrário.

— Katie, para — pede Kiersten, avançando pela rua principal que vai nos levar ao Bayview Center. — Não estou nem conseguindo entender. Isso é sobre... flores? Ok, noiva ansiosa, acalme-se um pouco.

Eu paro de prestar atenção nas duas, desbloqueando meu próprio telefone com uma pontada de excitação. Como todo mundo no Colégio Bayview no fim de semana, estou esperando pela mensagem do Número Desconhecido. Mas nada aconteceu. Imagino que quem quer que seja o alvo está decidido a escolher consequência, e eu não sei o que esperar disso. É um novo território. Simon nunca se preocupou com esse tipo de joguinho.

É errado que eu esteja meio que... sei lá, *interessado*? Eu não deveria estar assim depois do que aconteceu com Phoebe. Para não mencionar a longa lista de merdas do ano passado. Mas esse jogo tem um quê de videogame que me deixou estranhamente envolvido. Tipo, eu poderia simplesmente bloquear as mensagens do Número Desconhecido e acabar com isso, mas não o faço. Quase ninguém do Colégio Bayview bloqueou, pelo que sei. Do que foi mesmo que Lucy Chen nos chamou no outro dia, no almoço? *População de alto risco*. Condicionada a responder ao tipo certo de provocação, como ratinhos de laboratório superestimulados.

Era o termo favorito de Simon. Ratinhos.

Enquanto estou rolando a tela, uma mensagem de Maeve aparece. *Oi, uma galera vai sair na sexta, quando Bronwyn estiver na cidade. Posso contar com você?*

Talvez, respondo. *Ela está de recesso?*

Não, ela vem só para o fim de semana. É a despedida de solteira de Ashton. E também vamos assistir a Into the Woods. Ela completa com um emoji fazendo careta. Respondo com três deles de volta. Eu já não aguento mais essa peça, e ainda estamos a semanas da abertura. Meu alcance vocal cantando é mínimo, mas mesmo assim fiquei com o papel principal porque sou um dos únicos garotos da turma do teatro. Agora a minha garganta dói o tempo todo por conta do esforço e, além disso, os ensaios estão atrapalhando o meu horário de trabalho no Até que Provem.

É estranho e meio desconfortável perceber que você talvez tenha superado uma coisa que costumava ser a sua vida. Principalmente se você não souber o que mais pode fazer. Não é como se eu estivesse arrasando na escola ou no trabalho. A minha maior contribuição no Até que Provem até agora foi ter apoiado a escolha de Sandeep para os nomes das salas de reunião. Mas eu gosto de lá. E ficaria mais horas no estágio se tivesse disponibilidade.

Estamos no centro de Bayview antes de Katie finalmente desligar a ligação. Kiersten me lança um olhar de desculpa conforme entra com o carro no estacionamento do outro lado da rua do Wing Zone.

— Me desculpa por essa "emergência floral". Que de emergência não tinha nada. Com quem você estava trocando mensagens enquanto eu ignorava você?

— Maeve — respondo. O meu telefone está quase sem bateria, então desligo o aparelho antes de guardá-lo de volta no bolso.

— Ah, Maeve. — Kiersten suspira, nostálgica. — A que escapou. — Ela estaciona em uma vaga e desliga o carro. — De mim, quero dizer. Eu estava shippando tanto vocês. Eu tinha até escolhido o nome de casal dos dois. Eu já contei isso para você? Era Knaeve. — Eu resmungo quando abro a porta. — Mas você parece estar bem. Você *está* bem? Quer conversar sobre isso?

Ela sempre faz essa pergunta e eu nunca digo que quero.

— É óbvio que estou bem. Tem muito tempo que nós terminamos.

Saímos do carro e seguimos até uma passagem no portão de entrada do estacionamento.

— Eu sei, eu sei — diz Kiersten. — Eu só não entendo o *porquê*. Vocês eram perfeitos juntos!

Em momentos assim, independentemente das minhas irmãs serem ótimas, eu desejo ter um irmão mais velho. Ou um melhor amigo que gostasse de meninas. Eu e Maeve não éramos perfeitos juntos, mas eu não sei como desenvolver esse assunto com Kiersten. Eu não sei como fazer isso com ninguém.

— Somos melhores como amigos — explico.

— Bom, eu acho ótimo que... Huh. — Kiersten para de andar tão de repente que quase nos esbarramos — Por que tanta gente? É sempre cheio desse jeito aos sábados?

Já podemos ver o restaurante e ela tem razão — a calçada está lotada.

— Não, nunca — digo, e um sujeito na minha frente se vira ao ouvir a minha voz. Por um segundo, eu não o reconheço, porque nunca o vi fora da escola. Mas não há como não identificar Matthias Schroeder, mesmo fora de contexto. Ele se parece com um espantalho: alto e magro, com roupas largas, cabelo louro fino e olhos estranhamente escuros. Percebo que estou observando seus olhos perto demais, imaginando se são de verdade ou lentes de contato.

— Oi, Knox — diz ele, sem emoção. — É o frango.

— Quê? — pergunto. Ele está falando em algum tipo de código? Eu devo responder que *Os corvos voam à meia-noite* ou algo do gênero? Kiersten espera, ansiosa, como se eu fosse apresentá-la, mas não sei o que dizer. *Esse é Matthias. Ele foi suspenso por imitar Simon Kelleher no último outono. Nós nunca conversamos antes. Esquisito, né?*

Matthias aponta para o alto com seu dedo comprido e pálido. Eu sigo seu olhar até o teto do Wing Zone e então não acredito como não havia notado antes. O colar de corações vermelhos da galinha inflável sumiu, assim como sua cabeça. Bom, provavelmente ainda está lá, só que alguém meio que enfiou o que parece ser a cabeça do mascote do Colégio Bayview, um gato selvagem, no lugar. Agora a coisa toda parece um gato-galinha gigante e bizarro, e não consigo desviar o olhar. Dou uma bufada, mas seguro a gargalhada completa quando percebo a expressão exasperada de Kiersten.

— Minha mãe do céu — murmura ela. — Por que alguém faria algo assim?

— Vingança dos coxinhas? — pergunto, mas imediatamente rejeito a ideia. O tipo de gente que reclama que uma galinha inflável está desvalorizando seus imóveis não vai ficar feliz com uma coisa dessas.

— Você não entendeu? — Matthias pergunta. Ele olha com intensidade para mim e, caramba, esse menino é estranho. Quase posso ouvir Maeve dizendo *Ele só é sozinho*, o que talvez seja verdade, mas *também* é verdade que ele é estranho. Às vezes as duas coisas estão relacionadas, é o que quero dizer.

Meu estômago ronca. Ele sabe que estamos perto das asinhas e não está feliz com esse atraso.

— Não entendi o quê? — pergunto, impaciente.

— Escolha sempre a consequência, não é? — Matthias diz. Ele me cumprimenta de um jeito contido e breve e dá meia-volta, se misturando à multidão. Kiersten parece confusa.

— Qual o problema dele?

— E eu sei? — digo, distraído, puxando meu telefone do bolso para ligá-lo. Há duas mensagens do Número Desconhecido.

CONSEQUÊNCIA: Colocar a cabeça do mascote do Bayview Wildcat no lugar da cabeça da galinha do Wing Zone.

STATUS: Realizado por Sean Murdock. Parabéns, Sean. Bom trabalho.

A segunda mensagem vem com uma foto do gato-galinha. Bem de pertinho. Como se tivesse sido tirada por alguém que estava bem ali ao lado. Tudo ao redor está escuro, o que me faz pensar que a troca de cabeças ocorreu ontem à noite, mas ainda não havia chamado a atenção da população até as pessoas que foram almoçar no Wing Zone aparecessem.

Mais mensagens surgiram, dessa vez dos alunos do Colégio Bayview respondendo ao Número Desconhecido:

Hino!!!

Hahahhhhaha, não consigo parar de rir

Totalmente épico, Sean

Rindo pacaralho

Sinto uma pontada de frustração. Assim que me mudei para Bayview, no sétimo ano, Sean — e Brandon Weber — fizeram da minha vida um inferno com brincadeirinhas do tipo *Quantos livros do Knox conseguimos enfiar na privada?* Até hoje Sean gosta de me perguntar como a minha irmã sapatão está, porque é um neandertal que nem sabe que isso não é um insulto. Se tem alguém no colégio que eu gostaria de ver humilhado nesse jogo, esse alguém é ele. Mas, em vez disso, vai inflar ainda mais o ego já grande de Sean.

Não existem consequências para caras como ele e Brandon. Nunca.

— Seu telefone está frenético — observa Kiersten. — Sobre o que seus amigos estão falando?

Eu desligo o aparelho e enfio no bolso, desejando poder desligar a minha raiva com essa mesma facilidade.

— É só um grupo perdendo a noção — digo. — Não são meus amigos.

E o Número Desconhecido também não é. O que eu deveria saber desde o começo, obviamente, mas agora eu *realmente* sei.

CAPÍTULO 7

Maeve

Quinta-feira, 27 de fevereiro

Eu não consigo parar de sorrir para Bronwyn.

— É tão estranho você estar aqui.

— Eu estive aqui menos de dois meses atrás — lembra ela.

— Você parece diferente — digo, embora ela não pareça. Quero dizer, a trança lateral é fofa e eu nunca vi Bronwyn usar o cabelo assim antes, mas, além disso, ela não mudou nadinha. Bronwyn está inclusive usando seu suéter favorito, o antigo de cashmere, que é tão velho que ela precisa enrolar as mangas para disfarçar o tanto que os punhos estão desgastados. É o restante do mundo que parece mais brilhante quando ela está por perto, eu acho. Até os especiais do dia rabiscados de giz no quadro do Café Contigo parecem mais vibrantes. — Você precisa voltar a morar aqui na pós-graduação, tá? Essa distância não está dando certo para mim.

— Nem para mim. — Bronwyn suspira. — No fim das contas, eu sou mesmo uma garota da Califórnia. Quem poderia imaginar?

— Ela enfia uma colher no seu café com leite para redistribuir a espuma em uma fina camada. — Mas talvez você nem esteja mais aqui quando eu voltar, se for para a faculdade no Havaí.

— Bronwyn, qual é?! Nós duas sabemos que eu não vou para a Universidade do Havaí — digo, comendo o meu último pedaço de alfajor e tomando um gole de água. Meu tom é leve, casual. Daqueles que significam *Eu não vou porque não sou uma pessoa de ilhas* e não *Eu não vou porque tive outro sangramento nasal hoje pela manhã*. Foi mínimo, no entanto. Parou em alguns minutos. Não sinto nenhuma dor nas articulações, febre ou manchas estranhas pelo corpo, então está tudo bem.

Está tudo bem.

Bronwyn abaixa a colher e une as mãos, me lançando um dos seus olhares sérios.

— Se em cinco anos você pudesse estar em qualquer lugar, fazendo qualquer coisa, o que você escolheria?

Não. De jeito nenhum vamos falar sobre isso. Se eu começar a falar sobre o futuro com a minha irmã, minha fachada cuidadosamente construída vai desaparecer e eu vou quebrar como um ovo. O que, por sua vez, estragaria a visita dela, seu semestre e um milhão de outras coisas.

— Você não pode analisar o meu futuro agora — digo, pegando outro alfajor. — Dá azar.

— O quê? — Bronwyn franze a testa. — Por quê?

Aponto para o relógio na parede, que vem marcando dez horas desde que a bateria acabou, uma semana atrás.

— Porque o relógio está quebrado. O tempo está, literalmente, parado.

— Ai, meu Deus, Maeve. — Bronwyn revira os olhos. — Isso nem é uma superstição de verdade. É só uma coisa que você e a vovó Ita inventaram. Ela mandou um oi, aliás. — Agora que Bronwyn mora em Connecticut, pode ver nossos avós regularmente. Nosso avô, Ito, ainda dá aulas como convidado em Yale. — E também mandou falar que você é perfeita e a favorita dela.

— Ela não disse isso.

— Estava implícito. Está *sempre* implícito. Os jantares de domingo com Ito e Ita são, basicamente, noites de elogios para Maeve — Bronwyn toma um golinho de café, parecendo pensativa de repente. — Então... se hoje já é um dia sem sorte, será que podemos falar sobre eu e Nate talvez termos terminado para valer dessa vez?

— Bronwyn. Qual é o *problema* de vocês? — Balanço a cabeça. — Por que não conseguem resolver isso? O relacionamento de vocês começou com conversas no telefone, falando as coisas em alto e bom som! Apenas faça isso por, sei lá, três meses e vai ficar tudo bem.

— Eu não sei — diz ela, desanimada. Bronwyn tira os óculos e esfrega os olhos. Viemos para cá direto do aeroporto e, obviamente, ela está com um pouco de jet lag por ter atravessado o país no voo. Ela está perdendo algumas aulas para estar aqui hoje, o que não deixou o papai nada animado, mas minha mãe não consegue não pedir para Bronwyn ficar um dia a mais quando ela vem visitar. — Nós nunca mais estivemos na mesma sintonia — diz ela. — Quando estou me sentindo bem em relação a alguma coisa, ele sente como se estivesse me *segurando*. — Ela sorri e faz um sinal de aspas no ar. — Quando ele começa a falar sobre o que deveríamos fazer no recesso, na primavera, eu fico pensando se não cometi um erro ao não me inscrever para a viagem voluntária na qual eu estava interessada. Depois eu começo a pensar nele vivendo naquela casa, com todas aquelas pessoas, meninas entrando e saindo o tempo inteiro, e tenho tanto ciúme que me deixa irracional. E isso não tem *nada* a ver comigo.

— Não, não tem — concordo. — E você também vive num dormitório, então é a mesma coisa.

— Eu sei. — Bronwyn suspira. — É só tão mais difícil do que eu pensei que seria. Tudo que eu sinto, ou digo, parece errado quando se trata de Nate.

Eu não me preocupo em perguntar se ela ainda ama Nate. Eu sei que sim.

— Você está pensando demais — digo a ela, e Bronwyn solta uma risada engasgada.

— Ah, você *acha*? Nossa, seria a primeira vez. — O telefone dela vibra sobre a mesa e a sua expressão muda. — Já são quatro horas? Evan está lá fora.

— O quê? Evan *Neiman*? — Minha voz se altera quando digo o sobrenome dele. — O que ele está fazendo aqui?

— Me dando carona para a casa de Yumiko — diz Bronwyn, terminando o café com leite. — Ela está reunindo o pessoal antigo da Olimpíada de Matemática para assistir a alguma coisa que tem a ver com *Os Vingadores*. Não me pergunte o que é, você sabe que eu não ligo. — Ela guarda o telefone na bolsa e fica olhando para dentro dela. — Argh, eu esqueci os meus óculos de grau? Sempre esqueço onde estão. Quase não preciso deles em Connecticut.

— Por que Evan vai levar você? Ele não está na Caltech?

Bronwyn segue vasculhando a bolsa.

— Está, mas ele e Yumiko saem juntos às vezes. E ele esteve em Yale mês passado para a competição do Clube de Debate, então... aha! Aqui estão. — Eu dou um pigarro alto e ela finalmente olha para mim, a caixa azul-clara dos óculos nas mãos. — Por que você está me olhando com essa cara?

— *Evan*?

Ela se mexe na cadeira.

— Não é nada de mais.

— Você está pegando carona com o seu ex depois de acabar de reclamar sobre como as coisas não estão funcionando com o seu *outro* ex e não é nada de mais? — Cruzo os braços. Para alguém tão inteligente, minha irmã pode ser ridiculamente ingênua. — Qual é, passei a metade da minha vida num hospital, com câncer, e até eu sei que não é uma boa ideia.

— Evan e eu somos apenas amigos que por acaso namoraram por um bom tempo. Como você e Knox.

— Não, não é como eu e Knox. Nós dois concordamos com o término. Você largou o Evan para ficar com Nate, e Evan ficou ruminando isso pelo restante do último ano. Ele escreveu *poesias*. Você se esqueceu das *Estufas do desespero*? Porque eu não me esqueci. E agora ele está dirigindo por duas horas e meia numa sexta-feira para assistir a *Homem de Ferro* com você?

— Acho que não é *Homem de Ferro* — responde ela, em dúvida.

— Alô, Bronwyn. Isso não é importante. Evan ainda está apaixonado e todo mundo, a não ser você, consegue perceber. — Eu passo o saleiro para ela como se ele estivesse em chamas, mas acabo derrubando-o e então tenho que fazer todo o ritual de olhar para trás. Bronwyn se aproveita da minha distração para ficar de pé e me envolver num abraço de um braço só. Ela parece estar ficando preocupada, mas a carona está lá fora e eu posso praticamente ver as engrenagens girando em sua cabeça enquanto calcula o quociente de estranheza se decidir voltar agora. Alto demais.

— Tenho que ir. Vejo você em casa — diz. — Volto antes do jantar. — Ela joga a bolsa carteiro sobre um dos ombros e segue para a porta.

— Faça boas escolhas — aconselho.

Olho ao redor do café quando ela passa pela porta. Phoebe está trabalhando hoje, a testa franzida de concentração conforme ela anota um pedido de dois hipsters de gorrinho na cabeça. Desde o triunfo enfurecedor de Sean Murdock no Wing Zone, as pessoas têm agido como se o Verdade ou Consequência do Colégio Bayview fosse um jogo hilário. Chegou uma mensagem ontem do Número Desconhecido — *o próximo jogador foi contatado, tic-toc* — e agora todos estão apostando sobre quem é o novo escolhido. Considerando o desenrolar dos dois últimos rounds, a consequência está em vantagem.

É como se todo mundo no Colégio Bayview tivesse se esquecido de que Simon era uma pessoa de verdade que acabou sofrendo mais do que todo mundo porque ele mesmo usava a fofoca como arma. Mas é só olhar para os olhos tristes e para o rosto fundo de Phoebe para saber que não tem nada de engraçado nisso.

Puxo o notebook da bolsa e abro o site do novo Falando Nisso, no qual uma foto da galinha de Sean no Wing Zone está em destaque. Há uma seção de comentários abaixo, e as pessoas que não estão parabenizando Sean estão especulando sobre a identidade do Número Desconhecido.

É Janae Vargas, galera. Terminando o que Simon começou. Eu não acredito nessa hipótese nem por meio segundo. A ex-melhor amiga de Simon não conseguiu sair de Bayview rápido o bastante depois da formatura. Agora ela frequenta uma faculdade em Seattle, e não acho que tenha voltado à cidade sequer uma vez.

Madman Matthias Schroeder, óbvio.

O próprio Simon. Ele não morreu, só queria que pensássemos que estava morto.

Eu abro outra aba e digito AnarchiSK — o nome antigo de usuário de Simon — na busca. Eu costumava procurar esse nome no Google o tempo inteiro, quando estava tentando descobrir quem poderia ser o responsável pelo que aconteceu com Simon. São milhares de resultados, a maior parte de artigos antigos, então restrinjo a busca até as últimas 24 horas. Um link aparece, de um fórum do Reddit com as palavras *A Vingança É Minha* na URL.

Minha nuca começa a pinicar. Simon costumava publicar os seus discursos de vingança em um fórum chamado A Vingança É Minha, mas ficava hospedado no 4chan. Eu deveria saber, passei horas lendo aquilo antes de mandar o link para o programa *Mikhail Powers Investiga*. Mikhail exibiu uma série sobre a morte de Simon e, assim que ele mencionou o fórum da vingança, o site foi invadido por posts falsos e curiosos. Por isso o fórum fechou.

Pelo menos era o que eu pensava. Meio segundo antes de eu clicar no link, as palavras *Ele não morreu, só queria que pensássemos que estava morto* não parecem mais tão forçadas quanto antes.

Mas a página está praticamente em branco, a não ser por alguns posts:

Meu professor precisa dar o fora antes que eu o mate para valer. — Jellyfish

Eu quase soquei a cara dele kkkk. — Jellyfish

Bom, agora você não pode matá-lo. O que o AnarchiSK sempre diz? "Não seja tão óbvio." — Darkestmind

Foda-se esse cara. Pegaram ele. — Jellyfish

A porta do café se abre e Luis entra usando uma camiseta desbotada da Universidade de San Diego e, sobre o cabelo escuro, um boné de beisebol virado para trás.

Ele me vê e faz um daqueles gestos que ele e Cooper estão sempre fazendo, em que se projeta o queixo para a frente — um código para *É, tô vendo você, mas sou descolado demais para acenar*. E então, para a minha surpresa, ele muda o rumo e vem na minha direção, sentando-se no espaço que Bronwyn acabou de deixar vago.

— E aí, Maeve, tudo certo?

Tirando minha contagem de células brancas, que deve estar lá em cima... Deus, como eu sou engraçada.

— Tudo bem — digo, empurrando o notebook para o lado. — Veio da aula?

— Sim. Contabilidade. — Luis faz uma expressão irônica. — Não é a minha favorita, mas não podemos passar todos os dias na cozinha. Infelizmente. — Luis está estudando para conseguir o diploma em hotelaria, e assim poderá ter o seu próprio restaurante um dia, o que é o tipo de coisa que eu nunca teria imaginado quando ele era o cara no campus.

— Bronwyn acabou de sair daqui — digo, porque suponho que foi por isso que ele parou na minha mesa. Eles dois não são próximos, mas saem juntos às vezes por causa de Cooper. — Ela está na casa da Yumiko, se você... — E então eu me interrompo, porque as relações sociais entre Bronwyn e Luis começam e terminam com Cooper. Tenho certeza de que Luis não está planejando aparecer na noite de filmes da galera da Olimpíada de Matemática de Bayview.

— Legal. — Luis abre um sorriso e estica as pernas sob a mesa. Estou tão acostumada a Knox sentado comigo que a presença de Luis é um pouco desconcertante. Ele ocupa mais espaço, tanto seu físico quanto... sua autoestima, acho. Knox parece nunca ter certeza de que deveria estar onde está. Luis se espalha, como se o lugar fosse dele. Bom, nesse caso, os pais dele são mesmo os donos, então talvez seja por isso. Mas ainda assim. Ele tem uma facilidade que, eu acho, vem do fato de ele ter sido atlético e popular a vida inteira. Luis passou anos sendo o centro de um ou outro time. Ele sempre pertenceu. — Eu tinha uma pergunta para você, na verdade.

Posso sentir o meu rosto ficando vermelho, e ponho as duas mãos embaixo do queixo para esconder. Eu gostaria de não ser constantemente atraída pelo tipo de cara que ou me ignora ou me trata como sua irmã, mas aqui estamos. Não tenho defesas quando se trata de atletas bonitinhos.

— Ah?

— Você mora aqui agora? — pergunta ele.

Eu pisco, sem ter certeza se estou decepcionada ou se fui pega desprevenida. Provavelmente ambos.

— O quê?

— Você fica nesse restaurante mais tempo que eu, e sou pago para estar aqui.

Seus olhos escuros brilham e meu estômago retorce na barriga. Ai, Deus. Ele acha que estou aqui por causa *dele*? Quero dizer, sim, ver Luis numa daquelas camisetas justas que ele está sempre usando é geralmente um momento alto do meu dia, mas eu não achei que estava sendo tão óbvia em relação a isso.

Estreito o olhar na direção dele e procuro usar um tom de voz imparcial.

— Seu relacionamento com os clientes precisa melhorar.

— Não é isso. Estou apenas imaginando se você conhece uma coisa chamada *o mundo lá fora*? Tem sol e ar fresco, pelo que eu ouvi falar.

— Puro boato. E especulação — respondo. — Isso não existe. Além disso, estou fazendo a minha parte pela economia de Bayview. Apoiando o comércio local. — Bebo o restante da minha água para me forçar a ficar calada. Essa é a conversa mais longa que eu já tive a sós com Luis, e estou me esforçando tanto para parecer descolada que nem sei o que estou dizendo.

— Esse seria um argumento melhor se você pedisse alguma coisa diferente de café todas as vezes — repara Luis, e dou risada com o meu erro.

— Posso ver que as aulas de contabilidade estão dando resultado — digo. Ele ri também, e eu finalmente relaxo a ponto do meu rosto voltar a ter uma temperatura normal. — Você acha que vai ficar com os negócios dos seus pais um dia? Tomar conta do Café Contigo, quero dizer?

— Provavelmente não — responde Luis. — Esse lugar é deles, sabe? Quero algo que seja somente meu. E eu também sou mais interessado em restaurantes sofisticados. O pai me acha metido, no entanto. — Ele imita o tom grave do pai: — *Tienes el ego por las nubes, Luis.*

Dou um sorriso. O ego de Luis *está* nas nuvens, mas pelo menos ele sabe disso.

— Ele deve estar feliz por você estar interessado no ramo da família, por outro lado.

— Acho que sim — diz Luis. — Principalmente porque Manny não sabe fazer uma torrada que não fique queimada. —

O irmão mais velho de Luis, o que tem o mesmo nome do pai, sempre foi mais chegado a carros que a cozinhas. Mas ele tem trabalhado no restaurante desde que foi dispensado de uma oficina mecânica. — Ele vem ajudar amanhã à noite e o papai está todo "Por favor, não toque em nada. Apenas lave os pratos". — Luis tira o boné, passa a mão pelo cabelo e põe o boné de volta. — Você vai estar aqui, certo? Acho que Cooper vai aparecer, no fim das contas.

— Ele vem? — pergunto, genuinamente feliz. — Todos os amigos de Bronwyn e Addy vão se encontrar no Café Contigo antes da despedida de solteira de Ashton amanhã à noite, mas quando fiquei sabendo disso, a vinda de Cooper ainda era uma dúvida.

— Sim. Somos muitos agora que o pai nos deu a sala de trás. — Luis olha para a soleira de uma porta nos fundos do restaurante, onde uma cortina de contas faz a separação para uma pequena área de jantar reservada. — Espero que não fique cheio demais quando souberem que Cooper estará por aqui. Na mesa de verdade cabem, tipo, umas dez pessoas. — Ele começa a contar nos dedos. — Você, eu, Coop, Kris, Addy, Bronwyn, Nate, Keely… Quem mais? Seu namorado vem?

— O meu o quê? Você tá falando do Knox? — Eu pisco quando Luis concorda com a cabeça. — Ele não é meu namorado. Nós terminamos há séculos.

— Sério? — As sobrancelhas de Luis se levantam. Céus, parece que você fica totalmente por fora das fofocas quando se forma. — Mas ele tá sempre aqui com você.

— Sim, ainda somos amigos. Mas não estamos mais juntos.

— Huh — diz Luis. Seus olhos piscam na minha direção e minhas bochechas voltam a pegar fogo. — Interessante.

— Luis! — O Sr. Santos põe a cabeça para fora da cozinha. Ele é bem mais baixo e mais gordo do que qualquer um dos filhos, até mesmo os mais novos. Todos puxaram a mãe na altura. — Hoje você vai trabalhar ou paquerar?

Eu abaixo a cabeça e puxo meu notebook para a minha frente mais uma vez, esperando parecer ocupada e não menos confiante. Eu estava me divertindo tanto conversando com Luis que quase me esqueci: esse é um comportamento padrão para ele. Ele é ótimo em jogar charme, e é por isso que metade da clientela do Café Contigo é formada por meninas entre quatorze e vinte anos.

Luis dá de ombros ao ficar de pé.

— Eu faço várias coisas ao mesmo tempo, pai.

Os olhos do Sr. Santos se voltam para mim, as sobrancelhas unidas numa expressão exagerada de preocupação.

— Ele está incomodando você, *mi hija*? Diga e eu chuto ele para fora daqui.

Dou um sorriso forçado.

— Ele só está fazendo o seu trabalho.

Luis para na ponta da mesa, me lançando um olhar que não consigo decifrar.

— Você quer alguma coisa? Café ou... café?

— Estou bem, obrigada — digo. Meu sorriso está mais para uma careta de dor, então desisto.

— Vou trazer alguns alfajores para você — diz ele, olhando para trás ao seguir para a cozinha.

Phoebe está passando neste instante e para, baixando sua bandeja vazia para ver Luis recuando.

— Por que isso pareceu obsceno? — pergunta ela, pensativamente. Ela chuta o meu pé e baixa o tom de voz: — Ele é tão gracinha. Você devia deixar acontecer.

— Nos meus sonhos — murmuro, voltando os olhos para a tela do computador. Depois deixo escapar um grito assustado de dor quando Phoebe me chuta novamente, dessa vez com mais força. — Ai. Por que você fez isso?

— Porque sou estúpida — responde ela, deixando o corpo cair na cadeira em frente à minha. — Ele está a fim de você.

— Você tá de brincadeira? — Faço um gesto para a porta da cozinha como se Luis estivesse lá, embora ele não esteja. — Quero dizer, olhe para ele.

— Olhe para *você* — rebate Phoebe. — Por favor, não me diga que você é uma dessas meninas bonitas que insiste em dizer que não é bonita. Isso é cansativo. Você é gostosa, assuma. E você gosta dele, não gosta? Deveria deixar transparecer em vez de ficar toda estranha e carrancuda quando ele está flertando com você.

— Não sou estranha e carrancuda! — protesto. Phoebe apenas inclina a cabeça, enrolando devagar em um dos dedos um cacho cor de bronze, e eu completo: — Na maior parte do tempo. Além do mais, Luis flerta com todo mundo. Não quer dizer nada.

Phoebe dá de ombros.

— Não é a impressão que eu tenho. E eu sou muito boa em interpretar os meninos. — É simplesmente a constatação de um fato, mas assim que ela diz isso, a confusão toda com o namorado de Emma me vem à mente e não consigo evitar arregalar os olhos num reflexo. Phoebe morde o lábio e desvia o olhar. — Embora eu tenha zero credibilidade nesse departamento agora, então vou deixar você voltar para… sei lá o que você estava fazendo — diz, empurrando a cadeira para se afastar da mesa.

Minha mão está no punho dela antes que eu perceba o que estou fazendo.

— Não, espera. Não vá embora — digo rápido. — Eu não quis parecer que estou julgando, mas… aparentemente eu sou estranha e carrancuda em situações diversas. — Ela quase sorri, então me sinto encorajada a completar: — Olha, eu sei como isso tudo deve ser para você. Eu passei por isso com Bronwyn no ano passado… Sou uma boa ouvinte, se você quiser conversar em algum momento. Ou até mesmo, você sabe, sair e tacar fogo nos nossos celulares.

Fico aliviada quando Phoebe ri. Não estou muito acostumada a me meter quando as pessoas não pediram a minha ajuda, e, de certa forma, eu esperava que ela fosse se afastar e nunca mais falar comigo de novo.

— Talvez eu concorde com isso — cede ela. E então sua expressão murcha e ela arranca uma linha solta do avental. — Emma está tão zangada comigo. Eu fico tentando me desculpar, mas ela não me ouve.

— Eu sinto muito — digo. — Talvez você só precise dar um pouco mais de tempo para ela. — Phoebe concorda com a cabeça, melancolicamente, e eu complemento: — Espero que não esteja zangada *só* com você. Quero dizer, você não era a única pessoa envolvida. O ex dela também estava lá.

Phoebe faz uma cara.

— Eu não sei se eles chegaram a conversar depois que ela descobriu. Nem ouso perguntar. — Ela segura o queixo com uma das mãos e olha, pensativa, para os azulejos coloridos que formam o mosaico brilhante na parede ao nosso lado. — Eu gostaria de saber como a coisa vazou, para começo de conversa. Quero dizer, é óbvio que Derek deve ter contado a alguém, porque tenho certeza de que eu não contei. Mas ele mora em Laguna e não conhece ninguém aqui.

— Como você acabou se encontrando com ele, então? Depois que ele e Emma terminaram, quero dizer.

— Festa de Natal na casa da Jules — revela Phoebe. Eu levanto as sobrancelhas, e ela continua: — Mas Jules não o conhece. Derek estava lá com o primo dele. Acho que eles nem se cumprimentaram naquela noite.

— Certo — digo, deixando aquela informação guardada para futura referência. Se o ano passado me ensinou uma coisa, foi a ser cautelosa. — Bom, tenho aqui algo que pode ser interessante para você. Um segundo. — A tela do notebook apagou, então aperto um botão para que o fórum do Reddit apareça de novo. — Eu estava procurando no Google algumas coisas relativas ao Simon e... — Recarrego a página para que postagens mais recentes apareçam e então paro, confusa. A pequena thread que eu acabei de ler desapareceu, não tem mais nada na página além do cabeçalho do fórum. — Espera aí. O que houve?

— O quê? — pergunta Phoebe, movendo sua cadeira para poder espiar o notebook. — A Vingança É Minha? Por que isso me parece familiar?

— É o nome do fórum de vingança que Simon Kelleher usou para postar no ano passado, só que em um site diferente. — Eu franzo a testa, batendo um dedo no queixo. — Que estranho. Eu ia mostrar uma postagem que falava sobre Simon, mas sumiu.

— Já tentou recarregar? — Phoebe se inclina na minha frente para apertar o botão de atualização ao lado da barra de endereços.

— Sim, e foi isso que fez desaparecer, aliás. Era...

— É isso aqui? — interrompe Phoebe quando três novos posts aparecem.

— Não — respondo, observando as linhas. — Esses são novos.

Verdade, Jellyfish. Ele foi mesmo pego.
Mas sua influência vive em Bayview.
E ele amaria a brincadeira que estou jogando agora
mesmo. — Darkestmind

CAPÍTULO 8

Phoebe

Sexta-feira, 28 de fevereiro

Na sexta-feira à noite, mando uma mensagem seguida da outra para Jules.

Tem estado ocupada, é?

Quer fazer alguma coisa essa noite?

Tenho que trabalhar, mas só até 20h.

Quer me encontrar lá?

Então me sento na beirada da cama e olho ao redor do quarto que divido com Emma. É menor que meu quarto anterior na nossa antiga casa e entupido com o dobro de tralhas. Mamãe recebeu um seguro do trabalho do meu pai quando ele morreu e, embora ela nunca tenha falado sobre o valor, eu imaginei que fosse *o bastante*. O bastante para que ela não tivesse que voltar a trabalhar a não ser que quisesse e para que a gente ficasse onde estava.

Agora minha mãe trabalha como gerente em um escritório, odeia sua função, e nós moramos aqui. Quando nos mudamos, no último verão, ela disse que sair de uma casa para um apartamento seria mais prático, que não era pelo dinheiro. Mas ninguém além de Owen acreditou nisso.

Eu me levanto e perambulo até o lado de Emma no quarto, que é impecável se comparado ao meu. A cama dela é bem arrumada, cada amassadinho desfeito na colcha branca de matelassê. Na sua mesa não há nada além do notebook que dividimos, uma caneca de café cheia de lápis de cor e um caderno com uma gravura do Monet na capa. Tenho um impulso repentino de abrir o caderno e rabiscar uma mensagem com uma cor que indique clemência. Rosa-bebê, talvez. *Emma, sinto sua falta. Tenho sentido sua falta faz anos. Apenas me diga o que posso fazer para você me perdoar e eu o farei.*

Emma está na biblioteca e, apesar de mal nos falarmos, o vazio do quarto me impele a bater na porta de Owen para me oferecer para jogar uma partida de *Bounty Wars*. Sou salva pelo toque do celular. Olho para baixo, surpresa ao ver uma mensagem de Jules. Ela tem sido legal comigo desde a revelação sobre Derek, eu não esperava um retorno tão rápido.

Aquele lance é hoje? Com Cooper Clay e todo mundo?

Sim, por volta de 18h. Mas vai ficar lotado. Você quer evitar a cena e vir apenas às 20h, quando eu saio?

A pré-despedida de solteira de Ashton no Café Contigo começou a sair de controle quando as pessoas ouviram que Cooper talvez fosse. Vários alunos do Colégio Bayview que nem mesmo o conhecem estão dizendo agora que vão, e eu não tenho certeza de que os Santos estão preparados para esse tipo de multidão.

Nate vai?

Eu suspiro ao responder. *Provavelmente.* Acho que vou vê-la bem antes das 20h.

Meu telefone toca, me assustando. *Jules quer usar o FaceTime.* Aperto "aceitar" e o seu rosto preenche a tela, com um sorriso de expectativa.

— Eiiiiii — diz ela, soando como a Jules de sempre. — Você tem tempo para uma consultoria de guarda-roupa?

— É óbvio.

— Qual desses aqui diz: *Sou bem mais divertida que a sua ex e Eu moro aqui mesmo?* Esse... — Jules segura um top decotado de lantejoulas e o balança por alguns segundos antes de largá-lo e pegar uma frente única preta com babados. — Ou esse?

Argh! Não quero encorajar Jules com essa obsessão por Nate Macauley. Ainda que Bronwyn não esteja mais na jogada, bastante certeza de que ele e Jules fariam um casal péssimo. Jules gosta de ficar completamente grudada com quem quer que seja seu namorado e Nate não me parece esse tipo de pessoa.

— Os dois são lindos — respondo. Jules faz um beicinho que indica claramente que não foi a resposta certa. — Mas se eu tivesse que escolher, seria o preto. — É um pouco menos revelador, de todo modo.

— Certo, o preto então — diz ela, alegremente. — Vou assistir a alguns vídeos de maquiagem e tentar fazer um olho esfumado. Vejo você à noite! — Ela acena e desliga.

Jogo meu telefone no edredom amassado — que está embolado no centro da minha cama porque meu sono é muito inquieto, principalmente de um tempo para cá — e pego um elástico da mesinha. Puxo o cabelo em um rabo de cavalo conforme me levanto e atravesso até a porta do quarto. Quando a escancaro, Owen quase cai em cima de mim.

— Owen! — Eu ajeito meu cabelo, ajustando o penteado com mais força, e estreito os olhos na direção dele. — Você estava ouvindo atrás da porta? — Pergunta retórica, é óbvio que ele estava. Quanto mais a minha guerra silenciosa com Emma se prolonga, mais bisbilhoteiro Owen fica. Como se ele soubesse que algo não está bem e estivesse tentando descobrir o que é.

— Não — responde Owen, sem convencer ninguém. — Eu só ia.. — Uma batida alta soa na porta da frente e a expressão no rosto dele diz *100% salvo pelo gongo*. — Eu vim dizer que tem alguém à porta.

— *Óbvio* que era isso — digo, e então franzo a testa quando ouço mais uma batida. — Estranho. Eu não ouvi o interfone tocar. — Imagino que seja alguma entrega, mas geralmente precisamos liberar a entrada antes da pessoa subir as escadas. — Você ouviu?

— Não — responde Owen. — Você vai abrir?

— Vou ver quem é. — Atravesso a sala de estar e pressiono um olho contra o olho mágico. O rosto do outro lado está distorcido, mas segue sendo irritantemente familiar. — Argh. Você só pode estar de brincadeira.

Owen está logo atrás de mim.

— Quem é?

— Vá para o seu quarto, tá? — Ele não se move e lhe dou um empurrão de leve. — Espera lá só um pouco que já vou jogar *Bounty Wars* com você.

Owen sorri.

— Tudo bem! — Ele sai correndo e eu espero ouvir o clique da porta do seu quarto antes de abrir a da sala.

A porta se abre para revelar Brandon Weber no corredor, com um sorriso preguiçoso no rosto.

— Você demorou — reclama ele, entrando e fechando a porta atrás de si.

Cruzo os braços com firmeza sobre o peito, de repente bastante ciente de que tirei o sutiã quando cheguei da aula.

— O que você está fazendo aqui? Quem deixou você entrar no prédio?

— Uma vovó estava saindo quando eu cheguei. — É óbvio, é assim que o mundo funciona quando você é Brandon Weber: as portas se abrem sempre que você quer. Ele se agiganta na minha frente, ficando perto demais, e eu dou um passo para trás quando ele pergunta: — Por que você não está respondendo as minhas mensagens?

— Você tá falando sério? — Eu examino a cara bonita dele à procura de uma pontinha de compreensão, mas não há nada. — Você *riu* de mim, Brandon. Sean estava sendo um esquisitão e você ficou do lado dele.

— Ah, qual é. Foi uma piada. Você não aguenta uma piada? — Ele se aproxima de novo, colocando uma das mãos na minha cintura. Seus dedos procuram a barra da minha camisa e seus lábios se curvam num sorriso presunçoso. — Eu achei que você gostasse de se divertir.

Eu o empurro, a raiva percorrendo minhas veias. Eu fui a vilã a semana inteira: a que traiu a irmã e que merece o que for como punição por isso. É quase um alívio ficar zangada com alguém que não seja eu mesma para variar.

— Não me toque — rosno. — Acabou.

— Você não está falando sério. — Ele ainda está sorrindo, totalmente sem noção, como sempre. Brandon acha que isso é um jogo, um jogo em que ele dita todas as regras e eu tenho sorte só por ter uma chance de jogar. — Sinto sua falta. Quer ver o quanto? — Ele tenta mover a minha mão até a sua virilha, e eu a puxo de volta.

— Sai daqui. Não estou interessada.

Sua expressão fica sombria conforme ele me puxa de novo, dessa vez com mais força.

— Para de me provocar.

Pela primeira vez desde que ele chegou, eu sinto uma pontada de apreensão. Sempre gostei do quanto Brandon é forte, mas neste momento... eu não gosto. Ainda estou zangada e uso essa adrenalina para me soltar dele.

— Sério? Deixa eu ver se entendi direito. Se eu faço o que você quer, sou uma vagabunda. Se eu não faço o que você quer, estou provocando. O que eu quero não conta, mas você é o machão de Bayview, independentemente de qualquer coisa. Isso dá uma resumida?

Brandon funga.

— Que isso agora, virou feminazi?

Eu seguro mais uma resposta atravessada. Não vai levar a nada.

— Só vai embora, Brandon.

Em vez disso, ele dá um bote e esmaga os lábios contra os meus, emanando uma onda de horror elétrico por todo o meu corpo. Minhas mãos se levantam num instante e eu empurro o peito dele com toda a força, mas seus braços seguram minha cintura, me mantendo no mesmo lugar. Eu viro o rosto e quase cuspo para tirar o gosto dele da minha boca.

— Para! Eu já disse que não! — A minha voz sai como um chiado baixo porque, de algum modo, mesmo com meu coração prestes a saltar do peito, eu ainda estou preocupada em assustar meu irmão.

Brandon não me ouve. As suas mãos e boca continuam em mim, e eu não sei como fazê-lo parar. Eu nunca me senti tão pequena, de todos os ângulos possíveis.

Ele força mais um beijo, movendo o corpo o bastante para que eu fique com um dos braços livre. Mantenho meus lábios firmemente fechados, impedindo a língua dele de entrar, até alcançar com a mão um punhado do seu cabelo. Puxo a cabeça de Brandon para trás, depois solto e bato na sua cara com toda a força. Ele solta um grunhido surpreso de dor e sua pegada afrouxa. Eu me viro e o empurro com força suficiente para que ele cambaleie para trás.

— Sai! — Dessa vez, eu grito, as palavras rasgando a minha garganta seca.

Brandon me encara, o queixo meio caído de surpresa, a marca vermelha da minha mão em sua bochecha. Sua boca retorce e dou um passo para trás, pensando se devo correr não sei para onde, quando a porta do quarto de Owen se abre.

— Phoebe? — Ele põe a cabeça para fora, os olhos arregalados.

— O que está acontecendo?

— Nada — digo, tentando manter a voz estável. — Brandon já está de saída.

Brandon deixa uma risada amarga escapar, os olhos piscando de mim para Owen.

— Qual é, mocinho? — diz ele, a boca retorcida, zombeteira. — Não tem nada acontecendo aqui. Somente a sua irmã sendo uma piranha. Mas acho que sua família já sabe disso, não é? Principalmente Emma. — Eu inspiro profundamente e fecho o punho, a palma da mão dolorida pinicando de vontade de acertá-lo de novo. Os olhos de Brandon brilham, seu showzinho terminado. Ele abre a porta e levanta um dos braços num gesto alegre de despedida. — Vejo você por aí, Phoebe. — Depois mete as mãos nos bolsos e vai seguindo de costas pelo corredor, sem tirar os olhos de mim.

Eu bato a porta com força e fecho a tranca. Em seguida, parece que não consigo me mover, minha mão congela sobre a fechadura.

— Phoebe? — chama Owen, baixinho.

Eu pressiono a testa contra a porta fechada. Não posso. Não posso ter essa conversa com o meu irmão mais novo.

— Volte para o seu quarto, Owen. *Por favor.* — Ouço passos e um clique suave. Espero mais um instante antes de deixar as lágrimas rolarem.

Nada disso estaria acontecendo se o papai estivesse aqui. Eu sei, no fundo da minha alma, que eu seria uma pessoa melhor, mais esperta e mais forte, se ele não tivesse morrido. Eu me lembro daquele dia como se fosse ontem: eu e Emma doentes, com gripe, enroscadas em lados opostos do sofá da nossa antiga casa, cobertas por uma manta. Mamãe estava na cozinha pegando picolés quando o telefone tocou. Eu ouvi o "alô" estressado dela — ela estava cansada por nossa causa —, e então o silêncio.

— É sério? — ela finalmente pergunta, num tom de voz que eu nunca tinha ouvido antes.

Ela correu para a porta alguns instantes depois, com o telefone em uma das mãos e um picolé semiderretido na outra.

— Tenho que deixar vocês por um momento — disse no mesmo tom robótico. O picolé roxo escorria pelo seu braço. — Houve um acidente.

Um acidente terrível, impossível, um pesadelo bizarro. Meu pai trabalhava como supervisor em uma fábrica de granito, em Eastland, direcionando os funcionários enquanto eles manejavam imensas placas de pedra para cortar e fazer bancadas. Uma empilhadeira com uma das pedras emperrou no momento errado — e foi tudo o que eu quis saber. Nada mais importava, de todo modo, a não ser pelo fato do meu pai não estar mais ali.

— Sinto sua falta — digo para a porta. Meus olhos estão bem fechados, as bochechas molhadas, a respiração ofegante. — Sinto sua falta, sinto sua falta, sinto sua falta. — As palavras martelam na minha cabeça, mesmo três anos depois. Acho que nunca vão embora. — Sinto sua falta.

É um alívio estar no trabalho esta noite, cercada de gente. E quero dizer realmente cercada. Eu nunca vi o Café Contigo tão cheio. Não somente todas as mesas estão ocupadas, como o Sr. Santos trouxe todas as cadeiras extras, que geralmente ficam guardadas no porão, e não foi o bastante. As pessoas estão agrupadas em todos os cantos, ocupando cada espacinho enquanto eu tento passar por elas com uma bandeja de bebidas para Addy e seus amigos.

Eu empurro a cortina de contas que separa a sala dos fundos do salão principal do restaurante. Ali há apenas uma grande mesa, a metade tomada por rostos familiares: Addy, Maeve, Bronwyn, Luis e Cooper. Um rapaz bonito, de cabelo escuro, se levanta ao lado de Cooper quando eu me aproximo da mesa e estende uma das mãos na direção da bandeja com um olhar questionador.

— Posso ajudar? — pergunta. — Vou atrapalhar se começar a tirar os copos daqui?

Sorrio para ele. Eu ainda não tinha conhecido Kris, o namorado de Cooper, pessoalmente, mas o reconheço de fotos da imprensa e gosto dele imediatamente. Ele deve ter servido mesas em algum momento da vida, se sabe a importância de uma bandeja equilibrada.

— Tirando do meio está ótimo — respondo.

O cômodo deveria ser privado, mas conforme Kris e eu passamos as bebidas adiante, pessoas seguem entrando ou enfiando o pescoço pela porta para espiar Cooper. A maioria volta imediatamente, mas um grupo de meninas se demora na entrada e fica sussurrando com as mãos sobre a boca até que começam a rir histericamente.

— Desculpe, isso é tão estranho — murmura Cooper, enquanto lhe entrego um copo de Coca-Cola. Eu não vejo Cooper pessoalmente desde que ele se formou, e não posso culpar as meninas fascinadas na porta. O cabelo dele está mais comprido e despenteado de um jeito atraente, ele está bem bronzeado e preenche sua camisa branca da universidade superbem. Olhar para ele é como observar o sol.

— Bem, você é o menino de ouro de Bayview — diz Kris, se sentando novamente ao lado de Cooper, que segura a sua mão, com uma expressão preocupada, meio tensa.

— *Agora*, talvez — responde ele. — Vamos ver quanto tempo dura.

Não o culpo por não confiar em toda aquela adoração. Eu me lembro de como algumas pessoas o trataram quando souberam que ele era gay — não apenas alunos do Colégio Bayview, mas adultos que não deveriam reagir assim. Cooper tem segurado os comentários maldosos desde os treinos da primavera, já que é perfeito em todos eles. A pressão deve ser absurda. Em algum momento ele vai perder, porque ninguém pode ganhar sempre. E o que vai acontecer então?

A mais ousada das garotas do grupo das risadinhas se aproxima de Cooper.

— Posso pegar o seu autógrafo? — Ela lhe entrega uma caneta, depois põe um dos pés na parte de baixo da cadeira de Cooper e se vira, deixando a coxa à mostra por baixo da saia curta. — Bem aqui.

113

— Hum. — Cooper parece totalmente confuso quando Addy dá uma risada. — Eu poderia... assinar num guardanapo ou algo assim? — pergunta ele.

Conforme a sala enche, eu entro e saio do cômodo, trazendo mais bebidas e petiscos que parecem desaparecer assim que os ponho na mesa.

— Como estão as coisas lá atrás? — Addy pergunta quando estou na minha quinta viagem de volta da cozinha.

— Ótimo, a não ser por Manny, que deixou cair, tipo, três pedidos de empanadas até agora — digo, colocando um prato entre ela e Bronwyn.

— Aqui estão as sobreviventes, aproveitem.

Maeve está sentada do outro lado de Bronwyn, vestindo uma blusa preta de decote canoa, que está mais justa do que ela costuma usar e a favoreceu muito. Tem uma estampa fofa, que, a princípio, parece um buquê de flores, mas são vários monstrinhos desenhados. Não consigo parar de olhar para ela. Nem Luis, embora eu tenha certeza de que nossos motivos não são os mesmos.

Mas Maeve não percebe a atenção de nenhum dos dois, porque fica encarando a entrada. Eu sigo o olhar dela quando a cortina de contas se afasta mais uma vez e Nate Macauley entra. A única cadeira vazia fica do outro lado da mesa, até que Maeve se levanta num salto.

— Parece que você precisa de ajuda, Phoebe — diz ela, se aproximando de mim. Eu não preciso, mas deixo que ela pegue alguns talheres da mesa.

Nate se senta na cadeira agora vaga de Maeve, encostando os nós dos dedos no braço de Bronwyn. Quando ela se vira, seu rosto inteiro se ilumina.

— Oi — diz Bronwyn, ao mesmo tempo em que Nate diz:

— Oi. — E em seguida: — Você está...

— Eu esperava que...

Eles param e sorriem um para o outro, e tudo em que consigo pensar é que Jules não tem chance alguma. Nate se aproxima de Bronwyn para dizer alguma coisa ao pé de seu ouvido e ela vira o corpo inteiro na direção dele ao responder com uma risada. Bronwyn passa a mão pela jaqueta de Nate como se houvesse algo ali, o que é um dos truques mais velhos de todos. E funciona totalmente, porque ele segura a mão dela e, uau, não demorou nadinha mesmo. Estou prestes a sair para dar aos dois alguma privacidade quando ouço outra voz.

— Uouuu, isso aqui está lotado! — Um nerdzinho hipster de blusa polo azul-clara está parado na cortina de contas, se abanando sozinho enquanto olha ao redor. É Evan Neiman, o ex-namorado de Bronwyn, que, pelo que sei, não foi convidado para essa reuniãozinha. Evan vê a última cadeira vazia e a arrasta para o mais perto que consegue de Bronwyn. — Oi — cumprimenta ele, se inclinando sobre a mesa com um sorriso sonhador. — Eu consegui.

Bronwyn congela, os olhos arregalados atrás dos óculos como um bichinho assustado.

— Evan? O que está fazendo aqui? — pergunta. Toda a animação deixa o rosto de Nate quando ele solta a mão de Bronwyn e inclina sua cadeira para trás. Bronwyn passa a língua pelos lábios. — Por que você não está em Pasadena?

— Eu não queria perder a chance de vê-la mais uma vez antes de você ir — diz Evan.

Nate deixa a cadeira cair no chão com um estrondo.

— Mais uma vez? — pergunta ele, com um olhar incisivo para Bronwyn. Ele não parece estar exatamente zangado, mas magoado. Os olhos de Bronwyn vão de Nate para Evan, que segue sorrindo como se não houvesse tensão alguma no ar. Eu não consigo afirmar se ele é sem noção ou diabólico.

— E, além disso, você deixou seus óculos escuros no meu carro — completa Evan, segurando a caixinha retangular azul como se fosse um troféu.

Maeve está parada ao meu lado, limpando com um guardanapo uma faca já limpa.

— Ah, não, ah, não, ah, não — murmura ela.

Eu tiro a faca da sua mão.

— Fazem isso na cozinha, você sabe.

— Por favor, me leve para lá — sussurra ela. — Eu não posso olhar.

Eu lhe entrego a minha bandeja e saímos pela porta, mas não sem antes dar uma pausa quando a mão de alguém afasta a cortina para o lado e uma menina entra. Eu não reconheço Jules de cara, ela arrasou no esfumado do olho, seja lá qual tenha sido o tutorial a que assistiu. O cabelo escuro está alisado, e ela usa um top de paetês e calça jeans justinha, com sandálias de salto alto. Sendo bem direta, preciso dizer que seus peitos estão incríveis.

— Ei, Ju... — começo, mas ela pousa um dedo sobre os meus lábios.

Jules cruza alguns centímetros até a confusão. Nate afastou sua cadeira da mesa como se fosse se levantar, mas Jules o impede com uma mão em seu ombro. Antes que ele possa se mexer, ela sobe no garoto e se senta em seu colo, o peito grudado no dele. Em seguida, Jules segura o rosto de Nate com as duas mãos e o beija. Com força e determinação, pelo que parece uma eternidade, embora só alguns segundos tenham se passado. Espero eu. Uma luz se acende do outro lado da sala e eu tenho um vislumbre de Monica segurando o seu telefone enquanto atravessa a cortina de contas.

Ninguém tem reação até Jules levantar tão rapidamente quanto se sentou, sacudindo o cabelo e se virando para sair. Então Nate limpa um pouco do gloss que ficou em sua boca, com uma expressão assombrada. Cooper parece preocupado e Addy, furiosa. Bronwyn parece que vai começar a chorar. E Evan Neiman sorri como se tivesse ganhado na loteria.

Eu deixo escapar um gemido de dor quando Maeve derruba no meu pé a bandeja que estava segurando. Jules encontra o meu olhar e, antes de atravessar a cortina de contas, me dá uma piscadela exagerada e triunfante.

— *Sempre escolha consequência* — ela murmura para mim.

Sexta-feira, 6 de março

REPÓRTER: Boa noite, aqui é Liz Rosen para o Noticiário do Channel 7, trazendo uma atualização sobre a nossa principal história: a morte prematura de mais um aluno do Colégio Bayview. Estou com Sona Gupta, diretora do Colégio Bayview, para saber a reação da administração.

DIRETORA GUPTA: Uma correção, se me permite. Essa tragédia em particular não ocorreu *no* Colégio Bayview. No terreno da escola.

REPÓRTER: Eu acredito que não foi o que eu disse, foi?

DIRETORA GUPTA: Pareceu estar implícito. Nós estamos, obviamente, devastados com a perda de um membro querido da nossa unida comunidade, e estamos comprometidos em apoiar nossos alunos em momentos de necessidade. Temos muitos recursos disponíveis para ajudá-los a processar o impacto e o luto.

REPÓRTER: O Colégio Bayview ficou famoso nacionalmente por sua corrosiva cultura de fofocas. Você está preocupada com...

DIRETORA GUPTA: Com licença, estamos desviando para um tópico que não tem relação com o assunto abordado aqui, sem dizer que é totalmente desnecessário. O Colégio Bayview é hoje uma escola diferente da que foi 18 meses atrás. Nossa política de tolerância zero em relação a fofoca e bullying se provou altamente eficaz. Fomos inclusive perfilados na revista *Education Today* no verão passado.

REPÓRTER: Não conheço essa publicação.

DIRETORA GUPTA: É altamente considerada.

CAPÍTULO 9

Knox

Segunda-feira, 2 de março

É um reflexo checar meu telefone, mesmo estando no trabalho. Mas não há nenhuma novidade do Número Desconhecido nesta segunda-feira. As últimas mensagens foram na noite de sexta:

CONSEQUÊNCIA: Beijar um integrante do Quarteto de Bayview.

STATUS: Realizado por Jules Crandall. Parabéns, Jules. Bom trabalho. Com a mensagem, chegou uma foto de Jules no colo de Nate, beijando-o como se sua vida dependesse disso.

O próximo jogador será contatado em breve. Tic-toc.

Estou meio que feliz por ter tido ensaio e, assim, arrumado a desculpa perfeita para não ir ao Café Contigo na sexta. Maeve disse que a noite foi ladeira abaixo muito rápido depois que Jules interrompeu o jantar. Para piorar, o restaurante ficou tão caótico que a comida acabou e Cooper teve que ir embora pela porta dos fundos.

— Nessa instância em particular, a causa é confissão falsa — diz Sandeep ao meu lado. Hoje nós estamos dividindo mesa no

Até que Provem, e ele está ao telefone desde que chegou. Sandeep segura uma caneta em uma das mãos, batucando-a ritmadamente na mesa enquanto fala. — Então não vejo como pode se aplicar. O quê? Não. Relacionado a homicídio. — Ele aguarda alguns instantes, batendo a caneta. — Ainda não posso confirmar isso. Ligo de volta quando puder. Tudo bem. — Ele desliga. O Até que Provem ainda tem telefones de mesa, uns troços grandes e pesados, com fios de verdade ligados a uma parede. — Knox, você pode pedir uma pizza? — pergunta, alongando os ombros. — Estou faminto.

— Pode deixar. — Pego meu celular, porque nem mesmo sei como os telefones de mesa funcionam, e também o aparelho porque Eli surge na nossa frente. Ele parece diferente, mas não consigo perceber por que até Sandeep falar.

— Você cortou o cabelo — diz ele. Eli dá de ombros enquanto Sandeep inclina sua cadeira para trás e gira 180 graus, os dedos num movimento ascendente embaixo do queixo. — O que houve? Você *nunca* corta o cabelo.

— Eu garanto a você que corto, sim — responde Eli, ajeitando os óculos sobre o nariz. Ele se parece bem menos com Einstein agora. — Você tem a pasta do caso Henson?

— É para o casamento? — pergunta Sandeep. — Ashton o obrigou?

Eli esfrega a têmpora como se estivesse tentando reunir alguma paciência.

— Eu e Ashton não nos obrigamos a fazer coisa alguma. Você tem a pasta do caso Henson ou não?

— Hum. — Sandeep começa a procurar pelas pilhas de papéis em sua mesa. — Provavelmente está aqui em algum lugar. Do que você precisa?

— Do nome do procurador de acusação.

— Eu tenho — me intrometo, e os dois se viram na minha direção. — Não a pasta, mas o nome. Fiz uma planilha. Um instante. — Abro o Google Docs e viro o meu notebook para Eli. — Tem todas as informações essenciais das condenações de D'Agostino. Nomes, datas, endereços, advogados, coisas assim. Eu percebi que você sempre pergunta por essas coisas e... — Eu me interrompo quando uma ruga surge na testa de Eli. Talvez eu não devesse ter feito isso? São informações públicas, então não pensei que estivesse fazendo nada errado ao reuni-las num documento.

O olhar de Eli corre pela minha tela.

— Isso é ótimo. Você pode compartilhar comigo, por favor?

— Hum, sim, com certeza — respondo.

Seu olhar encontra o meu.

— Qual é mesmo o seu nome?

— Knox. Knox Myers. — Eu dou um sorriso meio largo demais, feliz por ter sido notado ao menos uma vez.

— Obrigado, Knox — diz Eli, com sinceridade. — Você me poupou bastante tempo.

— Eli! — grita alguém do outro lado da sala. — O juiz Balewa está na linha para falar com você! — Eli sai sem dizer mais nada, e então Sandeep me dá um soquinho de leve no braço.

— Olha só você, sendo elogiado pelo picão! Bom trabalho, garoto — parabeniza ele. — Mas não deixe isso subir à cabeça, hein. Eu ainda quero aquela pizza. E você pode separar a correspondência?

Peço algumas pizzas tamanho gigante para o escritório, depois pego um punhado de envelopes de uma bandeja ao lado da porta de entrada e os levo até a minha cadeira. Alguns são cartas registradas e eu não devo abrir, então as separo para Sandeep. Uma boa parte é boleto, e esses ficam em outra pilha. Então analiso o que sobrou. A maioria é de pedidos para o Até que Provem pegar um caso específico. É surpreendente o número de pessoas que escreve cartas em vez de mandar um e-mail, mas acho que eles esperam chamar atenção assim. O Até que Provem recebe mais pedidos de ajuda do que poderia assumir ainda que triplicasse sua equipe.

Pego um envelope com o nome de Eli rabiscado na frente. Rasgo-o e dentro há uma única folha de papel. Eu puxo e leio as poucas frases curtas.

Você mexeu com as pessoas erradas, babaca.

Eu vou foder com você como você fez com a gente.

E vou me divertir vendo você morrer.

Eu recuo como se alguém tivesse me dado um soco.

— Sandeep — chamo. Ele levanta o olhar do notebook, com uma expressão intrigada, e eu empurro o papel até ele. — Olha isso!

Sandeep pega a carta e lê. Ele não parece tão impressionado quanto eu esperava.

— Ah, sim. Recebemos uns assim às vezes. Eu categorizo no arquivo com ameaças de morte.

— No o *quê*? — Não consigo disfarçar o terror na minha voz. — Tem um arquivo *inteiro* disso?

— Ameaças de morte chegam ao longo de qualquer caso grande — responde ele. — Babacas desapontados e enraivecidos, em sua maioria, mas temos que documentar tudo. — Ele analisa a folha de papel mais uma vez antes de dobrá-la e recolocá-la no envelope. — Pelo menos essa não tem discurso de ódio. Eli recebe muita coisa antissemita. Essas ficam numa pasta separada.

— Jesus — digo baixinho. Minha pulsação está desconfortavelmente acelerada. Eu sabia que os advogados do Até que

Provem tinham que lidar com muita merda, mas nunca imaginei algo assim.

Sandeep afaga meu ombro.

— Desculpe, Knox. Eu não quis parecer blasé. Sei que é desconcertante, ainda mais sendo a primeira vez que você vê algo assim. É o que se espera nesse tipo de trabalho, entretanto, e temos procedimentos adequados para lidar com isso. — Suas sobrancelhas se unem de preocupação conforme ele assimila minha cara suada e provavelmente pálida. — Você não está se sentindo seguro? Quer ir para casa?

— Não. Eu não estou preocupado comigo. — Engulo, observando Eli gesticular animadamente pela janela de uma sala de conferência. — Mas Eli...

— Ele está acostumado — diz Sandeep, gentil. — Ele escolheu essa área e não tem medo de gente assim. — Um desgosto toma sua expressão quando ele joga o envelope na mesa à nossa frente. — São uns covardes, realmente. Se escondendo para ameaçar e intimidar, em vez de fazer algo significativo para amenizar a situação deles.

Dou uma olhada no meu celular, que agora está cheio de mensagens zombeteiras do Número Desconhecido.

— Sim, sei o que você quer dizer.

Eu tinha planejado voltar direto para casa depois do trabalho, mas quando dá cinco da tarde eu ainda estou agitado e inquieto. *Onde você está?* Envio uma mensagem para Maeve conforme sigo para o elevador, prendendo a respiração para evitar o cheiro acre do salão de beleza masculino.

Ela responde imediatamente. *Café Contigo.*

Quer companhia?

Sempre.

Tem um ônibus parado no engarrafamento a alguns metros de onde estou, e corro para chegar ao ponto antes que ele saia. Enquanto embarco, meu telefone ainda está na minha mão, e ele apita quando sento ao lado de uma velhinha com cachos grisalhos bem fechados. Ela sorri animada para mim quando pego o fone e conecto ao celular, lhe devolvendo um sorriso educado antes de encaixar os fones no ouvido. Hoje não, Florence.

Imagine Dragons está bombando enquanto leio uma mensagem de Kiersten. *Baixa isso aqui. Um novo app de mensagens para grupos de família.* Eu clico no link para um aplicativo que se chama ChatApp. O ícone é um balãozinho de diálogo com um cadeado dentro.

Nunca ouvi falar, escrevo de volta. *Qual o problema com os dez apps que eu já tenho?*

Kiersten manda um emoji dando de ombros. *Não sei. Kelsey quer. Sincroniza mais facilmente com o notebook dela, ou algo assim.* Nossa irmã do meio é tecnologicamente jurássica, e prefere mandar mensagens do computador em vez de usar o celular. *Tem mais privacidade tb.*

Ah, ótimo. Eu não ia querer que os detalhes secretos do casamento de Katie vazassem.

Ha. Ha. O Wing Zone já consertou a galinha?

Sim, é uma galinha completa novamente. Com um chapéu de gnomo por conta do dia de St. Patrick's. Kiersten responde com seis emojis dando risada e alguns trevinhos de quatro folhas.

Termino de baixar o aplicativo e, assim que entro, vejo quatro convites de conversa me esperando, de Kiersten, Katie, Kelsey e Kara. Não estou preparado para o cataclismo fraterno, então saio do app sem responder convite algum. Estou quase chegando à minha parada, então me levanto e sigo até a porta, me segurando na barra para manter o equilíbrio conforme nos aproximamos, aos solavancos, da calçada.

O Café Contigo fica a apenas um quarteirão do ponto do ônibus. Quando eu entro, Maeve está em sua mesa de canto habitual, uma xícara de café à frente e o celular na mão. Eu puxo os meus fones da orelha e me sento no lugar ao lado dela.

— E aí, fazendo o que?

Ela apoia o telefone na mesa. Ele vibra duas vezes.

— Nada de mais. Como foi o trabalho?

Eu ainda não quero falar sobre as ameaças de morte. Prefiro não pensar nelas. Gesticulo para o telefone de Maeve, que vibra mais uma vez.

— Você precisa atender?

— Não. É só a Bronwyn me mandando fotos de uma peça a que ela está assistindo. O cenário é bem bom, parece.

— Ela gosta desse tipo de coisa?

— Ela acha que eu gosto. Porque atuei numa peça uma vez. — Maeve balança a cabeça numa irritação divertida. — Ela e minha mãe são iguaizinhas. Sempre que eu demonstro o mínimo interesse por alguma coisa, elas agem como se fosse a nova paixão da minha vida.

Um garçom se aproxima; é um universitário alto e magro chamado Ahmed, e peço uma Sprite. Eu espero ele se afastar para perguntar:

— Como está Bronwyn depois da confusão toda de sexta-feira? Ela e Nate terminaram de novo?

— Não sei se é possível terminar se você não chegou a voltar de verdade — diz Maeve, descansando o queixo na mão com um suspiro. — Bronwyn não está falando sobre o assunto. Bom, ela falou sobre isso *demoradamente* no sábado, mas, agora que voltou para Yale, não deu mais um pio sobre Nate. Juro por Deus, aquele lugar meio que deixa as emoções dela em curto--circuito. — Maeve toma um gole de café e faz uma expressão de desgosto. — Ela acha que Nate estava a fim. Do beijo da Jules, quero dizer. E não foi assim que eu interpretei a situação, mas Bronwyn não me ouve.

— Você disse a ela que fazia parte de um jogo?

— Eu tentei. — Maeve morde o lábio. — Não quis entrar em muitos detalhes porque ela piraria se soubesse que havia a mínima conexão que fosse com Simon. Ela já estava tão chateada com Nate, e aquela foto estúpida que Monica tirou estava em todas as redes sociais no fim de semana. O que me faz lembrar... Eu queria mostrar uma coisa a você. — Maeve desliza o dedo pela tela do celular algumas vezes, depois estende o aparelho para mim. — Eu achei isso outro dia. Você se lembra daquele fórum de vingança em que Simon costumava postar? — Concordo com a cabeça. — Bom, essa é uma nova versão, só que agora os posts desaparecem depois de algumas horas.

— O quê? — Minhas sobrancelhas se erguem quando pego o celular de Maeve. — Como você sabe disso?

— Encontrei quando estava pesquisando pelo nome de usuário de Simon, na semana passada. Havia uma postagem anterior que mencionava Bayview e algo sobre um jogo. — Ela batuca os dedos sem parar na mesa. — Não me lembro exatamente o que dizia. Gostaria de ter tirado um print, mas eu não sabia que os posts sumiam.

Analiso algumas postagens na página. Alguém chamado Jellyfish está puto da vida com o professor.

— Certo, e... O que você está achando? Que esse Jellyfish é o responsável pelo Verdade ou Consequência?

— Não exatamente ele — responde Maeve. — Esse cara parece ser limitado. Mas talvez o outro usuário esteja envolvido. É estranho, você não acha? Que o jogo das mensagens comece citando Simon, e então esse fórum de vingança surge e faz a mesma coisa?

— Acho — respondo, mesmo sem ter certeza. Parece um argumento meio fraco, mas, de novo, Maeve sabe bem mais do que eu sobre rastrear fofocas vingativas.

— Eu deveria instalar um serviço de monitoramento, ou algo assim. Tipo o PingMe — diz ela, pensativa. Quando percebe minha expressão intrigada, ela complementa: — É uma ferramenta que avisa quando um site é atualizado. É mais rápido que o Google Alert. Assim eu poderia me manter a par dessas conversas que desaparecem.

Seu olhar fica perdido. Embora eu ache que ela está ficando obcecada demais com um post aleatório na internet, posso dizer que Maeve não vai me ouvir se eu lhe disser isso. Em vez disso, eu devolvo o seu celular sem fazer nenhum comentário. Quando ela pega o aparelho, a manga da sua camisa sobe um pouco, e deixa exposta uma marca roxa bem feia.

— Ai, como isso aconteceu? — pergunto.

— O quê? — Maeve segue o meu olhar e ouço quando prende a respiração. Ela fica pálida e tão imóvel que parece uma estátua. Então puxa a manga da blusa até cobrir totalmente o hematoma. — Não sei. Só... bati em alguma coisa, acho.

— Você acha? — Os olhos dela estão voltados para o chão, e sinto uma inquietação na barriga. — Quando?

— Eu não me lembro — diz ela.

Passo a língua sobre os meus lábios ressecados.

— Maeve, alguém... alguém fez isso com você?

Sua cabeça se levanta num instante e ela deixa escapar uma risada assustada e sem humor.

— *O quê?* Ai, meu Deus, não, Knox. Eu juro, não aconteceu nada disso. — Ela me encara e eu relaxo um pouquinho. Se tem uma coisa que eu aprendi com Maeve, foi que ela é incapaz de manter contato visual se estiver contando a mais inofensiva das mentiras. Não se deve nunca, por exemplo, perguntar o que ela acha do seu novo corte de cabelo se não estiver totalmente preparado para lidar com a verdade. Eu aprendi isso do modo mais difícil quando decidi deixá-lo mais curto, na semana passada.

— Certo, então... — Eu paro, porque agora não me lembro sobre o que a gente estava falando, e o olhar de Maeve vagueia sobre o meu ombro. Ela acena e eu me viro para encontrar um menino magro, de cabelo louro-avermelhado e óculos a alguns metros de nós.

— Oi, Owen — cumprimenta Maeve. — Phoebe não está trabalhando hoje.

— Eu sei. Vim buscar comida para levar para casa.

Maeve abaixa o tom de voz quando Owen se aproxima do balcão.

— É o irmão mais novo de Phoebe. Ele vem muito aqui depois da aula, mesmo quando não é para buscar comida. Só para dar uma volta e conversar com Phoebe, ou com o Sr. Santos, quando eles não estão ocupados. Acho que ele é meio sozinho.

De alguma maneira, esse jogo por mensagens fez Maeve e Phoebe ficarem amigas, o que foi a única coisa boa disso tudo. Maeve andava meio perdida desde que Bronwyn se formou, e é bom para Phoebe ter alguém ao seu lado. Ela continua sendo chamada de vagabunda na escola, e Jules almoça com o grupinho de Monica Hills agora. Acho que, para Jules, esse lance todo teve um lado positivo: alpinismo social a partir do sucesso do Verdade ou Consequência.

O Sr. Santos vem dos fundos do restaurante com uma sacola grande de papel, que entrega a Owen enquanto gesticula para que o garoto guarde a nota que está tentando dar a ele.

— Não, *mi hijo*, guarde isso — diz. — O seu dinheiro não vale nada aqui. Como está a escola? Phoebe me contou que você tem um campeonato de soletração em breve.

Owen começa a falar sem parar, mas não estou prestando muita atenção, porque sigo pensando na expressão aliviada do garoto quando guardou o dinheiro. A minha mãe era corretora de seguros do acordo que a empresa do Sr. Lawton pagou para a família depois que ele morreu. Eu me lembro de quando falou para o meu pai, sem saber que eu estava ouvindo, que achava que o pagamento pelo acidente dele tinha sido bem inferior ao que deveriam pagar. *Eu não acho que Melissa Lawton saiba como esse dinheiro vai embora depressa quando não tem nenhum chegando*, ela dissera.

Quando Owen finalmente se afasta do balcão, ele está com um sorriso largo no rosto. *Ele precisava daquilo*, pensei. Uma espécie de figura paterna, ou irmão mais velho, talvez. Eu entendo. Sei o que é crescer cercado por irmãs que são ótimas, mas não podem dizer a você como ser um homem no século XXI. Quando Owen passa pela nossa mesa, eu me vejo dizendo:

— Ei, você gosta de *Bounty Wars*?

Owen para e aponta para a própria camiseta com a mão livre.

— Hum, *sim*.

— Eu também. A propósito, me chamo Knox. Estudo com Phoebe. — Maeve assente e sorri, como se estivesse confirmando que sou confiável. — Qual é o seu avatar? — pergunto.

Owen parece cauteloso, mas me responde rápido.

— Dax Reaper.

— O meu também. Em que nível você está?

— Nível 15.

— Caramba, sério? Não consigo passar do nível 12.

O rosto inteirinho de Owen se ilumina.

— É uma questão das armas que se escolhe — diz ele, e então não para mais.

Falamos sobre estratégias de jogo em *Bounty Wars* até que noto que a sacola de papel que ele está segurando começou a ficar molhada da gordura do que quer que esteja dentro dela.

— Você tem que ir para casa, né? — pergunto. — O pessoal deve estar esperando o jantar.

— Acho que sim. — Owen oscila o peso do corpo de um pé para o outro. — Você e Phoebe são amigos?

Boa pergunta. Não exatamente, mas agora que Phoebe está passando mais tempo com Maeve na escola, ela está, automaticamente, passando mais tempo comigo. Considerando que o Colégio Bayview se tornou um ninho de cobras, isso provavelmente nos torna próximos o bastante.

— Ah, sim, somos.

— Você devia aparecer para jogar *Bounty Wars* com a gente um dia. Vou falar para Phoebe convidar você. Tchau. — Owen acena quando se vira para ir embora. Maeve, que passou o tempo todo mexendo no celular, dá uma cutucada no meu joelho com o dela.

— Isso foi muito legal — diz ela.

— Para de repetir isso — resmungo enquanto ela sorri.

Um garoto alto de cabelo castanho desgrenhado aparece na porta e a segura para que Owen saia, passando por baixo do seu braço. Ele analisa o ambiente, os olhos vacilantes passando por mim e Maeve, sem muito interesse, e parando em uma garçonete que está arrumando as cestinhas de molhos. Ele parece ter somente um ou dois anos a mais do que eu, mas há algo excessivamente intenso no seu olhar. Somando as notinhas na caixa registradora, o Sr. Santos levanta o olhar e parece percebê-lo também.

— Boa noite — diz.

O sujeito atravessa metade do salão com os olhos ainda grudados nas costas da garçonete. Ela se vira, mostrando o seu rosto de meia-idade que não condiz com o rabo de cavalo saltitante. O Sujeito Intenso volta a sua atenção para o Sr. Santos.

— Ei. A Phoebe está? — A voz dele é alta demais para um lugar tão pequeno.

O Sr. Santos se inclina no balcão, os braços cruzados.

— Posso ajudar com o que você precisar, filho. — Nada de *mi hijo* para esse cara.

— Estou procurando a Phoebe. Ela trabalha aqui, não trabalha? — O Sr. Santos não responde imediatamente, e a mandíbula do rapaz fica tensa. Ele mete as mãos nos bolsos do casaco verde camuflado. — Você entende inglês ou não, *señor*? — pergunta ele, com um sotaque espanhol debochado.

Maeve prende a respiração, mas a expressão agradável do Sr. Santos não muda.

— Eu entendo você perfeitamente.

— Então responda a minha pergunta — exige o garoto.

— Se você quiser pedir comida, fico feliz em anotar o pedido — diz o Sr. Santos no mesmo tom comedido.

— Olha, vovô… — O sujeito avança, mas se interrompe quando Luis e Manny saem da cozinha um após o outro. Luis puxa uma toalha do ombro, segurando-a entre as mãos, fazendo cada músculo dos braços saltar. Provavelmente não é o momento de querer estar no lugar de outra pessoa, mas, cara, Luis é demais. De algum modo, ele consegue parecer um Capitão América, com a sua camisa suja de gordura e uma bandana.

Maeve também percebe. Ela está praticamente se abanando do outro lado da mesa.

Manny não é tão atlético quanto o irmão, mas é alto, corpulento e bastante intimidador quando cruza os braços e faz cara feia.

— Precisam de você na cozinha, Pa — diz, os olhos fixos no Sujeito Intenso. — A gente assume aqui por enquanto.

O Sujeito Intenso pode ser um babaca, mas não é estúpido. Ele se vira imediatamente e vai embora.

Os olhos de Maeve se demoram no balcão até Luis voltar para a cozinha, depois ela se vira para mim.

— Que diabos foi isso? — pergunta. O telefone dela vibra de novo, e Maeve deixa escapar um som de frustração da garganta. — Meu Deus, Bronwyn, dá um tempo. Eu não ligo para cenários tanto quanto você pensa. — Ela pega o celular e deixa num ângulo em que consiga ver melhor a tela. — Ah, não.

— O quê? — pergunto.

Ela estende o telefone para mim, os olhos cor de âmbar arregalados. *Maeve Rojas, você é a próxima! Mande de volta a sua escolha: devo revelar uma verdade ou você aceita a consequência?*

133

CAPÍTULO 10

Maeve

Terça-feira, 3 de março

Se eu lanço um Verdade ou Consequência, você tem 24 horas para fazer a sua escolha.

Estou no Café Contigo com um copo cheio de café que já ficou gelado, porque eu continuo relendo a postagem do Falando Nisso com as regras do Verdade ou Consequência. São 15h15 de terça-feira, o que significa que tenho menos de três horas até o "prazo final". Não que eu me importe. Eu não vou responder, obviamente. Estive no meio de toda a confusão com Simon e me recuso a participar de qualquer coisa que tenha a mínima relação com o que aconteceu. Foi uma tragédia, não uma piada, e é doentio que alguém esteja tentando fazer disso um jogo divertido. Eu não serei um peão do Número Desconhecido e podem fazer o que quiserem em contrapartida, porque eu não tenho nada a esconder.

E, ainda, pensando mais amplamente: quem liga para o Número Desconhecido?

134

Saio da página do Falando Nisso para os Contatos Favoritos da minha agenda. São cinco: meus pais, Bronwyn, Knox e o meu oncologista. Pressiono a ponta do dedo na grande mancha roxa no meu antebraço e posso praticamente ouvir o Dr. Gutierrez: *Tratar quando os primeiros sintomas aparecem é essencial. É por isso que você continua aqui.*

Ligo para o número dele antes de pensar muito a respeito. Uma mulher atende quase que imediatamente.

— Consultório do Dr. Ramon Gutierrez.

— Oi. Hum, eu tenho uma pergunta sobre, hum, diagnóstico.

— Você é paciente do Dr. Gutierrez?

— Sim. Eu estava pensando se… — Eu afundo no meu lugar e baixo o tom de voz: — Teoricamente, se eu quisesse fazer alguns testes para… verificar meu status de remissão… é o tipo de coisa que eu poderia fazer sem a presença dos meus pais? Eu não tenho dezoito anos ainda.

Há um momento de silêncio do outro lado da linha.

— Poderia me dizer seu nome e a data de nascimento, por favor?

Eu seguro o telefone com mais força contra a minha já suada palma da mão.

— Pode responder a minha primeira pergunta?

— O consentimento dos pais é necessário para o tratamento de menores, mas se você puder…

Eu desligo. Foi o que eu imaginei. Eu viro o braço para não ver mais a mancha. Ontem à noite encontrei uma na minha coxa também. Só de olhá-las eu fico cheia de pavor.

Uma sombra surge na mesa e eu levanto o olhar para encontrar Luis ali parado.

— Estou encenando uma intervenção — diz ele.

Eu pisco, confusa. Luis não faz parte do contexto em que minha mente está agora, e tenho que obrigatoriamente afastar pensamentos sobre tratamentos para câncer e mensagens de texto anônimas antes de conseguir focar nele. Ainda assim, não tenho certeza se ouvi direito.

— O quê?

— Se lembra do que você falou sobre não acreditar no *mundo lá fora*? Eu vou provar que você está errada. Vamos lá. — Ele gesticula para a porta, depois cruza os braços. Depois da cena com o Sr. Santos e o garoto grosseiro no dia anterior, eu quase não consigo tirar os olhos daqueles braços. Talvez Luis pudesse fazer aquele negócio com a toalha mais umas duas, três ou vinte vezes.

Ele espera por uma resposta e suspira.

— Conversas geralmente envolvem mais de uma pessoa, Maeve.

Consigo descongelar minha língua.

— Ir aonde?

— Lá fora — diz Luis, pacientemente. Como se estivesse falando com uma criança pequena e não muito inteligente.

— Você não tem que trabalhar?

— Não antes das cinco.

O meu telefone está sobre a mesa, zombando de mim com o seu silêncio. Talvez, se eu ligar de novo, outra pessoa atenda e me dê uma resposta diferente também.

— Eu não sei...

— Vamos lá. O que você tem a perder?

Luis dá um dos seus sorrisos de muitos megawatts e, caramba, é o suficiente para me colocar de pé. Como eu disse: não tenho defesas contra esse tipinho.

— E o que você está pensando em fazer lá fora?

— Você vai ver — diz Luis, segurando a porta. Olho para a esquerda e para a direita quando chegamos à calçada, imaginando qual lado iremos seguir, mas Luis para no parquímetro e começa a retirar a corrente da bicicleta que está presa a ele.

— Hum. É sua? — pergunto.

— Não. Eu escolho cadeados de bicicletas aleatórias por diversão — diz Luis, retirando a corrente para prendê-la embaixo do banco. Ele abre um sorrisão para mim quando termina. — É óbvio que é minha. Estamos a mais ou menos um quilômetro e meio de onde quero levar você.

— Certo, mas... — Gesticulo para o espaço vazio entre nós. — Eu não tenho uma bicicleta. Vim para cá de carro.

— Você pode vir comigo. — Ele sobe na bicicleta de modo a ficar de pé acima do banco, as mãos alcançando as extremidades do guidão para manter a estrutura em equilíbrio. — Sobe.

— Subir... onde? — Ele me olha com expectativa. — Você quer dizer no *guidão* da bicicleta?

— Sim. Você não fez isso quando criança? — pergunta Luis. Como se ele não estivesse falando com alguém que passou a maior parte da infância entrando e saindo de hospitais. É meio desconcertante, principalmente agora, mas a verdade é que mal sei guiar uma bicicleta do jeito normal.

— Nós não somos crianças — digo. — Eu não vou caber aí.

— É óbvio que vai. Faço isso o tempo inteiro com os meus irmãos, e eles são maiores do que você.

— Com o Manny? — pergunto, incapaz de manter a expressão séria ao pensar na cena.

Luis também ri.

— Eu quis dizer os mais novos. Mas sim, eu poderia levar Manny aqui se fosse preciso. — Continuo hesitante, incapaz de imaginar como isso pode dar certo, então o sorriso confiante dele esmorece um pouquinho. — Ou podemos apenas caminhar até algum canto.

— Não, pode ser assim mesmo — falo, porque ver Luis com uma expressão decepcionada é esquisito demais. Pessoas que não costumam ouvir "não" como resposta ficam *péssimas* quando finalmente ouvem um. De todo modo, não pode ser tão difícil, né? O ditado *é tão fácil quanto andar de bicicleta* deve existir por um motivo. — Eu vou... subir. — Olho ansiosa para o guidão, que não me parece um lugar adequado para sentar, e decido que não vou conseguir fingir naturalidade para sair dessa. — Como eu faço isso, exatamente?

Luis entra no modo instrutor sem hesitar um minuto.

— Fique de costas para mim e coloque uma perna de cada lado da roda da frente — orienta. É meio estranho, mas eu obedeço. — Ponha as mãos atrás do seu corpo e agarre o guidão. Se prepare, assim. — As mãos quentes e firmes dele se fecham brevemente sobre as minhas. — Agora empurre para baixo para que você levante seu corpo e... isso! — Ele ri, assustado, quando eu me levanto num movimento fácil para me aboletar sobre o guidão. Nem eu sei bem como fiz isso. — Você conseguiu. Habilidades de uma profissional.

Não é a coisa mais confortável que já fiz, e parece ser mais do que um pouco precário. Especialmente quando Luis começa a pedalar.

— Ai, meu Deus, nós vamos morrer. — Eu arfo sem intenção, fechando os olhos com força. Mas então o queixo de Luis está no meu ombro enquanto uma brisa fresca bate no meu rosto e, honestamente, há modos muito piores de morrer.

Ele é um ciclista veloz e seguro de si, pedalando sem pausas por uma rota que leva à ciclovia atrás do centro de Bayview. O caminho é largo e está praticamente vazio, mas de vez em quando um pontinho aparece adiante e então, sem que eu perceba como, Luis ultrapassa quem quer que seja. Quando ele finalmente desacelera e diz "Segure firme, nós já vamos parar", eu vejo um portão de ferro forjado e uma placa de madeira com os dizeres ARBORETO DE BAYVIEW.

Minha descida é bem menos graciosa, mas Luis não parece se importar enquanto prende a bicicleta num poste.

— Tudo bem? — pergunta ele, puxando uma garrafa de água do suporte da bicicleta e bebendo a metade do conteúdo em alguns goles. — Achei que poderíamos andar um pouco.

— É perfeito. Eu não venho muito aqui.

Começamos a descer por um caminho de cascalho margeado por cerejeiras que estão começando a florescer.

— Eu amo esse lugar — diz Luis, tampando os olhos contra a luz do sol. — É tão tranquilo. Venho aqui sempre que preciso pensar.

Dou uma olhada nele, aquela pele marrom clara, os ombros largos e o sorrisinho fácil. Eu nunca imaginei que Luis fosse o tipo de pessoa que vai a algum lugar tranquilo para pensar.

— Em que você pensa?

— Ah, você sabe — diz Luis, sério. — Coisas intensas e profundas sobre a humanidade e a situação do universo. Penso nisso o tempo todo. — Eu inclino a cabeça na direção dele, as sobrancelhas arqueadas como se dissessem *continue*, e ele encontra o meu olhar com um sorriso. — Mas não estou pensando nisso agora. Me dê um minuto.

Eu sorrio de volta. É impossível não fazê-lo.

— E quando você não está tendo crises existenciais? Com que tipo de coisas mundanas se preocupa?

— Com conseguir dar conta de tudo — responde ele, imediatamente. — Tipo, eu tenho um montão de aulas nesse semestre, além do estágio, porque eu vou tentar me formar mais cedo. Eu trabalho de 20 a 30 horas por semana no Contigo, dependendo de quanto os meus pais precisam de mim. E ainda jogo beisebol de vez em quando. Apenas jogos informais com os caras da escola, nada comparado ao cronograma que eu tinha quando jogava no Bayview com Cooper, mas estamos tentando formar uma liga. Ah, e eu ajudo o time dos meus irmãos na Liga Infantil às vezes. É bom, mas é muita coisa. Tem vezes que me esqueço de onde deveria estar, sabe?

Eu não sei. Quando Luis estava no Colégio Bayview, eu achava que tudo que ele fazia era jogar e ir a festas.

— Eu não imaginava que você lidava com tanta coisa — digo.

Ele olha na minha direção conforme nos aproximamos de um jardim de rosas. A primavera está chegando, e a maior parte dos botões está apenas começando a se abrir, mas alguns exibidos estão totalmente floridos.

— É um modo educado de dizer que você pensava que eu era um jogadorzinho bobo?

— Óbvio que não! — Fico observando as rosas para não ter que encará-lo, já que eu pensei isso, sim. Sempre achei que Luis era legal o bastante para os padrões dos atletas do Bayview, principalmente quando ele apoiou Cooper enquanto os demais viravam as costas para ele no ano da formatura, mas nada muito além disso.

Tirando a parte de achá-lo lindo de morrer, óbvio. Ele sempre foi assim. E agora está revelando nuances escondidas, ficando ainda mais atraente; o que, francamente, é um pouco injusto. Não que precisasse de mais encorajamento.

— Eu só não havia percebido que você já tinha decidido tanto sobre a sua vida — digo a ele. — Estou impressionada.

— Não decidi, na verdade. Eu só faço o que gosto e vejo o que acontece.

— Você faz parecer tão fácil. — Não consigo esconder o tom melancólico da minha voz.

— E você? — pergunta Luis. — Você passa o tempo pensando em quê?

Ultimamente? Em você.

— Nos fundamentos filosóficos da sociedade ocidental, obviamente.

— Obviamente. Nem precisava dizer. No que mais?

Em morrer. Eu me seguro antes de dizer. Tente manter a conversa um pouquinho menos mórbida, Maeve. *Se algo terrível será enviado por mensagem para centenas dos meus colegas de escola em, tipo, duas horas e meia.* Deus. De repente percebo que Luis só está sendo sincero comigo e eu não consigo lhe responder nada que seja verdade. Estou envolvida demais em dúvidas e segredos.

— Não é uma pegadinha — diz Luis, e percebo que fiquei em silêncio enquanto passamos pelo jardim de rosas inteiro. Estamos numa minicampina de flores silvestres repleta de cores vibrantes e emaranhados verdes, e eu ainda não disse a ele em que venho pensando. — Você pode responder qualquer coisa. Em memes de gatos, Harry Potter, empanadas. — Ele abre um sorriso. — Em mim.

Meu estômago revira e eu tento ignorar.

— Você me pegou. Estava pensando em quantas flores precisaria pegar para escrever o seu nome com pétalas de rosa no gramado.

— Quinze — diz Luis imediatamente, depois me lança um olhar arregalado de inocência quando dou uma bufada. — O que foi? Acontece muito. Os jardineiros nem me deixam entrar aqui no auge da estação.

Meus lábios retorcem.

— *Tienes el ego por las nubes, Luis* — digo, e ele sorri.

Sua mão roça na minha, tão rapidamente que não consigo saber se foi de propósito ou acidental. E então ele diz:

— Sabe, eu quase chamei você para sair no ano passado. — O meu corpo inteiro fica quente e eu tenho certeza de que não ouvi bem até que ele completa: — Mas o Coop não deixou.

Minha pulsação se agita freneticamente.

— Cooper? — solto. Que diabos? Minha vida amorosa, ou a falta dela, não é da conta do Cooper. — Por quê?

Luis dá uma risadinha.

— Ele estava sendo protetor. Não era um grande fã do meu histórico com garotas quando estávamos na escola. E ele não achava que eu estava falando sério sobre mudar. — Já passamos da metade do campo de flores silvestres, e Luis olha de um lado para o outro. — Só que eu estava.

Minha respiração fica curta. O que isso quer dizer? Acho que eu poderia perguntar. É uma pergunta totalmente válida, considerando, principalmente, que foi ele quem tocou no assunto. Ou eu poderia dizer o que está passando pela minha cabeça nesse instante, que é: *Eu gostaria que você tivesse me chamado. Quer tentar de novo?* Em vez disso, eu me vejo forçando uma risada e dizendo:

— Ah, bem, você conhece o Cooper. Ele sempre precisa ser o paizão de todo mundo, não é? E um pai sabe das coisas.

Luis enfia as mãos nos bolsos.

— É — diz, a voz baixa e com uma pontada do que parece ser decepção. — Acho que ele sabe.

Quando éramos crianças, Bronwyn costumava dizer que eu me sentia atraída por caras inalcançáveis porque era seguro.

Você gosta do sonho, não da realidade, dizia ela. *Assim você pode manter distância.* E eu revirava os olhos, porque não era como se ela já tivesse tido um namorado naquela época também. Mas talvez ela tivesse razão, porque tudo o que consigo dizer é:

— Bom, obrigada pela intervenção. Você estava certo. Eu precisava disso.

— Quando precisar — responde Luis, soando despreocupado como sempre. Sou atingida por uma certeza enfadonha de que, se havia alguma chance de algo acontecer entre nós, eu acabei de deixar passar.

Depois do jantar, estou inquieta e ansiosa. Agora são três itens na minha lista de Coisas Em Que Não Suporto Pensar: sangramentos e manchas, o lembrete da Verdade ou Consequência cujo prazo vence em 15 minutos, e o fato de que sou uma verdadeira covarde emocional. Se eu não fizer algo que ao menos *pareça* produtivo, vou descolar da minha própria pele. Então pego meu notebook, me aboleto no assento da janela, depois conecto o fone no celular e ligo para Knox.

— Tem algum motivo para você estar usando tecnologia de voz? — ele pergunta a título de cumprimento. — É uma forma de comunicação tão desconcertante. É estranho tentar manter uma conversa sem pistas não verbais ou corretor ortográfico.

— Bom falar com você também, Knox — respondo, seca. — Desculpe, mas estou usando o notebook e preciso das minhas mãos livres. Você pode encerrar a conversa quando quiser. — Digito algumas palavras na barra do Google e completo: — Você já pensou em como alguém pode bloquear o próprio número de aparecer numa mensagem de texto?

— É uma pergunta retórica ou você vai me dizer?

— Estou pesquisando agora mesmo. — Espero alguns instantes até a tela carregar. — São três formas, segundo o wikiHow.

— Você tem certeza de que o wikiHow é uma fonte confiável para isso?

— É um começo. — Limpo a garganta. Para ser sincera, é constrangedor lembrar de como, dezoito meses atrás, eu estava invadindo o painel de controle da página do Simon para coletar evidências que a polícia havia ignorado. E agora estou buscando entradas do wikiHow. Eu gostaria de entender de tecnologia móvel a metade do que entendo de computadores e sistemas em rede. — Então, aqui diz que você pode usar um site de mensagens, um aplicativo ou um endereço de e-mail.

— Certo. E por que isso seria útil?

— É conhecimento fundamental. A pergunta mais importante é: como se rastreia o número de uma mensagem anônima? — Congelo diante da tela. — Argh. A resposta mais recente do Google é de três anos atrás. Não é um bom sinal.

Enquanto leio, Knox fica calado para em seguida dizer:

— Maeve, se você está preocupada com o Número Desconhecido, talvez devesse simplesmente responder *consequência*. São inofensivas.

— Jules beijar Nate não foi *inofensivo*.

— É verdade — concorda Knox. — Mas poderia ter sido em circunstâncias diferentes. Se Nate e Bronwyn estivessem firmes, ela poderia ter ficado chateada por Jules ter beijado o namorado dela, mas teria superado. Ela não teria ficado zangada *com ele*, de todo modo. Ou Jules poderia ter escolhido qualquer outra pessoa e feito algo mais amistoso. Tipo um beijo na bochecha. — A voz dele fica reflexiva. — Ou talvez isso fosse considerado trapacear.

Uma janela se abre na tela e eu paro. É um alerta do PingMe: *O site que você está monitorando foi atualizado.* Tenho recebido isso regularmente por causa do A Vingança É Minha, tanto no celular quanto no notebook, e estou começando a me arrepender de ter colocado o alerta. Não tem nada útil, somente desabafos bizarros. Pelo menos parece que Jellyfish se acalmou. Ainda assim, abro uma nova aba e digito o endereço familiar.

Dessa vez, tem uma série de postagens de alguém chamado Darkestmind — e, assim que vejo o nome, reconheço que foi quem me chamou a atenção ali pela primeira vez. Quem mencionou Simon e Bayview.

— Knox — chamo, ansiosa. — Darkestmind está postando novamente.

— Hein? Quem está fazendo o quê?

— No fórum de vingança — digo, e ouço Knox suspirar ao telefone.

— Você ainda está vigiando esse site?

— Shh. Estou lendo. — Estudo a sequência curta de posts:

Saudações para todos nós que estamos FAZENDO O QUE TEM QUE SER FEITO essa semana.

E por nós eu quero dizer eu e Bayview2020.

Dica para os não iniciados: não se metam com a gente.

— Ele está falando de Bayview de novo — informo. — Ou, mais especificamente, de alguém com Bayview no nome de usuário. Posso apostar que é alguém que frequenta a nossa escola.

— Ou... Olha, só uma ideia, mas ouça. Ou talvez seja um fã esquisito de Simon que usa o nome *porque* é um fã esquisito de Simon. E sabemos disso porque eles estão conversando em um subfórum de fãs esquisitos de Simon — sugere Knox.

Tiro um print dos posts antes de atualizar a tela.

— Você está sendo sarcástico? — pergunto. Não estou surpresa por Knox não estar me levando a sério; Bronwyn também não levou até minha pesquisa chegar no *Mikhail Powers Investiga*, um noticiário nacional.

— Bastante.

Quando a página recarrega, eu grito tão alto e vitoriosamente que Knox deixa escapar um "ai" na linha.

— AHÁ! Eu sabia! — exclamo, meu peito martelando de animação. — Tem uma nova postagem do Darkestmind, ouça só: *Eu sempre quis superar Simon e, cacete, acho que consegui. Mais em breve. Tic-toc.* A merda do tic-toc, Knox! É exatamente o que o Número Desconhecido escreve quando está se preparando para mandar outro aviso de Verdade ou Consequência. É a mesma pessoa!

— Certo. Isso é realmente interessante — cede Knox. — Mas pode ser só uma coincidência.

— De jeito nenhum. Não existem coincidências quando se trata desse tipo de coisa. Ele também mencionou Simon, então tem todo aquele negócio de usar-fofoca-como-arma. Esse é o nosso cara.

— Ótimo. E agora o quê? Como você descobre quem Darkestmind realmente é?

Um pouco da minha excitação se esvai.

— Bom, essa é a Fase Dois, obviamente, e chegarei a ela... mais tarde.

A voz de Knox falha, como se ele estivesse longe do telefone.

— Certo, tudo bem, desculpe. Eu já estou indo. — O volume da voz dele volta ao normal. — Tenho que ir. Estou no trabalho.

— Está? — pergunto, surpresa. — Você não tem ensaio hoje à noite?

— Sim, mas tem muita coisa acontecendo no Até que Provem e o meu substituto poderia se beneficiar do ensaio, então não fui. — Knox fala como se não fosse grande coisa, mas eu não consigo me lembrar de algum momento em que tenha perdido um ensaio antes. — Preste atenção, Maeve. Já são quase seis horas, então... se você vai responder *consequência*, a hora é essa.

— De jeito nenhum. Eu já falei, não vou jogar o jogo deles. — Embora ao dizê-lo eu tenha dificuldade para engolir e olhe para o relógio do notebook. 17h59.

Não sei dizer se o suspiro de Knox em resposta é de frustração ou de resignação.

— Tudo bem. Mas não diga que eu não avisei.

CAPÍTULO 11

Phoebe

Terça-feira, 3 de março

Emma, a rainha da pontualidade, está atrasada.

O sinal tocou e estou parada na porta do seu armário há cinco minutos, e nada dela. Deveríamos ir para o campeonato de soletração de Owen juntas — apresentando uma frente unida diante da mamãe para que ela siga sem saber que não estamos nos falando —, mas estou começando a ter a incômoda sensação de que minha irmã me abandonou.

Vou esperar mais dois minutos, decido. Se ela não aparecer, desisto de esperar e vou embora.

Dou alguns passos para a direita para observar o quadro de avisos enquanto espero. SEJA O TIPO DE PESSOA QUE FAZ COM QUE TODOS SINTAM QUE SÃO ALGUÉM, me diz um cartaz com letras da cor do arco-íris; só que riscaram a palavra "alguém" e embaixo escreveram MERDA.

Ah, Colégio Bayview. Se há algo que você tem de sobra, é consistência.

Um ombro esbarra no meu, e dou meia-volta.

— Desculpa! — Monica Hill diz, despreocupada. Ela está usando seu uniforme de líder de torcida do time de basquete, o cabelo platinado puxado para trás com um laço roxo e branco. — Está vendo o seu anúncio? Que legal que você e Emma estão trabalhando juntas.

— Não estamos — respondo, seca. Não sei sobre o que ela está falando, mas não tem importância. Monica é bem próxima de Sean e Brandon, então a encenação amistosa dela não me engana. Além do mais, ela vem tentando roubar a minha melhor amiga há semanas. E está conseguindo, suponho, considerando que Jules contou a ela sobre a consequência em vez de contar para mim.

Os lábios de Monica se curvam num sorrisinho.

— O seu anúncio diz outra coisa. — Ela passa por mim e bate o dedo numa familiar folha de papel azul-claro que traz o título: *Tutoria Emma Lawton*. Minha irmã espalhou pela escola inteira o papel com o telefone dela e uma lista de disciplinas: matemática, química/biologia, espanhol. Mas nesse anúncio em particular há mais do que isso. Num rabisco de caneta abaixo da letra bonita de Emma:

Ménage (oferta especial com Phoebe Lawton)
Entre em contato conosco no Instagram!

Apesar do bolo na garganta, engulo em seco enquanto observo o meu nome de usuário manuscrito no pé da página. Imagino que seja a vingança de Brandon, porque o coloquei para fora do apartamento na semana anterior. Aquele babaca.

Só que de jeito nenhum darei a Monica a satisfação de uma reação. O que eu disser ou fizer agora vai chegar imediatamente em Brandon.

— Você não tem um jogo para ir? — pergunto. Então dedos passam pelo meu ombro, pegando o papel azul pela borda e arrancando-o do quadro de avisos.

Eu me viro para ver Emma com a sua habitual faixa no cabelo e a camisa de botão. No rosto, uma máscara de calma conforme amassa o anúncio na palma de uma das mãos.

— Com licença — diz ela para uma Monica que sorri maliciosamente. — Lixo. Quero dizer, você está na frente do lixo.

— Emma contorna Monica para jogar a bola de papel no cesto de reciclagem, depois vira a cabeça na minha direção, ainda perfeitamente tranquila. — Desculpe o atraso. Eu tinha algumas perguntas para o Sr. Bose depois da aula de história. Vamos?

— Vamos.

Sigo pelo corredor atrás das passadas largas da minha irmã, quase correndo para acompanhá-la. Minha mente está agitada conforme seguimos. Isso quer dizer que Emma me perdoa? Ou que não me odeia mais?

— Obrigada por aquilo — agradeço, minha voz baixinha quando empurramos as portas que levam ao estacionamento.

Emma me lança um olhar de esguelha que não é exatamente amigável, mas também não é zangado.

— Algumas pessoas vão longe demais — diz ela. — Existem limites. Precisa haver limites.

O auditório da Escola Granger é exatamente como eu me lembrava: abafado, claro demais e com cheiro de tecido mofado e cascas de lápis apontado. A metade da frente do local está tomada por cadeiras dobráveis, e vejo mamãe na terceira fila, acenando freneticamente assim que eu e Emma entramos. Uma cortina pesada é puxada no palco e uma mulher de meia-idade com um cardigã largo e saia na altura dos joelhos aparece.

— Vamos começar em alguns minutos — avisa, mas ninguém presta atenção. Minha mãe segue acenando até estarmos praticamente em cima dela, então tira sua bolsa e casaco de cima de duas cadeiras ao seu lado, apertando os joelhos para que possamos passar e sentar nos nossos lugares.

— Bem na hora — diz ela. Mamãe está bonita hoje, seu cabelo escuro caindo pela echarpe com tons de outono, que fazem a sua pele brilhar. Vê-la assim me anima, porque me lembra de como a minha mãe era quando eu estava no fundamental: sempre a mãe mais bem-vestida em todos os eventos escolares. Ela tem um estilo natural, mas não se esforçou muito mais depois que o papai morreu. Trabalhar no casamento de Ashton e Eli definitivamente fez bem para a cabeça dela. Ela dá uma puxadinha na manga de Emma e pergunta: — Você poderia me ajudar com algumas tarefas de casamento?

Emma e mamãe encostam a cabeça uma na outra, e aproveito para sorrateiramente pegar meu celular. Emma conversou comigo na nossa viagem de ida, não quero estragar a nossa frágil trégua olhando o Instagram. Mas preciso saber quanto hate estou recebendo.

As notificações dominam a tela assim que entro na minha conta. Tipo, muitas.

Minha última postagem foi uma foto no trabalho, que tinha tido vinte comentários. Agora tem mais de cem. Eu leio o primeiro — *sim, oi, por favor, me inscreva no ménage básico* — e imediatamente saio.

— Famílias, bem-vindas ao campeonato anual de soletração da Escola Granger! — O meu coração já está acelerado dentro do peito, e a voz alta ressoando no microfone o faz acelerar ainda mais. É a mesma mulher que falou antes, parada atrás de um púlpito num dos cantos do palco do auditório. Dez crianças, inclusive Owen, estão organizadas numa fila atrás dela. — Deixem-me apresentar os alunos que irão encantar vocês com suas façanhas ao soletrar hoje. O primeiro é o único aluno do sexto ano na competição: Owen Lawton!

Eu bato palmas sem parar até que a diretora passa para a próxima criança, então volto minha atenção ao telefone. É como se eu tivesse arrancado um band-aid e agora não conseguisse deixar de futucar a ferida. Mudo a configuração da minha conta no Instagram para privada, o que eu obviamente deveria ter feito uma semana atrás, e rolo até as mensagens. São diversos sujeitos que não conheço me pedindo para ser sua "tutora". Um deles deixa apenas o número de telefone. Isso funciona com alguém? Alguma menina na história do mundo mandou mensagem para um estranho porque ele deixou seu número no inbox? Estou prestes a apertar "Excluir todas" para apagar as mensagens da minha conta para sempre quando um nome no pé da página chama a minha atenção.

Derekculpepper01. Oi, é o Derek. Eu estava

É tudo que eu consigo ver sem abrir a mensagem. Argh, o que o ex de Emma quer? Nós não nos falamos desde a noite na lavanderia de Jules. Nunca trocamos telefone, obviamente, ou ele não apareceria agora no Instagram. Se vai se desculpar por ter contado a alguém sobre o que aconteceu conosco, eu não ligo. É tarde demais.

Olho novamente para o "Excluir todas", mas a minha curiosidade leva a melhor. *Oi, é o Derek. Eu estava esperando que a gente pudesse se falar em algum momento. Você pode me escrever?* E um número de telefone.

Bom, isso deixa mais perguntas do que respostas.

Fecho a mão ao redor do aparelho para bloquear a tela da visão de Emma e vou até o perfil de Derek. O feed do Instagram dele é todo composto por fotos de comida ou de cachorro. Quem faz isso? Não é como se ele fosse feio. Só um pouco esquecível.

Emma tosse de leve e dou outra olhada furtiva em sua direção. Eu iria preferir cortar o meu próprio braço e me autoflagelar a falar com Derek Culpepper de novo, e tenho certeza de que Emma pensa assim também. Isso deixa Derek sozinho no nosso triângulo bizarro, o único interessado em reabrir os canais de comunicação para os quais ninguém liga.

— E agora vamos começar com a primeira palavra do dia para Owen Lawton. Owen, você pode soletrar *bizarro* para nós, por favor?

Eu levanto o olhar bem a tempo de ver a expressão de Owen quando ele sorri e faz para mim o que ele pensa ser um joinha discreto. Guardo meu celular e tento sorrir de volta.

Algumas horas mais tarde, mamãe está numa reunião de planejamento de casamentos da Golden Rings enquanto eu e Emma estamos no nosso quarto. Estou deitada na cama com um livro da escola no colo e Emma está na mesa dela, de fones, a cabeça balançando de leve com seja lá qual for a música que está tocando. Não estamos nem interagindo, mas tudo parece estar menos tenso do que esteve por um bom tempo.

Ouço uma batida na porta, e a cabeça de Owen surge no batente.

— Ei — digo, me sentando. — Parabéns de novo, geniozinho.

— Obrigado — Owen agradece enquanto Emma tira os fones.

— Mas não foi uma competição de verdade. Ninguém naquela escola sabe soletrar.

— Alex Chen foi um forte concorrente — Emma destaca.

Owen não parece convencido.

— É, mas era de se pensar que um aluno do oitavo ano saberia soletrar *obsessão*. — Ele senta na ponta da minha cama e vira o corpo na minha direção. — Phoebe, eu me esqueci de falar com você. — Os óculos dele estão imundos, então eu os tiro e limpo as lentes com a manga da camisa. O olhar de Owen parece incompleto sem os óculos. — Você precisa convidar aquele seu amigo para vir aqui. Knox alguma coisa?

— Eu preciso o que... o quê? — Pisco, surpresa enquanto devolvo os óculos a Owen. Ele os acomoda de um jeito assimétrico no nariz. — Como você conhece o Knox?

— Eu o conheci no Café Contigo. Ele joga *Bounty Wars* — diz Owen, como se fosse toda a explicação de que preciso.

Emma franze a testa para mim.

— Você e Knox Myers são amigos?

— Temos amigos em comum — respondo.

Ela balança a cabeça em aprovação.

— Ele parece ser um cara legal.

— Ele é — digo, e me volto para Owen. — Por que você quer que eu o convide para vir aqui?

— Para jogarmos *Bounty Wars*. Falamos sobre isso no Café Contigo — explica Owen, e agora tudo começa a fazer sentido.

Por muitas vezes o meu irmão interpreta mal interações sociais. Knox provavelmente foi gentil e perguntou a Owen sobre o seu jogo favorito enquanto ele esperava a nossa comida ficar pronta. Eu não conheço Knox muito bem, mas ele parece ser o tipo de garoto que é amado pelos pais porque é amistoso com crianças e idosos. Educado, bem-apessoado e completamente inofensivo.

Eu estranhei quando percebi, um tempo atrás, que ele e Maeve estavam ficando, porque os dois formavam um casal tão esquisito. Ela tem o tipo de beleza sutil que passa despercebida, mas, uma vez que você começa a reparar nela, fica se perguntando como não notou antes. Talvez sejam os olhos; eu nunca vi mais ninguém com aquele tom de mel escuro. Ou a forma como ela anda pelo Colégio Bayview, como se estivesse apenas de passagem e não se preocupasse com as mesmas coisas que o restante de nós. Não é à toa que Luis Santos não tira os olhos dela. *Esses dois* eu consigo ver juntos. Eles combinam.

É um jeito meio fútil de ver as coisas, mas não faz com que seja menos verdadeiro.

Knox tem potencial, entretanto. Mais alguns quilos, um corte de cabelo melhor, ajuste na confiança e... boom. Knox Myers pode destruir corações um dia. Só que não ainda.

Owen continua me olhando com expectativa.

— Eu e Knox não temos o tipo de amizade em que um frequenta a casa do outro — digo a ele.

Ele faz um beicinho.

— Por que não? Você deixou o *Brandon* vir.

Meu peito se retorce com a lembrança da língua viscosa de Brandon tentando invadir a minha boca.

— Isso não...

— Brandon *Weber*? — Tanto eu quanto Owen pulamos quando a voz de Emma sobe um oitavo. — Aquele esquisito veio ao nosso apartamento? Por quê? — Eu não respondo, e a expressão dela gradualmente passa de horrorizada para trovejante. — Ai, meu Deus. É com *ele* que você tem se encontrado ultimamente?

— Podemos não conversar sobre isso agora? — peço, lançando um olhar na direção de Owen.

Mas o rosto de Emma ficou manchado de vermelho, o que é sempre um mau sinal. Ela puxa os fones do pescoço e se levanta, seguindo na minha direção como se fosse me arrancar da cama para me jogar na parede. Eu quase recuo, mas ela para a centímetros de mim, as mãos no quadril.

— Jesus Cristo, Phoebe. Você é *tão* estúpida. Brandon Weber é um merda que não liga para ninguém que não seja ele mesmo. Você sabe disso, não sabe?

Eu fico de boca aberta, magoada e confusa. Achei que estávamos finalmente superando a situação com Derek, e agora ela está zangada comigo por causa de Brandon? Será que ela... Ai, Deus. Por favor, não.

— Você também se envolveu com o Brandon? — solto.

O queixo de Emma cai.

— Você está falando sério? Eu nunca faria isso. Você realmente pensa... Não, é óbvio que não pensa. É esse o problema, né? Você não pensa. Você só *faz*. O que você quiser. — Ela volta para a escrivaninha, pondo o caderno em cima do notebook e abraçando os dois contra o peito. — Vou para a biblioteca. Não consigo fazer nada nessa porcaria de lugar.

Ela sai, batendo a porta, e Owen me encara.

— Vocês vão parar de brigar algum dia? — pergunta.

Deixo meus ombros caírem, cansada demais para fingir que não sei sobre o que ele está falando.

— Provavelmente.

Owen balança as pernas para a frente e para trás, a sola dos tênis raspando no chão.

— Está tudo acabado, né? — A voz de Owen sai tão baixinha que mal se ouve. — A nossa família. Acabou quando o papai morreu.

— Owen, não! — Eu passo um braço sobre o ombro magro dele e o puxo para mim, mas ele está tão travado que só encosta, desconfortavelmente, na lateral do meu corpo. Tudo em mim dói quando, de repente, percebo há quanto tempo eu não abraçava o meu irmão. Ou a minha irmã. — É óbvio que não acabou. Nós estamos bem. Emma e eu estamos apenas passando por uma fase difícil.

Mesmo com as palavras saindo da minha boca, eu sei que é tarde demais. Eu deveria ter confortado Owen nestes últimos três anos, não apenas nos últimos três minutos.

Ele se desvencilha do meu abraço e fica de pé.

— Eu não sou mais um garotinho, Phoebe. Sei quando você está mentindo. — Owen abre a porta e sai, fechando-a com menos barulho do que Emma fez, mas tão enfaticamente quanto.

Eu desabo na minha cama e fico encarando o relógio na parede. Como é possível ainda ser sete da noite? Esse dia está durando para sempre.

O som de uma mensagem de texto vem de algum lugar do meu edredom embolado. Não tenho energia para me sentar, então vasculho ao redor com uma das mãos até achar o telefone e trazê-lo para perto do rosto.

Número Desconhecido: Tsc, sem resposta do nosso último jogador.

Isso quer dizer que você perdeu, Maeve Rojas.

Agora eu posso revelar um dos seus segredos no melhor estilo Falando Nisso.

Meus olhos se arregalam. Maeve não me contou que havia sido escolhida, embora estejamos andando juntas na escola ultimamente. A garota é seriamente reservada ou tem problemas. Talvez os dois.

Ainda assim, não há nada com o que se preocupar. Maeve não tem um monte de segredos constrangedores, como eu tenho. O Número Desconhecido provavelmente vai só rememorar aquela velha história da vez em que vomitou no porão da casa de um jogador de basquete quando era caloura. Ou talvez seja sobre a atração dela por Luis, embora isso seja tão visivelmente óbvio que não se qualifica como segredo. De qualquer maneira, eu gostaria que a mensagem chegasse logo para eu parar de obcecar com esse jogo babaca.

E então chega.

A última fofoca do Número Desconhecido toma a tela. Eu pisco cinco ou seis vezes, mas ainda não acredito no que estou lendo. Não. De jeito nenhum. Ah, não. Ah, merda, não.

As mensagens de *Ai meu Deus o quê????* não param de chegar, tão rapidamente que não consigo acompanhar. Tento ligar para Maeve, mas ela não atende. Não me surpreende. É bom que esteja numa ligação com outra pessoa agora.

CAPÍTULO 12

Knox

Terça-feira, 3 de março

O sujeito na King's Landing está suando bicas. Tremendo, se balançando e constantemente esfregando uma das mãos no queixo enquanto conversa com Sandeep na sala de conferência fechada.

— É estranho como gente inocente pode parecer culpada às vezes — digo a Bethany Okonjo, uma aluna de direito que é assistente jurídica no Até que Provem.

Estamos alocados numa mesa do lado de fora da sala de conferência, reunindo notícias sobre o caso D'Agostino. Bethany dá de ombros e alcança uma gaveta para pegar mais grampos.

— E vice-versa, né? — diz. — Gente culpada pode parecer totalmente inocente. Veja o nosso amigo aqui. — Ela segura um longo artigo sobre o sargento Carl D'Agostino, que estampa uma foto do homem com seu uniforme policial e um sorriso largo. O braço dele está ao redor de um universitário, segurando uma placa. — Engraçado terem usado essa foto e não a de quando ele foi preso — ela completa, jogando as tranças por cima de um dos

159

ombros. — Nenhuma das pessoas para quem ele armou teve esse tratamento mamão com açúcar quando foram presas.

Dou uma olhada na legenda embaixo da foto: *Uma semana antes de ser preso, o sargento Carl D'Agostino foi homenageado pelos alunos da Universidade do Estado de San Diego pela excelência como mentor comunitário.*

— Eu nunca pensei nisso — digo, analisando os primeiros parágrafos do artigo. — Mas você tem razão. É tudo sobre como ele era um cara legal até que... opa, um grande escândalo. Como se ele tivesse armado para 17 pessoas sem querer.

Coloco o artigo sobre os demais da minha pilha e olho para o relógio que fica na parede ao lado da sala de conferência. São quase sete da noite. Eu nunca fiquei até tão tarde, mas estou começando a achar que sou a única pessoa no Até que Provem que sai no horário. O escritório ainda está a todo vapor, as mesas desarrumadas e cheias de caixas de pizza e latas de Coca-Cola. Bethany pega a borda que havia dispensado e dá uma mordidinha no canto.

— Eles deram o mesmo tratamento àquele seu colega de turma. Jake Riordan, se lembra dele? — Como se eu fosse me esquecer.

— *O atleta famoso envolvido no caso de Simon Kelleher* — diz Bethany com sua voz de repórter de televisão. — Ah, com "envolvido" você quer dizer que ele tentou matar a própria namorada? Esse tipo de *envolvimento*?

— Papo furado — concordo.

— O sistema judiciário funciona de modo muito diferente quando se é branco, homem, rico e com boa aparência. — Ela empurra o último pedaço de pizza na minha direção. — Bom para você, acho, caso decida recorrer a uma vida de crime.

Eu pego a fatia, mas está tão fria e dura que não consigo dar nem uma mordida.

— Só duas dessas coisas se aplicam a mim.

— Não se menospreze, garoto.

Eli passa por nós segurando um telefone com uma capinha familiar que ele acena para mim.

— Knox, é seu, não é? Você deixou na sala da copiadora. E Maeve está ligando. — Ele olha para o aparelho. — Estava ligando. Você não atendeu.

Eu estava mesmo achando meu telefone estranhamente silencioso.

— Desculpa — digo, pegando o celular. Noto uma quantidade alarmante de mensagens antes de colocá-lo na mesa como um profissional ocupado que não tem tempo para fofocas do Colégio Bayview. Eli finalmente sabe o meu nome e começou a me dar coisas mais interessantes para fazer. Não quero estragar tudo parecendo um adolescente viciado em celular na frente dele. Ainda que eu seja esse adolescente. — Você precisa de alguma coisa? — Eli passa a mão pelo novo cabelo curto.

— Preciso que você vá para casa. Temos leis sobre trabalho infantil, ou pelo menos é o que Sandeep me diz, e provavelmente estamos violando-as. Principalmente por não estarmos pagando nada a você. Ligue de volta para Maeve e dê o fora daqui, tá bem? Todo o resto pode esperar até amanhã. — Ele olha para Bethany, que ainda está grampeando as matérias. — Bethany, você pode sentar comigo e revisar as escalas da corte da semana que vem?

— Sim, sem problemas. — Ela olha ao redor do escritório cheio. — Devemos ir para Winterfell?

Eli revira os olhos. Ele nunca vai se acostumar com esses nomes.

— Tudo bem.

Eles saem e eu olho para o meu celular, hesitante. Eu realmente odeio fazer ligações, mas talvez Maeve esteja mais uma vez em seu notebook e não consiga digitar. Clico no nome dela e ela atende antes do primeiro toque.

— Ah, graças a Deus. — Sua voz está baixa, ofegante. — Fiquei com medo de você não me ligar de volta.

O sujeito suado está andando em círculos ao redor de Sandeep, na sala de reunião, e isso me distrai.

— Por que não ligaria? Eu estava brincando sobre ser alérgico a ligações. Mais ou menos brincando. — A ligação fica em silêncio e eu acho que caiu. — Maeve? Você está aí?

— Eu... sim. Hum, o que você está fazendo?

— Ainda estou no trabalho, mas já vou sair.

— Tudo bem. Certo. Você já... — Ela se interrompe e acho que a ouço tomando fôlego. — Você já olhou o seu telefone?

— Não. Esqueci na sala da copiadora por, tipo, uma hora. O que houve? — Olho novamente para o relógio na parede e me dou conta. — Merda. A sua mensagem de Verdade ou Consequência chegou, não foi? O que dizia? Você está bem?

— Ai, Deus. — A voz de Maeve vira um sussurro. — Me desculpa, Knox. Eu sinto muito, muito mesmo.

— O quê? Maeve, você está começando a me assustar. — Eu paro, a preocupação serpenteando pelas minhas entranhas conforme a respiração dela falha. — Você está *chorando*?

— Hum... — Definitivamente está. — Então, eu acho... certo. Vou ler para você a mensagem do Número Desconhecido, porque, hum, eu não quero que você tenha que ler todos os comentários para chegar nela. Porque eles são estúpidos e sem sentido como sempre. — Maeve engole a respiração trêmula. — Mas antes que eu o faça... preciso que você saiba que eu não disse isso, tá? Não *exatamente* isso. Eu não diria. Fiquei pensando e pensando e só consigo me lembrar de uma conversa que é um pouquinho pertinente, mas eu juro por Deus que foi *muito* mais vago que isso. E a conversa foi com Bronwyn, que nunca diria uma palavra, então sinceramente não sei como isso aconteceu.

— Maeve, sério. O que está acontecendo? Com quem eu tenho que brigar?

— Não. — Ela resmunga a palavra. — Eu... Ok. A mensagem diz o seguinte: *Maeve Rojas*, hum... — Ouço uma inspiração profunda e depois as palavras saem num turbilhão: *Maeve Rojas terminou com Knox Myers porque ele é brocha.*

Que. Merda. É. Essa.

Ouço a respiração irregular de Maeve por um instante. Ou talvez seja a minha. Quando ela tenta perguntar:

— Knox? Você está...? — Eu desligo. O telefone cai da minha mão, quicando de leve na mesa, e eu o deixo com a tela virada para baixo enquanto pressiono os punhos contra a testa.

Mas que *merda*. Meu coração está martelando para fora do peito. Não. De jeito nenhum. A escola inteira não leu sobre o momento mais humilhante da minha vida. Que foi *privado*. E que deveria permanecer para sempre assim.

Maeve e eu... Meu Deus. Que idiotice. Nós falamos sobre aquilo por meses. *Perder a nossa virgindade*, como se fosse algum projeto que tivéssemos que concluir antes de terminar o ensino médio. Deveria ter sido uma pista, termos sido tão práticos em relação ao assunto. Mas nós também achávamos que queríamos, e então meus pais viajaram para o aniversário de casamento deles e ali estava: a oportunidade.

Só que eu estava tão nervoso. Tomei algumas doses de vodca do meu pai antes de Maeve chegar porque achei que me acalmaria, mas só me fez ficar tonto e enjoado. E então estávamos nos beijando e simplesmente... não rolou. Nada. Eu podia ver que ela também não estava no clima, mas nós tínhamos, tipo, *nos comprometido*. Eu não sabia que podia não rolar. Principalmente porque os homens, em teoria, nascem prontos.

Foi um grande alívio para mim quando Maeve se afastou e perguntou se poderíamos parar um pouco. Depois ela abotoou a camisa e disse:

— Você já sentiu que às vezes nos esforçamos demais para ser algo que não somos?

Fui grato a ela naquele momento. Por entender. Por não tratar como um problemão. Por não ficar estranha, tanto na hora quanto depois, e então eu pude fingir que não aconteceu. Eu quase me convenci de que não tinha acontecido. Até agora.

Porque ela *contou* para as pessoas. Para mais alguém além de Bronwyn, tenho certeza, porque Bronwyn não é do tipo que faz fofoca.

Nem mesmo importa quem tenha sido. O estrago está feito.

Eu viro o meu telefone. Há novas mensagens de Maeve, que eu ignoro, abrindo em vez disso a imensa troca de mensagens depois do que o Número Desconhecido mandou. *Eu não quero que você tenha que ler todos os comentários para chegar nela*, disse Maeve. *Porque eles são estúpidos e sem sentido como sempre.*

E são muitos. Deve ter centenas deles.

Sinto muito pela moleza, cara.

Conheço uma farmácia ótima no Canadá em que você pode encomendar Viagra no atacado.

Talvez seja porque ela não é homem.

Jesus. Como vou aparecer na escola amanhã? Ou qualquer outro dia? Ou subir em um palco no mês que vem para me apresentar em *Into the Woods*, cantando na frente de todo mundo? O Colégio Bayview é implacável. Um incidente é tudo do que você precisa para ser definido pelo resto da vida, e eu acabei de conhecer o meu. No nosso reencontro de vinte anos de formatura, Brandon Weber e Sean Murdock ainda estarão rindo disso.

— Knox? — Dou um pulo com a voz de Eli. Ele e Bethany estão se aproximando da minha mesa, segurando os notebooks. — Achei que você estivesse indo embora. — Eu esfrego a mão no rosto e ele me olha mais atentamente, franzindo a testa. — Está tudo bem? Você parece meio doente.

— Dor de cabeça — resmungo. — Nada de mais. Eu só vou... é. Estou indo. — Pego meu telefone e fico de pé enquanto Eli me observa com a testa cada vez mais franzida. Ele abaixa seu notebook na quina da mesa.

— Vou levá-lo em casa. Você está muito pálido.

Eu hesito. Qual é o pior lugar para se estar enquanto piadas sobre pau se acumulam no meu telefone: num carro com o meu chefe ou num ônibus ao lado de alguma vovó que jamais verei de novo?

— Não precisa, estou bem. — Me forço a dizer. — Estou bem. Vejo você amanhã. — Estou quase na porta quando sinto uma cutucada no braço. Dou meia-volta, perdendo a razão rápido demais para conseguir me segurar. — Já disse que estou *bem*!

— Eu sei — diz Bethany. — Mas você provavelmente ainda quer isso. — Ela coloca a alça da minha mochila na minha mão.

— Sim. Me desculpe. — Sinto uma onda de culpa e evito olhar em seus olhos enquanto coloco a mochila nas costas. Ainda estou revoltado, mas Bethany não tem culpa em nada disso. Espero até chegar ao elevador, na segurança das portas fechadas, para encontrar um alvo melhor.

As mensagens de Maeve estão no topo da minha lista:

Eu sinto muito.

Nunca quis magoar você.

Podemos conversar?

Quero dizer muitas coisas, mas decido ser curto e grosso.

Vai para o inferno, Maeve.

CAPÍTULO 13

Maeve

Quarta-feira, 4 de março

Sean Murdoch é a primeira pessoa a me cumprimentar quando chego na escola na quarta pela manhã. O cumprimento é segurar a frente da sua calça.

— Monta aqui sempre que você quiser um homem de verdade. — O olhar é lascivo e ele projeta para a frente os quadris enquanto Brandon Weber gargalha logo atrás. — Satisfação garantida.

Meu rosto queima com a combinação de terror e vergonha que eu não sentia desde o post mordaz que Simon Kelleher escreveu sobre mim no primeiro ano. Só que dessa vez eu não posso me esconder nas sombras para fugir de tudo. Por um motivo: minha irmã não está por perto para me defender. E outro: não sou a única atingida.

— Primeiro: que nojo — digo, alto. — Segundo: esse jogo babaca está *mentindo*. Isso nunca aconteceu. — Eu coloco minha senha e puxo a porta do meu armário com tanta força que ela escapa da minha mão e bate na do lado. — Você é um babaca se acredita em tudo o que lê. Bom, você é um babaca independentemente disso. Mas, de qualquer forma, não é verdade.

Essa é a minha história e, faça chuva ou faça sol, eu vou me agarrar a ela.

— Sei, Maeve. — Sean sorri maliciosamente. Que momento bosta para descobrir que ele sabe o meu nome. Seus olhos percorrem o meu corpo, me deixando arrepiada. — A oferta segue de pé.

Brandon ri de novo.

— Literalmente — diz ele. E levanta uma das mãos para um *high five*, mas Sean parece confuso.

Risadas ecoam pelo corredor, e Sean se anima quando se vira na direção do som. Há um grupo de pessoas aglomeradas em volta da área onde fica o armário de Knox.

— Parece que o seu namorado chegou — diz Sean. — Bom, *ex*-namorado. E eu não posso culpá-la por isso. Espero que ele goste do presente. — Meu coração afunda no peito quando ele e Brandon saem passeando pelo corredor na direção da multidão crescente. Eu pego quaisquer livros do armário, que provavelmente não são os que preciso para a aula, enfio na mochila e bato a porta para trancá-la.

Estou na metade do caminho até o armário de Knox quando alguém segura o meu braço.

— Eu não faria isso — diz Phoebe, me fazendo parar. Seu cabelo cacheado está preso num rabo de cavalo alto, que balança quando ela vira a cabeça para olhar o que está atrás de nós. — Você ficar perto dele agora só vai piorar tudo. — Seu tom não é cruel, apenas prático, mas as palavras, ainda assim, machucam.

— O que está acontecendo?

— Tem uma maria-mole pregada no armário dele. Tem o formato de... Você pode imaginar. — Ela dá de ombros de um jeito que claramente quer mostrar que está relaxada, mas as linhas tensas em torno da sua boca não combinam com essa atitude. — Podia ter sido pior. Pelo menos vai ser moleza de tirar. — O maxilar fica tenso. — Quero dizer, vai ser fácil.

Eu viro para trás, na direção do armário.

— Ai, Deus. Eles são tão babacas. E nem é verdade. — Eu levanto o tom de voz. — Eu *nunca* disse aquilo. — Dou uma olhada em Phoebe, testando a mentira em alguém com muito mais neurônios que Sean.

— Não importa — ela responde, naquele mesmo tom de voz despreocupado-porém-tenso. — De qualquer forma, as pessoas vão acreditar no que elas quiserem.

Faço uma careta, frustrada.

— O pior é que eu realmente estava progredindo na tarefa de descobrir quem está fazendo isso. Só não fui rápida o bastante.

Phoebe pisca.

— Como é?

Eu a atualizo sobre as últimas postagens do Darkestmind no fórum.

— Posso apostar que a última era sobre mim — digo, segurando o meu telefone para que Phoebe veja o print que tirei da tela. *Mais em breve. Tic-toc.*

Ela morde o lábio inferior.

— Humm. Talvez? Mas ainda não dá nenhuma pista sobre quem está falando.

— Ainda não — digo. — Mas você ficaria surpresa. Pessoas que acreditam estar sendo furtivas e anônimas se entregam o tempo inteiro. — Simon certamente se entregou.

— Posso dar um conselho a você? — Phoebe pergunta. Eu concordo com a cabeça enquanto ela se inclina contra o armário ao nosso lado, o rosto sério. — Fiquei a noite passada inteira pensando nesse jogo estúpido e em como ele mantém as pessoas presas, como marionetes. Quem quer que esteja por trás do Verdade ou Consequência está numa grande onda de poder. E a verdade é que nós estamos *dando* esse poder. Ao nos importarmos. Ao reagir. Ao passar todo o tempo se preocupando com quem vai ser o próximo e o que é verdade. Nós estamos alimentando o monstro, e eu, pelo menos, estou farta. Bloqueei o Número Desconhecido ontem à noite e acho que você deveria fazer o mesmo. Se afastar do fórum de vingança. Pare de dar a esses esquisitos a atenção que eles tanto querem. Se todo mundo ignorar, eles vão parar.

— Mas *ninguém* vai ignorar — protesto. — Estamos falando do Colégio Bayview. A capital da fofoca da América do Norte.

Phoebe balança a cabeça.

— Bom, nós temos que começar por algum lugar, não é mesmo? Eu estou oficialmente fora dessa.

— Na teoria parece ótimo — digo. — Eu não discordo. Mas isso não vai ajudar Knox nesse momento.

— As pessoas estão se importando demais — retruca Phoebe. Ela se aproxima um pouco mais e abaixa o tom de voz. — Não é nada de outro mundo, sabe. Principalmente sendo a primeira vez. Teve algum consumo de álcool, por acaso?

Eu resisto ao impulso de bater a cabeça contra o armário, mas é por pouco.

— Por favor, não. — E então, porque estou desesperada para entender o que aconteceu e porque Knox não está falando comigo, eu completo num sussurro: — Eu não sei como descobriram. Eu só contei a Bronwyn e ela nunca diria nada.

— Você tem certeza? — Phoebe arqueia a sobrancelha, em dúvida, e acho que eu não posso julgá-la por perguntar. Ela e Emma não têm um laço estreito de confiança.

— Tenho. Talvez Knox tenha contado a alguém. Ele tem bem mais amigos do que eu.

Phoebe balança a cabeça, enfaticamente.

— De jeito nenhum. Um cara jamais contaria.

— Ele me odeia agora.

O sinal toca e Phoebe acaricia meu braço.

— Olha, isso é péssimo e é óbvio que ele está chateado. Mas você não fez nada de tão horrível. A verdade é que meninas conversam sobre esse tipo de coisa. *Pessoas* conversam sobre esse tipo de coisa. Ele sabe disso. Apenas dê um tempo a ele.

— É — murmuro, e então o meu coração vai na garganta quando noto Knox e o seu suéter cinza familiar vindo na nossa direção. A mochila dele está pendurada em um ombro só, a cabeça baixa. Quando ele se aproxima o bastante para que eu veja o seu rosto, ele parece tão triste que eu não consigo ficar calada.

— Oi, Knox — solto, minha voz vacilante ao dizer o seu nome.

A boca dele retorce para baixo, então sei que me ouviu. Mas Knox passa por nós sem dizer uma única palavra.

Phoebe acaricia meu ombro de novo, com mais força.

— Dê mais tempo que isso.

O restante do dia não fica muito melhor. Imagens de pintos moles começam a aparecer em toda a parte: em armários, portas de salas de aula, paredes de banheiro, até mesmo na fila do almoço. O ex-presidiário Robert rasga uma das fotos enquanto eu pego um sanduíche empapado de peru que não tenho intenção de comer.

— Qual é a novidade que esses demônios estão aprontando agora? — murmura ele, com uma expressão que é igualmente confusa e apreensiva.

Qualquer outra preocupação deixou a minha mente. Os sangramentos nasais e as manchas podem esperar. A identidade do Número Desconhecido... eu nem ligo mais. Phoebe estava certa: quem quer que seja não merece todo o tempo e toda a atenção que tenho dado. Preciso focar a minha energia em consertar essa confusão com Knox. Quero dizer, eu tenho meras cinco pessoas na minha lista de contatos favoritos e ele é o único que não tem nenhum parentesco comigo nem está sendo pago para evitar a minha morte. Eu não posso deixar que isso estrague a nossa amizade.

Depois do último sinal, eu sigo para o ensaio de *Into the Woods*, esperando ter uma chance de falar com Knox. Sigo devagar pelo corredor que dá no auditório, ao mesmo tempo conferindo a pequena aglomeração e contando quantas luzes estão ligadas acima do palco. Se for um número par, Knox vai me perdoar hoje. Dez, onze, doze... treze.

Merda. Azar em dobro.

Knox não está à vista e não parece que o ensaio começou. Só duas pessoas estão no palco, e, quando me aproximo, vejo que uma delas é a Sra. Kaplan, a professora de teatro, e a outra é Eddie Blalock, um garoto meio soturno.

— Mas eu não sei o texto — diz Eddie. Ele é do segundo ano, baixinho e franzino, de cabelo escuro, que arruma com gel para ficar espetado.

— Você é o *substituto* — a Sra. Kaplan põe as mãos no quadril.
— Deveria ter aprendido as falas ao longo dos últimos dois meses.

— Sim, mas... — Eddie coça a parte de trás da cabeça. — Mas eu não aprendi.

A Sra. Kaplan suspira de um jeito ameaçador.

— Era sua única obrigação, Eddie.

Lucy Chen está sentada na ponta da cadeira da primeira fila, se inclinando para a frente com os braços e pernas cruzados. Ela lembra um pretzel humano zangado.

— O que está acontecendo? — pergunto.

Ela pressiona um lábio contra o outro com tanta força que eles quase desaparecem.

— Knox desistiu da peça — responde ela, os olhos fixos em Eddie, como uma ave de rapina. — E Eddie é péssimo. — Eu inspiro, chocada, e Lucy parece pela primeira vez registrar com quem está falando. — Muito obrigada por estragar a peça e tudo o mais.

Eu perco a compostura. Passei o dia todo me culpando, mas chego ao meu limite quando Lucy faz o mesmo.

— A culpa não é minha. É daquele jogo horrível...

— Você quer dizer o jogo horrível que *eu* pedi para denunciar duas semanas atrás? — Lucy levanta o queixo. — Se alguém tivesse me ouvido, provavelmente estaria fora do ar agora e nada disso estaria acontecendo

Deus, odeio quando Lucy tem razão.

— Talvez a gente devesse contar a alguém agora — sugiro, meus olhos fixos na Sra. Kaplan.

— Ah, não, você não vai fazer isso. — Lucy se irrita. — Ela já tem muito com o que se preocupar. Além do mais, todo mundo sabe como ganhar esse jogo a essa altura. É só escolher a consequência. É preciso estar muito fora de órbita para não fazer isso.

As palavras que Phoebe me disse no corredor voltam agora. *Quem quer que esteja por trás do Verdade ou Consequência está numa grande onda de poder.*

— Ou poderíamos todos bloquear o número dessa pessoa bizarra e parar de jogar ao mesmo tempo — digo. E então pego meu telefone para, enfim, poder fazer isso.

— *Mi hija*, você ficou aqui durante o jantar e não comeu nada. Você está bem?

Levanto o olhar do notebook para o Sr. Santos, assustada por ver um boné de beisebol sobre os seus cachos desgrenhados. Ele só usa boné quando está saindo do Café Contigo à noite, e geralmente ele é o último a sair. E então percebo como o restaurante está vazio.

— Estou bem, só sem fome. — Eu estava ansiosa demais e preferi evitar me sentar à mesa com os meus pais essa noite, então disse a eles que encontraria Knox aqui. Infelizmente, uma grande mentira. Eu nem consigo fazer com que ele me responda uma mensagem. E estou estressada demais para comer. Fiquei apenas encarando, sem expressão, o exercício de história que eu deveria estar escrevendo.

O Sr. Santos solta um *tsc*.

— Eu não acredito nisso. Acho que só não encontramos a comida certa para deixá-la tentada. Talvez você esteja precisando de uma receita colombiana tradicional. Qual é a sua favorita? — Ele estremece de leve. — Por favor, não diga *salchipapas*.

Consigo dar uma risada. Bronwyn se recusava a comer cachorro-quente quando éramos crianças, então nós nunca comemos esse tradicional prato colombiano deles, a salsicha cortadinha misturada com batata frita.

— Certamente não. Nossa família é mais do *ajiaco*.

— Excelente escolha. Farei para você.

— Sr. Santos, não! — Eu puxo a manga de sua blusa quando ele se vira para a cozinha. — Quero dizer, é muita gentileza sua, mas *ajiaco* leva horas para fazer. E você está fechando o restaurante.

— Farei uma versão fast-food. Estilo argentino. Vai levar 15 minutos.

Meu Deus. Não acredito que pareço tanto um cachorrinho abandonado, a ponto de fazer esse homem incrivelmente gentil trabalhar além do horário para fazer o meu jantar. Pelo menos estou de mangas compridas e ele não pode ver as manchas no meu braço também.

— Eu estou bem mesmo, Sr. Santos. Não é...

— Eu vou fazer — uma voz atrás de nós anuncia. Luis está debruçado contra a porta semiaberta da cozinha, vestindo uma camisa cinza respingada de gordura apertada nos ombros. É ridículo o quanto ele fica bem com aquilo. — Vá para casa, Pa. Eu fecho. — Ele atravessa até a metade do salão e levanta a mão direita. Não sei bem o que ele está fazendo até o Sr. Santos alcançar o próprio bolso e entregar para Luis um molho de chaves.

— Está bom, então — diz o Sr. Santos, e se vira para mim com um sorriso gentil: — Não se sinta tão culpada, *mi hija*. Ele precisa praticar.

O Sr. Santos acena amistosamente e sai porta afora. Espero ele desaparecer na esquina do prédio antes de me levantar, colocar meu notebook na bolsa e olhar desolada para Luis.

— Olha, vai para casa. Se ele perguntar, vou dizer que você me alimentou. Eu nem estou com fome. — Meu estômago vazio escolhe aquele momento para roncar bem alto. Luis levanta as sobrancelhas conforme eu cruzo os braços com força sobre o peito. Meu estômago ronca de novo. — Não estou mesmo.

— Qual é?! — Um meio-sorriso surge em seus lábios. — Não pense que você não vai me ajudar. — Ele se vira e desaparece nos fundos do restaurante, sem me dar a opção de não segui-lo.

Eu só tinha visto a cozinha de longe, do salão, clara, caótica e muito barulhenta. Agora está tão parada e silenciosa que a voz de Luis faz um eco enquanto ele gesticula para a fileira de utensílios atrás de uma longa bancada de metal.

— É aqui que a mágica acontece.

Coloco as mãos no quadril e olho a cozinha ao redor com o que, eu espero, seja um interesse profissional.

— Muito impressionante.

— Espera um segundo. Preciso tirar essa camisa. Está um horror. — Luis vai para trás das prateleiras de um móvel de metal e pega algo branco de uma bolsa. Antes que eu possa entender o que está fazendo, ele tira a camisa suja e veste uma peça limpa. Pego um lampejo dos músculos dos seus ombros e ele está pronto, enfiando a camisa suja na bolsa, que coloca de volta na prateleira.

Eu queria ter recebido um aviso, assim poderia ter prestado mais atenção.

Luis atravessa até uma geladeira industrial e abre a porta.

— Vejamos... Ah, sim, temos tudo. Temos frango e batata já prontos para amanhã. Não o tipo certo de batata, mas vai servir. Não tem milho, mas posso preparar rapidinho. — Ele começa a pegar os ingredientes de dentro da geladeira, distribuindo-os pela bancada. Depois escolhe uma faca de um móvel na parede e me entrega o utensílio. — Você pode cortar um pouco de cebolinha?

— Posso. — Eu pego a faca com cuidado. É a menor que havia no móvel, mas eu nunca manejei algo com aparência tão mortal.

— Tem uma tábua de cortar embaixo da bancada.

Há várias tábuas. Vasculho por elas, imaginando se é melhor uma de plástico ou de madeira, mas já que Luis não especificou, eu acabo simplesmente pegando uma que está no topo da pilha. Coloco a cebolinha em cima da tábua, virando as folhas até entender qual o melhor ângulo para cortá-las. Quando corto a primeira metade do molho, parece que Luis esteve na cozinha por horas. Panelas fumegando, alho dourando, o frango e a batata cortados em pedacinhos. Luis abaixa a faca, passa as costas da mão na testa e depois sorri quando olha na minha direção.

— Fique à vontade aí.

Solto uma gargalhada pela primeira vez no dia.

— Sou a pior assistente de cozinha que existe.

— Você não viu o Manny aqui. — Luis ajusta o botão de uma das bocas do fogão e eu acelero o que falta cortar para poder terminar e assisti-lo. Ele se move pela cozinha como se estivesse em uma quadra de beisebol: com fluidez e confiança, como se estivesse pensando dez passos adiante e soubesse exatamente onde precisa estar o tempo todo. É a coisa mais sexy que já vi.

Ele pega uma pinça e olha de relance para mim, notando que o estou observando. No flagra. Minhas bochechas ardem quando ele abre um sorriso.

— O que está acontecendo com você hoje? — pergunta. — Ficou debruçada no computador por horas.

— Eu... — hesito. De jeito nenhum posso contar toda a história a ele. — Tive um dia ruim. Knox e eu brigamos. E, hum, acho que a culpa foi minha. Deleta isso. Eu *sei* que a culpa foi minha.

Observo com atenção a reação dele, porque Luis ainda tem amigos no Colégio Bayview. É possível que saiba exatamente a que estou me referindo. Só que, se ele sabe, também esconde isso muito bem.

— Você disse isso para ele?

— Eu tentei. Mas Knox não está falando comigo no momento.

Luis pega a minha tábua cheia de cebolinha para jogar numa panela fervendo. O cheiro é incrível. Eu não sei como a comida vai estar cozida em apenas dez minutos, mas não questiono os métodos dele.

— Que bosta. É preciso dar às pessoas uma chance para se desculparem.

— Não é culpa dele — digo. — Ele só está magoado. Coisas que ninguém deveria saber vazaram e agora está uma fofoca generalizada, uma bagunça imensa.

Luis faz uma careta.

— Cara, eu *não* sinto saudades dessa escola. Que lugar fodidamente tóxico.

— Sinto como se a tóxica fosse eu. — As palavras saem antes que eu consiga pensar, e, assim que escapam, os meus olhos começam a pinicar. Que inferno. Levo a tábua até a pia para lavá-la e poder ficar de cabeça baixa.

Luis se inclina contra a bancada.

— Você não é tóxica. Eu não sei o que aconteceu, mas disso eu sei. Olha, todo mundo faz coisas que não deveria fazer. Eu fui um babaca no Colégio Bayview por um bom tempo. E então aquela situação toda com Jake, Addy e Cooper começou a piorar, e as coisas mudaram. — Ele está limpando a bancada agora, tão rápido quanto na preparação. — Eu costumava contar ao Pa o que estava rolando na escola e ele dizia: "Quem você quer ser, o sujeito que não faz nada ou o que se posiciona? É a hora de decidir."

Afasto a tábua.

— Foi ótimo como você defendeu o Cooper.

— *Nate* defendeu o Cooper — corrige Luis. Um músculo do seu maxilar treme. — Tudo o que fiz foi não apedrejar. Eu deveria ter defendido Addy bem antes disso. Não fui fodão como você, que ajudou o pessoal desde o início. Mas não se pode mudar o passado, sabe? Tudo que se pode fazer é se esforçar mais da próxima vez. Então não desista de você ainda.

Nesse momento, eu nunca quis tanto fazer uma coisa quanto quero pegar o rosto de Luis e beijar cada centímetro. O que deveria me fazer sentir culpa depois do que aconteceu hoje com Knox, mas em vez disso faz com que eu me aproxime mais de Luis. De repente, estou completamente farta de nunca fazer o que eu quero nem dizer o que eu sinto.

Quero dizer, posso estar morta daqui a seis meses. Qual o sentido de ficar me controlando?

Luis se vira para o fogão e diminui o fogo. Ele pega um *timer* da bancada, girando-o de leve.

— Precisa ferver por cinco minutos em fogo baixo. — Ele volta ao seu posto, enxugando as mãos num pano, e me decido. Eu me aproximo dele até que o espaço entre nós seja praticamente nenhum e ponho a mão em seu braço. Se nada acontecer, pelo menos é o que venho querendo fazer há tempos. Minha pulsação começa a acelerar e eu pergunto:

— O que devemos fazer durante esses cinco minutos, então?

Luis congela e, por um terrível segundo, acho que vai cair na gargalhada. Se ele fizer isso, eu nem preciso me preocupar mais com o câncer, porque vou morrer imediatamente. Então sua boca se curva, devagar, num sorriso. Ele me olha de cima por entre os cílios longos e cheios, que quase parecem embaraçados.

— Não sei. Você tem alguma ideia?

— Algumas. — Levo uma das mãos até a sua nuca e me inclino em sua direção, passando os dedos pelo seu cabelo. É mais macio do que eu esperava; sua pele está quente do fogão e das luzes claras acima de nós. Eu paro para recuperar o fôlego porque quase chega a ser demais, o modo como cada nervo do meu corpo está zumbindo com a sensação, sendo que nada aconteceu ainda.

E então Luis me beija, seus lábios fazem uma gentil pressão quente contra a minha boca. Macios e quase doces, até que eu enlaço os braços em seu pescoço e o puxo para mais perto. Ele me beija com mais força, me levantando num movimento gentil e me colocando sobre a bancada. Eu não tenho onde colocar as pernas a não ser em volta da cintura dele. Luis deixa escapar um gemido suave enquanto percorre com os lábios a minha mandíbula até chegar no meu pescoço. Minhas mãos encontram um caminho por baixo da bainha da camiseta dele, e cada pensamento aleatório que ainda quicava pelo meu cérebro se dissolve quando sinto os músculos de Luis se contraindo sob os meus dedos. Continuamos nos beijando até que eu perco qualquer noção de tempo e espaço, e a única coisa que quero é *mais*.

Um barulho súbito me traz de volta. Alguém assobiando sem ritmo e uma passada pesada vindo na nossa direção. Eu me afasto de Luis, meu rosto vermelho quando noto o quanto levantei a camiseta dele e o modo como segurava o tecido. Eu estava a segundos de arrancá-la pela cabeça dele.

Os olhos de Luis parecem perdidos até registrar o barulho. Então ele enruga a testa e se desprende de mim, indo em direção à porta.

— Que diabos? — murmura. Eu desço da bancada, os joelhos bambos, e tento ajeitar meu cabelo. Um instante depois, Manny surge na cozinha, ainda assobiando.

— E aí, Lu? — Ele estende a mão para um cumprimento que se transforma em um soco no ombro quando Luis não retribui. — Por que você ainda está cozinhando?

— Estou preparando algo para a Maeve — diz Luis. A voz não é nem de longe tão amistosa quanto costuma ser ao falar com o irmão. — O que você está fazendo aqui?

— Ah, oi, Maeve. — Manny me vê e acena. — Esqueci minha bolsa da academia e a minha carteira está dentro dela. Caramba, que cheiro bom isso aí. Você fez a mais?

Luis o encara, os braços cruzados enquanto Manny atravessa até a panela fervendo no fogão e olha seu conteúdo:

— Cara — diz Luis. — Se toca.

— O quê? — Manny pergunta, dando uma mexida no *ajiaco*. O timer então apita, me fazendo pular. — Está pronto?

— Preciso ir embora — digo de repente. Minhas bochechas ainda estão vermelhas, a cabeça girando. Não consigo acreditar que me joguei em cima do Luis depois de tudo o que aconteceu nas últimas 24 horas. Quer dizer, eu *consigo*, mas ainda assim. Sou um clichê ambulante e uma amiga terrível. — Obrigada por tudo, Luis, mas eu ainda não estou com fome e deveria... ir embora.

Manny fica olhando de mim para Luis e parece finalmente perceber.

— Ah, ei, não. Fique. Eu só vou pegar a minha carteira e sair — diz ele, mas eu já estou na porta da cozinha. Pego a bolsa do meu notebook da cadeira sem interromper o passo e me dirijo para a saída. Provavelmente sou boba e também fraca por estar indo embora, mas é coisa demais para processar ao mesmo tempo; o constrangimento e a culpa estão acima do tipo de atração física intensa que eu nem tinha certeza de que era capaz de sentir até agora. Pelo menos agora eu finalmente sei por que fazem tanto rebuliço quando o assunto é esse.

Por que tanto rebuliço. Ai, meu Deus... A lembrança me atinge assim que eu abro a porta de saída. Eu disse exatamente isso a Bronwyn quando lhe contei sobre a noite desastrosa com Knox.

— Não fiquei decepcionada — disse a ela. — Apenas aliviada. Eu não senti nada enquanto a gente se beijava. Eu só conseguia pensar: *não entendo por que tanto rebuliço.*

Eu contei a ela *aqui*. Na minha mesa de sempre, em público. Onde qualquer um pode ter ouvido.

Sou uma otária.

CAPÍTULO 14

Phoebe

Quinta-feira, 5 de março

Parece que hoje vai ser um dia acima da média.

Por um motivo: Emma está doente. Não que eu esteja feliz por ela estar trancada no banheiro colocando os bofes para fora, mas o café da manhã é bem menos tenso sem Emma olhando para a minha cara. Além do mais, estou com o carro e posso oferecer uma carona para Jules. Tenho ido e voltado da escola a pé para dar espaço a ela, o que significa que ou Jules está indo de ônibus ou pegando carona com Monica. E eu sinto falta dela.

O segundo motivo para hoje ser um dia menos horrível é esse: pela primeira vez em semanas, sinto que o jogo da Verdade ou Consequência não está pairando acima de mim. Sei que continua existindo, mas não ter que me preocupar com aquilo fazendo o meu telefone apitar é um alívio imenso. Eu nunca imaginei que pudesse ser tão poderoso manter algo fora do alcance e da mente. Ao me vestir, pego a minha saia favorita, que já não uso há algum tempo porque é também uma das minhas roupas mais curtas; o familiar farfalhar do tecido contra as minhas pernas faz com que eu me sinta um pouquinho mais como eu mesma.

— Você está bonita, querida — elogia mamãe quando entro na cozinha. Ela também está, com um dos seus vestidos antigos de moletom, combinando com bijuteria pesada e um par de botas. Sorrio quando pego a chave do carro do gancho ao lado da porta. Eu e minha mãe não temos personalidades tão parecidas quanto ela e Emma, mas nós duas usamos a moda para nos expressarmos bem mais do que qualquer outra pessoa da família. Se estou lendo corretamente a roupa que escolheu, mamãe também está se sentindo mais como ela mesma. O que vem a ser um terceiro motivo para me sentir bem com o dia de hoje.

Quando busco Jules, ela abre um sorriso ao me ver no banco do motorista.

— O que aconteceu com a Srta. Roda Presa?

Sinto um impulso de defender Emma, mas não quero discutir com Jules quando mal a encontrei a semana inteira.

— Virose — respondo.

Jules dá risada ao se sentar ao meu lado em vez de no banco traseiro.

— Que pena, tão triste. Eu poderia me acostumar com isso. — Ela ajusta o rádio até chegar numa música da Beyoncé, depois prende o cinto de segurança enquanto eu me afasto do meio-fio. Cantamos alguns versos juntas e eu estou começando a relaxar com a cadência familiar da sua companhia até que ela diz: — Então, eu soube de uma coisa.

— Que coisa?

— O treinador Ruffalo comprou um monte de ingressos para um dos jogos de Cooper Clay em Fullerton. Ele dará para qualquer um do Colégio Bayview que pedir. Incluindo recém-formados.

— Ela lambe os beiços como se estivesse prestes a devorar sua sobremesa favorita quando eu não respondo. — Nós deveríamos ir. Aposto qualquer coisa que Nate estará lá.

— Provavelmente, mas... — Dessa vez eu não consigo me segurar. — Você não acha que talvez esteja na hora de deixar isso para lá?

O tom de voz dela fica frio.

— Deixar *o que* para lá?

— É só que... Nate sabe que você está interessada, né? Você o beijou. Ele é um cara bem direto, pelo que eu vi. Se ele quisesse continuar, acho que você já saberia a essa altura. — Ela não responde, e espero que isso signifique que está levando em consideração o que estou falando, então continuo. — A questão é que eu vi Nate e Bronwyn conversando no Café Contigo antes de você chegar naquela noite, e... acho que é para valer entre os dois. Acho que não importa que ela esteja a quase cinco mil quilômetros de distância. Ainda é ela quem ele quer. Provavelmente ela *sempre* será a escolhida.

— Ótimo — diz Jules, sem emoção. — Obrigada pelo apoio.

— Eu a estou apoiando — protesto. — Você é incrível e merece alguém que saiba disso. Não um cara que está apaixonado por outra menina.

Jules abaixa o quebra-sol para se olhar no espelho, passando o dedo pelos cílios inferiores para pegar qualquer pedacinho de rímel que tenha caído.

— Tanto faz. Talvez eu deva tentar ficar com o Brandon agora que ele está disponível.

Meu estômago dá uma cambalhota quando viro com o carro no estacionamento do Colégio Bayview.

— Jules. Não. — Eu não conto a ela sobre Brandon me agredir no meu apartamento, mas ela precisa saber que foi ele quem fez o anúncio da tutoria de sexo. E ela *definitivamente* viu Brandon ter um ataque de riso quando Sean zoou com a minha cara. Não posso acreditar que ela está brincando sobre ficar com ele depois disso. Ou pior: não estar brincando.

— Calma, Phoebe Jeebies, ou você vai atropelar aquele cara. — Jules estreita o olhar para o sujeito alto e magro que passa na frente do carro. — Ah, quem se importa, é o Matthias Schroeder. Vai em frente e passa por cima desse esquisito. — Ela põe uma mecha do cabelo perfeitamente alisado atrás da orelha; Jules tem usado chapinha desde a noite em que beijou Nate. — Que cara bizarro. Parece que bate uma lendo fanfic erótica de Star Wars, você não acha?

Piso no freio, uma veia da minha têmpora começando a pulsar. Jules está incisiva hoje, a provocação beirando a maldade de um jeito quase anormal. Abro a minha janela e grito:

— Desculpa, Matthias! — Ele parece assustado e sai do caminho. — Eu tento não pensar nele e ponto — murmuro conforme manobro para entrar na vaga.

Nós saímos do carro e seguimos para a entrada dos fundos. Jogo as minhas chaves na bolsa enquanto Jules confere o seu celular.

— Pensei que fôssemos receber outra mensagem do Número Desconhecido por agora.

Congelo.

— O quê?

— Você sabe. *O próximo jogador foi contatado. Tic-toc.*

Ela sorri e o fiapo de paciência que eu ainda tinha se esvai.

— Eu não saberia, não faço mais parte disso — retruco, abrindo bem a porta. — Deixou de ser um *jogo superdivertido* depois

186

que fez Emma me odiar, e foi ladeira abaixo depois disso. Mas você segue jogando, parece.

— Você precisa relaxar — Jules diz conforme saio pisando duro pelo corredor. Não me preocupo em dizer a ela que procure outra carona para voltar para casa. Tenho certeza de que já havia planejado isso mesmo.

As aulas estão quase acabando quando encontro Knox pessoalmente, mas passei o dia vendo as provocações deixadas para ele. Fotos de paus flácidos estão *por toda a parte*. As marias-moles sumiram do seu armário, mas quando passo por ali a caminho da aula de saúde — que é a única a que assistimos juntos —, uma embalagem imensa com VIAGRA rabiscado na frente está colada com fita no armário.

Ando mais devagar conforme me aproximo, sentindo um aperto no peito ao ver Knox arrancar a embalagem para colocar suas coisas no armário. A aula de saúde vai ser *péssima* para ele. Estamos estudando o sistema reprodutor masculino, o que já é ruim o bastante num dia normal, mas equivalente à tortura em um dia como esse. Principalmente porque Brandon e Sean estão na turma. Knox recua e se vira, parecendo aliviado quando vê que sou eu ali.

— Oi — cumprimento. — Quer matar?

Ele franze a testa.

— Hein?

— Quer matar esse último tempo? — Alcanço minha bolsa e puxo a chave do carro, girando em um dos dedos. — Estou de carro hoje.

Knox parece muito confuso.

— O quê... Como faz isso?

— Em vez de ir à aula, saímos da escola e vamos a algum lugar divertido — respondo, pronunciando cada palavra bem devagar. — Não é um bicho de sete cabeças, Knox.

Seus olhos percorrem o corredor, como se tivéssemos cometido um crime e as autoridades estivessem prestes a chegar.

— Não vai dar problema? — pergunta.

Dou de ombros.

— Não é nada de mais, é só não levar isso tão a sério. Seus pais vão receber a ligação de um robô e você diz a eles que teve que ir à enfermaria, mas estava muito cheio e não chegou a ser atendido. — Giro as chaves mais rápido. — Ou você pode simplesmente ir para a aula de saúde.

A essa altura, eu meio que estou torcendo para que ele diga não. Começo a me dar conta de que todos que passam por nós ficam nos encarando, e sei que vou atrair todo o tipo de merda por ter sido vista com ele hoje. Mas então Knox bate a porta do armário e diz:

— Que se foda. Vamos.

Agora não dá para voltar atrás.

Fico olhando para a frente conforme descemos o corredor, me controlando para não correr até a saída. Há uma vozinha urgente sussurrando na minha cabeça, que lembra muito o narrador de um programa sobre a vida selvagem a que eu costumava assistir com o meu pai: *Movimentos rápidos vão apenas chamar a atenção da matilha faminta*. Atrás de nós, ouço Brandon fazer piada com alguma coisa, mas estamos longe demais para ser conosco. Eu acho. Ainda assim, me sinto aliviada quando saímos pela porta da escadaria dos fundos.

— Bem-vindo à vida do crime — digo a Knox quando saímos do prédio e descobrimos que está serenando. Ele arregala os olhos e eu reviro os meus. — Não é um crime de verdade, Knox. Você realmente nunca matou aula antes?

— Não — admite ele conforme descemos as escadas. — Eu ganhei o prêmio por frequência dois anos seguidos. — Ele faz uma careta. — Não sei por que falei isso. Finja que não aconteceu. — Há um leve ruído metálico à nossa frente e nós dois paramos para ver alguém pular a cerca dos fundos, atrás do estacionamento. Reconheço o perfil alto de Matthias Schroeder e seu casaco de capuz azul-claro pouco antes de o garoto desaparecer em meio às árvores atrás da escola. Parece que não somos os únicos matando a aula de saúde. É um pesadelo para todos os nerds.

Quando chegamos no carro, Knox puxa a maçaneta como se esperasse que a porta estivesse aberta, mas a tranca elétrica do nosso Corolla deu problema anos atrás. Eu destranco minha porta, sento no banco do motorista e estico o braço para deixá--lo entrar.

— Então, aonde vamos? — pergunta.

Eu ainda não pensei tão adiante. Ligo o carro e aciono o para--brisa porque agora chove forte.

— Bom, o tempo não está muito bonito, então podemos esquecer a praia ou um parque — digo, dirigindo para a saída. — Podemos ir até San Diego, se você quiser. Tem uma cafeteria que eu gosto com música ao vivo de tarde. O único problema é... — Estou tão entretida falando que não percebo que estou prestes a entrar na rua principal e um carro está passando; preciso pisar no freio para não bater. Tanto eu quanto Knox somos jogados para a frente com força, contra os cintos de segurança. — Eu não costumo dirigir muito, sou meio ruim no trânsito. E ainda

189

tem a chuva. Podemos ir para o Epoch Coffee no shopping, em vez disso.

— O Epoch Coffee é bom — responde Knox, massageando o ombro.

Ficamos em silêncio e sinto um pouquinho de raiva por nós dois. É ridículo que eu esteja sendo zoada por ter feito sexo e Knox por *não ter* feito. Enquanto isso, ninguém está atacando Derek ou Maeve, embora eles tenham feito a mesmíssima coisa que fizemos. Ou não fizemos. As pessoas gostam de pensar que têm a cabeça aberta, mas se você joga um estereótipo de gênero no caminho delas, vão cair todas as vezes. Eu não entendo por que o mundo insiste em colocar os jovens em caixinhas que nunca pedimos para ter e depois ainda se irritam quando não permanecemos nelas.

Mas se eu começar a reclamar disso, não vou parar nunca mais. E tenho certeza de que Knox precisa de um tipo diferente de distração agora. Então, no caminho até o shopping de Bayview, eu falo tudo que me vem à cabeça: programas de TV, meu trabalho, meu irmão.

— Ele quer que você vá na nossa casa — digo a Knox quando entramos no estacionamento do shopping. Está cheio por conta do dia chuvoso, mas dou sorte quando um Jeep sai de uma vaga bem na primeira fila na hora em que estou passando. — Aparentemente, você causou uma boa impressão.

— Os fãs de *Bounty Wars* são uma comunidade unida — diz Knox. Eu pego a vaga do Jeep e desligo o carro, enrugando a testa com o aguaceiro que cai do lado de fora da janela. Estamos o mais perto possível do shopping, mas ainda assim ficaremos encharcados até conseguir entrar. Knox destrava o cinto de segurança e pega a sua mochila, então se ajeita e olha para mim de verdade pela primeira vez desde que entramos no carro. Seus olhos castanhos têm belas pintinhas douradas, o que me faz arquivar a informação: *Knox Vai Ser Gostoso um Dia*. — Obrigado por fazer isso.

— Sem problemas. — Abro a porta do carro e coloco a cabeça na chuva, que só me acerta por segundos antes de Knox estar de repente ao meu lado, segurando um guarda-chuva sobre nós. Dou um sorriso para ele. — Uau, você é preparado.

Ele sorri de volta e eu fico feliz por tê-lo resgatado dos porões raivosos e flamejantes da aula de saúde no inferno.

— Ex-escoteiro — explica ele quando seguimos para a entrada. — Se precisarmos acender uma fogueira mais tarde, posso fazer isso também.

Quando chegamos no Epoch Coffee, pegamos uma mesa privilegiada no canto. Knox se oferece para pedir nossas bebidas e eu pego o meu telefone enquanto espero ele voltar. Não entrei no Instagram desde que apaguei todos os comentários nojentos da semana anterior, então dou uma olhada agora para saber se ter mudado o perfil para privado manteve os babacas afastados. Em sua maioria sim, embora eu tenha algumas solicitações de mensagem. A maior parte de homens que eu não conheço, com exceção de um.

Derekculpepper01 Ei, eu não quero

Eu franzo o cenho e clico para ler a mensagem inteira. *Ei, eu não quero ser um pé no saco nem nada disso, mas eu realmente gostaria de conversar. Você pode me escrever? Ou me ligar, se preferir.*

— Não, palhaço, eu não posso — falo em voz alta assim que Knox volta para a mesa.

Ele congela no movimento de me entregar a bebida.

— O quê?

— Não é com você — digo, aceitando o café gelado. — Obrigada. — Eu hesito antes de dar mais explicações, mas logo penso que *e daí?* Nada distrai mais do que ouvir sobre os problemas dos outros. — Então, você sabe sobre o lance do Verdade ou Consequência comigo e com a minha irmã, né? Bom, o tal ex-namorado fica me mandando mensagem e eu não sei por quê. E também não ligo, mas é irritante. *Ele* é irritante.

— As redes sociais são uma bosta — concorda Knox. Ele jogou uma pequena montanha de sachês de açúcar na mesa e pegou três, abrindo todos de uma vez. Seus ombros ficam encurvados enquanto ele joga o açúcar em seja lá o que for que está bebendo. — Eu não vejo nada desde que... tem um tempo. Não consigo lidar.

— Bom — falo. — Mantenha-se afastado. Espero que você também tenha bloqueado o Número Desconhecido.

— Bloqueei — responde Knox, cabisbaixo. Ele parece estar ficando triste de novo, então mudo de assunto rapidamente e, pela hora seguinte, conversamos sobre tudo *menos* sobre o jogo das mensagens. Vez ou outra fico pensando se devo mencionar Maeve, mas... não. Ainda é muito cedo.

Quando Knox olha para o telefone e avisa que precisa ir para o trabalho, eu fico surpresa em perceber como o *tempo passou* depressa. Eu também tenho que ir; preciso ajudar Addy e Maeve a arrumar as lembrancinhas do casamento de Ashton à tarde.

Uso um guardanapo para limpar as marcas dos nossos copos da mesa e pego o meu café quase terminado.

— Você quer uma carona? — ofereço, seguindo Knox em direção à saída do Epoch Coffee até o corredor principal do shopping.

— Bom, é em San Diego. — Ele parece nervoso, como se estivesse se lembrando de cada quase acidente da vinda. Para ser honesta, foram muitos para um trajeto de menos de três quilômetros. — É bem fora do seu caminho. — Chegamos à saída do prédio e empurramos as portas. Ainda está nublado, mas a chuva parou. — Vou pegar um ônibus. — Ele olha o relógio. — Vai sair um em dez minutos. Se eu cortar caminho pela área em construção nos fundos, dá tempo.

— Certo, então... — Uma risadinha familiar me interrompe, e eu me viro para ver Jules caminhando pelo estacionamento com Monica Hill. Elas estão andando numa reta que vai dar na lateral do shopping, não na entrada principal. Quando estão a poucos metros de nós, Jules me vê e para. Ela segura o braço de Monica para que ela pare também.

— Eiiii — fala Jules, com metade do seu entusiasmo de sempre. — O que você está fazendo aqui? — Seus olhos se viram para Knox e ficam arregalados. Monica segura uma risada e sussurra alguma coisa no ouvido de Jules.

Sinto minhas bochechas ficando mais vermelhas que um pimentão. Eu *odeio* estar envergonhada porque Jules e Monica me viram com Knox, principalmente depois de termos passado um tempo tão agradável juntos. Mas eu estou.

— Só pegando um café — respondo.

— Nós também — diz Jules, embora esteja óbvio que elas não estão a caminho do Epoch Coffee. — Uma pena que nos desencontramos.

— É, que pena — repete Monica. Elas continuam paradas ali, claramente esperando que eu saia, o que me faz querer ficar apenas para irritar as duas.

Só que Knox está estranhamente quieto atrás de mim, deixando tudo ainda pior. Meu Deus, e se elas pensarem que é um encontro? E por que eu me importo?

Argh. Fodam-se as duas.

— Bom, tchau — falo para ninguém em particular e sigo para o meu carro. Quando entro, não ligo o motor imediatamente.

Em vez disso, apoio a cabeça no volante e me permito chorar por uns quinze minutos por ter perdido uma amiga que tenho desde o ensino fundamental. É só mais uma coisa na longa lista de casualidades do jogo de Verdade ou Consequência, mas ainda é uma bosta.

Assim dirijo para casa, atordoada, fazendo curvas no piloto automático até que o som alto de sirenes me faz pular. Meu coração começa a acelerar porque sei que não vinha prestando muita atenção, e eu provavelmente infringi, tipo, dez leis de trânsito. Mas quando desacelero, vejo as luzes piscando na minha frente e não no meu espelho retrovisor. Sigo para o acostamento quando dois carros de polícia, seguidos de um carro de bombeiro, passam por mim em direção ao shopping de Bayview.

CAPÍTULO 15

Maeve

Quinta-feira, 5 de março

— Eu não vejo qual é o problema — diz Addy, jogando uma amêndoa caramelizada na boca.

Estamos as duas no sofá do apartamento de Ashton, e Phoebe está sentada no chão, de pernas cruzadas, na frente da mesa de centro. Nós três estamos colocando balas num saquinho de rede, amarrando com um laço azul e enfileirando sobre a mesa. São lembrancinhas para o casamento de Ashton e Eli, que, de repente, já é em menos de um mês.

Pego um laço e coloco ao redor de um saquinho cheio de balas.

— Tudo é problema — observo.

Addy se demora mastigando e engolindo a amêndoa.

— Tudo — repete ela. — Por que você pegou um cara enquanto ele cozinhava o seu jantar? — Ela balança a cabeça e pega outra amêndoa. Ela comeu praticamente todas que ensacou. — Você tem uns problemas de primeiro mundo, menina.

195

Ela não sabe de metade dos meus problemas, mas não é sua culpa. Sou eu que estou guardando segredos.

— Eu praticamente o ataquei — corrijo. — E depois fugi. — Toda vez que penso na noite anterior, eu me encolho. E Luis provavelmente faz o mesmo. Eu evitei o Café Contigo hoje, mas secretamente quis que ele entrasse em contato. Mas Luis não falou comigo.

— Apenas fale com ele — sugere Addy.

Phoebe deixa escapar um suspiro dramático.

Obrigada. Eu fico tentando dizer isso a ela.

Não respondo, e Addy me dá um tapinha no ombro.

— Não é fraqueza deixar que alguém saiba que você está a fim, sabe — diz ela.

Eu sei. Venho dizendo isso para mim mesma há semanas, tentando mudar. Mas ainda não consigo colocar em prática.

— Então por que parece ser? — pergunto, quase que para mim mesma.

Addy dá risada.

— Porque rejeição é horrível. E não estou dizendo que é o que Luis vai fazer com você — completa ela rapidamente quando levanto a cabeça.

— Ele não vai fazer isso — Phoebe murmura, a testa franzida de concentração conforme dá um laço cuidadoso.

— Eu estou dizendo no geral — continua Addy. — Nós todos temos medo de nos colocar na linha de frente sem receber nada em troca. Mas ninguém olha para trás e pensa "Caramba, eu gostaria de ter sido menos honesto com as pessoas com quem me importo".

Antes de poder responder, ouço o barulho de uma chave girando na fechadura, seguido pelo ranger da dobradiça e o toc-toc de saltos. Ashton coloca a cabeça para dentro do hall de entrada do apartamento de conceito aberto. Ela está cheia de sacolas e com uma pilha de correspondências.

— Oi — diz Ashton. Ela cruza o cômodo e larga os envelopes na beirada da mesa de centro, sorrindo quando avista as lembrancinhas do casamento. — Ah, muito obrigada por isso! Estão incríveis. Vocês comeram ou querem comer alguma coisa?

— Já comemos — responde Addy. Ela amarra outro laço, arruma o saquinho com as balas e começa a mexer na correspondência.

— Tudo bem, então — fala Ashton, indo até a cozinha. Ela põe as sacolas na bancada, depois volta e se senta no braço do sofá. — Addy, você vai estar por aqui no sábado à noite? O primo de Eli, Daniel, vem à cidade, e eu estava pensando em chamá-lo para jantar. — Addy levanta a cabeça e olha para a irmã sem expressão, então Ashton completa: — Lembra? Eu já falei dele para você. Ele é um dos padrinhos do casamento e vai ser transferido para a UCSD no próximo outono. Está estudando biologia molecular. — Ashton cutuca o pé de Addy com o seu e sorri. — Ele viu aquela foto nossa com a mamãe na semana passada, no Instagram do Eli, e agora quer *muito* conhecer você.

Addy franze o nariz.

— Biologia molecular? Não sei. Talvez eu esteja ocupada.

— Acho que você vai gostar dele. Ele é legal. E engraçado. — Ashton desliza o dedo pelo telefone algumas vezes antes de entregá-lo para Addy. — Esse é Daniel.

Phoebe se levanta e espia o telefone de Ashton. Eu me inclino para me aproximar de Addy e poder ver também, e não consigo segurar o *ohhh* de admiração quando dou uma olhada na foto de Daniel. É um biólogo molecular bem bonitinho.

— Ele parece um irmão perdido dos Hemsworth — digo.

Phoebe inclina a cabeça para ver melhor.

— É um filtro ou os olhos dele são azuis assim mesmo?

— Sem filtro — diz Ashton.

— Tudo bem, então. — Addy balança a cabeça em concordância tão rápido que eu fico com medo do seu pescoço quebrar.

— Sábado. Já é.

Ashton pega o telefone de volta e se levanta, parecendo satisfeita.

— Ótimo. Vou pedir a Eli para fazer reserva num lugar divertido. Vou trocar de roupa e engolir o jantar para ajudar vocês com as lembrancinhas. — Ela some no quarto e Phoebe volta a se sentar no chão, pegando outro saquinho. Addy rasga um envelope grande e grosso enquanto solta um *AHÁ* satisfeito.

— O que é? — pergunto.

Addy coloca uma mecha de cabelo cor-de-rosa atrás da orelha.

— É de uma instituição chamada *Colegio San Silvestre*, no Peru — diz.

Sinto uma pontada súbita de pânico. *Não, você não pode me deixar também.*

— E você vai para lá?

Ela ri.

— Não. Bom, não como aluna. É uma escola de ensino fundamental. Mas tem esse programa de verão em que as crianças aprendem inglês e conselheiros de outros países são contratados. Eu pensei em me inscrever. Não é preciso falar espanhol, porque todas as conversas devem ser em inglês para que as crianças pratiquem. Estive olhando os programas de ensino para o próximo ano e achei que seria uma boa experiência. E ainda por cima eu poderia viajar. Eu nunca saí do país antes. — Ela vira as páginas brilhantes de uma brochura devagar. — Ashton vive dizendo que posso morar com ela e Eli por quanto tempo eu quiser, mas em

198

algum momento eu preciso pensar no que vem depois. E *não vou* voltar a morar com a minha mãe.

A mãe de Addy é a definição de mãe baladeira. Na última vez em que a vi, logo antes de Addy se mudar para a casa de Ashton, ela me ofereceu uma taça de vinho enquanto seu par, um garoto de vinte e poucos anos que encontrou no Tinder, dava uma conferida na minha bunda. Ela não se envolveu muito com o planejamento do casamento, a não ser ao enviar para Addy fotos de cada um dos vestidos em que viu potencial para vestir a mãe da noiva.

— Parece ótimo — digo, espiando a brochura por cima do ombro de Addy. — Posso ver?

Addy me entrega com um sorriso.

— Você deveria dar uma olhada também. Não é preciso estar no último ano do ensino médio para se candidatar. Seria divertido.

Ela tem razão. Seria mesmo. Eu não consigo pensar em nada que eu queira mais do que um verão com Addy na América do Sul, na verdade. Mas eu mal posso planejar a próxima semana, com todas as merdas que têm acontecido na minha vida. Vai saber qual será o meu estado quando a data para se candidatar estiver próxima? Ainda assim, a publicação me tenta com fotos do colégio e das crianças, e estou folheando aquilo com grande interesse quando Ashton vem correndo do quarto.

Ela está descalça e com a blusa para fora, como se tivesse se arrumado pela metade.

— Acabei de receber uma mensagem do Eli — diz, sem fôlego, os olhos vagueando pela mesa de centro. — Onde está o controle remoto?

— Acho que estou sentada em cima dele. — Addy se remexe e enfia a mão entre as almofadas para retirar o controle. Ela pisca, surpresa, quando Ashton o arranca da sua mão. — Eita, Ash, por que a pressa?

A irmã fica empoleirada atrás dela, no braço do sofá, e aponta o controle para a televisão.

— Houve um acidente — explica. A tela ganha vida e Ashton tira do E! Network. — Acho que está passando no Channel 7... isso. Aqui está.

Um âncora sem expressão está sentado atrás de uma bancada brilhante em semicírculo, a palavra *Urgente* correndo atrás dele em letras garrafais.

— A repórter Liz Rosen está no local e fala conosco agora — diz ele, lançando um olhar intenso para a câmera. — Liz, o que você pode nos dizer?

— Argh. *Ela.* — Addy franze o rosto quando uma mulher de cabelo escuro e blazer azul ganha a tela. Liz Rosen praticamente perseguiu Addy, Bronwyn, Cooper e Nate no ano anterior, quando eles eram investigados pela morte de Simon. E então a testa de Addy se enruga ao se inclinar para a frente, esticando o pescoço para ver melhor. — Ela está no shopping?

— Obrigada, Tom — responde Liz. — Seguimos trazendo as últimas notícias de Bayview, onde ocorreu uma tragédia numa área em construção. O caso ainda está se desenrolando, mas o que sabemos até agora é que um grupo de adolescentes estava numa área interditada quando um rapaz caiu do telhado de um prédio parcialmente construído. Outro rapaz também se machucou, porém ainda não se sabe como. E nós acabamos de ser informados, por um dos policiais aqui, que o menino que caiu do telhado não resistiu aos ferimentos.

Minha mão vai voando até a boca enquanto assimilo o local familiar atrás da repórter.

— Ai, meu Deus! — exclama Addy. Meia dúzia de amêndoas caramelizadas voa de seus dedos até o chão.

Phoebe arfa e se levanta depressa.

— Knox. — Ela respira. — Ele cortou caminho por lá.

— Eu sei — respondo, os olhos colados na televisão. — Ele vive dizendo como o pai ficaria zangado se soubesse. E com razão. É *realmente* perigoso.

— Não — corrige Phoebe, apressada. — Quero dizer que ele cortou caminho por ali *hoje*. A caminho do trabalho, logo antes de eu ter chegado aqui.

Ai, meu Deus. *Knox.*

Meu coração para quando um banner amarelo com os dizeres ACIDENTE EM ÁREA EM CONSTRUÇÃO OCASIONA MORTE DE ADOLESCENTE aparece na parte de baixo da tela. Impotente, o pânico devastador me domina e eu reviro os montes de tecido em busca do meu celular.

— Não pode ser ele — digo. Minha voz está trêmula e eu forço uma convicção maior. Se parecer verdade, talvez seja verdade. — Ele está bem. Vou telefonar para ele agora mesmo.

Liz continua falando:

— Ainda há muitas perguntas sem resposta. A polícia diz que é preciso notificar os responsáveis, e por isso não divulgaram o nome do falecido. Também não se sabe o tipo de ferimento que o segundo adolescente sofreu. Tudo o que temos de informação é que sua vida não está em risco e ele está sendo transportado para o Bayview Memorial Hospital para receber atendimento.

A minha ligação para Knox cai direto na caixa postal e eu começo a soluçar descontroladamente.

— Ele... ele não está atendendo. — É o que consigo dizer quando Addy põe os braços ao meu redor e me puxa para perto dela.

— Vou ligar para Eli — diz Ashton. — Espere. Deixei meu telefone no quarto.

Minha cabeça está encostada no ombro de Addy quando a voz profunda do âncora se torna pesarosa.

— A cidade de Bayview já sabe o que é uma tragédia, Liz.

— Desliga — pede Addy, firme.

— Eu não consigo... não consigo achar... — Parece que Phoebe também está em lágrimas. — Acho que Ashton levou o controle remoto com ela.

— É a mais pura verdade, Tom — diz Liz Rosen. — A cidade ainda está se recuperando da morte chocante de um aluno do Colégio Bayview, Simon Kelleher, há 18 meses, que ganhou as manchetes do país. Ainda é preciso saber como essa história vai se desenrolar, mas vamos continuar monitorando e dando novas informações conforme as tivermos.

Eu seguro o braço de Addy como se fosse um colete salva-vidas, o meu estômago revirado de medo e culpa. Se algo tiver acontecido a Knox sem que eu tenha tido a chance de fazer as pazes com ele...

— Ele está bem. Knox está bem! — A voz de Ashton me enche de tanto alívio que finalmente consigo levantar a cabeça. — Mas é ele quem está no hospital. Eli ainda não sabe o que aconteceu. Vou levar vocês até lá agora.

Addy mantém o braço ao meu redor quando nos levantamos. Eu me sinto tão instável quanto um filhote de veado; nenhum dos meus membros está funcionando direito quando sigo apressada para a porta.

— Eli sabe quem morreu? — Consigo perguntar.

Ashton concorda com a cabeça, a expressão sombria.

— Sim, foi um rapaz chamado Brandon Weber. Você o conhecia?

Ouvimos um baque alto próximo à porta. Phoebe, que estava pegando as nossas mochilas e bolsas, fica paralisada e deixa tudo cair no chão.

Duas horas depois, finalmente vemos Knox.

Inicialmente, somente a família dele pode entrar, os seus pais e irmãs se revezam. As informações que chegam são picadas, e não temos muita certeza do que é verdade. Mas algumas coisas começam a se repetir consistentemente, tanto no noticiário quanto nas mensagens que chegam nos nossos telefones.

Um: Brandon morreu tentando pegar um atalho pela área em construção.

Dois: Sean, Jules e Monica estavam com ele no momento.

Três: Knox teve uma concussão, mas está bem.

Quatro: Sean Murdock salvou a vida de Knox jogando-o no chão quando ele tentou ir atrás de Brandon.

— Sean Murdock. — Phoebe fica repetindo o nome, como se nunca o tivesse escutado antes. Ela está sentada com as pernas encostadas no peito, os braços agarrados com força nelas. Seus olhos estão vidrados, as bochechas pálidas. Ela parece quase catatônica, e eu acho que a notícia sobre Brandon ainda nem foi absorvida. A minha ficha ainda não caiu também. — Você está me dizendo que Sean Murdock salvou a vida de Knox. — Ela fala isso como se dissesse *Você está me contando que agora cachorros podem falar e dirigir.*

Addy franze a testa.

— O nome é familiar, mas não me lembro dele.

— Ele... — Eu quase termino dizendo "é um completo babaca", mas paro a tempo. Seja o que for que tenha acontecido, Sean perdeu seu melhor amigo hoje. E talvez tenha salvado a vida de Knox, embora eu esteja tendo tanta dificuldade quanto Phoebe com essa parte. — Ele era amigo de Brandon. Ele e Knox... não são próximos.

Uma das irmãs de Knox, Kiersten, surge no corredor do hospital, as outras estão atrás dela. Os olhos de Kiersten vasculham a sala de espera até que me encontram.

— Maeve, nós vamos encontrar meus pais na lanchonete um pouco. Knox está ficando cansado, mas ainda pode conversar. Você e suas amigas querem dar um oi? — Ela sorri com tanto carinho que tenho certeza de que desconhece totalmente o jogo das mensagens ou o que vem acontecendo comigo e com Knox nos últimos dois dias. — Ele está no quarto 307, virando o corredor.

Eu me levanto num salto, puxando Phoebe e Addy comigo.

— Sim, por favor. Como ele está?

— Ele vai ficar bem — diz Kiersten, de maneira tranquilizadora. — Vão mantê-lo aqui esta noite para que fique em observação, mas parece que está tudo bem. — E então a expressão resolutamente animada dela se desfaz um pouquinho. — Bom, quase tudo bem. Se prepare. O rosto dele está bem machucado. — Ela aperta o meu braço quando passamos.

Hospitais me deixam ansiosa, e eu preciso de um instante na porta do quarto de Knox para me preparar. Essa área do Bayview Memorial não se parece nem um pouco com a enfermaria do câncer, que é bem mais moderna e tecnológica, mas o cheiro de antisséptico e as fortes luzes fluorescentes são iguais. Observo os detalhes do quarto — a tinta pastel ultrapassada, o quadro com um triste vaso de girassóis emoldurados, a televisão suspensa no canto, a cortina fina separando uma cama vazia de Knox — antes de pousar meus olhos nele. E então fico sem ar.

— Eu sei — Knox diz pelos lábios inchados —, minha aparência já foi melhor.

Ele está com a própria roupa, com um pequeno curativo em um dos lados da cabeça, mas o rosto está praticamente irreconhecível. Um dos olhos está preto e semiaberto, o nariz vermelho e inchado, e todo o lado direito do rosto é um imenso machucado. Eu me jogo na cadeira ao seu lado e tento segurar sua mão, mas ele a enfia debaixo do cobertor puído antes que eu a alcance.

Não consigo saber se foi uma coincidência ou se ele me evitou propositalmente, e lembro a mim mesma que não importa. Pelo menos ele está bem.

— O que aconteceu? — pergunto ao mesmo tempo em que Phoebe diz:

— Foi Sean quem fez isso? — Ela arrasta uma cadeira do canto do quarto e a posiciona ao meu lado.

— Muitas perguntas ao mesmo tempo — repreende Addy. — Quando tive uma concussão, esse tipo de coisa me dava dor de cabeça imediatamente. — Ela segue de pé, os olhos na tela da televisão. — Espera aí. Eles vão entrevistar Sean Murdock. — Ela se inclina sobre mim para pegar o controle remoto da mesa de cabeceira de Knox e o aponta na direção do aparelho para aumentar o volume.

— Fantástico — ironiza Knox quando todas nós olhamos para o alto.

Liz Rosen do Channel 7 segura o microfone para Sean, que está parado com as mãos unidas como se estivesse prestes a rezar. Eles estão diante da casa de alguém, o céu do crepúsculo em um tom escuro de azul atrás deles. As palavras "AO VIVO: ADOLESCENTE LOCAL SE LEMBRA DO ACIDENTE FATAL" piscam na parte inferior da tela enquanto Liz diz:

— Obrigada por ceder seu tempo para falar com a gente, Sean, depois de um dia tão traumático. Você pode nos dizer com as suas palavras o que aconteceu?

Sean é muito mais alto que Liz. Ele curva os ombros como se estivesse tentando parecer menor e responde.

— É tudo um grande borrão, mas vou tentar. Nós estávamos no shopping e queríamos ir para o centro. A gente queria economizar um tempo e... Deus, isso parece tão bobo agora, né? Tipo, podíamos ter ido pelo caminho normal. Mas já conhecíamos o atalho pelo terreno. Muitos jovens fazem esse caminho; não imaginamos nada disso. De todo modo, Bran estava brincando, como sempre, e então ele pulou, e... — Sean abaixa a cabeça e põe a mão sobre a têmpora, tapando seu rosto. — E então de repente ele não estava mais lá. — Um som gutural vem de Phoebe, atrás de mim, e eu procuro a mão dela. Diferentemente de Knox, ela me deixa segurar.

Brandon está morto.

Brandon Weber está morto.

Brandon.

Weber.

Está. Morto.

Posso repetir essas palavras mentalmente dezenas de vezes, de inúmeras formas diferentes, e ainda não parece real.

— Deve ter sido um susto horrível — diz Liz.

Sean assente, a cabeça ainda abaixada. Não consigo saber se está chorando ou não.

— Foi — concorda.

— Você entendeu imediatamente o que estava acontecendo?

— A gente não conseguia ver direito dentro do... abaixo do telhado. Mas sabíamos que tinha sido sério quando ele caiu.

— E o que houve com o outro garoto? O que está machucado?

— O garoto... estava em choque, eu acho. Ele correu direto para a beirada atrás de Brandon, e eu só conseguia pensar que ele ia cair também. Entrei em pânico. Fiz a única coisa em que consegui pensar para impedi-lo. — Sean finalmente levanta a cabeça, a boca retorcida numa careta arrependida. — Dei um soco nele. Acho que acabei machucando ele feio, e sinto muito por isso. Mas pelo menos ele parou, sabe? Pelo menos está a salvo.

— Mentira — diz Knox, calmo.

Todas nós viramos na direção dele.

— Não foi isso que aconteceu? — pergunto.

Knox toca o curativo na têmpora e treme.

— Eu... Na verdade, não me lembro — confessa, hesitante. — É tudo um grande borrão desde que deixei Phoebe até acordar com alguém enfiando uma luz na minha cara. Mas não consigo me imaginar correndo atrás de Brandon quando ele *caiu do telhado*. Quero dizer, estive em terrenos em construção a minha vida inteira, sabe? Não é o tipo de coisa que eu faria.

— Talvez você não estivesse pensando muito bem — sugere Addy. — Eu não estaria.

Knox ainda parece cético.

— Talvez. Ou talvez Sean esteja mentindo.

Addy pisca.

— Por que ele faria isso?

Knox balança a cabeça, o rosto endurecendo como se o movimento causasse dor.

— Eu não faço ideia.

PARTE DOIS

Domingo, 15 de março

REPÓRTER: Boa noite, aqui é Liz Rosen para o noticiário do Channel 7. Estou ao vivo do estúdio com um convidado especial, Lance Weber, que perdeu seu filho de 16 anos, Brandon, num trágico acidente em um terreno em construção atrás do shopping de Bayview há apenas dez dias. Sr. Weber, meus pêsames.

LANCE WEBER: Obrigado. Minha esposa e eu estamos inconsoláveis.

REPÓRTER: Você está aqui esta noite, pelo que disse aos nossos produtores, porque quer respostas.

LANCE WEBER: É isso mesmo. Fui um homem de negócios por mais da metade da minha vida, Liz, e nos negócios tudo se resume a prestação de contas. Mas não posso fazer com que nenhuma das entidades envolvidas nessa horrível tragédia — seja a empresa de construção, o shopping, ou até mesmo os policiais locais — se apresente e forneça os detalhes sobre quais, eu tenho certeza, teriam sido os múltiplos indícios de negligência que causaram a morte do meu filho.

REPÓRTER: Você está dizendo que uma dessas organizações, ou talvez todas elas, tem culpa?

LANCE WEBER: Eu estou dizendo que uma coisa assim não acontece do nada, Liz. Sempre há um responsável.

Um dia depois

Reddit, subfórum A Vingança É Minha

Fio iniciado por Darkestmind

Onde diabos está você, Bayview2020?
ME. RESPONDA. NO. CHAT.
Não ouse me ignorar. — Darkestmind

Eu não estou de brincadeira.
Sei onde encontrar você.
E não tenho medo de deixar o circo pegar fogo.
Posso fazer isso apenas para ver você pegando fogo também.
— Darkestmind

CAPÍTULO 16

Phoebe

Segunda-feira, 16 de março

— Eu agradeço mesmo a carona — Knox diz.

Emma afivela o cinto e engata a ré do carro.

— Sem problemas.

Faz uma semana e meia que Brandon morreu, e nada em Bayview parece o mesmo. Olhando pelo lado positivo, tenho saído mais com Knox, tanto que eu e Emma o levamos para casa depois da aula às vezes. Por outro, o lado *bem* negativo, Jules e Sean viraram um casal do nada. Cheguei a pensar que estava alucinando na primeira vez em que vi os dois se pegando no corredor.

— O trauma nos aproximou. — Ouvi Jules dizendo para uma garota na aula de inglês. Os olhos dela tinham o brilho de devoção de uma integrante de culto. — Nós *precisamos* um do outro.

Pelo que ouvi na escola, parece que o jogo de Verdade ou Consequência acabou com a bomba Knox/Maeve, o que me faz questionar se o objetivo era mexer com a vida dela. Afinal, foi Maeve quem virou o jogo contra Simon no ano passado. Talvez um dos seguidores dele tenha decidido se vingar. Se foi isso, então deu certo, porque ela e Knox ainda mal se falam, e isso está a deixando tristíssima. O que é péssimo, mas, pelo menos, ninguém mais está falando daquele jogo estúpido.

Outra possibilidade: eu acho que Brandon estava por trás do jogo o tempo todo e o usou para ajudar seus amigos a ganhar popularidade enquanto estragava a vida de quem ele não gostava. Mas, como o jogo começou com um terrível segredo a meu respeito enquanto eu e Brandon estávamos ficando, não consigo pensar nessa opção por muito tempo sem querer vomitar.

Enquanto isso, Sean começou uma estranha parceria com Knox. De repente ele está chamando Knox de "meu parça" e gritando com qualquer um que tenta fazer piada sobre pinto mole, o que é confuso para as pessoas, já que foi Sean quem começou com as piadas. Knox ainda não consegue se lembrar do que aconteceu no terreno em construção no dia em que Brandon morreu.

E Brandon... Brandon está morto e enterrado.

O enterro foi na semana passada, o primeiro a que fui desde a morte do meu pai. Eu nunca senti tantas emoções misturadas — choque, descrença, tristeza e também alguma raiva. É estranho ficar de luto por alguém que foi horrível com você. Quando o padre elogiou Brandon, senti como se ele estivesse falando de um garoto que nunca conheci. E eu gostaria de ter conhecido, porque *esse* cara sim, ele era ótimo.

Tanto potencial desperdiçado.

— Você vai para o Até que Provem, Knox? — Emma pergunta. Ela voltou a ser calma e educada comigo, e não mencionou Derek nenhuma vez desde o enterro de Brandon. Talvez a morte dele a tenha assustado e feito a raiva passar, ou talvez seja só porque eu finalmente tenho um amigo de quem ela gosta. Ela nem se incomoda de ocasionalmente deixar Knox em San Diego.

— Não, não estou trabalhando — responde Knox. Dou uma olhada nele pelo espelho retrovisor, verificando o estado dos seus hematomas, como faço todos os dias. O círculo ao redor do olho continua roxo, mas a bochecha e o maxilar já estão com um tom amarelado. Se ele usasse maquiagem, poderia cobrir totalmente aquilo com a base da cor certa. — Vou para casa mesmo, obrigado.

— Você deveria ir lá para casa — sugiro no impulso. — Jogar aquele tal de *Bounty Wars* que o Owen vive pedindo. — Meu irmão tem estado calado, absorvendo o clima ruim que ronda a casa desde a morte de Brandon. Uma sessão de videogame em nova companhia seria uma maneira perfeita de animá-lo.

— Sim, sem problemas — concorda Knox. E então ele enruga a testa e se inclina para a frente. — O carro parece meio... torto para vocês?

— Sempre — respondo. — É velho.

— Eu estava pensando a mesma coisa — diz Emma. — Tem algo errado. — Ela vira na garagem embaixo do nosso prédio e estaciona na nossa vaga. Pego a minha bolsa enquanto ela sai do carro e dá um passo para trás para olhar o pneu da frente do lado do motorista.

— Está esvaziando — resmunga Emma conforme eu saio.

Knox se agacha e analisa o pneu.

— Parece que você passou por um prego — observa ele.

Pego o meu telefone e constato que a bateria acabou.

— Emma, você pode mandar uma mensagem para a mamãe ligar para o seguro?

Minha irmã balança a cabeça.

— Perdi meu telefone, lembra?

Emma perdeu o celular há quase uma semana. A mamãe deu um chilique e disse que não poderia comprar um novo, que Emma teria que comprar com o dinheiro que ganhava na tutoria. E até agora Emma não comprou outro celular, o que é incompreensível para mim. Eu não consigo ficar uma hora sem o meu, imagina uma semana. Mas Emma age como se não estivesse sentindo falta dele.

— Você tem um estepe? — Knox pergunta. — Eu posso trocar.

— Sério? — falo, surpresa.

Knox fica ruborizado ao abrir o porta-malas.

— Não fique tão assustada. Eu não sou totalmente inútil.

— Eu não quis dizer isso — digo rapidamente, indo para o seu lado para lhe dar um tapinha reconfortante no braço. — É só que nunca conheci alguém que soubesse trocar um pneu antes. Achei que fosse uma habilidade do passado. — O que é verdade, mas também é verdade que se alguém me perguntasse sobre as habilidades de Knox para consertar um carro, numa escala de zero a dez, eu diria zero. No entanto, ele não precisa saber disso.

— Meu pai não deixou que eu ou as minhas irmãs tirásse-mos a habilitação antes de aprendermos. Demorei um mês, mas aprendi. — Ele puxa um trinco no porta-malas que eu nem sabia que existia e desliza uma parte do revestimento do bagageiro para revelar um pneu por baixo dele. — Ei, uau, é um pneu do tamanho certo. Carros antigos são o máximo.

Knox troca o pneu tão devagar e meticulosamente que eu me questiono se devo dar uma escapadinha para carregar o celular e avisar a minha mãe que vamos precisar do seguro, mas ele consegue terminar.

— Ainda precisa de um pneu novo, mas esse vai aguentar até você ir a uma oficina — diz Knox. É meio fofo o quanto ele está tentando ser indiferente quando obviamente está muito orgulhoso de si mesmo.

— Muito obrigada — agradece Emma com uma ternura verdadeira na voz. — Você é o máximo.

— É o mínimo que eu posso fazer — Knox diz conforme caminhamos até o elevador. — Vocês têm me levado de carro para todo lado.

— Bom, você está machucado — digo, apertando o botão para subir.

— Que nada, eu estou bem agora. Os médicos me liberaram totalmente na última consulta — diz Knox, reclinando contra a parede enquanto esperamos. Os hematomas parecem ainda piores sob a fria luz fluorescente da garagem. — De todo modo, segundo o meu pai, eu mereci.

Emma engasga quando a porta se abre e nós entramos no elevador.

— *Quê?*

Knox parece imediatamente arrependido.

— Não foi exatamente assim. Não foram essas as palavras nem nada disso. Ele só está zangado porque eu tentei cortar caminho pelo terreno em construção — diz Knox.

Franzo a testa.

— Ele deveria ser grato por você estar vivo. O Sr. Weber trocaria de lugar com ele num instante. — O pai de Brandon recentemente apareceu em cada um dos maiores canais de notícias de San Diego, ameaçando processar o shopping, a construtora falida que começou a obra da garagem e toda a cidade de Bayview. — Você viu a entrevista com Liz Rosen ontem à noite?

— Sim. Ele estava esbravejando muito — responde Knox. O elevador para no nosso andar e nós três saímos para o corredor, que tem um leve cheiro de caramelo e baunilha. Addy deve estar fazendo cookies de novo. — Acho que não se pode culpá-lo, no entanto. Quero dizer, aquela área em construção *é* perigosa. Meu pai vem repetindo isso há meses. E, ainda por cima, Brandon é filho único, então é como se a família inteira tivesse desaparecido de repente. Entende?

— Entendo — concordo com uma pontada de tristeza.

Emma está em silêncio desde que saímos do elevador. Quando entramos no apartamento, ela murmura para dentro:

— Tenho que estudar. — E segue para o nosso quarto, fechando a porta.

Knox levanta as mãos, manchadas de óleo preto do pneu.

— Onde eu posso me lavar?

Levo Knox até a pia da cozinha e abro a torneira, jogando detergente nas palmas abertas das mãos dele.

— Gostei da sua casa — elogia ele, olhando as janelas amplas e os tijolos expostos.

— É ok — respondo de má vontade. E é, mas para um casal hipster jovem e sem filhos. Garanto que Knox não acharia tão charmoso se tentasse enfiar a família inteira dele aqui dentro. — Você quer algo para beber? Vou tomar um *ginger ale*. Owen chega em uns dez minutos.

— Sim, ótimo. Obrigado. — Knox enxuga as mãos num pano de prato e se acomoda em um dos banquinhos da bancada da cozinha enquanto eu pego dois copos. Me ocorre de repente que, além de Brandon, Knox é o único cara do Colégio Bayview que já esteve nesse apartamento. Eu não convido muitas pessoas para vir aqui, muito menos meninos. E, é óbvio, eu não convidei Brandon.

Mas ele veio mesmo assim.

— Tudo bem? — pergunta Knox, e eu percebo que congelei no lugar não sei por quanto tempo. Então dou uma chacoalhada em mim mesma e coloco os dois copos na mesa.

— Sim, desculpe. Eu só... tenho saído de órbita às vezes, sabe?

— Sei — Knox responde conforme eu pego uma garrafa de *ginger ale* da geladeira. — Noite passada tinha umas plantas espalhadas pela mesa da nossa cozinha e eu quase tive um infarto quando notei que eram da garagem em construção. O meu pai tem ajudado os investigadores a juntar as peças. Eles estão tentando entender por que o teto caiu somente com Brandon, com mais ninguém. As pessoas têm pegado aquele atalho faz meses.

— Bom, o Brandon é... era... bem maior que a maioria dos alunos da escola.

— Sim, mas a engenharia deve ser pensada para aguentar um peso muito maior do que o dele.

— Eles descobriram alguma coisa?

— Nada que meu pai tenha me contado. Mas ele provavelmente não contaria mesmo. — Knox esfrega o maxilar machucado, distraído. — Ele não divide as coisas de trabalho comigo. Não é como Eli.

Eu sento no banquinho ao lado do dele e dou um gole na bebida.

— Você gosta de trabalhar com Eli?

— Adoro — diz Knox, subitamente animado. — Ele é ótimo. Principalmente quando você leva em consideração a quantidade de porcaria com que ele tem que lidar todo dia.

— Tipo o quê?

— Bom, por causa da área em que atua, Eli é constantemente cobrado. Por outros advogados, por policiais, pela mídia. E ainda pelas pessoas que querem que ele assuma seus casos ou estão iradas porque ele assumiu o caso de alguém. — Knox toma um gole demorado de *ginger ale*. — Ele recebe até ameaças de morte.

— Sério? — pergunto. Minha voz treme um pouco quando falo. Eli é sempre tratado pela mídia como um herói, o que eu pensava ser uma coisa *boa*. Nunca me ocorreu que esse tipo de visibilidade pudesse ser perigosa.

— É. Chegou mais uma ontem. Parece que é de uma mesma pessoa, então estão levando mais a sério. Sandeep, um dos advogados que trabalha lá, diz que normalmente as ameaças são únicas.

Abaixo o copo com um ruído.

— Isso é horrível! A Ashton sabe?

Knox dá de ombros.

— Deve saber, né?

— Acho que sim. — Um arrepio percorre minha coluna, e deixo uma estremecida completa se livrar dele. — Argh. Eu teria tanto medo. Eu já me assusto com mensagens bizarras no Instagram.

As sobrancelhas de Knox ficam unidas.

— Você ainda tem recebido isso? Do... hum. — Ele olha na direção da porta fechada do quarto e abaixa a voz. — Derek ou sei lá?

— Ultimamente não. Espero que ele tenha desistido.

A fechadura faz um barulho alto e por tanto tempo que eu me levanto do banco e atravesso a sala.

— Owen. Apesar de recentemente ter consertado uma torradeira, ele ainda não domina completamente a arte de lidar com a chave — explico, girando o ferrolho e abrindo a porta para o meu irmão conseguir entrar.

— Eu ouvi isso — resmunga Owen, deixando a mochila pesada cair no chão. — Quem é voc... ah, oi. — Ele pisca para Knox como se nunca o tivesse visto antes. — Uau, o seu rosto está... ai.

— Parece pior do que realmente é — diz Knox.

221

— Knox está aqui para jogar *Bounty Wars* com você, Owen! — digo, animada. — Não é legal? — Knox enruga a testa para mim como se não entendesse por que estou falando com meu irmão pré-adolescente como se ele fosse uma criança. Eu também não sei, então paro de falar.

— Sério? — O rosto de Owen se ilumina com um sorriso tímido quando Knox concorda com a cabeça. — Tá. Legal.

— Quer me mostrar a sua configuração? — pergunta Knox.

Os dois desaparecem no quarto de Owen e eu sinto um estranho misto de apreço e arrependimento conforme vejo os dois indo. Me vem uma imagem súbita de mim daqui a dez anos, esbarrando em Knox na rua depois de ficar bonitinho, conseguir um emprego incrível e uma namorada também, me culpando por não ter sido capaz de vê-lo como nada além de um amigo do colégio.

Termino meu *ginger ale* e lavo o copo. Meu cabelo pesa sobre os ombros, implorando por um rabo de cavalo. Começo a juntar os cachos para trás e sigo para o corredor, abrindo a porta do quarto.

— Emma? Eu só vou pegar um elástico. — Emma está sentada na cama, bebendo de um imenso copo do Bayview Wildcats. Vou até o meu armário, passando por uma pilha de roupas no chão, e fuço a gaveta de cima até encontrar um elástico cor-de-rosa brilhante. — Acho que tenho esse desde a terceira série — falo, mostrando para Emma. E então percebo as lágrimas escorrendo pela sua bochecha.

Fecho a gaveta e atravesso até a sua cama, lançando para ela um olhar aflito ao me acomodar de leve na pontinha. Embora estejamos nos dando melhor ultimamente, eu ainda não tenho 100% de certeza de que ela não vai me mandar dar o fora.

— O que houve? — pergunto.

— Nada. — Ela enxuga o rosto, perde um pouco o equilíbrio e deixa cair o conteúdo do copo em sua mão. — Ops — murmura, levantando a barra da camiseta para enxugar a bagunça. Tem algo ao mesmo tempo familiar e estranho no seu movimento. Familiar porque eu já fiz isso dezenas de vezes. Estranho porque ela não costuma fazer.

Estico o meu elástico de cabelo entre dois dedos.

— O que você tá bebendo?

— Hein? Nada. Água.

Emma não bebe nada alcoólico — não bebe em festas, porque ela não vai a festas, e definitivamente não às três da tarde no quarto. Mas ela balbucia a última palavra tão porcamente que não pode haver outra explicação.

— Por que você está bebendo e chorando? — pergunto. — Está triste por causa do Brandon?

— Eu nem conhecia o Brandon — ela murmura dentro do copo, os olhos enchendo d'água de novo.

— Eu sei, mas... é triste mesmo assim, né?

— Você pode sair? — pede Emma, baixinho. Eu não me mexo imediatamente, e a voz dela fica ainda mais contida. — Por favor?

Emma não me diz "por favor" tem um tempo, então eu faço o que ela pede. Mas não parece certo fechar a porta — embora esteja lhe dando o que ela está pedindo, não é o que ela realmente precisa.

O restante do dia é tranquilo, só preciso afastar Knox de Owen quando dá cinco da tarde. Meu irmãozinho está meio encantado.

— Você vai voltar? — pergunta ele, melancólico.

223

— Vou, sim — responde Knox, abaixando seu controle. — Só que antes preciso aprender alguns movimentos novos. Para conseguir acompanhar você.

— Vou levar você — ofereço. Dei uma espiada em Emma uma vez desde que a deixei no quarto e ela parecia estar dormindo. Fico pensando se não imaginei a cena toda. Talvez ela realmente estivesse bebendo água? E sendo apenas superdesastrada? De todo modo, espero que ela acorde sendo ela mesma até a mamãe chegar em casa.

Knox estremece, provavelmente se lembrando de todos os quase acidentes da última vez que dirigi, mas não se opõe enquanto o guio até o elevador.

— Obrigada pelo espírito esportivo — agradeço quando a porta fecha. — Foi um bocado de tempo jogando *Bounty Wars*.

— Sem problemas — diz Knox. Ele coloca a mão nos bolsos e se apoia contra a parede do elevador enquanto descemos. — Owen é um excelente jogador. Ele tem toda essa estratégia que é realmente... — Ele balança a cabeça. — Vamos apenas dizer que eu fui superado. — O elevador para e, quando a porta se abre, eu saio primeiro em direção ao carro. — Mas teve uma coisa estranha... O jogo me fez lembrar de uma coisa.

Chego até o Corolla e destranco a porta do motorista.

— Como assim?

Knox não responde até estar instalado no banco do carona, ao meu lado.

— Tipo, você sabe que é um jogo de caçadores de recompensa, né? — Eu concordo com a cabeça. — Então há modos diferentes de matar as pessoas. Você pode atirar ou esfaquear, obviamente.

224

— Obviamente.

— Ou você pode ser mais criativo. O meu alvo estava no alto de um prédio, e eu estava prestes e jogá-lo de lá, e isso me fez lembrar de quando estive no terreno em construção, no dia em que Brandon morreu. E então me bateu uma coisa... — Ele pisca quando saímos da garagem escura para a claridade do sol e abaixa o quebra-sol à sua frente. — Uma lembrança, acho.

— Uma lembrança? — repito, olhando para ele. — Do Brandon? — Minha pele pinica ao pensar nele. Não sei ao certo se estou pronta para ouvir qualquer coisa nova sobre o que aconteceu com Brandon naquele dia.

— Não — responde Knox, devagar. — Do Sean. — Foi somente um lampejo, mas... de repente, eu consegui visualizar. Eu o vi parado na ponta do telhado com o celular levantado. Como se estivesse tirando uma foto ou filmando. E então ele gritou "Que merda você está fazendo aqui, Myers?".

— Espera, é sério? — Eu me viro para encará-lo.

Knox se segura no painel quando ouvimos uma buzina.

— Era uma placa de pare — avisa.

— Ai. Merda. Desculpa. — Eu desacelero e levanto uma das mãos num gesto de arrependimento para quem quer que esteja no outro carro, que provavelmente está me mostrando o dedo do meio. — Mas você está falando sério? Quero dizer, é algo que Sean certamente diria, mas... por que ele diria isso?

Knox deixa escapar um resmungo frustrado enquanto esfrega a têmpora.

— Sei lá. É tudo do que me lembro. Nem sei se é real.

Mordo a parte interna da bochecha, ponderando enquanto seguimos o curto trajeto até a casa de Knox. A história que Sean contou sobre *dar um soco em Knox para salvá-lo* nunca fez muito sentido, mas Monica e Jules estavam lá também e elas nunca contradisseram a versão dele. É óbvio que Sean e Jules estão inseparáveis agora, então tem isso.

— Talvez você deva jogar mais *Bounty Wars* com Owen para continuar exercitando a memória — sugiro a Knox quando chegamos na calçada da sua casa.

Ele abre um sorriso para mim e destrava o cinto.

— Tenho a sensação de que isso vai acontecer de qualquer jeito. Seu irmão pode ser pequeno, mas é persistente.

CAPÍTULO 17

Knox

Terça-feira, 17 de março

A formatura é em dois meses, Knox!

Com quem você vai?

Você não pode decidir em cima da hora!

Jesus, as minhas irmãs... Estou tentado a fechar o aplicativo de mensagens sem responder para terminar o meu dever de casa em paz, mas elas vão me caçar por mensagem de texto. *Devo ir com uma amiga*, respondo por fim.

Kiersten se intromete rapidamente. *Quem, Maeve?*

É, tá bom. Mal sabe ela. Sou mais ligado a Kiersten do que às minhas outras irmãs, mas não lhe contei sobre o que aconteceu comigo e Maeve, e fiz o possível e o impossível para que ela não soubesse que fui a piada de disfunção erétil favorita do Colégio Bayview por um tempo. Meus pensamentos estão num cabo de guerra desde ontem; uma parte minha quer deixar que a história de Sean prevaleça para que não voltem a falar de mim, mas, por outro lado, quero saber que diabos ele está armando.

Provavelmente não, respondo para Kiersten. Por um momento fico pensando se Phoebe iria comigo. Como amigos, óbvio, porque ela está tão fora do meu alcance que eu seria um iludido de esperar qualquer outra coisa. Mas acho que nos divertiríamos.

Eu e Maeve ainda não estamos numa relação ótima. Nem mesmo boa. Tudo o que aconteceu com Brandon foi a desculpa perfeita para não falar mais nessa merda, então não falamos. E quanto mais não falamos, mais difícil fica tocar no assunto. Talvez seja bom, no entanto. Talvez o problema desde sempre tenha sido ser amigo da garota com quem falhei em perder a virgindade.

Eu me estico para olhar o relógio digital na mesa de cabeceira. Quase oito horas. Estou acostumado a ficar em casa a essa hora, mas estou inquieto. Poderia dar uma volta em algum lugar, talvez comer alguma coisa. Penso nos alfajores do Café Contigo e começo a salivar. Phoebe está trabalhando hoje e Maeve tem evitado o lugar como se fosse uma praga por algum motivo. É um café tão bom quanto qualquer outro, então começo a descer as escadas.

Estou na metade do caminho quando ouço a voz do meu pai.

— Talvez tenha sido algum problema de sustentação da estrutura, mas é difícil ter certeza diante do tempo em que o terreno esteve intocado. — Meus pais estão na cozinha; posso ouvir o ruído fraco de cerâmica batendo em madeira conforme esvaziam a lava-louças. — Mas um fato permanece: os meninos estavam invadindo. Inclusive o nosso filho. Com isso, se Lance Weber decidir processar, pode acabar provocando um processo contra eles.

Congelo onde estou, uma das mãos no corrimão. Merda. Estou sendo *processado*?

— Lance teria a coragem — a voz da mamãe está contida. — Espero que ele esteja falando isso apenas por conta do luto. Sinto muito por ele, é óbvio, porque... meu Deus. Perder um filho.

É um pesadelo. Mas para Lance mencionar a possibilidade de um processo depois de tudo o que fez para manter Brandon longe de confusão... é mais do que hipócrita.

Eu chego mais perto, apurando os ouvidos. Do que ela está falando?

— Foi um erro desde o começo — diz papai, sem revelar muito. — O caso nunca deveria ter sido resolvido daquela forma. Não por uma coisa *daquelas*. Tudo o que fez foi mostrar a Brandon que ações não têm consequências, o que é um exemplo péssimo. Principalmente para um menino como ele.

Minha mãe deixa escapar um suspiro alto.

— Eu sei. Ainda me arrependo de não ter pressionado mais. Penso nisso o tempo todo. Mas foi o meu primeiro ano trabalhando no Jenson e Howard, e eu estava tentando não criar caso. Se aquele processo chegasse na minha mesa agora, eu trataria diferente.

Espero pela resposta do meu pai, mas ouço apenas um rosnado gutural e o som de unhas raspando o chão de linóleo. Fritz entra na sala de estar, farejando até me encontrar. O seu rabo começa a balançar e suas cheiradas se transformam num ganido animado.

— Shhh — sibilo. — Senta. — Em vez disso, ele segue ganindo e enfia o nariz pelo gradil da escada.

Uma cadeira é arrastada sobre o chão da cozinha.

— Knox? — chama minha mãe. — É você?

Eu desço o resto da escada, Fritz no meu encalço até a cozinha. Minha mãe está apoiada na frente da pia e meu pai, sentado à mesa.

— Ei — digo. — Sobre o que vocês estavam falando? — Meu pai fica com aquele semblante fechado e irritado, o mesmo desde que tive alta do hospital.

— Nada que seja da sua conta. — diz meu pai.

Minha mãe me lança o seu melhor sorriso, sendo a policial boazinha da situação, e pergunta:

— Você precisa de alguma coisa, querido?

— Vou sair um pouco. — Ela parece aliviada? Acho que sim.

— Mas ouvi vocês falando sobre o Brandon. Ele estava envolvido em algum tipo de problema?

— Ah, querido, isso não é importante. O seu pai e eu estamos apenas falando de trabalho.

— Tá, mas... — Não sei ao certo por que não estou deixando o assunto para lá. Normalmente um olhar cortante do meu pai é o suficiente para me calar, e ele já me lançou dois. — O seu escritório cuidou de algum caso com ele? Você nunca me contou isso. Do que se tratava?

Minha mãe para de sorrir.

— Knox, o meu trabalho é confidencial e você sabe disso. Eu não tinha ideia de que você estava escutando, ou não teria falado nada. Peço a você que não repita nada do que ouviu aqui, por favor. Enfim. — Ela pigarreia e consigo praticamente vê-la jogando todo o episódio dentro de uma caixa com a etiqueta Não Revisitar. — Aonde você vai?

Eu não vou conseguir nada dela, obviamente. E meu pai é uma causa perdida.

— Ao Café Contigo. Posso pegar o seu carro?

— Pode — diz ela rápido demais. — Divirta-se, mas volte até às 23h, por favor.

— Vou voltar. — Pego as chaves do chaveiro na parede da cozinha com a desconfortável certeza de que estou deixando passar algo importante. Mas não sei o quê.

— Qual é, cara?

Merda. Eu vim para ver Phoebe, não Sean, o meu novo melhor amigo. Só que ela não está no salão e ele sim, estendendo a mão enorme para um *high five*.

Retribuo com relutância.

— Oi, Sean.

— O que está rolando? — pergunta. Ele está esperando seu pedido inclinado sobre o balcão, totalmente relaxado. Jogando conversa fora como se não tivesse visto o melhor amigo morrer menos de duas semanas atrás. Jesus, eu odeio ele.

Desde que aquela pseudomemória surgiu na minha cabeça, não consigo parar de pensar nisso: Sean parado na ponta do telhado no terreno em construção, com o telefone preparado, ou algo assim. E depois um grande nada, como se a televisão tivesse sido desligada, e a voz dele falando "Que merda você está fazendo aqui, Myers?".

Isso aconteceu mesmo? Ou estou imaginando coisas?

Eu gostaria de ter certeza.

Sean ainda está falando.

— Estou pegando um jantar para a minha namorada. A comida daqui é horrível, mas ela gosta. O que eu posso fazer, né?

— É. — Puxo uma das cadeiras de uma mesa de canto perto da caixa registradora e coloco minha mochila sobre o assento, mas não me sento. O celular de Sean está na sua mão enquanto ele espera. Eu não acho que ele seja o tipo de cara que apaga fotos ou vídeos incriminadores. Ele não tem esse senso comum. Dou um pigarro e me inclino sobre a mesa quando Luis sai da cozinha com uma sacola de papel. — Ei, Sean — digo. — Posso pedir um favor, cara?

Caramba. Que coisa ridícula. Eu não sei conversar com sujeitos como Sean. Ele inclina a cabeça, parecendo entretido, e eu sigo em frente.

— Posso usar o seu telefone? Preciso ver uma coisa e deixei o meu em casa.

Sean tira a carteira do bolso de trás da calça.

— Knox, meu parça — diz ele, pegando uma nota de vinte. — Não deixou, não. O seu telefone está no bolso de fora da sua mochila.

Eu me sento na cadeira, derrotado. Sou mais que patético.

— Ah, é. Aqui está. Obrigado.

— Como é que tá? — pergunta Sean para Luis enquanto eles fazem um aperto de mão complicado. Sean também joga beisebol, bem o bastante para ter estado no time principal quando Cooper e Luis eram formandos. — Sentimos a sua falta no time, cara. Você vai a Fullerton na quinta-feira para o jogo do Cooper?

— É óbvio — responde Luis, entregando a Sean o troco dele.

— Eu também, parça.

— Vejo você lá.

— Legal. — Sean dá as costas para o caixa. — Vejo você amanhã, meu chapa — diz ao passar por mim, a mão levantada para mais um *high five*. Eu bato na palma da sua mão, principalmente para ele ir embora daqui o mais rápido possível. Ele é inútil para mim agora que o meu triste plano de espionagem deu errado.

Eu poderia me beneficiar das habilidades de Maeve hoje.

Quando a porta se fecha atrás de Sean, Luis pega um copo e uma garrafa de água do bar e traz até a minha mesa. Ele pousa os dois e enche o copo.

— Por que você queria o celular dele? — pergunta.

— Eu o quê? — Me atrapalho. — Eu não queria.

— Qual é. — Luis se senta na cadeira em frente a minha com uma expressão sagaz. — Parecia que alguém tinha chutado um cãozinho quando ele apontou para o seu celular.

— Hum. — Ficamos nos observando por alguns instantes em silêncio. Eu não o conheço muito bem, só sei que ele defendeu Cooper quando quase mais ninguém o fez. E Phoebe acha Luis ótimo, fora que o pai dele é basicamente o sujeito mais legal do planeta. Eu poderia ter aliados piores, acho. — Ele fez um vídeo que eu quero ver. Mas não acho que ele deixaria se eu pedisse diretamente. Na verdade, tenho certeza de que ele não deixaria.

— Que tipo de vídeo?

Eu hesito. Nem mesmo sei se existe um vídeo. A coisa toda pode ser invenção da minha cabeça confusa. Mas talvez não.

— Do terreno em construção no dia em que Brandon morreu.

— Hum. — Luis fica quieto por um momento, observando o salão para ver se mais alguém precisa da sua atenção. Não precisam, e ele se volta para mim. — Por que você quer o vídeo?

Boa pergunta.

— Não consigo me lembrar de muita coisa daquele dia, por causa da concussão — respondo. — Algumas das coisas que as pessoas me contam não fazem sentido. Eu queria ver com os meus próprios olhos.

— Luis! — Manny põe a cabeça para fora da cozinha. Ele é como a imagem de Luis refletida numa casa de espelhos: maior, mais largo e com uma expressão ainda mais confusa. — Fazemos guacamole com ou sem alho?

Luis parece sentido.

— Jesus, Manny. Você pergunta isso todos os dias.

— Então... com?

233

— Preciso ir. — Luis suspira, ficando de pé. — Você quer alguma coisa?

— Alfajores — peço. — Mas não tenho pressa.

Ele sai e eu dou uma olhada ao redor. E agora? Eu estava contando com Phoebe para me fazer companhia, já que não sei como me portar sozinho num restaurante. O que Maeve costumava fazer por tantas horas? Eu pego o meu telefone, mas guardo de volta imediatamente ao ver as 37 notificações do aplicativo de mensagens. Talvez mais tarde.

A porta se abre e um cara da minha idade entra. Olho de soslaio até identificá-lo. É o Sujeito Intenso de algumas semanas atrás. O que veio procurar por Phoebe até que Manny e Luis o afugentaram. Dou uma olhada no balcão, mas não há ninguém. Dessa vez, o rapaz escolhe uma mesa de canto e se senta todo curvado num banco. Ahmed, um dos garçons, vai até a mesa para levar água. Eles se falam por um instante, mas nada parece acender o alerta de Ahmed, que deixa a mesa com a sua expressão agradável, porém preocupada de sempre.

O Sujeito Intenso abaixa a cabeça quando Manny aparece rapidamente no balcão, mas, fora esse momento, ele escaneia o lugar como se estivesse assistindo a um filme. Ahmed leva para ele uma xícara de café e o cara continua apenas sentado e observando, sem bebê-lo. Agora estou contente por Phoebe não estar trabalhando, porque tenho a sensação que ele está procurando por ela novamente.

Por quê? Quem diabos é esse sujeito? Derek, o ex de Emma, talvez? Eu já me esqueci do sobrenome dele. Pego meu celular e abro o Instagram, mas não vai servir de nada: há milhões de Dereks.

Depois de passar uns quinze minutos vigiando o Sujeito Intenso/Suposto Derek observar o lugar — o que é tão instigante quanto parece —, o cara joga uma nota na mesa e sai sem sequer ter encostado no seu café. Eu fico com a mesma sensação desconfortável que tive na cozinha dos meus pais mais cedo.

Estou deixando alguma coisa passar.

CAPÍTULO 18

Maeve

Quinta-feira, 19 de março

Cooper enrijece os músculos, se prepara para lançar e então arremessa a bola destruidora do home plate. O batedor adversário parece golpear o ar quando erra, e o estádio inteiro explode de alegria. Derrotado no terceiro strike, o batedor joga o bastão no dugout e sai pisando duro.

— Que falta de espírito esportivo — Kris murmura atrás de mim, abrindo um dos braços para que a avó de Cooper, sentada ao seu lado, possa se apoiar nele enquanto se levanta para aplaudir de pé. Ela faz isso sempre que Cooper faz um strikeout, o que aconteceu diversas vezes nesse jogo. É a coisa mais fofa que eu já vi.

É quinta-feira à noite e estamos no Goodwin Field, na Cal State Fullerton, fazendo parte da multidão que lota o estádio para ver Cooper pontuar contra o time da UCLA. Os assentos são dispostos no formato de uma ferradura ao redor do campo, e nós estamos quase que diretamente atrás do home plate, numa seção lotada de alunos do Colégio Bayview — tanto os já formados quanto os atuais. Peguei uma carona com Addy, que encurralou Nate assim que ele chegou e o forçou a ser sociável. Acho que vi Luis se sentando junto a um grupo de ex-colegas de time de Cooper, mas afastei o olhar antes de ter certeza. Depois de duas semanas de silêncio total, eu nem sei o que dizer se encontrá-lo hoje à noite.

O meu telefone toca na minha mão. Estou esperando uma mensagem de Bronwyn, que está a noite inteira pedindo updates do jogo, mas é só a minha mãe perguntando a que horas chegarei em casa. Ainda não me acostumei com o silêncio do meu celular desde que desativei os alertas do PingMe. Estou satisfeita por ter ouvido Phoebe em relação a isso, principalmente depois que o jogo de Verdade ou Consequência acabou. Eu gostaria de acreditar que seja lá quem tenha interrompido o jogo fez isso por respeito ao luto do Colégio Bayview pela morte de Brandon, mas é mais como se tivesse percebido que perdeu a atenção de todo mundo.

De vez em quando eu ainda me pego pensando em quem estava por trás do jogo e se havia algum ressentimento específico com Phoebe, Knox e comigo. Mas acho que isso não importa. Meu verdadeiro problema é que ainda não pensei em como consertar as coisas com Knox. Agora que eu consegui afastar tanto ele quanto Luis, o meu círculo social se restringe mais uma vez aos amigos de Bronwyn.

Bom, e Phoebe. Pelo menos ela ainda está falando comigo.

Cooper lança um dos seus famosos sliders e o batedor da UCLA fica lá parado, confuso, enquanto mais um ponto é marcado.

— Você já pode se sentar também, rapazinho — grita a avó de Cooper. — Você já era.

O meu humor melhora um pouco quando me inclino para Kris.

— Ouvir as provocações da vovó talvez seja a coisa mais divertida que já fiz na vida.

Ele sorri.

— Sempre. Nunca perde a graça.

— Você acha que Cooper vai para a liga profissional ano que vem? — pergunto.

— Não sei bem. — Kris está ainda mais lindo de camisa polo verde, destacando seus olhos, o cabelo escuro salpicado por fios dourados do sol de tantos estádios de beisebol. — Cooper está realmente dividido. Ele adora estar na faculdade, e o time tem ido muito bem. Não somente no beisebol, mas... em relação a tudo. — Kris faz um gesto irônico para si. — Já a liga profissional não é exatamente receptiva com jogadores gays. Seria uma transição difícil, especialmente com todo o aumento da pressão. Mas a verdade é que o jogo dele não vai evoluir como deve se ele seguir no nível universitário por muito mais tempo.

Observo Cooper no montinho, desconcentrada por ser quase impossível reconhecê-lo a distância. Com o boné bem baixo sobre o rosto, poderia ser qualquer um.

— Como se faz essa escolha? — pergunto quase que para mim mesma. — Entre o que se precisa e o que se quer? — Sinto que a minha irmã está passando pela própria versão desse dilema.

Os olhos de Kris também estão em Cooper.

— Você espera que sejam a mesma coisa, acho.

— Mas e se não forem?

— Não tenho ideia. — Kris prende a respiração quando o bastão faz contato com o lance seguinte de Cooper, mas é rasteiro, inofensivo, e fica fácil chegar entre a segunda e terceira bases. — O San Diego Padres vive atrás dele — completa. — Eles querem muito o Cooper, e estão com uma escalação excelente esse ano.

— Seria uma decisão mais fácil se ele pudesse ficar por aqui? Ele ainda teria que viajar bastante, é óbvio, mas pelo menos estaria perto de casa.

Não estou falando exatamente de Bayview, e acho que Kris sabe disso. Ele se permite dar um meio-sorriso.

— Talvez.

Eu sorrio de volta em meio a sentimentos conflituosos. Por um lado, é estranho estar aqui com tantos outros alunos do Colégio Bayview, nesse clima de celebração, duas semanas depois da morte de Brandon. Por outro, é quase um alívio estar focada em algo positivo para variar. Estou feliz por Kris e Cooper, porque eles merecem tudo de bom e estou animada com o futuro dos dois.

Ainda que não tanto com o meu.

Levanto a manga da minha camisa para ver outro hematoma. Eu me sinto como um pêssego que foi deixado por tempo demais na janela e acabou caindo. Enganosamente maduro por fora, mas apodrecendo vagarosamente por dentro.

E então eu sinto: o líquido gotejando pelo nariz de novo. *Ah, não. Aqui não.*

Pego um lenço na bolsa e o pressiono contra o rosto, me levantando ao mesmo tempo.

— Banheiro — digo para Kris, passando por cima dele e da vovó com um pedido de desculpas murmurado no caminho até o corredor. A escadaria está livre com quase todos os espectadores em seus lugares, ligados em Cooper, então consigo chegar ao banheiro feminino rapidamente. Eu não olho para o lenço de papel até estar em uma cabine com a porta trancada.

Vermelho-vivo.

Deixo-me cair sobre o assento sanitário e as lágrimas vêm, silenciosas, mas com tanta força que os meus ombros chacoalham.

Apesar dos meus melhores esforços para fingir que nada disso está acontecendo, está. E não sei o que fazer. Eu me sinto isolada, sem esperança, aterrorizada e simplesmente exausta. As lágrimas se misturam ao sangue enquanto passo um lenço atrás do outro pelo rosto até finalmente puxar um metro de papel higiênico e meter minha cara ali.

As lágrimas e o sangue terminam quase ao mesmo tempo. Eu fico onde estou por mais um tempo, deixando a minha respiração normalizar e o coração desacelerar. Então me levanto, dou descarga no monte de papel que usei e saio da cabine. Jogo água da torneira no rosto, observando meu reflexo no espelho embaçado. Poderia ter sido pior. Os meus olhos não estão tão vermelhos e não estou usando nenhuma maquiagem, então nada borrou. Passo uma escova pelo cabelo embaraçado, lavo as mãos e saio para o saguão.

Os banheiros ficam em uma esquina depois das carrocinhas de comida, e a primeira coisa que noto ao sair é uma confusão de rostos familiares: Sean, Jules, Monica e Luis. Jules está tão enroscada em Sean que corre o risco de derrubar a bandeja com os lanches. Monica fica encostando no braço de Luis, piscando os olhos na sua direção. Os quatro estão rindo e brincando como se estivessem no melhor encontro a quatro de suas vidas e não houvesse mais problema algum no mundo.

Por um instante, odeio todos.

— Tá bem, cara, obrigado — agradece Luis, entregando alguma coisa para Sean. — Eu preciso ir.

Monica faz um beicinho sedutor.

— Você não está *indo embora*, está? — ela pergunta. — Depois de termos comprado essa comida toda? Alguém precisa dividir a pipoca comigo.

— De jeito nenhum. Eu não perderia Cooper. Vejo vocês lá nos assentos, tá? — Os outros três se viram, ainda rindo, e Luis caminha na minha direção. Eu deveria entrar no banheiro feminino de novo, porém minhas pernas se recusam a cooperar.

Ele para a alguns metros de distância quando me nota.

— Maeve, oi. — Ele franze a testa ao me examinar com mais atenção. — Está tudo bem?

Talvez os meus olhos não estejam tão normais quanto eu esperava.

— Tudo bem — minto. Cruzo os braços e afasto a lembrança da crise de choro no banheiro. — Ele é um babaca, você sabe.

— O quê? — Luis se vira, achando que eu estava falando de alguém logo atrás dele. — Quem?

— Sean. Ele foi péssimo com Knox, com Phoebe e... outras pessoas.

— Ah. Sim, bom, nós jogávamos juntos. — Ele dá de ombros como se fosse a única explicação necessária. Isso altera meu humor e fico grata pela distração.

— Então vocês são *brothers* — digo, sarcástica. — Maravilha.

Luis fica imóvel, os olhos se estreitando.

— O que isso quer dizer?

— Quer dizer que vocês se apoiam, não? Parças unidos, que não ligam para mais ninguém. — Minha pele pinica, ainda pelo medo, pelo ódio direcionado para a coisa errada e por algo mais que não consigo nomear. — Imagino que ele possa fazer o que quiser contanto que arremesse uma bola longe o bastante.

— Brother, parça... É o que você pensa de mim?

— É quem você é. — Eu nem sei mais o que estou dizendo. Sei apenas que me sinto bem liberando um pouco da frustração que vem crescendo em mim há semanas.

Ele retesa o maxilar.

— Entendo. Foi por isso que você sumiu da face da terra?

— Eu não... — Me interrompo. Certo, talvez eu tenha sumido. Mas ele não se incomodou em me procurar também. Meu nariz coça e o pavor me assombra. Outro sangramento vai começar logo, já sei. — Preciso ir. Aproveite a *pipoca*.

Ah. Essa é a terceira coisa que estou sentindo. Ciúmes.

— Espera. — O tom de voz de Luis é impositivo o bastante para que eu pare. Sua postura é determinada, a expressão, tensa.

— Eu esperava encontrar você hoje. Queria finalmente pegar o número do seu celular. — Meu coração dá uma cambalhota contra a minha vontade e volta para o lugar quando ele acrescenta: — Agora que eu sei o que você pensa em relação a brothers e parças, não vou mais incomodá-la. Mas ainda tem uma coisa que quero mandar para você. É para Knox, na verdade, mas é você quem está aqui. — Ele puxa o telefone do bolso. — Pode me dar o seu número? Depois você pode me deletar dos seus contatos, da sua vida ou sei lá de onde.

Estou tomada de arrependimento, mas também tenho certeza de que vou começar a sangrar na frente dele. Digo meu número rápido, e Luis aperta algumas teclas antes de guardar seu celular.

— Talvez demore um pouquinho para chegar. Os arquivos são grandes. Diga a Knox que eu espero que o ajudem.

Ele sai assim que um fio de sangue escapa pelo meu nariz. E começa a escorrer rapidamente, até pingar na minha camisa, mas eu não me mexo para limpar. Eu não sei o que acabou de acontecer, mas sei que fui horrível com Luis sem motivo e que pisei no que quer que estivesse acontecendo entre nós, deixando ali mesmo no chão.

O que é uma merda, porém não chega nem perto dos meus problemas de agora.

— Maeve. Mas que merda...

Levanto o olhar e vejo Nate com bandejas cheias de refrigerantes nas duas mãos, seus olhos indo do meu rosto para o sangue na minha camisa. Eu nunca disse a ele o que um sangramento significa no meu caso, mas, pela expressão no seu rosto agora, Bronwyn explicou. Algo desmonta dentro de mim e, antes que eu consiga me controlar, estou novamente chorando.

Nate não hesita e joga as duas bandejas no lixo mais próximo. Ele põe um braço ao meu redor e me guia para longe da entrada principal até uma área ao lado, com algumas mesas de piquenique espalhadas. Não é exatamente particular, mas somos os únicos aqui. Ele faz com que nos sentemos, o braço ainda sobre os meus ombros. Eu desmorono em cima dele, chorando no seu peito nem sei por quanto tempo. Nate continua tirando guardanapos amassados do bolso até que acabam e eu preciso usar os que já estão úmidos e manchados de sangue. Tudo em que penso enquanto seguro o casaco de Nate, e ele se mantém firme com uma das mãos no meu braço, é que finalmente não estou sozinha nessa.

Quando enfim me sento direito, enxugando os olhos, ele diz:

— Bronwyn não me contou.

Eu pego um lenço da minha bolsa e assoo o nariz.

— Ela não sabe.

Os olhos azul-escuros de Nate ficam arregalados.

— Os seus pais não contaram para ela?

— Eles também não sabem. Ninguém sabe.

— Maeve. Mas que merda — repreende ele. Não me parece o tipo de comentário que precisa de resposta, então não falo nada.

— Mas isso não... Quero dizer, só para eu ter certeza de que estou entendendo o que se passa aqui. Isso é uma coisa que acontece quando há uma recaída, certo? — Concordo com a cabeça. — Então você não pode... Você tem que... Por quê? Por que você guardaria algo assim para você?

Minha voz está baixa e rouca.

— Você não sabe como é.

— Como é o quê? — Nate pergunta.

— A recaída.

— Me conte.

— É só que... tudo muda. Todos ficam tristes. A vida normal é congelada e todos nós embarcamos nessa maldita montanha-russa do tratamento que só faz descer. É horrível e machuca de todas as maneiras possíveis e, o pior, *não dá certo*. — Eu começaria a chorar de novo se minhas lágrimas já não tivessem esgotado. Afundo no ombro de Nate em vez disso, e o braço dele me segura com mais força. — Nunca funciona por muito tempo. Quatro anos é o máximo dos máximos. Eu pensei que talvez não fosse mais passar por isso e... não sei se consigo.

Nate fica em silêncio por alguns instantes.

— Certo — diz, finalmente. — Eu entendo. Mas é a sua *vida*, Maeve. Você precisa tentar. Não acha?

Estou incrivelmente cansada. Se eu fechasse meus olhos agora, dormiria por dias. Não é um pensamento reconfortante.

— Não sei.

— Se não fizer isso por você, faça pela sua família, tá legal? — O tom de Nate é urgente agora. — Pense na sua mãe e no seu pai. E em Bronwyn. Como eles se sentiriam se você... Caso algo aconteça, eles vão enlouquecer imaginando que as coisas teriam sido diferentes se você tivesse confiado neles o bastante para contar.

Fico tensa.

— Não é sobre *confiança*.

— Mas é isso o que eles vão pensar. — Eu não respondo e ele pressiona. — Você sabe que é o que Bronwyn vai pensar. Ela vai se culpar por não ter estado aqui, ou por não ter descoberto. E isso vai consumi-la pelo resto da vida.

Merda. Nate acabou de tocar no meu ponto fraco e sabe disso. Quando eu me endireito, ele já parece mais aliviado.

— Tudo bem — murmuro. — Vou falar com os meus pais.

Assim que falo isso, sou tomada por uma onda de alívio, que leva embora um pouco do terror que vem aumentando há semanas. E então percebo o quanto eu queria contar a eles, mas tinha me deixado imobilizar pelo medo e pela indecisão. Precisava de um empurrãozinho.

Nate deixa um suspiro longo escapar.

— Graças a Deus.

— Mas você precisa fazer algo para mim em compensação — aviso. Ele levanta a sobrancelha, curioso. — É sobre a minha irmã: acorda!

A risada surpresa de Nate quebra a tensão e eu sorrio também.

— Escuta aqui, Maeve. Você não precisa se preocupar comigo e com Bronwyn. Está escrito nas estrelas.

Enxugo uma lágrima do canto do olho.

— O que isso quer dizer?

— Significa que vamos ficar juntos em algum momento. Talvez leve um ano para entendermos as coisas, ou dois, ou dez. Não importa. Mas vai acontecer.

— Talvez você deva dizer isso *a ela* — sugiro.

Ele abre aquele famoso sorriso Nate Macauley que sempre faz a minha irmã se derreter.

— Ela sabe. Ela pode não admitir ainda, mas ela sabe.

CAPÍTULO 19

Phoebe

Sexta-feira, 20 de março

— Gente, vocês precisam ver isso — diz Maeve, pegando o seu celular.

Ela parece bastante esverdeada, mas pode ser a luz daqui. Estamos nos bastidores do auditório do Colégio Bayview, sentados no chão de uma salinha que o clube de teatro usa como escritório. Eu nem sabia que esse lugar existia. Uma mesa e uma cadeira ocupam metade do espaço. E há uma parede com prateleiras até o teto repletas de réplicas, livros e fantasias dobradas. As outras estão cobertas por pôsteres da Broadway, com uma fina camada de poeira sobre tudo.

— O que é isso? — pergunto. Estou entre Maeve e Knox, que é onde eu sempre termino quando estamos os três juntos. Knox pode não ser mais a piada da escola, mas isso não significa que as coisas entre ele e Maeve estejam boas. Ele só veio porque ela insistiu muito.

246

— Um vídeo que Luis me enviou — explica Maeve. — Eu recebi ontem, mas... meio que tive uma noite intensa com os meus pais. Coisas de família... Mas não é sobre isso que quero falar. O que quero dizer é que não tinha visto as gravações até pouco tempo atrás. Luis mandou diversos vídeos, acho que porque não sabia qual era importante. E ele *claramente* não olhou o conteúdo, porque teria dito alguma coisa, já que...

— Maeve. — Eu a interrompo. — Acho que você deve apenas reproduzir o vídeo.

— Sim. Certo. — Ela destrava a tela e abre a galeria de fotos. — Apenas para situar vocês melhor: veio do telefone de Sean Murdock. E foi feito no dia em que Brandon morreu.

Eu engasgo. Knox, que estava meio largado atrás mim, se ajeita.

— Espera aí. *O quê?* — pergunta. Ele passa por mim engatinhando e para ao lado de Maeve. — Como o Luis conseguiu isso?

— Acho que ele pegou o celular de Sean emprestado durante o jogo ontem à noite — diz Maeve.

— Ai, meu Deus, Knox! — exclamo, percebendo o que ela tem ali. — É *o* vídeo. Você tinha razão!

Maeve franze a testa conforme seus olhos disparam entre nós dois.

— Vocês já sabiam disso? — pergunta. Ela parece ao mesmo tempo confusa e magoada.

— Não exatamente — diz Knox. — Eu tive uma lembrança de Sean *gravando* alguma coisa no terreno em construção, mas não sabia o que era. — Ele praticamente vibra de tensão quando segura o braço de Maeve. — Mostra o vídeo.

Ela aperta a tecla de reproduzir e minha pulsação começa a acelerar quando uma imagem de Brandon toma a tela, seu cabelo desgrenhado pelo vento. Ele está parado bem na beirada do prédio, olhando para baixo, e lágrimas brotam nos meus olhos. Quase me esqueci de como ele era bonito. Eu costumava passar períodos inteiros de aula pensando naqueles lábios.

— Isso é muito sem graça — diz Brandon, e a voz familiar me provoca um arrepio. — Por que não recebi algo como o seu? — continua, se virando para olhar atrás dele, fora do alcance da câmera. — Ou até mesmo o seu.

— O que você está esperando, bonitão? — A voz de Sean, meio esganiçada, nos chega em alto e bom som. — Não tá com medo de um pulinho, tá?

— Estou decepcionado — reclama Brandon, colocando as mãos no quadril. — Não tem glória alguma nisso. Eu deveria dar um salto mortal, ou algo assim.

— Seria incrível — diz uma voz feminina ofegante, e o meu coração vacila. *Jules.*

— Pelo menos você pode brincar — diz a voz que reconheço ser de Monica. — Com quem devo dormir para conseguir a porcaria de uma consequência por aqui?

— Puta merda — murmura Knox, mas eu o calo.

— Comigo — diz Brandon, e Sean cai na gargalhada.

— Para um sujeito que não está com medo, Branny, você está é falando demais — provoca ele. — Qual é. Vamos registrar para a posteridade. Pula, filho da puta. Pula, pula, pula!

Jules e Monica fazem coro. Eles estão batendo palmas e, ai, meu Deus, isso é tão horrível que eu choramingo.

— Ele vai... Vocês estão vendo ele... — gaguejo. E então Brandon flexiona as pernas para pular e eu *não consigo olhar.* Fecho bem os olhos e pressiono o rosto com força contra o ombro de Maeve. Mas ouço o impacto mesmo assim.

— Caralho! — A voz de Sean sai com um grito, alto e aterrorizado. — Bran! Que merda foi essa? — Posso ouvir Jules e Monica gritando também e, com cuidado, levanto a cabeça para olhar a tela do celular de Maeve. O vídeo não passa de terra e grama, o chão é um borrão enquanto Sean se movimenta. — Bran? Você...? Puta merda.

— Onde ele está? — pergunta Jules, chorosa.

— Ele atravessou o *maldito teto*! — grita Sean. O telefone ainda aponta para o chão, gravando. Monica diz alguma coisa que não consigo entender. E então alguns minutos de conversa baixa e apressada que é impossível discernir até a voz de Sean voltar, bem nítida: — Que merda você tá fazendo aqui, Myers? — A tela fica preta.

— Jesus — murmura Knox.

Maeve engole em seco.

— Vocês pegaram a essência da coisa, né? — pergunta ela. — O jogo não acabou comigo e Knox, no fim das contas. Era a consequência de Brandon.

— É, eu entendi. — Pisco para afastar as lágrimas e ponho a mão sobre a barriga. Eu teria vomitado se tivesse almoçado antes de assistir a isso. — Meu Deus. Foi horrível.

Maeve pousa a mão com gentileza no meu braço.

— Desculpe. Eu devia ter avisado. Vivo esquecendo que vocês, hum, saíram por um tempo. — Ela se vira para Knox. — Acho que você estava certo. Não parece que Sean socou você para ajudar. Mas ainda não estou certa do motivo para ele ter feito isso.

Os olhos de Knox continuam fixos no telefone apagado.

— Nem eu. Achava que ver isso ia refrescar minha memória, mas não. — Ficamos todos em silêncio por alguns instantes, perdidos em pensamentos, até Knox acrescentar: — Maeve, você disse que Luis mandou vários vídeos. Tem algum outro...

— Não — ela logo corta. — Não há mais nada sobre Brandon. O resto é só... coisas pessoais. — Ela fica vermelha igual a um pimentão ao dizer isso. Embora eu ainda esteja entorpecida de pavor, meus lábios se retorcem num sorriso.

— Eca. Por favor, não me diga que você assistiu a um vídeo de Sean transando.

Parece que Maeve acabou de chupar um limão.

— Não, mas tinha uma selfie... no chuveiro.

— Ai, meu Deus. — Olho para ela com compaixão horrorizada. — E era...

— Nude frontal — confirma ela, tremendo com a lembrança.

Knox solta uma risada sem humor.

— Imaginem como poderíamos nos divertir com isso se fôssemos babacas como ele. — Então ele franze a testa e massageia as têmporas. — Então, o que devemos fazer sobre o vídeo? Devemos contar a alguém?

— Bom — digo com cautela. — Não muda nada, muda? Ainda é uma bosta de acidente, só que agora todos ficarão encrencados por mentir. — Eu não ligo para Sean ou Monica, mas tenho que considerar Jules. — E com isso... o jogo de Verdade ou Consequência seria exposto, os professores ficariam sabendo e não poderíamos mais usar celular na escola. E nossos *pais* ficariam sabendo. — Dou uma olhada em Knox para ver se ele está entendendo, e sim, ele parece assustado só de pensar. Tenho certeza de que ele não quer que seus pais fiquem sabendo da verdade dele, como sei que não quero que a minha mãe saiba da minha.

— Certo — diz Knox, decidido. — Não muda nada.

Eu me viro para Maeve. Ela geralmente é a primeira a expressar sua opinião, mas está quieta faz um tempo. Agora que os meus olhos se acostumaram às luzes do escritório do clube de teatro, ela não parece mais verde — mas parece exausta, com olheiras. O cabelo, geralmente brilhante, está puxado para trás num coque opaco e desarrumado.

— O que você acha? — pergunto.

Seus olhos cor de âmbar esmorecem.

— O que vocês quiserem fazer. — Ela pega sua bolsa carteiro e coloca sobre o ombro. — Preciso ir. Tenho médico em meia hora.

Eu puxo a manga da sua camisa.

— Está tudo bem?

— Está, sim. Tudo bem. É só... — Maeve olha de Knox para mim e morde o lábio, o conflito no rosto. — É só que talvez eu não esteja mais tão presente por um tempo. Dependendo de como forem as coisas hoje. Eu tenho tido... sintomas. O tipo de coisa que costumava acontecer antes que eu entrasse em remissão. E vou ver isso. Vamos começar com um exame de sangue e então veremos o que vem em seguida.

Fico de boca aberta e enraizada no chão quando Maeve se levanta. Mas Knox não, ele se levanta ao mesmo tempo que ela, batendo o joelho com força na mesa. Ele não parece perceber.

— Maeve, que diabos? Por que você não me contou?

Ela abre um meio-sorriso para ele.

— A gente não tem conversado.

— Sim, mas isso... mas esse problema entre nós não importa. Não quando sua saúde está em questão. — Knox passa os dedos pelo cabelo e pega sua mochila do chão. — Eu vou com você.

— Você não pode — reclama Maeve. — Você tem aula.

— Vou matar essa aula. Phoebe me ensinou como se faz.

251

— É verdade — digo, mas nenhum dos dois presta atenção. Maeve junta as mãos.

— Os meus pais vão me levar. Não acho que eles gostariam de um comitê na sala do meu oncologista.

— Eu espero na recepção. Ou no estacionamento. — Knox coloca a mochila sobre os ombros e segura nas alças com tanta força que os nós dos dedos ficam brancos. — Deus, Maeve. Sinto muito. Eu me sinto um merda por não saber disso.

— Você não tem que se desculpar por nada — diz Maeve. — Eu que tenho.

— Você tentou, eu não ouvi.

De repente tenho a sensação de que estou me intrometendo numa conversa que deveria ter acontecido há muito tempo. Eu me levanto e envolvo Maeve em um abraço forte, mas rápido.

— Preciso ir — digo, ainda no abraço. — Boa sorte. Estou mentalizando as melhores coisas para você. — Ela murmura um agradecimento enquanto eu saio pela porta do escritório.

Abro as cortinas de veludo do palco e desço a escada lateral até o andar do auditório. Meus pensamentos estão num turbilhão, processando as notícias de Maeve e o vídeo que acabei de assistir. Quando chego aos fundos do auditório, quase tropeço no pé de alguém, projetado para o corredor.

— Ei — diz Matthias Schroeder. — Tenho um recado para você.

Ele está sentado na última fileira, com um saco de papel pardo no colo, segurando um sanduíche pela metade. Eu paro para analisá-lo: moletom de capuz com algum personagem de Star Wars que não conheço, jeans skinny preto e tênis vermelhos estranhamente chamativos. Seu cabelo louro e ralo é comprido demais, caindo sobre os olhos.

— Você tem um recado para *mim*? — pergunto, descrente. Eu e Matthias nunca nos falamos antes. — E qual foi? Você tinha que me fazer tropeçar antes de me dizer o que é?

— Eu acenei para você todo o tempo enquanto vinha subindo pelo corredor — diz ele. — Você não me notou. Enfim, tive aula de inglês com Emma antes do almoço e ela não estava se sentindo bem, então pegou o carro e foi para casa. Acho que ela não tem celular, sei lá.

— Ah, tudo bem. — Olho para ele, cautelosa. — Como sabia que eu estaria aqui?

— Eu segui você — responde ele. Sua expressão é defensiva quando eu arregalo os olhos. — Não estou, tipo, rondando você. Eu ia dar o recado na lanchonete, mas você veio para cá. Eu almoço aqui às vezes, então fiquei esperando.

Ele dá uma mordida no sanduíche. É um pão branco com algum frio cor-de-rosa, uma alface murcha despontando de um dos lados. É a verdura mais solitária que eu já vi. Quando ele põe o sanduíche sobre o saco, posso ver as marcas onde seus dedos estavam pressionando.

— Bom, obrigada por me avisar — agradeço.

Com isso eu deveria ir embora, mas apenas ajeito a minha mochila no ombro.

— Você teve alguma coisa a ver com as mensagens do Verdade ou Consequência? — pergunto de repente.

Matthias parece assustado.

— Quê? Não. Por que você pensaria isso?

Todo mundo pensa isso, quase digo a ele.

— Você começou o Simon Manda.

Matthias desvia o olhar para o sanduíche.

— Foi diferente.

— Diferente como?

— Eu só queria saber qual era a sensação. — A luz no auditório está fraca, mas ainda consigo ver as bochechas de Matthias ficando vermelhas. — De ter a atenção das pessoas.

— Elas prestaram atenção ao Verdade ou Consequência também.

— Já disse que não fui eu. — Matthias parece surpreso com o som da própria voz ecoando pelo cômodo vazio. Ele abaixa o tom. — Eu nem saberia como descobrir as coisas. Os segredos. Ninguém fala comigo. Ou você não percebeu?

— Eu estou falando com você.

— É, tá. — Matthias joga o resto do sanduíche no saco de papel e amassa tudo numa bolinha. — Nós dois sabemos que isso não vai durar. — Ele estica o corpo magricelo para se levantar e eu sinto... não sei. Que eu não deveria deixá-lo ter razão.

— Se você não quiser almoçar aqui amanhã, poderia, hum, comer com a gente — convido.

Matthias encara seus tênis vermelhos, parecendo um pouco assustado.

— Acho que não. Mas obrigado. — Ele sai em disparada antes que eu possa responder. E ainda bem. Eu não sei sobre o que conversaríamos por mais de cinco minutos, de todo modo.

Está quente para março — não é o melhor dia para ser abandonada por uma Emma doente —, então, quando chego ao meu quarteirão, estou suada e mal-humorada. Meu celular toca e eu o xingo num sussurro. Quase ninguém me liga além da minha mãe, nem preciso olhar a tela antes de atender.

— Oi, mãe — cumprimento, pegando as minhas chaves quando me aproximo da entrada do nosso prédio.

Sua voz é de preocupação.

— Oi, Phoebe. Emma está com você? Você pode passar o telefone para ela?

Coloco a chave na fechadura com uma das mãos e giro para a direita. A tranca não se mexe e eu resmungo, irritada. Tudo nesse prédio tem uma aparência ótima, mas o funcionamento é péssimo.

— Ela não está comigo — digo, distraída.

Mamãe deixa uma respiração frustrada escapar.

— Não entendo. Isso não é do feitio dela!

— Quê? — Meu cérebro absorve apenas metade do que ela disse enquanto brigo com a chave até a tranca finalmente girar. — O que não é do feitio dela? — pergunto, puxando a porta para abri-la.

— Não aparecer dessa maneira. Ela deveria estar fazendo para mim um guia do restaurante em que Ashton e Eli farão o jantar do pré-casamento. O gerente só podia fazer isso hoje à tarde, e eu não posso sair do trabalho, por isso pedi a Emma que fosse no meu lugar. Temos uma série de perguntas para fazer, mas ela não apareceu. E ainda não comprou outro telefone, então não posso nem ligar para ela.

Estou no lobby agora, e paro em frente a um dos vasos de planta. Minha mãe está certa. Isso não é mesmo do feitio de Emma, mesmo ela não se sentindo bem. Ela se arrastava para dar aulas de monitoria quando estava com febre.

— Ela está passando mal — falo. — Saiu mais cedo da aula. Ela não falou com você?

Mamãe dá um suspiro no meu ouvido.

— Não, não falou. Tudo bem. O que ela tem? É aquele problema de estômago de novo ou ela...

255

— Não sei — interrompo. — Eu não a vi. Ela pediu a alguém da escola para me avisar que estava indo embora e eu acabei de chegar em casa.

Atravesso o lobby para o elevador e chego nele no exato momento em que as portas estão começando a se fechar. Enfio a mão entre as portas até que se abram novamente e sorrio, me desculpando, para a senhora parada em um dos cantos do elevador. Ela mora no nosso andar, então o botão já foi apertado.

— Você quer que eu vá para o restaurante no lugar dela?

— Ah, que gentileza da sua parte, Phoebe. Mas é tarde demais. O gerente já foi embora. Vou pensar em alguma outra coisa. Você pode ver como está a sua irmã e me ligar de volta?

— Ok — respondo. Minha mãe agradece e desliga quando o elevador apita. Estou meio ansiosa em relação a Emma agora, porque o quão mal ela pode estar para ter se esquecido de que deveria ir ajudar a mamãe? Esse é o tipo de coisa que *eu* faria.

Abro a porta do nosso apartamento e está tudo completamente silencioso conforme eu entro.

— Emma? — chamo, tirando as minhas botas. Eu as deixo ao lado da porta e largo as minhas chaves e a mochila na bancada da cozinha, então sigo silenciosamente para o quarto. — Como você está se sentindo?

Não há resposta. A porta está fechada e eu a empurro para abrir. Emma está deitada na cama num emaranhado de cobertor e lençol. A cama dela está parecida com a minha, para variar. Ela está suando frio e respira ritmadamente de boca aberta. Quando eu me aproximo, Emma deixa escapar um ronco leve. Bato o dedão do pé em alguma coisa no chão e piso numa área úmida. O copo de Emma do Bayview Wildcats está ao seu lado na cama, e eu o pego para cheirar o que há dentro. Franzo o nariz e reconheço. É gim dessa vez.

— Jesus, Emma. — Não sei se devo ficar enojada ou preocupada, então escolho os dois. — Que diabos está havendo com você?

Pego alguns lenços de papel da minha cômoda e me abaixo para limpar o molhado, recuando quando meu joelho acerta algo afiado. É a ponta do carregador do celular de Emma, jogado inutilmente no chão desde que ela decidiu não comprar outro telefone. Ela fica pegando o meu telefone sempre que quer ver alguma coisa e não tem o notebook a mão, o que é irritante, porque...

Eu paro, os lenços encharcados em uma das mãos. Sempre que Emma pede o meu telefone eu lhe entrego sem questionar. Metade das vezes eu o deixo no nosso quarto com ela. E se Emma abriu o meu Instagram e encontrou as mensagens de Derek? Eu nunca as apaguei. Seria o tipo de coisa que a deixaria descontrolada?

— Phoebe? — A voz sonolenta de Emma me dá um susto tão grande que eu quase caio. Os olhos dela tremulam e se fixam em mim. — O que você está fazendo?

— Limpando a sua bagunça — digo, agachando. — Tem meio copo de gim no chão. Você não está doente de verdade, né? Está bêbada. Você por acaso se lembra de que deveria ajudar a mamãe com o jantar de pré-casamento de Ashton e Eli?

Emma pisca devagar na minha direção.

— Eu preciso perguntar uma coisa.

Minha frustração aumenta.

— Você ouviu alguma palavra do que eu disse?

— Você o ama? — pergunta ela, a voz rouca.

Engulo seco. Merda. Ela definitivamente viu as mensagens de Derek.

— Não. Foi um imenso erro e acabou. Eu gostaria que nunca tivesse acontecido.

Ela bufa e deixa escapar uma risada sem humor.

— *Sei* que acabou. Não sou estúpida. É só que eu nunca imaginei... Eu não pensei... — Suas pálpebras pendem, talvez tenham se fechado. Não tenho certeza vendo desse ângulo.

— Não pensou o quê? — pergunto.

Ela não responde e eu me levanto de novo, o copo do Bayview Wildcats na minha mão. Estou quase saindo quando ouço um sussurro vindo da cama de Emma, tão fraco que quase não entendo.

— Eu não achei que ele fosse continuar.

— Continuar o quê? — pergunto. Mas o ronco recomeça e acho que é tudo o que terei dela por enquanto.

Eu levo o copo para o banheiro e o lavo bem, jogando algumas gotas de sabonete líquido até que fique com cheiro de limão e não de álcool. Minha cabeça está latejando como se tivesse sido eu a beber só Deus sabe quanto de gim puro. Quando termino, seco o copo com a toalha e coloco atrás do vaso sanitário. Então me inclino contra a pia e vejo os meus olhos cansados no espelho. Eu não sei o que está acontecendo com a minha irmã ou o que eu devo fazer quanto a isso. Não quero preocupar minha mãe sabendo que ela está bem mais animada ultimamente. Eu poderia tentar conversar com a melhor amiga de Emma, Gillian, mas ela basicamente me odeia depois de toda a revelação com Derek. Quando ela me encontra na escola, seu olhar me atravessa. Não tem mais ninguém a quem eu possa recorrer que conheça Emma o bastante para ajudar.

Quase considero responder Derek. Quase. Mas não é para tanto.

CAPÍTULO 20

Knox

Sexta-feira, 20 de março

Sandeep enruga a testa diante do envelope e o segura contra a luz.

— É, acho que é a mesma pessoa que enviou as duas últimas ameaças. A fonte na etiqueta é exatamente a mesma.

Bethany está empoleirada na beirada da mesa que Sandeep e eu estamos dividindo. Ela aperta os olhos e se aproxima.

— Fonte? Parece letra manuscrita.

— É o design da fonte — diz Sandeep. Ele pega um Ziploc da gaveta da mesa e joga o envelope lá dentro, tirando todo o ar do saco e fechando antes de entregá-lo a Bethany. — Mas olhe o *kerning*. É muito perfeito.

— O quê? — pergunta Bethany.

— O espaçamento entre cada letra — repete Sandeep. — É um termo tipográfico.

Bethany revira os olhos ao se levantar e seguir para sua mesa.

— Você é tão nerd.

259

— Dar atenção às fontes não é ser nerd! — grita Sandeep para ela. — Tipografia é uma forma de arte.

Bethany dá a língua para ele e pega sua bolsa.

— Se você está dizendo. Estou indo, rapazes. Não fiquem aqui até tarde.

Eu giro na minha cadeira ao lado de Sandeep.

— Você não vai abrir? Ler o que tem dentro?

— Mais tarde. Quando eu estiver de luvas. — diz ele. Eu franzo a testa, confuso, já que não entendo por que precisaria de luvas, e Sandeep completa: — A essa altura, já recebemos ameaças o suficiente de uma mesma pessoa e precisamos entregá-las para a polícia. Quero mexer no envelope o mínimo possível para não contaminá-lo antes que vejam.

Eu não consigo tirar os olhos do envelope. A última ameaça que li ainda está gravada no meu cérebro: *Vou me divertir vendo você morrer.*

— O que você acha que irritou tanto essa pessoa? — pergunto.

— As ameaças não são específicas, mas meu palpite é que estão relacionadas ao caso D'Agostino — Sandeep responde tão prontamente que posso dizer que ele já pensou bastante sobre isso. Ele empurra o Ziploc para um dos cantos da mesa. — As pessoas ficam muito irritadas quando policiais são acusados de um crime, mas essa raiva geralmente é deslocada para o acusador ou para a vítima. O conflito entre obedecer a uma autoridade e a consciência de cada um é bem documentado.

— Certo — falo, embora tenha entendido apenas a metade. Quando Sandeep entra no modo professoral, fica meio difícil de acompanhá-lo. Além do mais, eu estou distraído, verificando o meu celular para ver se recebi atualizações. A consulta de Maeve com o oncologista terminou quatro horas atrás, e ela me disse quando saímos do consultório que o resultado demoraria um pouco.

— Estão priorizando, mas pode levar alguns dias — disse ela. — Os horários dos laboratórios são difíceis de prever.

Ainda assim, eu fico esperando que "priorizando" signifique "nesta tarde". Estamos no século XXI, afinal de contas.

Pela manhã eu ainda estava zangado com Maeve. Estava bem resolvido em relação a guardar rancor e talvez perder uma amiga. Mas isso foi quando a perda não era algo tangível ou permanente. Agora eu não consigo parar de pensar no quanto é raro ter alguém com quem se pode ser completamente verdadeiro, mesmo quando as coisas ficam feias, desconfortáveis e um pouco assustadoras. *Principalmente* quando ficam.

Tudo o que eu quero é que a minha amiga fique bem.

— Enfim, tente não se preocupar demais com isso. Vamos resolver. — Eu pisco ao ouvir a voz de Sandeep e o escritório volta a entrar em foco. Ele escorrega uma pilha de pastas para mim pela mesa. — Enquanto isso, Eli precisa que alguém lhe dê os detalhes do cronograma da corte da próxima semana e eu, meu amigo, não sou esse *alguém*. — Ele passa uma das mãos pelo cabelo escuro sedoso. — Tenho um encontro.

Dou mais uma última olhada no telefone. Nada. Provavelmente 18h30 de uma sexta-feira não é o melhor horário para atualizações médicas.

— E aquelas leis sobre trabalho infantil sobre as quais você está sempre falando? — pergunto.

— Elas deixam de valer quando eu tenho um encontro — responde Sandeep, inclinando a cabeça na direção da sala de conferência menor. — Eli está em Winterfell. Ele precisa apenas do básico desse calendário agora. Faça mais uma das suas planilhas mágicas, ele adora. — Ele puxa o colarinho da camisa, parecendo culpado. — A não ser que você tenha que ir para casa. Quero dizer, já está meio tarde.

— Tudo bem — digo. Eu não ligo de fazer hora extra no Até que Provem, até porque onde mais eu estaria em uma sexta-feira à noite?

Além do mais, Sandeep, Eli, Bethany e todos os outros agem como se a minha presença aqui fizesse diferença, como se as coisas funcionassem de um jeito melhor quando estou por perto. É uma sensação boa.

Sandeep sorri e se levanta, guardando o notebook na bolsa, que coloca sobre o ombro.

— Bom garoto. Vejo você na segunda.

— Espera — chamo, pegando uma jaqueta de couro preta de trás da cadeira dele. — Você esqueceu seu casaco.

Sandeep para de andar e se vira com uma expressão intrigada.

— O quê? Eu não trouxe casaco. — Ele olha atentamente para a jaqueta que estou segurando e sua expressão atenua. — Ah, acho que essa jaqueta é do Nate Macauley. Ele veio aqui na hora do almoço para conversar com Eli sobre um estudo de caso do Simon Kelleher. Talvez ele o publique na *Harvard Law Review*.

— Talvez Nate publique? — pergunto, confuso.

Sandeep ri.

— É, com certeza. Harvard sempre publica artigos de adolescentes sem formação legal. Não, talvez *Eli* publique. Mas somente se todos os menores envolvidos estiverem confortáveis com isso. De qualquer forma, entregue isso a Eli e ele devolve para o Nate.

— Eu posso levar para ele — respondo. — Menos uma coisa para Eli se preocupar. Fica no meu caminho. — Na verdade, eu nunca estive dentro da imensa casa velha onde Nate aluga um quarto, mas fica a apenas algumas ruas da minha casa. Maeve aponta para ela toda vez em que passamos de carro na frente.

— Tem certeza? — Sandeep pergunta e eu concordo com a cabeça. — Você é o melhor — diz ele, fazendo um gesto com os dedos para mim conforme vai se retirando. Quando ele sai, sigo para a sala de conferência.

Eli está no telefone quando eu entro em Winterfell e gesticula para que eu me sente numa cadeira.

— Prometo que não vou — diz ele. — Preciso desligar o telefone agora. — O tom de voz dele é bem mais afetuoso do que quando está falando com um cliente ou com outro advogado, então teria imaginado que não era uma ligação de trabalho mesmo se ele não tivesse acrescentado: — Te amo mais, anjinho. Vejo você daqui a pouco. — Ele desliga o telefone e assente distraidamente para mim. — Preciso que a próxima semana caiba em quatro dias. Sexta-feira estou fora.

— É, uau. — Pego algumas pastas do topo da pilha. — Não acredito que você se casa em uma semana. Está preparado? — Eu não sei por que estou perguntando isso, mas parece o tipo de coisa que um cara pergunta a outro.

Eli sorri.

— Estou pronto faz um ano. Estou feliz que ela esteja pronta também.

— Ashton é incrível. Você deu sorte — solto, e depois me sinto meio babaca, porque, que merda, isso não foi meio ofensivo? Mas Eli apenas assente.

— O sujeito mais sortudo do planeta — diz. Eli une as mãos, encosta os dedos sob o queixo e me lança um olhar pensativo. — Mas posso dizer uma coisa a você. O meu eu do ensino médio jamais imaginaria que um dia eu construiria uma vida ao lado de alguém tão incrível quanto a Ashton. Na época, as meninas só prestavam atenção em mim quando queriam ajuda com o dever de casa. Eu não tive um único encontro até os 19 anos.

— Sério?

— Ah, sim. — Eli dá de ombros. — Demora um pouco para alguns de nós. O lado bom é que a vida é longa e o tempo na escola é curto, embora não seja essa a sensação quando estamos lá. — Ele gesticula para uma das pastas na minha mão. — É o caso Carrero? Vamos começar com isso.

— Sim — respondo, e entrego a ele. Essa foi uma nítida tentativa de fazer eu me sentir melhor com o fato de estar aqui em mais uma noite de sexta-feira. E quer saber? Meio que funcionou.

Ouço a casa de Nate antes de vê-la. Mal deu nove da noite, mas o som do rap e das risadas me dá boas-vindas na esquina e vai ficando mais alto conforme eu me aproximo do antigo prédio vitoriano caindo aos pedaços. Os vizinhos devem *amá-los*.

Toco a campainha, mas é inútil. Ninguém vai ouvi-la, então abro a porta e entro. A música está tão alta que o chão gasto de madeira praticamente vibra, e imediatamente sou atingido pelo cheiro de pipoca e cerveja choca. Estou em um corredor estreito de frente para uma escada com um corrimão curvo, de onde um grupo de garotos um pouco mais velho que eu grita para uma menina no segundo andar.

— Vai! — pedem eles, erguendo no ar seus copos descartáveis. A garota desce escorregando pelo corrimão e cai na confusão de pessoas embaixo, dispersando-as como pinos de boliche.

— Nãooooooo! — geme um cara com uma camiseta vintage de banda, tropeçando em mim quando seu drinque cai no chão. —

Ooops! — Ele segura o meu braço para se equilibrar e completa: — Não tente isso em casa.

— O Nate está? — pergunto bem alto. O sujeito põe a mão no ouvido, como se não estivesse ouvindo, e eu repito ainda mais alto: — O. NATE. ESTÁ?

— Lá em cima — o cara grita de volta.

Eu hesito, procurando por um cabideiro ou outro lugar em que possa deixar a jaqueta de Nate, mas não há opção. Então subo as escadas, me apertando contra a parede para evitar o pessoal que circula por ali. Estou quase no fim da escada quando a garota que desceu escorregando pelo corrimão me segura pela camisa e me dá um copo cheio de cerveja.

— Parece que você tá precisando — grita em meu ouvido.

— Hum, obrigado. — Ela me olha com expectativa, e com isso dou um gole. Está morna e azeda. O corredor estreito está cheio de gente, mas eu não reconheço ninguém. — Você por acaso sabe onde está o Nate?

A garota gesticula para uma porta fechada ao fim do corredor.

— Sendo antissocial, como sempre. Diga a ele para sair e vir se divertir. — Ela levanta a mão para bagunçar o meu cabelo. — Você é bonitinho, amigo do Nate, com exceção disso aqui. Deixe crescer. Faz parecer que você está no ensino médio.

— Eu *estou* no... — começo, mas ela já está descendo corrimão abaixo de novo. Eu chego na porta que ela me apontou e hesito. Não sei se Nate vai me ouvir bater, mas eu não posso simplesmente entrar, posso? E se ele estiver com alguém? Talvez eu deva deixar a jaqueta no chão e sair daqui.

Enquanto estou ponderando, o cara com a camiseta vintage de banda aparece de repente atrás de mim. Ele bate na porta de Nate, abrindo-a em seguida e entrando no quarto.

— Venha para a porra da minha festa, Macauley! — grita. E então ele se vira e corre de volta pelas escadas, rindo. Estou sozinho na porta quando Nate, que está sentado à escrivaninha no canto do quartinho, se vira.

— Não fui eu — digo, levantando a mão num cumprimento. Ainda estou segurando o copo de cerveja.

Nate pisca como se eu fosse uma miragem.

— O que você tá fazendo aqui? — pergunta. Pelo menos, acho que é o que diz. Não consigo ouvir direito, então entro no quarto e fecho a porta. — Você deixou sua jaqueta no Até que Provem — explico, atravessando em direção à mesa para poder lhe entregar. — Falei para Eli que deixaria aqui. Maeve me disse onde você morava.

— Merda. Eu nem percebi que estava sem ela. Obrigado. — Nate pega a jaqueta da minha mão e joga no pé da cama bagunçada. Tirando essa parte, o quarto é relativamente arrumado, mais ainda se compararmos ao restante da casa. Há pôsteres de filmes japoneses cobrindo as paredes, mas não tem muita coisa aqui além da mesa, da cama, uma cômoda baixa e um terrário aberto, com um réptil grande e amarelo-amarronzado. Dou um pulo quando ele raspa uma das garras contra o vidro. — Esse é o Stan — diz Nate. — Não se incomode com ele, mal se mexe.

— E ele é o quê? — pergunto. O bicho parece uma miniatura de dinossauro.

— É um pogona.

Caramba. Até o bicho de estimação de Nate é mais legal que o meu.

— Então você conseguiu ultrapassar os obstáculos na escada, hein? — brinca Nate.

— Sua casa é sempre assim?

Ele dá de ombros.

— Só nos fins de semana. Normalmente todos vão embora antes das dez da noite. — Ele se reclina na cadeira. — Ei, você tem alguma notícia da Maeve? Ela disse que você ia com ela ao médico hoje, mas foi a última coisa que soube.

— Nada ainda. Ela acha que não terá resposta antes de segunda-feira, no mínimo. — Ponho minha mão livre no bolso, sentindo uma culpa súbita. Em vez de sentir ciúmes de Nate, como de costume, eu deveria agradecê-lo por ser um amigo melhor para Maeve do que eu fui. — Fico feliz que você tenha convencido Maeve de contar para os pais. Eu nem sabia. Me sinto um babaca.

— É, bom, não se martirize por isso. Ninguém sabia — diz Nate, batendo o lápis que segura no tampo da mesa a sua frente.

Na mesa não há nada além de um notebook bem velho, uma pilha de livros e duas fotos — a primeira, uma criança posando com dois adultos em frente ao que parece ser uma árvore de Josué e a outra é de Nate com Bronwyn. Ela está atrás dele, com os braços ao redor do seu pescoço enquanto beija Nate na bochecha. Ele parece mais feliz nessa foto do que jamais o vi. O olhar de Nate se demora na foto e eu me sinto um invasor. Estou prestes a sair quando tenho um vislumbre da tela do seu computador.

— Você está fazendo dever de projeto e instalações?

— Quê? — Nate baixa o olhar com uma risadinha. — Ah, não. Tenho ajudado o seu pai a revisar tudo o que foi documentado sobre o terreno em construção do shopping, onde Brandon morreu. Temos que fotografar tudo para a investigação. — Ele faz um gesto para a tela. — Essas estão me encucando, não consigo parar de olhar para elas.

— Por quê? — pergunto, curioso. Meu pai não me fala nada sobre a investigação do terreno. As fotos no computador de Nate

267

não parecem ser muita coisa. Apenas pilhas de madeira num chão de cimento.

— Por causa do que não está ali, acho. Não é a quantidade de destroços que se espera quando uma plataforma bem construída desaba. Algumas vigas nem tinham barrotes, então, tipo, como estariam de pé para começo de conversa? — Nate estreita os olhos para o computador. — Mas as vigas têm buracos onde os barrotes *estavam*, então... Se estivéssemos totalmente paranoicos, poderíamos pensar que alguém mexeu na plataforma.

— Mexeu na plataforma? Você está falando sério? — Eu me inclino para a frente, intrigado, e esvazio metade do meu copo de cerveja antes de me lembrar que preciso ir embora depois disso. Ponho o copo no canto da mesa de Nate e observo as fotos com mais atenção. Elas ainda não me dizem nada.

Nate dá de ombros.

— O seu pai acha estranho também, mas a empresa que estava trabalhando nisso era uma porcaria e deixou uns registros de merda. Então não podemos ter certeza de nada. — Ele bate novamente o lápis na mesa. — Seu pai realmente entende do trabalho dele. Os caras na firma estão sempre falando sobre como as demais empresas fazem as coisas apressadas e malfeitas para economizar, mas ele nunca faz isso.

Meu primeiro instinto é ser indiferente e responder: "Eu não saberia". Mas há um tom quase reflexivo na voz de Nate, como se ele estivesse imaginando como teria sido crescer com um pai que é dono de um negócio respeitado em vez de com um que abandonou o filho em troca de uma garrafa de uísque. E quando se coloca assim... meus problemas com o meu pai parecem fichinha em comparação. Então eu me limito a:

— Ele gosta mesmo de trabalhar com você. Me fala isso o tempo todo.

Nate dá um meio-sorriso quando a porta se abre, assustando a nós dois. O cara da camiseta vintage de banda se encosta no batente, parecendo corado e suado ao apontar para Nate.

— Cara — balbucia ele. — Falando hipoteticamente. Se a gente decidir sair por aí pelo bairro, você vem?

— Não — responde Nate, esfregando a mão na lateral do rosto ao se virar para mim com uma expressão cansada. — Se eu fosse você, entenderia como uma deixa para ir embora. Vai por mim.

Quando chego em casa, meu pai está sozinho à mesa da cozinha. É a mesma mesa velha que temos desde que eu era criança, uma monstruosidade de madeira em que nós sete poderíamos nos sentar confortavelmente. Eu costumava ficar apertado no canto próximo à parede — o pior lugar e com mais difícil acesso para o caçula. Posso me sentar onde eu quiser agora, já que apenas três de nós restaram na casa, mas de algum modo eu ainda me vejo me apertando no mesmo lugar do canto todas as noites.

Papai está escrevendo num bloco de notas amarelo, cercado por uma pilha do que parecem ser plantas de construção. Ele está usando uma camiseta da própria empresa que costumava ser preta, mas depois de tantas lavagens ficou com um tom esmaecido de cinza.

— Você chegou tarde — diz ele sem levantar o olhar. Fritz está roncando baixinho aos seus pés, as patas tremendo como se estivesse sonhando com um passeio.

Vou até a geladeira e pego um refrigerante. Preciso tirar o gosto de cerveja amarga da boca.

— Muito trabalho no estágio — respondo. — Eli se casa na semana que vem.

— Certo. — Meu pai rabisca uma anotação no bloco. — Bom ver você envolvido com alguma coisa.

Tiro a tampa da garrafa e tomo um gole, observando-o na beirada da mesa quando algo dentro de mim murcha. *Seu pai realmente entende do trabalho dele*, disse Nate. É verdade, mas o papai nunca divide nada disso comigo. Tudo que eu ganho são alfinetadas verbais. Eu geralmente ignoro, mas hoje não estou no clima.

— O que você quer dizer? — pergunto.

Ele continua escrevendo.

— Sua mãe disse que você largou a peça em que estava atuando.

— E? — provoco. — Desde quando você se importa? Tem anos que você não vai a uma das minhas peças.

Ele finalmente levanta o olhar e eu sou impactado por como as linhas em seu rosto estão profundas. Posso jurar que não estavam assim ontem.

— Eu me importo porque quando você se compromete com uma coisa, deveria se manter comprometido.

É. *Deveria*. A não ser que você seja motivo de piada na escola inteıra e estar no palco só deixe as coisas centenas de vezes piores. Eu arruinaria a peça para todos os outros que fazem parte dela, embora a maioria não veja assim. Lucy não vê, ela ainda não está falando comigo.

E se eu for totalmente honesto, não foi uma decisão tão difícil assim. Eu parei de me importar com o palco faz um tempo, mas meus pais não notaram. Papai age como se quisesse que eu mudasse, mas não é de verdade. Sempre que eu tento algo diferente, ele rejeita

Mas eu não posso dizer isso a ele. Eu não posso dizer nada a ele.

— Tinha coisa demais acontecendo na minha vida — digo. Ele deixa escapar uma bufada de desdém e volta para a sua papelada. Ressentimento gira pelas minhas entranhas, me deixando mais atrevido do que de costume. Ou talvez seja a meia cerveja que eu tomei. — Você disse alguma coisa? — pergunto. — Não consegui ouvir.

Meu pai levanta a cabeça, as sobrancelhas erguidas. Ele espera um instante e, quando não desvio o olhar, ele diz:

— Se com a quantidade de videogames que você joga e o tempo que passa no celular fazendo sei lá o quê você acha que tem *muita coisa* acontecendo, então lamento pelo seu futuro empregador quando tiver um emprego de verdade.

Sinto um frio na barriga. Jesus. *Fala o que pensa, pai.* Ele basicamente me chamou de inútil.

— O Até que Provem *é* um emprego de verdade. Eu trabalho bastante lá. Costumo trabalhar bastante, normalmente. Você saberia se tivesse me dado uma oportunidade de trabalhar com você.

Ele franze a testa.

— Você nunca teve interesse em trabalhar comigo.

— Você nunca me chamou — desabafo. — É um negócio supostamente familiar, mas você trata Nate Macauley mais como filho do que eu. — Minha mãe não deve estar em casa, porque estou elevando o tom de voz e não há sinal dela. Geralmente é nesse momento que ela se intromete em nome da paz. Eu gesticulo para as plantas, minha cabeça ainda cheia do que Nate disse em seu quarto. — Você nem me conta o que está acontecendo na investigação sobre o terreno em construção do shopping e eu estava lá quando Brandon morreu!

A expressão do meu pai fica possessa. Ops. Escolhi o argumento errado. Quero me afundar no chão quando ele se inclina para a frente e aponta o lápis para mim.

— Você. Estava. Invadindo — diz, avançando para a frente o lápis a cada palavra. — E prestes a pegar um atalho incrivelmente perigoso que eu pedi especificamente para que não pegasse. *Você* poderia ter morrido. Agradeço todos os dias por não ter sido você, mas estou furioso por ter estado nessa posição para começar. Você cresceu em terrenos em construção, Knox, e você conhece bem isso. Mas não tem respeito algum pelo que digo ou pelo trabalho que faço.

Eu abro a boca, mas não sai uma palavra. A vergonha faz o meu rosto arder. Ele está certo sobre tudo, com exceção da última parte. Ele realmente acha que eu não respeito o seu trabalho?

Quando eu não respondo, papai balança o lápis para mim de novo.

— Você não tem dever para fazer? Ou algo para assistir na TV?

Dispensado, como sempre. Mas dessa vez eu não posso culpá-lo e não sei como me desculpar ou me explicar. Principalmente porque ele já voltou a trabalhar como se eu não estivesse mais aqui. Então sigo escada acima com o meu refrigerante, embora as palavras de Nate continuem na minha cabeça, futucando as poucas memórias nebulosas que tenho do dia em que Brandon morreu.

Se estivéssemos totalmente paranoicos, poderíamos pensar que alguém mexeu na plataforma.

CAPÍTULO 21

Maeve
Segunda-feira, 23 de março

Quando eu e Phoebe chegamos, Knox já estava no escritório do clube de teatro para o almoço, com um Tupperware imenso à sua frente. Phoebe deu uma espiada no pote, a expressão intrigada ao se ajeitar ao lado de Knox.

— Você está comendo enroladinho de salsicha sem recheio no almoço? — pergunta.

— É óbvio que não — responde Knox. — Eles têm manteiga de amendoim dentro.

Phoebe franze o nariz.

— Que estranho!

— Por quê? Só o formato do pão que é diferente — murmura Knox antes de dar uma mordida. Ele engole, toma um gole de água da garrafa também à sua frente e se vira para mim: — Alguma novidade do médico?

Ele deve ter me mandado essa mensagem umas dez vezes desde sexta-feira. Mas não tem importância, estou feliz que estejamos voltando ao normal.

273

— Não, mas o laboratório funciona normalmente hoje, então espero saber de alguma coisa em breve — digo. Phoebe acaricia meu braço de um jeito encorajador e puxa uma garrafa de smoothie da bolsa, abrindo a tampa para tomar um gole do líquido roxo. Eu não trouxe nada, mas meu estômago está embrulhado demais para eu comer.

— E por que você quis almoçar aqui e não na lanchonete? — pergunto a Knox.

Ele engole o resto do enroladinho com outro gole de água antes de responder:

— Eu queria conversar com vocês a respeito de algo sem pessoas ouvindo — responde, passando o dorso da mão pela boca.

— E por pessoas você quer dizer Lucy — murmuro. Eu ainda não superei ela me dando sermão quando fui atrás de Knox no ensaio da peça.

— Ou Sean — completa ele. — Ou Monica. Ou Jules. — Phoebe levanta a sobrancelha e ele complementa: — Ou qualquer um, basicamente. Tem uma coisa me encucando o fim de semana inteiro, quero ver se vocês acham estranho ou se estou exagerando.

— Bom, agora estou intrigada — digo. Estou prestando atenção enquanto dedilho o bracelete de contas no meu punho. Ita me deu a pulseira para dar sorte da última vez em que fui para o hospital, há mais de quatro anos. Eu não a usava desde então, e está um pouco apertada, mas... aquele acabou sendo um dia bom. E talvez hoje seja um desses dias também. — O que foi?

— Certo, vou explicar. Eu encontrei Nate na sexta à noite... Não pergunte — ele completa, quando minhas sobrancelhas se erguem.

— É uma longa história, relacionada a trabalho e nada importante. Enfim, Nate estava observando essas fotos da área em construção

onde Brandon caiu. Lembram que contei que meu pai estava ajudando na investigação do acidente? — Nós duas concordamos com
a cabeça e Knox prossegue: — Bom, Nate disse que ele acha que
alguém pode ter mexido na plataforma de onde Brandon pulou.

— Mexido? — repito. Agora ele tem a minha total atenção.
— Mexido como?

Knox dá de ombros, o maxilar rígido.

— Tirando alguns suportes, acho? Não sei exatamente. Eu
quis perguntar ao meu pai, mas... ele não estava de muito bom
humor. E Nate disse que a coisa toda é inconclusiva, de todo
modo. Mas passei o fim de semana inteiro pensando no que isso
poderia significar. Por que alguém deliberadamente faria isso? E
foi quando comecei a imaginar... vocês acham que alguém queria
que Brandon se machucasse? Tipo, estava com ele na mira para
dar essa consequência?

Phoebe engasga com o smoothie e eu lhe dou um tapinha nas
costas.

— Tá falando sério? — pergunto enquanto ela tosse. Knox
assente. — Tipo quem?

Ele abre os braços.

— Não sei. Talvez Sean? Ele estava lá quando aconteceu e
me causou uma concussão quando eu me aproximei. Talvez ele
quisesse Brandon fora de cena para finalmente poder ser o man-
dachuva do Colégio Bayview, ou algo assim.

— Hum. — Apoio meu queixo nas mãos e encaro o pôster de
Wicked na parede, um cartaz grosso de uma bruxa verde com
um sorriso dissimulado. Penso na conversa que tive com Lucy
Chen no auditório durante o ensaio de *Into the Woods*, logo
depois de Knox desistir de encenar a peça. *Todo mundo sabe
como ganhar esse jogo a essa altura. É só escolher a consequên-*

cia. E ela estava certa. Depois de ver o que aconteceu comigo e com Phoebe em comparação ao que aconteceu com Sean e Jules, ninguém no Colégio Bayview escolheria algo diferente de *consequência*. Principalmente alguém competitivo e confiante como Brandon.

Ainda assim... estamos falando de Sean Murdock.

— Não sei — digo, devagar. — Sean sempre me pareceu um agressor mais direto. Com pensamento de curto prazo. Não consigo vê-lo planejando algo tão elaborado.

Phoebe também parece questionar.

— Talvez o seu pai só quisesse dizer que a construtora não fez o trabalho dela direito. A empresa faliu, não foi? E provavelmente porque não são bons em construir coisas.

— É totalmente possível — Knox concorda.

— Eles não terminaram a investigação, terminaram? — pergunta Phoebe. Knox balança a cabeça. — Então, deixa o seu pai terminar para ver o que o relatório final diz, talvez? O vídeo não vai sair andando. Podemos compartilhá-lo quando quisermos.

Tudo soa perfeitamente razoável — mas há uma vozinha no fundo da minha mente me incitando a ativar o PingMe novamente. Apenas para ficar de olho em qualquer conversa sobre o jogo de Verdade ou Consequência. Tiro meu celular do bolso e aciono novamente os alertas, então dou um pulo quando o aparelho toca na minha mão. Quando olho para a tela, o meu coração quase para. Dr. Ramon Gutierrez.

— Ai, meu Deus, gente. — Minha voz sai baixa e sufocada. — É o meu oncologista.

— Você quer que a gente fique ou saia? — Phoebe pergunta.

— Eu não... — Não consigo pensar.

Phoebe se levanta enquanto meu telefone continua a tocar e segura Knox pelo braço para que ele também fique de pé.

— Vamos lhe dar alguma privacidade, mas estaremos aqui fora. — Ela me envolve num abraço de um braço só enquanto vai empurrando Knox porta afora. — Vai ficar tudo bem.

Meu telefone continua tocando. Ai, Deus. Não mais. Parou. Eu perdi a ligação. Observo a tela até ela bloquear, depois desbloqueio e ligo de volta com as mãos trêmulas.

— Consultório do Dr. Ramon Gutierrez — diz uma voz feminina indiferente.

Não consigo falar. Deveria ter pedido a Phoebe que ficasse.

— Alô? — a voz de novo.

— Hum. Olá — grasno. As palmas das minhas mãos estão suando tanto, eu não sei como estou conseguindo segurar o aparelho. — Aqui... aqui é Maeve... — Perco a capacidade de falar de novo, mas ela entende o bastante.

— Ah, Maeve, sim. Espere. Vou transferir você agora mesmo.

Fico mexendo meu bracelete para cima e para baixo no punho, o frio das contas de vidro me tranquilizando. *Vai ficar tudo bem*, disse Phoebe. Todo mundo diz isso, e às vezes fica mesmo. Mas eu vivi anos do outro lado do tudo bem. Sempre achei que mais cedo ou mais tarde acabaria lá para sempre.

— Maeve Rojas! — Eu não reconheço o tom caloroso do Dr. Gutierrez de primeira. — Acabei de falar com a sua mãe ao telefone e ela me deu permissão para lhe contatar diretamente enquanto ela... bem. Ela precisava de um tempo.

Ai, Deus. O que isso quer dizer? Mas antes que eu consiga me torturar com possibilidades, o Dr. Gutierrez continua:

— Tenho boas notícias. O seu exame de sangue está totalmente normal. A contagem de leucócitos está boa. Vou falar com os seus pais sobre fazer outros exames, se eles quiserem confirmar o diagnóstico, mas esse mesmo teste não nos permitiu interpretações equivocadas no passado. Minha avaliação é de que a sua remissão não está comprometida.

— Não está? — Não estou assimilando as palavras. Preciso que ele diga de um jeito diferente. — A leucemia não voltou?

— Isso. Não há indicação no seu exame de sangue de que a leucemia tenha voltado.

Deixo um suspiro longo e trêmulo escapar conforme toda a tensão que estou segurando pelo último mês escorre de mim, me deixando tonta e mole. Meus olhos se enchem e as lágrimas transbordam rapidamente.

— Mas os sangramentos... os hematomas...

— Você apresenta uma deficiência de ferro, o que obviamente não é algo que queremos ver em alguém com o seu histórico. Então vamos tratar disso com uma receita de vitaminas e consultas mais frequentes. E também sugiro que você coloque vaselina no nariz umas duas vezes ao dia. As suas membranas nasais estão inflamadas, o que potencializa o problema.

— Vitaminas e vaselina. É isso? — As palavras saem automaticamente, sem sinal do imenso alívio que fervilha nas minhas veias. A minha cabeça ainda não está alinhada ao coração.

— É isso — diz o Dr. Gutierrez, com gentileza. — Falarei com os seus pais sobre mais detalhes relativos ao acompanhamento e observação. Foi um susto, mas acredito que não passe disso.

— Tudo bem — consigo falar. E então ele diz mais algumas coisas, mas eu não ouço porque já larguei o telefone no colo e apoiei a cabeça nas mãos para poder chorar para valer. A dobradiça range e sinto um cheiro floral de shampoo quando Phoebe se ajoelha e me envolve em um abraço. Knox me abraça pelo outro lado.

— Nós ficamos ouvindo atrás da porta. Desculpe, mas estamos tão felizes — Phoebe engasga.

Eu ainda não consigo falar para poder dizer a ela *Eu também*.

Preciso de alguns minutos para mim depois das novidades. Embora eu aprecie Phoebe e Knox ficarem comigo, fico aliviada quando eles saem para que eu me recomponha. Quero falar com os meus pais, mas o sinal do almoço está prestes a tocar, então mando mensagens apressadas prometendo ligar mais tarde. Eu já sei quais reações eles devem ter: tão felizes por eu não estar morrendo que nem ficarão mais zangados por eu ter escondido tudo deles por semanas.

O que, estou começando a perceber, vai ser algo que preciso colocar na minha cabeça se vou realmente deixar para trás o posto de garota doente. Pela maior parte da vida, eu tive passe livre para errar. Dificilmente alguém exige o meu esforço ou fica chateado comigo por muito tempo. Até mesmo Knox voltou quando a leucemia mostrou sua cara feia de novo.

Não é uma muleta que pedi, mas tenho me apoiado nela de qualquer forma.

Mando uma última mensagem para um número que salvei em vez de deletar, como ele sugeriu:

Oi, Luis. É a Maeve. Queria agradecer pelo vídeo. Ajudou muito. E também me desculpe pelo que disse no jogo do Cooper. Não tive a intenção. Não que seja uma desculpa, mas eu estava tendo um dia ruim e descontei em você.

Sinto muito, de verdade.

Eu gostaria de conversar mais em algum momento, se você quiser também.

Então jogo o celular na bolsa. Não é o bastante, mas já é um começo.

CAPÍTULO 22

Phoebe

Quinta-feira, 26 de março

A pichação feita na divisória do suporte de papel higiênico, no banheiro feminino do primeiro andar, é bem recente. Um rabisco trêmulo com tinta azul diz *Phoebe Lawton é uma grande...* Só que não consigo ler o restante, porque alguém rabiscou por cima com uma canetinha preta. Obrigada, benfeitora desconhecida, que provavelmente é Maeve. Na verdade, não. Ela teria rabiscado a frase inteira para que eu não visse o meu nome.

As minhas mãos nem tremem enquanto as lavo. A essa altura, pichação personalizada no banheiro é igual a nada. Nos últimos dias, eu recebi mais duas mensagens de Derek no Instagram, que apaguei antes que a minha irmã visse, e me dei mal num teste de ciências porque não consigo me concentrar nesse inferno. Além de tudo, Maeve fica me mandando prints daquele fórum com o qual ela está obcecada de novo, em que alguém chamado Darkestmind constantemente grita: *ONDE ESTÁ VOCÊ*

BAYVIEW2020? Como se fosse algum tipo de fórum de anúncios para esquisitões solitários.

E eu? Eu estou apenas aliviada porque as aulas de hoje acabaram e posso esquecer o Colégio Bayview por algumas horas.

Estou puxando uma folha de papel do suporte quando a porta se abre e Jules aparece.

— Ah, oi — digo, aflita. Eu não falo com Jules desde que vi o vídeo do celular de Sean. Eu mal a vejo na escola ultimamente, a não ser os momentos em que me esquivei das suas sessões de amasso com Sean no corredor.

— Oiiiii — diz Jules, dando uma olhada na pichação. Ela não parece surpresa. Eu adoraria achar que tinha sido ela quem riscou a última palavra, porque ao menos significaria que ainda se importa um pouquinho comigo. Mas é mais provável que ela tenha escrito aquilo, considerando o tanto que está envolvida com Sean agora. Ela até mentiria por ele — algo que eu nunca imaginei ser possível, se não tivesse visto aquele vídeo com os meus próprios olhos.

Jogo o papel molhado no lixo.

— Sean vai bem?

Ela faz um beicinho ao pegar um tubo de gloss e abrir.

— Não finja que se importa.

Vê-la preencher os lábios perfeitos me faz ficar perfeitamente ciente do quão ressecados estão os meus. Pego um protetor labial da bolsa, fazendo uma careta quando vejo que tem sabor de coco. O que eu menos gosto. Passo na boca mesmo assim.

— Ele deve sentir falta de Brandon, imagino.

Os olhos de Jules ficam inexpressivos quando encontram os meus no espelho.

— O que isso quer dizer?

Dou de ombros.

— Nada. Sinto por ele, só isso. — Soa falso até mesmo para mim. Sean não tem agido como alguém que perdeu o melhor amigo. Muito pelo contrário, tem desfilado pelo Colégio Bayview mais do que nunca.

Vocês acham que alguém queria que Brandon se machucasse?

Knox levantou a possibilidade, e eu desconsiderei como se fosse ridículo demais só de pensar nisso. Ainda assim, Sean estava ao lado de Brandon quando ele morreu, incitando-o a pular. Sean pareceu chocado e aterrorizado no vídeo, mas vamos ser honestos: ele já provou que pode interpretar um papel quando precisa.

Observo meu reflexo no espelho e puxo meu rabo de cavalo para que fique mais firme.

— Em pensar que poderia ter sido qualquer um de vocês, hein? — pergunto.

— O quê? — Jules parece confusa.

— Qualquer um de vocês poderia ter caído daquela plataforma. Já que todos estavam prestes a pegar o mesmo atalho.

Jules fica sem expressão por tempo demais. Ela não é uma mentirosa tão boa se você souber onde cutucar

— Ah, é — diz por fim.

— Brandon caiu primeiro por acaso — adiciono. Eu não sei por que continuo falando, ou o que espero conseguir desta conversa. Jules não vai confessar para mim. Ela escolheu seu lado faz um tempo. Mas ainda há uma parte em mim que espera ver uma rachadura em sua carapaça, algum sinal de que podemos conversar como antes.

Ei, Jules, sabia que mentir para a polícia pode arrumar uns problemas para a sua vida?

Você não acha que os pais de Brandon merecem saber a verdade?

Já passou pela sua cabeça que o seu novo namorado pode ser um sociopata?

— Eu não penso muito nisso. — Jules pressiona um lábio no outro e joga o gloss na bolsa, então põe o cabelo sobre um dos ombros e se vira em direção à porta. — Preciso ir. Sean e eu temos planos para depois da aula.

— Eu também — respondo. As sobrancelhas dela se levantam. — Quero dizer, eu também tenho planos para depois da aula.

Mais ou menos. Vou trabalhar. Mas levarei amigos, então conta. Jules me olha com julgamento. Ela sabe que as minhas interações sociais estão bem limitadas agora.

— Você e Knox? — Ela tenta adivinhar. O desdém em sua voz é tão evidente que sei exatamente o que ela está tentando dizer.

Resisto ao impulso de responder *Não é um encontro.*

— E Maeve.

Jules sorri com malícia e segue para a porta, escancarando-a.

— Bom, parece um *ménage à trois* divertido.

Vou sapateando atrás dela na tentativa de organizar uma resposta, mas, assim que pisa no corredor, Jules é envolvida pelo abraço de polvo de Sean Murdock.

— Amor — ronrona, sugando a cara dela. Eu passo por eles com o maxilar travado, desejando de repente ter tentado desenrolar o lance dela com Nate quando tive a chance.

O Café Contigo está calmo para uma quinta-feira, e às quatro da tarde a maior parte dos que estão no restaurante são funcionários. Fazendo uma rara aparição na caixa registradora, a Sra. Santos gesticula para mim quando o meu único cliente se levanta para sair. Ahmed, o outro garçom do turno, está inclinado contra o balcão atrás dela, os olhos na mesa cheia de mães descoladas que estão sentadas à sua mesa com carrinhos caros de bebê. Todas usam roupas fofas de ioga, os cabelos presos em rabos de cavalo cuidadosamente desarrumados. Os bebês estavam quietos desde que chegaram, mas um deles começou a se agitar.

— Shhh, shhh — faz a mãe da criança num tom musical, balançando o carrinho para a frente e para trás. — Está tudo bem, volte a dormir. — Ahmed não parece achar que vai funcionar, e eu não o culpo. Tenho cinco primos com menos de três anos e sei bem que quando um deles começa a chorar os demais vão se juntar a ele em solidariedade.

— Por que você não se adianta e bate o ponto, Phoebe? — sugere a Sra. Santos. Ela é alta e magra, com expressivos olhos escuros e maçãs do rosto elegantes. Luis herdou dela a beleza. — Addy chega em cinco minutos e Ahmed pode cuidar do salão até lá.

— Tudo bem — aceito, começando a soltar meu avental.

Ahmed, ainda perambulando ao redor da Sra. Santos e com os olhos na mesa das mães iogues, pergunta:

— Você deu o negócio para Phoebe, Sra. S? — Nós duas piscamos para ele, que completa: — O bilhete?

A Sra. Santos solta um *tsc* e balança a cabeça.

— Eu me esqueci completamente! Me desculpe, Phoebe. Ahmed disse que alguém deixou isso aqui mais cedo. — Ela fuça embaixo do balcão e me entrega um envelope lacrado com o meu nome escrito na frente. — Um jovem. O que ele disse mesmo, Ahmed?

— Que você estava esperando — responde ele. A mãe iogue mais loura acena para chamar a atenção dele, e Ahmed atravessa o salão na direção da sua mesa.

— Esperando o quê? — pergunto, mas ele não me ouve. Eu tiro o avental e guardo atrás do balcão, seguindo para a mesa em que Knox, Maeve e Luis estão sentados. Em teoria, Luis está trabalhando, mas passou a última hora ali, sentado e conversando. Eu poderia jurar que a cadeira dele estava mais e mais perto da de Maeve cada vez que olhava em sua direção. Ela tem estado particularmente bonita desde que recebeu o resultado dos exames; hoje está com uma camiseta justa com uma costura dourada que destaca seus olhos cor de mel. O inesperado atestado de boa saúde a deixou praticamente brilhando. Ou talvez seja efeito de outra coisa.

Rasgo o envelope para abri-lo enquanto ando, curiosa, e puxo de lá uma única folha de papel.

— O seu turno acabou? — pergunta Maeve, mas eu praticamente não ouço o que ela diz. O meu coração vai na boca quando leio o que está escrito:

Qual é a do desaparecimento?
Precisamos conversar.
Me encontre no coreto do parque Callahan hoje às 17h30.
NÃO IGNORE como você tem feito com todo o resto.

Que diabos.

— Ahmed! — chamo. Ele está andando apressado para a cozinha, mas para quando nota a urgência na minha voz.

— O quê?

Eu balanço o papel.

— Quem deixou isso?

— Eu falei. Um cara.

— Mas *quem* era?

— Ele não disse o nome. Só... um cara. Ele já veio aqui antes.

285

— O que está acontecendo? — Maeve pergunta. Eu lhe entrego o bilhete. Seus olhos inspecionam o papel e ela inspira profundamente. — Opa. Quem mandou isso?

— Eu não sei — digo, impotente. A única pessoa que venho ignorando é Derek, e jamais imaginei que esse nível de assédio fizesse o estilo dele. Porém, além dos dez minutos que passei com ele na lavanderia de Jules no Natal, os mais infelizes da minha vida, não conheço o cara de verdade.

Aceno freneticamente para Ahmed, que está tentando fugir para a cozinha novamente.

— Ahmed, espera! Você pode vir aqui um minutinho?

Maeve lê o bilhete em voz alta para Luis e Knox enquanto Ahmed se aproxima. De repente, estamos todos falando ao mesmo tempo, um cortando o outro. Finalmente, Maeve levanta o tom de voz:

— Calma aí. Você disse que o sujeito que deixou isso já esteve aqui antes? — Ela inclina a cabeça de um jeito questionador para Ahmed, que assente. — Como ele era?

— Eu não sei. Homem branco padrão. — Ahmed dá de ombros. — Um pouco mais velho que vocês, talvez. Cabelo castanho. Branco. Meio alto.

É Derek, Derek também, e Derek. O que me deixa um pouco menos apreensiva. Pelo menos é alguém conhecido, de certa forma.

Os olhos de Knox ficam arregalados.

— Parece ser... O cara tinha um olhar intenso? — pergunta ele.

Ahmed franze a testa.

— Eu não sei o que isso quer dizer.

— Sabe sim... focado. Sério — tenta Knox. — Como se estivesse obstinado.

Um dos bebês da mesa das mães começa a chorar alto, e Ahmed puxa o colarinho da sua camisa.

— Olha, eu tenho que dar andamento aos pedidos delas, tá? Já volto.

Ele sai apressado e eu me viro para Knox, confusa.

— Por que você está perguntando isso?

— Porque a descrição que Ahmed deu me lembrou de alguém que já vi aqui antes. — Knox se vira para Maeve e dá um tapinha em seu braço. — Você se lembra do cara que veio aqui um tempo atrás? O que foi um babaca com o Sr. Santos e ficava perguntando por Phoebe? O que Luis e Manny puseram para correr?

— Desculpa, como é? — solto. — Quando isso aconteceu?

— Eu me lembro — diz Luis. — Foi há algumas semanas, não foi? — Ele se reclina na cadeira, os braços cruzados, e, quando Maeve dá uma conferida nele, as suas bochechas ficam vermelhas. Parece que ela se perdeu totalmente na conversa. Fico tentada a estalar os dedos na cara dela para que se lembre de que agora deveria estar se preocupando *comigo* em vez de encarar os bíceps realmente bonitos de Luis. Prioridades.

— É. No dia eu deixei para lá — diz Knox, parecendo se desculpar. — Achei que fosse só algum babaca, mas ele voltou à noite faz uns dias. Aqui, digo. Pediu café, se sentou e saiu sem nem tocar na bebida. Eu fiquei pensando se seria Derek tentando encontrar você, já que está ignorando as mensagens dele.

Eu olho para ele, as mãos no quadril.

— Por que você só está me dizendo isso agora?

— Eu não tenho raciocinado direito — diz Knox, se defendendo. — Estou com uma concussão.

— Você *teve* uma concussão. Três semanas atrás.

— Os efeitos podem perdurar por anos — informa ele. Knox batuca com os dedos na mesa. — Além do mais, eu não tinha certeza de que significava alguma coisa. Mas você acha que pode ser ele? Derek é alto, branco e tem cabelo castanho?

— Sim, ele é isso tudo — digo. — Particularmente, eu não o descreveria com um olhar intenso, mas cada um é cada um, acho.

Maeve devolve o bilhete para mim e eu o guardo no bolso, a cabeça girando. Derek faria isso mesmo? Aparecer no meu trabalho para deixar um recado ameaçador porque estou ignorando suas mensagens no Instagram? Ele nunca agiu de maneira possessiva ou agressiva com Emma. Até onde sei, pelo menos.

— Quem é Derek? — Luis quer saber.

E eu só consigo pensar *Obrigada, Deus, por ele não saber da fofoca.* Isso me dá esperança de que existe vida depois do Colégio Bayview, e de que essa vida não inclui uma análise ininterrupta e detalhada dos piores erros de cada um.

— É uma longa história — digo —, mas é alguém de quem tenho me esquivado ultimamente.

— Você tem uma foto dele? — Luis pergunta. — Nós todos o vimos. Podemos dizer se era ele ou não.

— Boa ideia. Por que não pensei nisso? — Maeve questiona. Luis sorri e ela se demora olhando para ele de novo, o que, na minha opinião, responde a sua pergunta.

— Não — falo. — Quero dizer, posso olhar agora, mas ele nunca posta fotos dele mesmo... — Pego meu telefone, abro o Instagram e vou direto no perfil de Derek para ver se foi atualizado recentemente. O feed inteiro segue sendo apenas com animais, comida e fotos artísticas de galhos de árvores. Eu mostro a Knox, que faz uma careta.

— Nenhuma selfie? Que cara esquisito, hein? — Então ele olha para o relógio na parede, que finalmente foi consertado pelo Sr. Santos. — O parque Callahan fica em Eastland, não é? Conseguimos chegar lá até 17h30 se sairmos agora.

— Eu não vou atrás dele! — protesto, mas Knox levanta uma das mãos num gesto apaziguador.

— Não quis dizer que você deveria ir. Mas talvez nós possamos, tipo, espionar. Ver se é o Derek. E então você pode denunciá-lo por assédio ou algo assim. — Ele puxa a carteira e pega algumas notas, colocando-as sobre a nota de vinte que já está na mesa. — Poderíamos ir até a minha casa para pegar o binóculo primeiro, assim não teríamos que nos aproximar.

— Binóculo? — Quase me distraio. — Por que você tem isso? Knox parece ficar meio confuso.

— Todo mundo tem um binóculo, não?

— Não — eu e Maeve respondemos ao mesmo tempo.

Luis franze a testa.

— Acha que é uma boa ideia? Esse cara está praticamente perseguindo você, Phoebe. Talvez você deva avisar a polícia, deixar que eles lidem com isso.

— Mas eu não tenho certeza de que foi Derek quem escreveu o bilhete — digo. — As mensagens dele no Instagram foram bem mais educadas. — Eu me viro para Maeve. — Você pode nos levar de carro?

Ela ajeita o cabelo escuro sobre um dos ombros e concorda com a cabeça.

— Sim, óbvio.

— Eu vou com vocês — diz Luis imediatamente. — Está calmo aqui, posso sair.

— Certo — concordo, tentando não soar tão aliviada quanto me sinto. Eu amo Knox e Maeve, mas eles não são exatamente minhas primeiras escolhas de reforço se algo der errado. Seja quem for esse cara, Luis já o colocou para fora uma vez, e tenho certeza de que pode fazer isso de novo. — É um plano, então. Vamos stalkear ele um pouco agora.

CAPÍTULO 23

Maeve

Quinta-feira, 26 de março

— É inútil — resmunga Phoebe. — Eu não consigo ver nada.

Chegamos ao parque Callahan com meia hora de atraso graças ao trânsito do horário do rush, mas notamos uma figura solitária sentada nos degraus do coreto assim que paramos em uma vaga em frente à cerca. A pessoa está bem na nossa mira, mas longe demais para vermos nitidamente, mesmo com o binóculo de Knox ampliando a imagem ao máximo. Phoebe o segura faz uns cinco minutos, mas ainda não consegue dizer quem é.

Eu me viro para olhar para ela no banco traseiro.

— Você quer ir embora?

Ela balança a cabeça veementemente.

— De jeito nenhum. Viemos até aqui e ele está bem ali. Eu só preciso me aproximar mais. — Ela olha pela janela. — Hum, olha o trepa-trepa do parquinho. Tem uma casinha no alto, dali seria perfeito. Se eu fosse até lá, poderia enxergar muito melhor.

Luis franze a testa.

291

— Combinamos que você ficaria no carro.

— Mas olhem para o caminho até o parquinho. Tem uns arbustos altos. Ele nunca vai me notar chegando — Phoebe insiste. — E aquela área é arrumadinha e cheia. Posso passar despercebida. — Ela cutuca o braço de Knox. — Me empresta o seu moletom?

— Hum, tudo bem. — Ele tira o casaco com uma expressão confusa e entrega a ela. Phoebe põe o casaco cinza de capuz sobre a sua camiseta cor-de-rosa e puxa o zíper.

— Que cheiro bom — comenta. — Foi recém-lavado?

— Não. — Knox parece culpado. — Não o lavo tem um tempo, na verdade. Desculpa.

— Ah. — Phoebe dá de ombros. — Bom, então o seu cheiro que é gostoso. — Ela levanta o capuz e põe sobre a cabeça para esconder os cachos brilhantes. — Pronto. Anônima. E sou baixinha, então passo por uma criança.

Luis ainda está com o cenho franzido.

— Vou com você — diz, mas Phoebe balança a cabeça.

— Ele já o viu antes, e você chama atenção demais. Vou com o Knox.

— Óbvio, por que não? — Knox murmura. — Eu sou completamente esquecível, afinal de contas.

Mordo o lábio e olho na direção do coreto. O garoto está andando agora, circulando a pequena estrutura.

— Não sei, Phoebe. Seja quem for esse cara, ele está começando a me apavorar. Talvez a gente deva simplesmente ir embora.

— Não sem dar uma olhada nele — diz ela, obstinada. — Eu preciso saber se é o Derek. — Ela abre a porta do carro e puxa Knox pela manga da blusa. — Você vem ou o quê?

— Óbvio que vou. — Knox suspira e se vira para mim. — Mande uma mensagem se ele sair dali, tá bem?

— Ele não vai sair. Não vai ver a gente chegando — responde Phoebe com confiança. Acho que ela provavelmente tem razão, mas ainda sinto um aperto no estômago quando ela e Knox saem do carro. Eu os perco de vista no caminho arborizado quase que imediatamente, depois os vejo de relance atravessando o parquinho.

— Isso é muito errado — murmura Luis do banco do passageiro ao meu lado. — Foi assim quando você e Bronwyn seguiram os rastros deixados por Simon no ano passado?

— Não exatamente — digo. — Eu só cuidei do que era on-line. Bronwyn vigiou um sujeito uma vez, mas ele era inofensivo. No fim das contas, ele acabou nos ajudando de verdade. — Dou um pulo quando meu celular vibra com uma mensagem, e baixo a cabeça para ler. É de Knox. *Estamos aqui.* — Eles conseguiram — informo, e digito em resposta: *É o Derek?*

Ela ainda não viu. Uma das lentes do binóculo caiu, estamos arrumando.

— Eles estão tendo problemas técnicos com o binóculo — digo a Luis.

Ele abre um sorriso.

— Falha no equipamento. Sempre acontece nos piores momentos possíveis.

Concordo com a cabeça e penso em fazer uma piada, mas então fico completamente ciente de que estou sozinha com Luis pela primeira vez desde que gritei com ele no jogo de Cooper. Nós trocamos mensagens desde então, e ele aceitou minhas desculpas. Mas eu não disse nenhuma das coisas que realmente queria dizer. Como sempre.

— Então — começo assim que ele também diz:

— Aqui. — E então nós dois paramos de falar.

— Você primeiro — dizemos juntos. Luis ri um pouquinho, e eu dou um sorriso sem graça. Então reúno a minha coragem e digo:

— Não, quer saber? Eu falo primeiro. Se for tudo bem por você. — Porque se ele disser alguma coisa que eu não quero ouvir, vou acabar não contando a *minha* coisa. E embora o meu coração esteja praticamente pulando para fora do peito só de pensar em ser totalmente honesta com ele, eu ainda quero que ele saiba.

Os olhos de Luis grudam nos meus, sua expressão é indecifrável.

— Tudo bem.

Respiro fundo.

— Eu gostaria de falar sobre o que eu fiz no jogo de Cooper... — Minha voz falha e eu engulo em seco, tentando aliviar minha garganta para conseguir falar o restante. Mas já comecei mal, porque Luis balança a cabeça.

— Eu já disse, esquece isso. — Ele alisa o meu braço com a mão, seus dedos traçando com delicadeza a marca fraca de um hematoma. — Eu entendo. Você não estava legal.

— Não é isso. Quero dizer, sim, eu não estava. Mas não foi a única razão para eu ter sido tão grossa. — A mão de Luis congela o movimento, mas fica onde está. O calor da pele dele irradiando na minha está fazendo com que seja difícil pensar, mas não quero voltar atrás. Faltam só mais algumas frases. — Eu estava, hum, com ciúmes. — Eu não consigo encará-lo agora, então fico olhando para o painel do carro na minha frente. — Eu vi você com a Monica e fiquei com ciúmes porque parecia que vocês estavam juntos e eu... eu queria que fosse eu. Porque eu gosto de você, Luis. E já faz um tempo.

Pronto. Falei.

Inspiro rapidamente, ainda sem olhar para ele, e adiciono apressada:

— Não tem nenhum problema se você não se sentir como eu me sinto, porque ainda podemos ser amigos e eu não vou ficar chateada...

— Opa, calma aí — Luis me interrompe. — Posso responder antes de você responder por mim?

— Ah. — Meu rosto pega fogo e eu encaro o painel com tanta intensidade que fico impressionada quando os ponteiros do odômetro não se mexem. — Sim. Com certeza. Me desculpe.

A mão de Luis escorrega pelo meu braço até que seus dedos se entrelaçam aos meus e ele aperta a minha palma de leve.

— Olhe para mim, tá? — pede ele, baixo. Viro a cabeça e percebo que a expressão em seu rosto é tão suave e aberta que sinto uma pontinha de esperança. — Eu também gosto de você, Maeve — diz ele, os olhos escuros firmes nos meus. — E já faz um tempo.

Meu coração despenca e depois explode.

— Ah! — exclamo. Esqueci todas as outras palavras.

Seus lábios rapidamente se curvam.

— Devemos então fazer alguma coisa em relação a isso? Ou você vai preferir continuar me torturando a distância?

O sorriso que abro é grande o bastante para ocupar todo o meu rosto.

— Devemos — consigo dizer. — Fazer alguma coisa.

— Que bom — responde Luis. Ele toca meu rosto e se aproxima. Os meus olhos se fecham e uma quentura sobe pelas minhas veias enquanto espero que os seus lábios encontrem os meus e... meu colo solta um bipe alto. Nós dois nos assustamos e recuamos.

— Droga — murmuro, frustrada, pegando o telefone. — Esqueci que estamos em vigilância.

Luis ri.

— Não existe um momento de tédio ao seu lado. O que houve?

Eu leio a mensagem de Knox, pisco algumas vezes, e leio de novo.

— Phoebe disse que não é o Derek.

— Sério? — Luis parece tão surpreso quanto eu. — Então quem é?

— Ela não sabe. Ela disse que nunca o viu antes.

Luiz faz uma careta.

— Isso é estranho.

Meu telefone apita com outra mensagem de Knox. *Ele está indo embora.*

— Ah! — Pego o braço de Luis. A figura que estávamos observando no coreto de repente está bem mais próxima. — É ele.

O Sujeito Intenso está atravessando a grama e indo para perto do parquinho, mas nem olha para a estrutura no trepa-trepa, onde Phoebe está. Ele passa por um grupo de crianças e se dirige para a saída do parque. Daqui não há dúvidas de que é a mesma pessoa que confrontou o Sr. Santos há algumas semanas. Ele pode pegar dois caminhos para sair do parque, e escolhe o que vai dar quase que diretamente no meu carro.

— Merda. Ele está vindo nessa direção — digo, olhando para baixo para proteger meu rosto. O cara mal piscou para mim no Café Contigo, mas é melhor não arriscar. — Abaixa, Luis. — Em vez disso, Luis faz exatamente o que não deveria fazer, que é se inclinar para a frente para ver melhor. — Pare! — chio. — Não deixe que ele o veja. Ele vai reconhecer você!

— E daí? — diz Luis. Juro por Deus, ele deve ser o cara mais gostoso que já vi, mas é inútil numa situação de vigilância. Tento puxá-lo para trás, mas ele ainda está esticando o pescoço e o Sujeito Intenso está *logo ali*, prestes a atravessar na frente do carro, então eu não tenho escolha a não ser segurar o rosto de Luis e beijá-lo.

Quero dizer, provavelmente tenho outras opções, mas essa é a melhor.

Estou inclinada de um jeito estranho, presa pelo cinto de segurança, até que Luis passa a mão sobre mim e o solta. Eu interrompo o beijo para sair de trás do volante. Ele me puxa para mais perto, me levantando para o seu colo, e volto com as mãos para o seu rosto. Seus braços estão quentes e firmes ao meu redor, me segurando no lugar enquanto nos entreolhamos por um instante.

— Linda — diz ele, e eu derreto. Então seus lábios caem sobre os meus e está acontecendo de novo: o calor, a tontura e a necessidade desesperada de estar o mais perto possível dele. Seus dedos deslizam pelas minhas bochechas, os meus estão enrolados no cabelo dele, e o beijo continua até eu me esquecer completamente de onde estamos e o que deveríamos estar fazendo.

Até a batida alta na janela do carro.

Ai, Deus. A realidade volta em um lampejo enquanto levanto o olhar, esperando ver o Sujeito Intenso olhando furioso para nós. Em vez disso, Phoebe inclina a cabeça e acena, sorrindo animadamente. Knox está a alguns metros dela, a cabeça baixa enquanto guarda o binóculo no estojo. Ela se vira e fica de costas para nós e para a janela.

Eu não lembro em que momento isso aconteceu, mas parece que eu ou Luis reclinamos o banco e estamos praticamente deitados.

— Hum. Então. — Eu alcanço além do colo de Luis à procura do botão e não consigo segurar o riso quando o banco começa a subir devagar enquanto seguimos embolados um no outro. — Este é o botão de reclinar — digo, ajeitando o cabelo.

— Bom saber — responde Luis, beijando o meu pescoço, a palma da mão quente sobre a minha cintura. — Obrigado pela demonstração.

— Sem problemas. Eu mostro para todo mundo. É importante entender como o veículo funciona. — Relutante, eu escorrego do colo de Luis até ficar atrás do volante novamente. Então aperto a sua mão, ficando toda boba por aparentemente poder fazer isso agora. — Continuamos depois?

Ele sorri e aperta a minha mão também.

— Definitivamente.

— Bom! — Phoebe abre a porta traseira e engatinha pelo banco. O capuz do casaco de Knox ainda está sobre a cabeça dela, o laço bem amarrado na frente do seu rosto. Knox entra depois e fecha a porta. Ele parece preocupado com o binóculo. Tenho certeza de que Phoebe agiu rápido o bastante e Knox não viu Luis comigo. — É oficial: eu nunca vi esse cara na vida. Não faço a mínima ideia de quem ele seja.

— E agora? — pergunto. — Nós devemos…

— Merda, ele está vindo! — Knox puxa Phoebe, pressionando-a contra o ombro dele, o que a faz soltar um gritinho abafado. Abaixo no meu lugar automaticamente, mas Luis, é óbvio, fica onde está. Ele é realmente péssimo nisso. — Desculpa — diz Knox com a voz mais calma ao soltar Phoebe. — Mas ele passou dirigindo por nós. Não se preocupe, ele não olhou para cá.

Phoebe se inclina para a frente e espia entre os bancos dianteiros.

— O carro azul? — pergunta. Quando Knox resmunga confirmando, ela bate no meu ombro. — Siga o carro dele. Vamos ver o que esse esquisito faz quando não está assediando meninas que ele nem conhece.

CAPÍTULO 24

Knox

Quinta-feira, 26 de março

Cerca de duas horas depois de sairmos do parque, temos o número da placa do carro, um endereço e um nome. Mais ou menos.

— O carro está registrado no nome de David Jackson — informa Maeve, os olhos na tela do computador. — Então talvez David Jackson seja o Sujeito Intenso? — Estamos sentados na mesa da minha cozinha, depois de deixarmos Luis e Phoebe em casa. Meus pais saíram para jantar com os vizinhos, então estamos comendo macarrão na manteiga e palitinhos de cenoura, porque é até onde vai o meu repertório culinário. Eu não sou Luis. Em mais de um aspecto.

É, eu vi. Estou tentando ficar feliz por eles. Não é como se eu estivesse com ciúmes. É só que... por uma vez na vida eu gostaria que alguém reagisse daquela maneira comigo. Talvez só aconteça com caras tipo Luis.

— Ótimo — digo, desbloqueando meu celular para abrir o Instagram. — É um nome muito incomum. Se eu der busca, encontro... resultados demais para contar.

300

Maeve enruga a testa.

— Estou dando um Google no nome dele e na cidade, e... hum. Nada interessante. — Nós seguimos o carro azul até um sitiozinho em uma área detonada em Rolando Village que a base de dados imobiliários da cidade indica pertencer a um casal, Paul e Lisa Curtin. Maeve acha que deve ser alugado. — Tem um dentista na cidade que se chama David Jackson. Ele tem péssimas avaliações na internet.

— Bom, o nosso Sujeito Intenso não parece ser muito simpático — digo. — E ele também não tem idade para já ter terminado a faculdade de odontologia.

Maeve morde um palitinho de cenoura e Fritz, que está sentado entre nós dois, estica a cabeça na direção dela com um olhar esperançoso.

— Você não gostaria de cenoura — ela lhe garante, acariciando o monte de pelo cinzento entre as orelhas dele. Fritz não parece convencido. Eu me inclino sobre ele para ver melhor a tela de Maeve, e ela gira o notebook na minha direção. — Esse David Jackson tem uns 50 anos — diz. — Esse outro acabou de se aposentar por uma companhia de gás... — Maeve clica na segunda página de resultados, depois suspira e se reclina na cadeira. — Eles são todos velhos.

— Talvez David Jackson seja o pai do Sujeito Intenso — sugiro. — O pai é o dono do carro e o filho dirige?

— Pode ser. Mas isso não nos ajuda muito. — Maeve morde o lábio inferior, pensativa. — Eu gostaria que Phoebe conversasse com a mãe dela sobre o que está acontecendo.

No caminho de volta de Rolando Village, todos nós tentamos convencer Phoebe a contar para a Sra. Lawton a respeito do Sujeito Intenso e do bilhete. Mas ela não concordou.

— Minha mãe já tem problemas demais — insistiu. — E, obviamente, é um caso de identidade trocada. Ele está procurando outra Phoebe.

Eu consigo entender ela querer pensar assim. E espero que seja verdade. Embora eu sinta pena da Outra Phoebe, se for isso mesmo.

Um alerta pisca na tela do computador de Maeve. *O site que você está monitorando teve uma atualização.* Deus, ela tem sincronização do PingMe para *tudo*. Engulo um resmungo enquanto Maeve abre uma nova guia para o fórum A Vingança É Minha. Eu prefiro continuar procurando o David Jackson nas redes sociais pela próxima hora a vagar por essa bizarrice de novo.

Então uma sequência de mensagens surge:

Vai se foder, Phoebe, por não ter aparecido.
É, usei seu nome verdadeiro.
NÓS TÍNHAMOS UM TRATO — Darkestmind

Fico de queixo caído e Maeve se vira para mim, os olhos arregalados.

— Ai, meu Deus — diz. Fritz choraminga baixinho com a tensão na voz dela. — Não pode ser uma coincidência. Você entende o que isso quer dizer?

Finalmente eu entendo, sim. Fiz pouco caso de Maeve por ter espionado o fórum porque eu não acreditava que havia alguma conexão entre as digressões delirantes de lá e o que estava acontecendo em Bayview. Agora essas mensagens me dão um tapa na cara, porque eu estava totalmente errado. Aponto para o nome de usuário à nossa frente.

— Isso quer dizer que Darkestmind e o Sujeito Intenso são a mesma pessoa?

— Não apenas isso — diz Maeve, com urgência. Fritz deixa a cabeça cair no joelho dela, que afaga uma das orelhas molengas do bicho sem desgrudar os olhos do computador. — Durante todo o tempo eu achei que esse Darkestmind era a pessoa por trás do Verdade ou Consequência. Lembra? Ele vivia falando sobre o colégio e um jogo, até escreveu *tic-toc*, assim como o Número Desconhecido. E se eu estiver certa sobre isso... o Sujeito Intenso também é o Número Desconhecido. Os três fios que estamos seguindo levam todos a uma mesma pessoa.

— Merda. — Estou encarando a mensagem do Darkestmind há tanto tempo que as palavras estão começando a sair de foco. — Você está dizendo que nós seguimos quem manda as mensagem do Verdade ou Consequência?

— Eu acho que sim — responde Maeve. — E ele definitivamente não frequenta o Colégio Bayview. Eu sabia que não era o Matthias — completa, quase que para si mesma. — Dá para notar que aquele pouquinho de visibilidade que ele teve com o Simon Manda o deixou apavorado.

— Tudo bem, mas... — Pisco algumas vezes para clarear a visão. — Do que diabos esse cara está falando, então? Ele diz que ele e Phoebe tinham um acordo. Um acordo para quê? Destruir a vida dela na escola? Não faz sentido algum.

— Eu também não entendo essa parte — murmura Maeve. A expressão dela fica pensativa. — Você acha que ela pode não estar nos contando alguma coisa?

— Tipo o quê?

Maeve dá de ombros.

— Tipo, talvez Phoebe conheça o cara, mas foi um término ruim e ela não quer falar sobre isso. — Ela faz uma careta. — Bem ruim. Aquele sujeito parecia estar atrás de sangue.

Atrás de sangue. As palavras me acertam e eu me empertigo no assento.

— Espera — digo. — Pensei em uma coisa. Vamos imaginar que estamos certos e que o Sujeito Intenso é o Darkestmind, que é o Número Desconhecido. A propósito, vamos escolher um único apelido, porque isso está ficando confuso. Meu voto é para Sujeito Intenso. É o mais descritivo e, também, fui eu que inventei. Enfim. O Sujeito Intenso tem algum tipo de desentendimento com Brandon? — Gesticulo para a tela do computador de Maeve. — Quero dizer, é um fórum de vingança, não é? Nate acha que alguém pode ter mexido na plataforma do terreno em construção. O Sujeito Intenso levou Brandon até lá com a consequência. Com isso, talvez a teoria bizarra que descartei no outro dia possa estar, na verdade, certa, e ele feriu Brandon de propósito.

— Mas por quê? — Maeve pergunta. — Você acha que talvez ele estivesse com ciúmes? Porque Brandon estava saindo com Phoebe? — A mão dela congela na cabeça de Fritz. — O jogo começou com uma fofoca sobre Phoebe e Derek, não foi? Talvez esse cara não suporte pensar nela com qualquer outra pessoa.

— Talvez — digo, devagar. — Mas você não estava com Phoebe no parquinho. Ela parecia genuinamente intrigada com ele. E eu estava pensando em alternativas diferentes, do tipo... — O telefone de Maeve toca e eu paro. — É a Phoebe?

Maeve pega o celular. O semblante inteirinho dela muda, ficando luminoso e corado como se alguém tivesse injetado champanhe rosé nela.

— Não — responde, lutando contra um sorriso conforme larga Fritz para poder digitar com as duas mãos. — Eu só vou... responder aqui rapidinho.

— Mande um oi para o Luis — falo, olhando ao redor da cozinha. Fritz cutuca a coxa de Maeve com o nariz algumas vezes, depois suspira e se joga no chão quando não consegue chamar a atenção dela de volta.

Meus olhos param na bolsa do notebook da minha mãe, que está em cima de uma cadeira vazia, onde ela sempre deixa quando chega do trabalho. Ser uma corretora de seguros não é um trabalho de horário comercial, e mamãe geralmente pega o notebook pelo menos uma vez por noite para trabalhar em algum caso. Mas agora ela e o meu pai ficarão fora por mais uma hora, no mínimo.

Quando Maeve finalmente larga o telefone, eu digo:

— Talvez nós estejamos fazendo a pergunta pelo ângulo errado.

— Quê? — Ela ainda parece meio efervescente. — Que pergunta?

— Você perguntou por que o Sujeito Intenso, particularmente, odiaria Brandon — lembro a ela. — Mas talvez devêssemos perguntar: o que Brandon pode ter feito para fazer alguém odiá-lo tanto a ponto de querer eliminá-lo?

As sobrancelhas de Maeve ficam unidas.

— Não entendi.

— Estou apenas pensando numa conversa que ouvi entre os meus pais. A gente não estava se falando, então não mencionei antes, mas tenho pensando nisso desde então. Meus pais comentaram como seria irônico se o Sr. Weber processasse o terreno em construção, por conta de algum processo envolvendo Brandon que a empresa da minha mãe cuidou três anos atrás. E meu pai disse algo do tipo: "O caso não deveria ter sido resolvido assim. Tudo o que fez foi mostrar a Brandon que ações não têm consequências".

— Então você vai perguntar para a sua mãe?

— Seria inútil. Ela não diria nada.

— E se você contasse a ela sobre tudo isso? — sugere Maeve, gesticulando para o computador. — Quero dizer, o seu pai já acha que o acidente de Brandon foi suspeito, né? Mas ele não sabe que fez parte de um jogo que deliberadamente levou Brandon até a área em construção. Nós somos os únicos, além de Sean, Jules e Monica, que sabemos disso, porque somos os únicos que vimos o vídeo do telefone de Sean.

Engulo em seco.

— Poderíamos contar, eu acho. Mas o problema é que... o meu pai me acha um idiota. — Maeve começa um murmúrio para discordar, mas eu dispenso. — É verdade. Ele acha. E se eu for atrás dele com isso, falando sobre jogos, postagens que desaparecem em fóruns anônimos e um sujeito aleatório que eu segui no parque, ele nunca me levaria a sério.

— Certo — diz Maeve, com cautela. Ela parece querer argumentar, mas se resume a: — Acho então que só nos resta esperar para ver se os seus pais conectam esses mesmos pontos. Eles são os especialistas, afinal.

— Eu não quero esperar — digo. — Quero saber o que Brandon fez três anos atrás que foi tão terrível a ponto de acabar em algum tipo de acordo secreto. — Eu me inclino e pego pela alça a bolsa com o notebook da minha mãe, puxando-a pelo espaço entre mim e Maeve. — Esse é o computador da minha mãe.

Maeve pisca, surpresa.

— Você está sugerindo que a gente... invada o computador?

— Não — respondo. — Isso é ridículo. Estou sugerindo que *você* invada o computador. Eu não sei fazer isso.

Abro a bolsa e tiro de lá um notebook preto e compacto que parece do início dos anos 2000 e o empurro na direção de Maeve. Ela pousa uma das mãos sobre o tampo e hesita, os olhos arregalados e questionadores.

— Você quer mesmo que eu faça isso?

Levanto a sobrancelha.

— Você consegue?

Maeve dispensa a pergunta com um *pffff*.

— Desafio aceito.

Ela abre o tampo e aperta o botão de ligar.

— Se a sua mãe estiver com uma versão antiga do Windows, há algumas alternativas para o login… Mas, antes de tentar isso: em que ano Kiersten nasceu? — Eu respondo e ela murmura. — Kiersten + o ano de nascimento é… Certo, não é. E Katie? — Repetimos o processo e a testa de Maeve fica franzida. — Uau, tenho mais seis tentativas antes do sistema travar. São muitas. Kelsey nasceu um ano depois de Katie?

— Sim, mas… — Eu paro quando ela abre um sorriso, virando o computador para mim enquanto a tela acende com uma foto antiga de uma família esquiando. — Você está brincando. Realmente funcionou?

— Pais são as piores ameaças quando se trata de segurança cibernética — diz Maeve, calma, virando a tela de volta para ela. — Certo, vamos procurar por Brandon Weber em todos os documentos. — Ela digita e em seguida se recosta na cadeira, semicerrando os olhos. — Nada. Talvez apenas Weber. — Ela aperta mais algumas teclas e então faz uma careta. — Argh. É muita coisa. Fomos amaldiçoados por nomes comuns hoje. Endereços eletrônicos, catálogo telefônico e mais um monte de outras coisas... — Ela segue deslizando a tela e murmurando sozinha enquanto eu coloco os nossos pratos vazios na máquina de lavar e sirvo mais Sprite nos copos em que estávamos bebendo. Dou um gole no meu enquanto ela trabalha.

— Acho que entendi o sistema de nomes da sua mãe — diz Maeve depois de alguns minutos. — Todos os casos estão nomeados da mesma forma. Então se eu colocar as palavras-chave e cruzar com Weber... temos um número bem menor de arquivos. Foi há três anos, você disse?

— Sim. Quando a minha mãe começou na Jenson e Howard.

Os dedos de Maeve voam pelo teclado e ela abre um sorrisinho.

— Certo, agora temos apenas dois documentos. Vou tentar abrir um deles. — Ela dá dois cliques e balança a cabeça afirmativamente, como se o resultado fosse exatamente o que estava esperando. — Protegido por senha, mas...

Fritz de repente se senta, latindo loucamente, e sai correndo para a porta da entrada. Eu e Maeve congelamos, os olhos em pânico. Fritz só se movimenta assim quando um carro entra na garagem.

— Achei que você tivesse dito que os seus pais só voltavam mais tarde — reclama Maeve. Ela começa a desligar o computador enquanto eu tropeço em mim mesmo e sigo Fritz. Ele ainda está furioso, e eu seguro a sua coleira quando abro a porta e dou uma olhada lá fora. Os faróis brilhando nos meus olhos são bem menores do que eu esperava.

— Espera — digo para Maeve da porta. Fritz continua latindo, e o rabo bate contra a minha perna. — Não guarda o computador ainda. É Kiersten.

Maeve para.

— Ela não vai se incomodar com o que estamos fazendo?

— Com certeza vai. Mas posso distraí-la por alguns minutos. Mande os arquivos para você por e-mail, ok? Venha até a calçada quando tiver terminado.

Abro a porta apenas o suficiente para sair sem deixar que Fritz passe, então desço os degraus da entrada. Meu movimento aciona os refletores da garagem, e os faróis de Kiersten são desligados. Ela abre a porta do carro e pisa na calçada.

— Ei! — chama, balançando as duas mãos num cumprimento. — Eu estava por perto por causa do trabalho e só quis...

Antes que ela tenha a chance de terminar, eu a abraço com tanta força que quase a derrubo.

— É tão bom ver você! — grito. Levanto minha irmã do chão o mais alto que consigo.

— Hum. Ok. Uau. — Kiersten dá tapinhas nas minhas costas. — É bom ver você também. — Eu a coloco de volta no chão sem soltar o abraço, e os tapinhas ficam mais fortes. — Você pode me soltar agora — diz. A voz dela está abafada na minha camisa. Continuo grudado nela, e Kiersten praticamente me dá um soco entre as omoplatas. — Sério. Mas obrigada pelas boas-vindas entusiasmadas.

— Eu que agradeço — digo, a abraçando mais forte. — Por nos agraciar com a sua presença.

— Pelo quê? O que vo... — Kiersten fica rígida e se afasta, esticando o pescoço para dar uma boa olhada na minha cara. — Knox, você está *bêbado*? — Ela me cheira ruidosamente, depois usa três dedos para puxar a pálpebra inferior do meu olho esquerdo. — Ou chapado? Você usou alguma coisa?

Por que diabos Maeve está demorando tanto lá dentro?

— Eu estou bem — digo, me soltando dela rapidamente.

Só estou feliz de ver você porque eu queria... — Paro por alguns instantes, caçando em meu cérebro algo que mantenha Kiersten interessada o bastante para fazê-la esquecer que estamos parados na calçada. Ela estreita os olhos e bate um pé, esperando.

Engulo com dificuldade e digo:

— Conselhos amorosos.

O rosto inteirinho de Kiersten se ilumina quando ela bate as mãos.

— *Finalmente.*

Maeve então sai pela porta, a bolsa do notebook pendurada em um dos ombros. Os olhos de Kiersten se arregalam e ela se vira para mim, com uma expressão esperançosa.

— Não é ela — murmuro, quando Maeve acena. — Seguimos sendo apenas amigos.

— Que pena. — Kiersten suspira e abre os braços para cumprimentar Maeve.

Quando ela passa por mim para abraçar a minha irmã, sussurra:

— Consegui.

Seja lá o que ela tenha achado, é melhor que seja bom, porque estou prestes a abrir mão de pelo menos uma hora da minha vida por isso.

CAPÍTULO 25

Phoebe

Quinta-feira, 26 de março

Quando chego em casa, minha mãe não está, foi para mais uma reunião de planejamento de cerimônias do Golden Rings. Ela me deixou um bilhete na bancada da cozinha: *Emma ainda não está se sentindo bem. Owen comeu e tem algumas sobras na geladeira. Você pode fazer o dever com ele?*

Abaixo o bilhete com um suspiro. Eu disse aos meus amigos que não contaria à mamãe nada do que aconteceu no Café Contigo nem no parque Callahan, e falei sério. Mas uma parte de mim, que não é tão pequena assim, está cansada de se sentir como se eu fosse a mãe da casa. Não é culpa dela, eu sei. Mamãe está fazendo tudo o que pode. Mas me dói quando penso em como eu costumava engatinhar até o colo dela quando mais nova para despejar todos os meus problemas. Me fazia tão *bem* por tudo para fora.

Mas eram problemas de criança. Brinquedos quebrados e joelhos ralados. Eu nem saberia por onde começar se quisesse explicar as últimas seis semanas da minha vida. Nem Emma. O que quer que esteja acontecendo com a minha irmã, uma coisa é óbvia: ela também não tem ninguém em quem ache que pode confiar.

Que merda que não podemos ser essa pessoa uma para a outra.

O apartamento está silencioso a não ser por um ruído baixo de videogame vindo do quarto de Owen e pelo zumbido da máquina de lavar louças. A única coisa nesse apartamento que é melhor do que na nossa casa antiga é que aqui a máquina de lavar louças funciona. Lá nós tínhamos que lavar a louça na pia antes de colocar na máquina de lavar, o que sempre levava meu pai a fazer uma piadinha:

— É o secador de louças mais caro do mundo — reclamava. De vez em quando, ele tentava consertá-la, mas toda a sua habilidade sumia quando se tratava da lava-louças. Da última vez em que tentou, acabou saindo água de um cano no armário do porão.

— A gente devia comprar uma lavadora nova — eu disse a ele enquanto ajudava a colocar baldinhos de praia no armário para pegar a água. Eu não pensava em quanto as coisas custavam naquela época. Uma lavadora nova não significava tanto para mim quanto um par de tênis novos.

— Nunca — respondeu meu pai, cheio de energia. — Eu e a lavadora estamos presos um ao outro numa competição. E um dia eu vou ganhar.

Agora eu percebo que não tínhamos dinheiro para uma nova lavadora. Depois que o papai morreu, de repente podíamos comprar *qualquer coisa* — a mamãe nos levou para a Disney de Los Angeles, embora já fôssemos meio velhas, mas Owen aproveitou. Ela andava conosco pelo parque de dia e chorava no travesseiro do quarto do hotel à noite. Ganhamos roupas novas e celulares, e minha mãe comprou um carro novo para que eu e Emma pudéssemos ficar com o dela. Tudo estava perfeito e brilhante, mas não queríamos nada daquilo, não de verdade, então não foi um problema quando acabou.

Dou um chute na base da nossa lava-louças silenciosa e eficiente. Eu a odeio.

Não estou com fome, então abro o armário abaixo da pia e executo meu ritual: verificar quanto de bebida mamãe ainda tem. Ontem havia uma única garrafa de tequila. Hoje ela não está mais aqui. É chocante que a minha mãe não tenha notado o que vem acontecendo com Emma, mas, de novo, Emma nos deixou muito bem treinados em acreditar que ela sempre faria o certo. Se não dividisse o quarto com ela, eu também não saberia. E não teria essa preocupação me corroendo o estômago a cada vez que entro no apartamento. Eu nunca sei o que vou encontrar, ou como fazer com que qualquer coisa melhore.

No entanto, agora precisa acabar, já que Emma secou todo o estoque de álcool da mamãe. Minha irmã introvertida e correta não vai conseguir comprar mais bebida sozinha. Com um suspiro, fecho a porta do armário e vou para o quarto ver como Emma está. Há chances de ter mais sujeira para que eu limpe de novo.

Quando abro a porta, a primeira coisa que noto é o som... baixo, gorgolejante.

— Emma? — chamo, escancarando a porta. — Tudo bem?

Ela está deitada na cama, tremendo. A princípio penso que está encatarrada, como se estivesse como uma gripe horrível, mas logo percebo: ela está *sufocando*. Seus olhos estão fechados, os lábios, azuis, e eu observo apavorada o corpo dela convulsionar.

— Emma! Emma, não!

Parece que as palavras estão sendo arrancadas de mim. Eu me lanço para a frente para segurá-la pelos ombros, quase derrubando a garrafa de tequila no chão, e puxo seu corpo para o lado. O barulho gorgolejante ainda sai dela, mas agora está misturado a um chiado.

— Emma! — grito, batendo nas suas costas, pânico me consumindo. E então o corpo todo dela se contrai e um jato de vômito sai da sua boca, encharcando tanto a minha camisa quanto os lençóis.

— Phoebe? — Owen espia pela porta. — O que está acontecendo? — Ele fica de boca aberta quando vê Emma. — O que... o que tem de errado com ela?

Emma engasga uma vez e depois cai imóvel sobre a cama. Eu a escoro para que a sua cabeça fique de lado no travesseiro e o vômito desça pela boca aberta.

— Pegue o meu telefone. Está na bancada. Ligue para a emergência. Diga o nosso endereço e avise que temos uma pessoa com envenenamento por álcool. *Agora* — acrescento quando Owen não se mexe. Ele dispara do quarto enquanto pego o lençol de Emma pela borda e tento limpar a sua boca. O cheiro ácido do vômito finalmente me acerta, e meu estômago embrulha conforme sinto que a frente da minha blusa úmida começa a pingar.

— Como você pôde fazer isso? — sussurro.

O peito de Emma está subindo e descendo, mas lentamente. Seus lábios seguem azulados. Eu levanto a mão dela para sentir a pulsação sob a pele pegajosa do punho. Mal sinto qualquer movimento, principalmente quando a minha própria pulsação está tão acelerada.

— Owen! Não desligue! Traga o telefone! — grito.

Meu irmão volta para o quarto, o meu telefone agarrado ao ouvido.

— A moça diz que alguém está a caminho — choraminga ele. — Por que ela está envenenada? — completa, a voz trêmula conforme olha a figura flácida de Emma. O cabelo dela cai sobre o rosto, próximo demais da boca, e eu puxo para trás. — Quem a envenenou?

— Ninguém — digo entre dentes. Não literalmente, de todo modo. Eu não posso responder por quem ou o que tem envenenado a mente dela nessas últimas semanas, mas começo a achar que não é Derek. Se Emma conseguiu se manter inteira depois de descobrir que eu e ele "dormimos juntos", certamente não estaria a ponto de se matar por conta de algumas mensagens no Instagram. Tem que ter alguma outra coisa acontecendo. Eu estendo a mão para o meu irmão. — Me dê o telefone.

Ele obedece e eu seguro o aparelho contra a orelha.

— Alô, me ajude, eu não sei o que fazer — peço, tremendo. — Eu a deitei de lado e ela vomitou, então não está mais asfixiada, mas também não está se mexendo. Quase não sinto a sua respiração e eu não consigo, eu não sei...

— Tudo bem, querida. Você fez a coisa certa. Agora me ouça para que eu possa ajudar. — A voz do outro lado é sensata e tranquilizante. — Uma ambulância está a caminho. Eu farei algumas perguntas a você, e então saberemos o que fazer até que eles cheguem aí. Estamos juntas nisso, ok?

— Ok — respondo. Lágrimas começam a escorrer pelas minhas bochechas e eu inspiro profundamente para me acalmar. Tento focar na voz da mulher em vez de prestar atenção às duas perguntas que seguem retumbando na minha cabeça.

A minha: *Como você pôde fazer isso?*

A de Owen: *Quem a envenenou?*

CAPÍTULO 26

Maeve

Sexta-feira, 27 de março

Minha irmã está me sufocando, mas da forma mais legal possível.

É sexta-feira à tarde, e cheguei da escola há menos de meia hora. Bronwyn acabou de chegar do aeroporto de Uber e está no meu quarto, com os braços ao redor dos meus ombros enquanto eu pressiono o telefone contra a orelha, tentando entender o que Phoebe está me dizendo:

— Bom, ısso é bom, né? — pergunto.

— Acho que sim. — Phoebe parece exausta. Quando ela não apareceu na escola hoje, fiquei preocupada que algo mais pudesse ter acontecido com o Sujeito Intenso. Eu e Knox mandamos um monte de mensagens urgentes para saber se ela estava bem, e ela finalmente respondeu na hora do almoço, nos avisando que estava no hospital com Emma. Phoebe passou a maior parte da noite anterior no hospital, disse, até a mãe insistir que ela fosse para casa para tentar dormir um pouco. A primeira coisa que fez de manhã foi voltar para o hospital.

— Ela ainda está no soro, mas pararam com o oxigênio — explica Phoebe agora. — Dizem que não deve ter sequelas a longo prazo. Mas estão falando sobre tratamento para vício quando ela sair do hospital. Uma reabilitação, ou algo do gênero. Eu nem sei.

— Emma disse por que estava bebendo? — pergunto.

— Não. Ela não ficou muito tempo acordada também. — Phoebe dá um suspiro longo e cansado ao telefone. — É uma coisa atrás da outra nessa família.

Minha garganta fecha. Antes de saber sobre Emma, fiquei me coçando para contar a Phoebe tudo o que descobrimos a respeito do Sujeito Intenso na noite anterior, para fazê-la pensar melhor sobre de onde poderia conhecê-lo. Mas não posso jogar isso nela agora. Um problema de cada vez.

— Posso fazer alguma coisa para ajudar?

— Obrigada, mas acho que não. Preciso ir agora. Tenho que fazer minha mãe comer alguma coisa. Só queria avisar que Emma vai sobreviver. — Ela diz de um jeito leve, como se o contrário jamais tivesse sido possível, mas estou ansiosa desde a mensagem que ela mandou mais cedo. Eu só conseguia pensar que *Phoebe não pode perder mais ninguém.*

— Manda mensagem se precisar de alguma coisa — digo, mas Phoebe já desligou. Solto o telefone para poder retribuir o abraço da minha irmã. O cheiro familiar do seu shampoo de maçã verde me envolve, e eu relaxo pela primeira vez em dias. — Bem-vinda — digo, as palavras abafadas contra o ombro dela. — Desculpe, mas Bayview está uma confusão terrível novamente. Senti saudades.

Quando Bronwyn finalmente me solta, nos sentamos no banco sob a minha janela. Nosso lugar de sempre, como se ela nunca tivesse ido embora. Nossos pais ainda estão no trabalho, então o restante da casa está em silêncio.

317

— Eu nem sei por onde começar em relação a tudo que está acontecendo aqui — Bronwyn diz, cruzando as pernas. Ela está de calça legging preta e uma camiseta de Yale com decote em V. Uma roupa fofa e confortável para viajar de avião, ponto para ela. — Emma está bem, então?

— Sim, Phoebe disse que ela vai ficar bem.

— Deus. — Bronwyn balança a cabeça, os olhos arregalados. — Essa cidade está desmoronando. E você... — Ela me pega pela mão e dá uma balançada. — Me deixou zangada. Briguei com você mentalmente ao longo da semana inteira. Como não me contou o que estava acontecendo? — Seu rosto exibe afeto e reprovação na mesma medida. — Achei que contássemos tudo uma para a outra. Mas eu não tinha noção de que nada disso estava acontecendo até tudo já ter acabado.

— No fim não era nada — digo, mas ela apenas puxa minha mão com mais força.

— Passar semanas achando que você está terrivelmente doente de novo não é *nada*. E se tivesse perdido um tempo de tratamento valioso? Você não pode fazer isso, Maeve. Não é justo com ninguém.

— Você tem razão. Eu estava... — Hesito, olhando as nossas mãos entrelaçadas enquanto procuro pela melhor resposta. — A verdade é que eu nunca pensei que realmente terminaria o ensino médio. Então procurei não me apegar demais às pessoas nem deixar que elas se apegassem a mim. É mais fácil para todo mundo desse jeito. Mas eu jamais poderia fazer isso com você. Você não deixaria. Você sempre esteve *bem aqui*, me confrontando e me fazendo sentir coisas. — Bronwyn deixa escapar um choro sufocado e aperta minha mão com mais força. — Acho que com você longe eu me esqueci de como assim é realmente bem melhor.

318

Bronwyn está chorando para valer agora, e eu também. Nós nos abraçamos por alguns minutos e deixamos as lágrimas correrem. Parece que estou lavando meses de arrependimento por todas as coisas que eu deveria ter feito ou dito de modo diferente. *Não se pode mudar o passado*, Luis disse na noite em que preparou *ajiaco* na cozinha do Café Contigo. *Tudo que se pode fazer é se esforçar mais da próxima vez.*

E eu farei isso. Não vou mais recompensar amor com falsa indiferença. Não vou fingir que não quero minha vida ou as pessoas que estão nela; quero tanto que estou disposta a partir o coração de todos nós se o pior acontecer.

Bronwyn finalmente se afasta, enxugando os olhos.

— Prometa que nunca mais vai fazer nada parecido com isso.

Faço uma cruz com os dedos sobre o meu coração.

— Juro pela minha mãe vivinha. — É a nossa promessa de criança, modificada por Bronwyn quando fiquei no hospital pela primeira vez, dez anos atrás, ela com oito anos e eu com sete.

Ela dá uma risada nervosa e olha para o seu relógio da Apple.

— Caramba, quase quatro horas. Ainda nem chegamos na parte boa, a sobre o Luis, mas preciso encontrar a Addy. Estamos cuidando dos preparativos para o jantar de pré-casamento hoje à noite para que a Sra. Lawton possa ficar com Emma.

— Você vai ao jantar? — pergunto.

— Não. É só para as famílias. Vou embora assim que eu e Addy arrumarmos tudo, depois volto para a festa.

— Vocês querem ajuda? — ofereço, embora meus olhos já estejam se desviando para o notebook. Venho tentando sem sucesso abrir os arquivos que peguei do computador da mãe de Knox antes de Bronwyn chegar. A Sra. Myers é bem mais cautelosa ao proteger os arquivos dos casos do que o acesso ao sistema. Mas acho que estou chegando lá.

— Não, duas é o bastante. Provavelmente é até exagero, sinceramente. Mas não posso deixar Addy fazer isso sozinha. — Bronwyn faz uma careta. — Não é por mal, mas ela não é a mais organizada das pessoas.

— Dá para acreditar que Ashton e Eli se casam amanhã? — pergunto. — Para mim, é como se eles tivessem acabado de ficar noivos.

— Para mim também — diz Bronwyn. — O tempo passa rápido.

— Você precisa de carona até Addy? — pergunto.

Os lábios de Bronwyn se curvam num sorriso.

— Já arrumei uma.

Sigo o seu olhar até a calçada justamente quando uma moto encosta, e eu não consigo segurar a risada satisfeita que me escapa.

— Ora, ora, que *déjà-vu*. — Nós estávamos sentadas exatamen te neste lugar quando Nate veio até a nossa casa da primeira vez. Puxo a manga de Bronwyn enquanto ela abre um imenso sorriso para a janela, vendo Nate tirar o capacete. — O que está rolando?

— Eu liguei para ele depois de você me contar o que aconteceu no jogo de beisebol de Cooper. Depois de ter ouvido que ele esteve lá por você, tudo que nós dois vínhamos discutindo pareceu sem sentido. Temos conversado todas as noites desde então. E assistido a filmes. — Os olhos cinzentos dela brilham quando ela se levanta, arrumando a frente da blusa. — É quase como se ele estivesse lá comigo, mesmo a distância. Eu não me sentia assim desde que fui embora.

— Hum, interessante. — Bato com um dedo no queixo, tentando parecer pensativa enquanto luto contra um sorriso. — Então, se estou entendendo corretamente, o meu alarme falso para a leucemia fez vocês dois voltarem? De nada.

Um franzir breve interrompe o momento radiante de Bronwyn.

— Essa não é a conclusão certa.

Dou um empurrãozinho no tênis dela com o meu.

— Veja quem está com segredos, *Bronwyn*. E eu achando que deveríamos contar tudo uma para a outra. — Mas meu tom de voz é zombeteiro, porque não estou nada zangada com ela. Bronwyn fica com as bochechas coradas e não me olha nos olhos. Acho que principalmente porque não consegue tirar os olhos da janela. Nate continua na moto, esperando pacientemente. Ele nem se incomoda de ir até a porta, e tenho certeza de que sabe exatamente onde nós estamos.

— Faz alguns dias apenas. Acho que não quis contar para não dar azar.

— Você sabe que ele é louco por você, né? — digo. — Mais do que nunca. Eu estava praticamente morrendo na frente dele e ele só conseguia pensar em *você*.

— Você não estava morrendo.

— Bom, Nate não sabia disso, sabia?

— Eu realmente o amo — diz ela, baixinho.

— Novidade: nós sabemos. Você não tem enganado ninguém. — Dou uma cutucada na cintura dela. — Aproveite a carona. Imagino que você e Nate tenham planos para depois do jantar de pré-casamento, então vejo vocês na festa.

Ela sai e eu fico no meu banco sob a janela, observando até que vejo minha irmã chegar na calçada. Nate tira o capacete a tempo de pegar Bronwyn, que vai correndo até ele. Reparo nos braços dela ao redor do pescoço de Nate enquanto ele a gira, e me viro com um sorriso para que os dois tenham seu reencontro e o beijo a sós.

— Escrito nas estrelas — digo para o quarto vazio.

CAPÍTULO 27

Maeve

Sexta-feira, 27 de março

— Existe uma palavra para assediar o assediador da sua amiga? — Knox pergunta num tom baixo e reflexivo.

— Perseguição amistosa — digo, sem desviar os olhos do meu notebook.

— São duas palavras. E são péssimas.

São quase 20h30, e estamos ocupando uma das mesas perto da janela de uma cafeteria em Rolando Village. Bronwyn está com Nate, Luis está trabalhando, meus pais estão em um evento de caridade e eu não aguentei ficar zanzando pela casa sozinha por duas horas enquanto esperava a festa, que começaria depois do jantar de pré-casamento de Ashton e Eli. Então liguei para Knox. Nenhum de nós conseguia falar sobre nada que não fosse o Sujeito Intenso. Da conversa fomos para o carro e aqui estamos.

O café desse lugar é terrível, mas a localização é ideal. Estamos praticamente na frente da casa até onde seguimos o Sujeito Intenso no dia do parque Callahan.

— Tem algo de reconfortante em saber que ele está em casa — observa Knox. A calçada estava vazia quando chegamos, mas o carro azul estacionou alguns minutos depois, e vimos o Sujeito Intenso entrar sozinho na casinha estilo fazenda. Ele não saiu mais.

— Eu sei — concordo, distraída, os olhos fixos na tela do computador. Eu trouxe o notebook para poder continuar tentando abrir os documentos que tirei do sistema da mãe de Knox. Ele também está com o próprio computador para pesquisar "David Jackson", mas até agora só teve os mesmos resultados inúteis.

Knox bebe metade de um Sprite com uma sugada barulhenta no canudo e pergunta:

— Que horas precisamos sair para chegar na... Onde é mesmo a festa de Ashton e Eli?

— Restaurante da Talia, na Charles Street — respondo. — E podemos ficar aqui mais uns vinte minutos, por aí.

— Ótimo — diz Knox, olhando ao redor da desinteressante cafeteria. As paredes são cinzentas como numa prisão, as cadeiras e mesas parecem as de lanchonetes de escola primária e os sanduíches parecem estar expostos no balcão há um bom tempo. O barista boceja enquanto apaga *chocolate quente* do quadro de giz atrás dele e joga uma caixa vazia de mistura pronta para a bebida no lixo. — Você acha que Phoebe vai?

— Duvido. Ela está praticamente morando no hospital agora. — De repente, o documento a minha frente abre e dou um sorriso triunfante para Knox. — Consegui! Abri o primeiro arquivo. Esse é... hum. Provavelmente não é relevante. É algo relacionado ao caso para o Grupo Weber Reed Consultoria, da Flórida. — Estudo as primeiras páginas rapidamente, então fecho o documento e vou para o seguinte. — Vou tentar o outro.

— Bom trabalho, Sherlock. — Knox parece pensativo, e esfrega uma das mãos no rosto conforme olha pela janela. — Gostaria que tivéssemos a mesma sorte levantando os podres desse sujeito. Estamos bem na frente da casa dele e ainda não sabemos quem é ele. Tem aparecido algo interessante no fórum de vingança? Ou preocupante?

Estou com o A Vingança É Minha aberto em outra guia do computador, e recebi alguns alertas do PingMe desde que chegamos aqui, mas é só falação entre nomes que não reconheço.

— Nada de Darkestmind — digo. — Ele está quieto desde aquela postagem sobre Phoebe.

Knox se agita impacientemente.

— O que o bilhete que ele deixou no Café Contigo dizia mesmo? Ele não assinou com a inicial dele nem nada do tipo?

— Não — respondo, assertiva, e então fico quieta. Eu li o bilhete muito rapidamente, não estava com a cabeça muito tranquila.

— Acho que não, mas vamos confirmar. — Afasto os olhos da tela, onde o cabeçalho ACORDO EM NOME DA CORPORAÇÃO EAGLE GRANITE MANUFATURADA, EASTLAND, CALIFÓRNIA apareceu, para procurar meu celular na bolsa. Abro as fotos e deslizo a tela até achar a imagem. — Tirei uma foto. Confira você mesmo — digo, entregando o telefone para Knox.

Ele estreita os olhos e então toda a cor do seu rosto é drenada. Sua cabeça se levanta rapidamente, uma expressão tensa estampada no rosto.

— Mas. Que. Diabos. — Antes que eu possa questionar a mudança súbita de comportamento, ele completa: — Por que você não me mostrou isso antes?

Eu pisco. Ele está *zangado* comigo?

— Do que você está falando? Eu li o bilhete para você no Café Contigo.

— Não é a mesma coisa! — insiste.

Sinto uma comichão no couro cabeludo com o tom de voz nada característico de Knox.

— Como assim não é a mesma coisa? Você sabe o que está escrito.

— Mas eu não tinha *visto* o bilhete.

— Eu não...

Ele me empurra o telefone, cortando a minha fala.

— Estou falando da fonte. Como o bilhete foi escrito. Sabe, essa letra que parece escrita à mão, mas não é? Eu já vi isso antes. As últimas ameaças de morte recebidas no Até que Provem eram assim.

— Quê? — pergunto. Quando Knox não responde imediatamente, repito: — *Quê?*

— É... espere — pede Knox. Ele larga o meu celular e se volta para o notebook, os dedos voando pelo teclado. — Sandeep achou que as ameaças tinham relação com o caso D'Agostino, então eu vou... tenho várias coisas na minha nuvem. — Ele vira um pouco o notebook para que eu possa ver também. — Essa é uma tabela de todos que estão envolvidos no caso D'Agostino. Vou procurar David Jackson. — Ele digita o nome na busca e nenhum de nós respira até o resultado ser zero.

— Tente apenas Jackson — digo.

Dessa vez temos imediatamente um resultado: *policial Ray Jackson, réu. Acusado de ajudar o sargento Carl D'Agostino a chantagear e incriminar dezessete inocentes por posse de entorpecentes. Idade: 24 anos. Status: preso, aguardando julgamento.*

— Hum — digo. — Ray Jackson. Talvez seja parente de David Jackson?

— Talvez — concorda Knox. Ele ainda está digitando, os olhos grudados na tela. — Calma, eu indexei toda a cobertura da imprensa também. Vamos ver se mencionam a família. — Ele fica em silêncio por alguns minutos, e então vira a tela na minha direção. — Esse artigo tem *Jackson* e *irmão* em algum lugar. — Uma notícia preenche a tela, mostrando o sargento D'Agostino com os braços ao redor de um jovem arrumadinho, segurando uma placa. — Eu me lembro dessa matéria, li com a Bethany. É sobre D'Agostino entregando algum prêmio de mentoria. — Ele aponta para a legenda. *Uma semana antes de ser preso, o sargento Carl D'Agostino foi homenageado pelos alunos da Universidade do Estado de San Diego pela excelência como mentor comunitário.*

— Certo, então esse é D'Agostino — digo. — O que diz sobre Jackson? — Corremos os olhos pela página, mas eu sou mais rápida. Quase engasgo quando leio. — *Ironicamente, um dos jovens em risco que recebeu o prêmio de mentoria foi o irmão mais novo de Ray Jackson, Jared, de 19 anos, que esteve em condicional no ano passado por pequenos delitos* — leio. Eu me viro para Knox. — Tem uma foto de Ray Jackson em algum lugar?

— Sim, não nesse artigo, mas... — Knox puxa outra matéria, com fotos de cada um dos policiais acusados. Ele clica no nome *Ray Jackson* e amplia a imagem até que ocupe metade da tela. Desse tamanho, apesar de um pouco desfocada, não tem como não notar a similaridade da boca e dos olhos de Ray Jackson e do sujeito que seguimos.

— O Sujeito Intenso é Jared Jackson. — Respiro fundo. — O irmão de Ray Jackson. Deve ser. A idade bate, assim como o rosto. Eles definitivamente são parentes.

— É — diz Knox. — E o bilhete que ele deixou para Phoebe é idêntico aos que estamos recebendo no Até que Provem, então...

Jared Jackson *também* deve ser a pessoa que vem ameaçando Eli.
— Ele franze a testa. — O que faz sentido de um jeito estranho,
acho, já que Eli pôs o irmão dele na cadeia. Mas qual é a relação
dele com Phoebe?

— Eu não sei, mas é melhor contarmos a Eli — digo. Knox
procura seu telefone, mas eu já disquei o número de Eli no meu
celular. Em segundos, a voz dele preenche o silêncio: *Aqui é Eli
Kleinfelter. Não vou ouvir minhas mensagens até segunda-feira,
30 de março. Se precisar de assistência imediata com assuntos
legais, por favor, ligue para Sandeep Ghai, do Até que Provem, no
número 555-239-4758. Caso contrário, deixe uma mensagem.* —
Caiu direto na caixa postal — digo a Knox.

— É verdade, ele prometeu a Ashton que desligaria o telefone
por todo o fim de semana. Para que pudessem se casar em paz.

Sinto um nó no meu estômago.

— Acho que teremos que avisar a ele pessoalmente, então. Está
quase na hora de ir para a festa, de todo modo.

— Espere. — Os dedos de Knox correm pelo teclado do computador mais uma vez. — Acabei de jogar Jared Jackson no Google
e há muitos resultados. — Seus olhos navegam para cima e para
baixo pela tela. — Então, isso mesmo. Ele foi preso por roubo
numa loja de conveniência logo depois de se formar no ensino
médio. Ficou em condicional, fez o programa de mentoria, começou a trabalhar numa empresa de construção. — Algo apita
no meu subconsciente, mas Knox continua falando e a conexão
se perde. — Não parece que ele teve nenhuma reincidência com a
lei desde então. Mas tem um monte de coisas aqui sobre os efeitos
colaterais da prisão do irmão...

Ele fica em silêncio por um minuto enquanto lê.

— Não menciona o pai deles pelo nome, mas posso apostar que é David Jackson. Ele tem câncer de pulmão e eles perderam a casa depois que o irmão de Jared foi preso. Isso é uma merda, óbvio. Eufemismo, até. E a mãe deles... ah, merda. — Knox inspira profundamente, levantando o olhar para mim. — A mãe se matou na noite de Natal. Bom, eles acreditam que foi suicídio. Ela teve uma overdose de remédio para dormir, mas não deixou nenhum bilhete.

— Ah, não. — O meu coração afunda no peito conforme observo a casa dos Jackson; está escura com exceção do brilho amarelado de uma lâmpada no primeiro andar. Tudo na casa parece abandonado, do abajur quebrado às persianas tortas. — Que horrível.

— É mesmo. — Knox segue o meu olhar. — Certo, agora me sinto mal pelo Jared. Ele passou por muita merda. Talvez tudo isso seja apenas um modo doentio de descarregar a raiva.

— Talvez — digo, e então dou um pulo quando a lâmpada na janela de Jackson de repente se apaga e a casa mergulha na escuridão. A porta se abre e uma figura sombria surge. Knox empurra o notebook para o lado e mexe no zíper da mochila, procurando até achar seu binóculo. — Sério? — pergunto enquanto ele o encaixa nos olhos. Somos os únicos na cafeteria além do barista, que tem nos ignorado desde que pegamos as bebidas. Esse não é um modo exatamente discreto de ficar de olho no seu inimigo. — Você trouxe isso?

— É óbvio que trouxe. Ele tem modo de visão noturna. — Knox ajusta a lente e se inclina para a frente, espiando pela janela conforme a figura alcança um pedaço da calçada iluminado por um poste da rua. — É o Jared.

— Eu pude perceber isso *sem* o binóculo.

— Ele está de mochila, entrando no carro.

— Knox, eu consigo vê-lo perfeitamente bem...

Um alerta do PingMe abre na minha tela. *O site que você está monitorando foi atualizado.* Minimizo a tela com o documento da Sra. Myers e vou até a aba do A Vingança É Minha.

Tic-toc, o tempo acabou. Acho que eu mesmo vou fazer isso.
— *Darkestmind.*

Eu congelo. Não sei o que as palavras significam, mas não tenho dúvidas de que não é nada bom. Fecho o notebook com força e guardo na bolsa.

— Vamos, precisamos segui-lo — digo. — Ele está tramando alguma coisa.

CAPÍTULO 28

Knox

Sexta-feira, 27 de março

Maeve empurrou sua bolsa para mim antes de sentar ao volante, e agora estou segurando coisas demais para colocar o cinto de segurança enquanto ela arranca com o carro da rua de Jared Jackson. Ponho minha mochila aos meus pés, mas continuo segurando a bolsa de Maeve.

— Você precisa de algo daqui? — pergunto.

— Você pode tirar o meu celular? — pede Maeve, os olhos no carro azul a nossa frente. Ele vira uma esquina, ela faz o mesmo. — Para caso seja necessário. Pode deixá-lo no porta-copos.

Eu obedeço, e em seguida olho para baixo, na direção do MacBook parcialmente para fora da bolsa ainda aberta de Maeve. Eu quase me esqueci do que ela estava fazendo antes de Jared Jackson tirar qualquer outro assunto da minha mente.

— Ei, qual foi o segundo documento que você abriu? Dos que estavam no computador da minha mãe? — pergunto. — Havia algo sobre Brandon lá?

330

— Não sei. Não tive a chance de ler. Você quer fazer isso? Ainda está aberto, eu só minimizei.

— Poderia ler, sim. — Puxo o computador de Maeve, encaixo a bolsa dela ao lado da minha mochila no chão e acomodo o MacBook no meu colo. Abro o notebook e clico no ícone dos documentos na parte inferior na tela. — É esse? ACORDO EM NOME DA CORPORAÇÃO EAGLE GRANITE MANUFATURADA... Espera. Calma aí um pouco. — Franzo a testa. — Por que isso me parece familiar?

— É daqui, né? — pergunta Maeve. — Acho que tinha uma em Eastland.

— É. — Vou pulando um monte de coisas que não entendo até chegar novamente no nome da empresa e começar a ler. — *Acordo de compensação de trabalhador negociado por Jensen e Howard em nome da Corporação Eagle Granite Manufaturada em função da morte acidental de...* Ah, merda. — Sinto meus olhos se arregalando conforme reconheço o nome.

— O quê? — Maeve pergunta, distraída. Jared é um motorista meio instável, e Maeve está correndo bem mais do que o normal para acompanhá-lo.

— *Em função da morte acidental de Andrew Lawton.* É o pai de Phoebe. Eu me esqueci de que minha mãe pegou esse caso na época. — Então me lembro de Owen agradecido guardando uma nota de vinte dólares no Café Contigo; e do apartamento de Phoebe, que é bacana, mas bem menor do que uma casa padrão para quatro pessoas em Bayview. — A mamãe sempre fala que a Sra. Lawton não ganhou tanto quanto deveria — digo.

— Que horrível — responde Maeve. Jared sai da estrada e ela o segue. Eu levanto os olhos da tela e registro uma placa familiar de um Costco; não estamos longe de casa. Ela segura o volante com mais firmeza e completa: — Você procurou por Weber?

— Estou procurando. — Ler no carro me dá enjoo, mas sigo analisando os parágrafos até que meus olhos encontram o nome. — *Lance Weber, vice-presidente executivo no comando da Corporação Eagle Granite Manufaturada* — leio. Minha pele começa a pinicar. — Lance Weber. Não é o pai de Brandon?

Ouço o chiado da respiração ofegante de Maeve enquanto ela rapidamente muda de pista para ficar atrás do carro de Jared.

— Sim. Meus pais estavam falando sobre ele um dia desses. Meu pai já fez negócios com o Sr. Weber, e ele definitivamente é conhecido no ramo manufaturado. Só que agora trabalha para um fornecedor de aeronaves.

— Bom, acho que antes não trabalhava. — Sigo lendo até chegar ao parágrafo que faz todos os pelos do meu corpo se arrepiarem. Leio duas vezes para me certificar de que o que está ali é realmente o que eu estou pensando ser. — Maeve. Puta merda.

— O quê? — Noto que ela não está prestando muita atenção, porque está concentrada demais em se manter na cola dos movimentos à la Fórmula 1 de Jared, então cutuco seu braço para enfatizar.

— Você precisa prestar atenção. É sério. *Lance Weber reconhece que no sétimo dia de outubro, Dia de Levar os Filhos para o Trabalho na Corporação Eagle Granite Manufaturada, seu filho de 13 anos estava presente no andar industrial. Apesar de diversas advertências para se manter distante do equipamento, o menor subiu em uma empilhadeira e operou seus controles por cerca de cinco minutos, segundo um funcionário. A empilhadeira mencionada emperrou pouco tempo depois, enquanto transportava o bloco de concreto que esmagou Andrew Lawton.*

Desvio o olhar do documento para o rosto pálido e tenso de Maeve. Seus olhos ainda estão no carro de Jared.

— Foi Brandon. Só pode ter sido — concluo. — Se divertindo com a empilhadeira que matou o pai de Phoebe. Merda. A merda do Brandon Weber.

Agora a conversa que ouvi entre os meus pais faz todo o sentido. *O caso nunca deveria ter sido resolvido daquela forma*, disse o meu pai. Por "daquela forma", imagino que estivesse querendo falar da omissão do nome e envolvimento de Brandon no que veio a público sobre o acidente. *Tudo o que fez foi mostrar a Brandon que ações não têm consequências.* Por um segundo, sinto tanta raiva ao imaginar Brandon brincando com um maquinário pesado — Brandon, como sempre, fazendo o que lhe desse na telha sem se incomodar se isso afetaria outra pessoa — que até me esqueço de que ele está morto.

E então eu me lembro. A lembrança pesa no meu peito, comprimindo meus pulmões com tanta força que fica difícil respirar.

— Bom, acho que isso responde a minha pergunta, né? — falo

— Que pergunta?

— Sobre quem tem motivos para odiar Brandon a ponto de querê-lo morto. — Fico atenta às lanternas traseiras do carro à nossa frente até saírem de foco. — É Phoebe.

— Phoebe? — Maeve repete, a voz fraca.

— Nós ficamos nos perguntando se talvez ela conhecia o Sujeito Intenso, certo? E vendo ele persegui-la pela cidade, falando sobre algum acordo que fizeram em um *fórum de vingança*. — Meu estômago se agita como se as coisas perturbadoras e incriminadoras que descobrimos sobre Jared nas últimas horas colidissem com a garota que eu conhecia. Rosto meigo, língua

333

afiada, a impulsiva Phoebe Lawton. — Maeve, você acha que ela poderia de algum modo ter...

— Não — responde Maeve, imediatamente.

— Você não me deixou terminar.

— Phoebe não sabia de nada disso — diz ela, com urgência.

— Ela *não poderia* saber. Ela estava saindo com Brandon! Phoebe nunca faria isso se soubesse que ele tinha algo a ver com o acidente do pai dela. E ela também não espalharia aquela fofoca horrível sobre *ela mesma*! — E então Maeve hesita. Eu quase consigo ver as engrenagens em sua mente buscando as memórias de Simon Kelleher e Jake Riordan e todas as coisas doentias que os dois fizeram no ano anterior para se vingar de pessoas cujos erros eram infinitamente mais inofensivos que o de Brandon Weber. — Quero dizer — continua ela, sem mais tanta certeza —, ela teria de ser uma assassina de sangue-frio e com uma autoconfiança imensa para bolar isso. Certo?

— Certo. — Eu tento rir como se fosse ridículo, porque é. A não ser pela parte em que faz mais sentido do que o que aconteceu nas últimas semanas. Se não fosse pelo descuido de Brandon, o pai de Phoebe ainda estaria vivo e a vida dela seria totalmente diferente. Como saber o que uma coisa dessas provoca numa pessoa?

Espero um minuto para registrar os arredores e me bate uma certeza asquerosa de que temos um problema completamente diferente agora. E embora o último fio da meada tenha sido terrível, esse é ainda pior.

— Maeve, você percebeu onde estamos?

— Quê? — pergunta, tensa e distraída. — Não, estou olhando apenas para a placa de Jared durante todo o trajeto. Eu nem... — Ela deixa os olhos perambularem por um instante, então seu rosto fica tão pálido quanto sinto que o meu está. — Ai. Ai, meu Deus.

Estamos na Charles Street, em Bayview, o letreiro do Restaurante da Talia brilhando em branco à nossa esquerda. A festa depois do jantar de pré-casamento de Eli e Ashton está acontecendo neste exato momento, e nós deveríamos estar nela. Mas estamos atrasados porque ficamos seguindo o sujeito que mandou ameaças de morte para Eli por semanas. E esse mesmo sujeito acabou de estacionar do outro lado da rua e, finalmente, desligou o carro.

CAPÍTULO 29

Knox

Sexta-feira, 27 de março

— Certo, não — diz Maeve, a voz tensa. — Tem que ser uma coincidência. Ele não vai para o jantar de pré-casamento de Eli e Ashton. Como ele sabia onde seria?

— Você sempre diz que coincidências não existem — lembro a ela. Sinto uma pressão atrás dos meus olhos. — E as pessoas podem descobrir as coisas na internet. Nós não acabamos de provar isso?

Minha voz soa calma, mas não estou calmo, porque, cacete, isso é ruim. Estou apenas começando a entender o quanto é ruim. Maeve encostou de um lado da rua, algumas vagas atrás de Jared, no espaço demarcado da Charles Street. Ele continua no carro.

— Ai, Deus, ai, Deus — Maeve resmunga. — Temos que tentar ligar para Eli mais uma vez.

— Ele não vai atender. — O desespero está me deixando rouco. De todos os dias do ano, logo hoje Eli decide se desconectar.

336

— Então vou ligar para Bronwyn. Ela já deve ter chegado a essa hora. Ah, Deus — diz Maeve de novo, tapando o rosto com as mãos. — Bronwyn está *lá*.

Todos estão lá, penso. Com exceção de Phoebe e da família dela, embora eles devessem estar, até Emma ir parar no hospital ontem. Cristo, eu nem posso pensar nisso agora. Maeve está tremendo tanto que não consegue fazer a ligação, então pego o celular dela.

— Deixa comigo — digo. Mas o número de Bronwyn cai direto na caixa postal também. — Ela não está atendendo.

— Tente a Addy — pede Maeve.

O resultado é o mesmo.

— Por que ninguém está atendendo? — grito, frustrado, batendo com o punho no joelho. — Somos da Geração Z, pelo amor de Deus. Os celulares deveriam estar permanentemente grudados nas nossas mãos.

A resposta de Maeve é uma arfada, e desvio o olhar do celular para ver Jared parado no meio-fio, esperando um carro passar. O meu coração começa a bater como uma britadeira no peito enquanto devolvo o celular para Maeve e pego o meu. Coloco a câmera para gravar e miro em Jared quando ele começa a andar.

— Precisamos ir — diz Maeve. — Ela pega o meu braço quando abaixo o telefone. — Não, continue filmando. Mas siga ele, tá bem? Eu vou ligar para a polícia e dizer que... nem sei. Alguma coisa. Estou logo atrás de você.

Uma buzina soa quando saio do carro protegendo meus olhos dos faróis. Espero outro carro passar roncando, depois atravesso enquanto Jared circula uma grade em frente ao restaurante. O Da Talia fica espremido entre um prédio comercial e um banco, ambos escuros e fechados a essa hora da noite. Há banquinhos do lado de fora dos dois lados da entrada principal. Posso ouvir os murmúrios e risos de algum lugar no fundo do estabelecimento. Venta e há um pouco de névoa, que rodopia pelo poste de luz próximo ao restaurante. Imagino que Jared vá entrar pela porta principal, mas em vez disso ele vai pela lateral.

Hesito quando ele some e Maeve aparece atrás de mim, sem fôlego.

— Cadê ele?

— Foi por trás. Devemos tentar encontrar o Eli?

— Primeiro vamos ver o que ele está fazendo.

As vozes ficam mais altas conforme nos aproximamos dos fundos do restaurante. Eu paro quando chegamos em uma esquina, esticando a cabeça somente o bastante para ver o local adiante. O Da Talia tem um deck elevado ao ar livre, que fica a uns dois metros e meio do chão, cercado por um gradil de madeira. Luzes brancas estão penduradas por toda a parte; ouço música tocando enquanto as pessoas esperam aglomeradas no deck, conversando e rindo. Estou num ângulo ruim, mas acho que identifico a parte de trás da cabeça de Cooper.

Jared está com um dos joelhos apoiado no chão e com a mochila à sua frente. Meu telefone continua gravando, então eu o levanto de novo e foco em Jared. Ele alcança dentro da mochila e, por um segundo paralisante, acho que vai sacar uma arma. As possibilidades passam pela minha mente: derrubá-lo? Gritar? As duas coisas? Mas quando ele tira a mão, ela está vazia. Ele fecha a mochila e a lança embaixo do deck. E então Jared se levanta. Puxo o braço de Maeve, recuando com ela até a entrada do restaurante.

— Escadas — sussurro, e corremos pela entrada nos espremendo contra a parede ao lado da porta.

Jared aparece alguns instantes depois, vindo do outro lado do prédio. Ele dá passos largos pelo estacionamento, olhando fixamente para a frente todo o tempo. Nós o observamos até que ele desaparece pela grade.

— O que ele está fazendo? — Maeve toma fôlego.

— Eu não sei, mas é melhor pegarmos aquela mochila. — Guardo meu telefone no bolso e pego Maeve pela mão. A palma fria e seca é um conforto contra a minha. — Vamos.

Nós refazemos nossos passos até os fundos do prédio. O espaço abaixo do deck não é aberto como eu pensei que seria quando vimos Derek jogar a mochila da esquina. É uma treliça grossa de madeira, exceto por um espaço estreito no meio pelo qual só dá para passar agachado. Eu fico de joelhos e estico o braço lá dentro, vasculhando em todas as direções, mas não consigo sentir nada que não seja pedra ou terra.

Maeve me entrega o telefone dela com a lanterna ligada, e eu ilumino o buraco. A mochila está praticamente na minha direção, mas a quase dois metros de distância.

— Está lá. Vou entrar — digo, respirando fundo.

Eu não desgosto de espaços apertados tanto quanto de alturas, mas também não sou um grande fã. Assim que coloco a cabeça lá dentro, já sei que o restante do corpo não vai caber. Ninguém diria que tenho os *ombros largos*, mas ainda assim eles não cabem. Recuo e me sento de cócoras, ficando próximo à abertura.

— Talvez a gente devesse pedir para que todos saíssem — digo, limpando o queixo no ombro. Meu rosto é uma combinação nojenta, pegajosa e arenosa dos poucos segundos em que me rastejei para tentar entrar no espaço. — O que está nessa mochila certamente não é bom, ou ele não a teria colocado ali.

Maeve fica de joelhos ao meu lado.

— Deixa eu tentar. — Ela abaixa a cabeça pela abertura, girando o corpo para que seus ombros fiquem no ângulo certo. Ela é bem mais estreita que eu, e consegue deslizar o resto do corpo lá para dentro. A mochila logo surge pelo buraco, nas mãos sujas de terra de Maeve. Ela vem em seguida, forçando os ombros pela abertura com uma careta de dor enquanto eu levanto a mochila por uma das alças. Ela é de um tom pálido de marrom, está rasgada de um dos lados e pesa. Abro o zíper da mochila e direciono a lanterna do telefone de Maeve para dentro dela.

Maeve tosse e tira uma teia de aranha do cabelo. Ela está coberta de terra, o braço direito sangrando por causa de um arranhão comprido e dentado.

— O que tem dentro?

— Algo redondo, de metal — informo. — Tem vários fios e... botões, ou algo do gênero. — O sinal de alerta vai invadindo minhas veias, me fazendo suar. Deus, eu gostaria de ter prestado mais atenção no meu pai quando ele costumava explicar como as coisas funcionam. — Não tenho certeza, mas parece muito ser a versão caseira de alguém para uma bomba. — Minha voz falha na última palavra.

Os olhos de Maeve ficam imensos e assustados.

— O que a gente faz?

Eu congelo, indeciso. Quero que esse seja o problema de outra pessoa. Quero que Eli veja a porcaria do telefone. Ele está lá em cima em algum lugar e, se eu gritar alto o bastante, provavelmente consigo chamar a atenção dele. Mas não sei quanto tempo nós temos.

— Temos que nos livrar disso — digo, analisando a área. Nós estamos com sorte, de certa maneira, porque o espaço atrás do Da Talia não tem nada além de grama, com uma ciclovia quase 100 metros depois. Arbustos altos circundam a parte de trás da ciclovia e, se estou geograficamente correto, o jardim botânico de Bayview é logo ali atrás. E fecha às seis, então deve estar deserto.

Eu corro para a ciclovia, Maeve vem logo atrás. Não era minha intenção — achei que ela fosse ficar perto do deck, mas não há tempo de discutir. Nunca corri tão rápido na minha vida, e ainda assim parece que demora uma eternidade para chegar lá. Quando chego, paro por alguns segundos, ofegante. Estamos longe o bastante? Espero realmente que sim, porque estou com medo de segurar essa coisa por mais tempo, principalmente com Maeve ao meu lado.

Estendo o braço, a mochila pendurada na minha mão como se eu estivesse prestes a lançar um disco.

— Gostaria que Cooper estivesse aqui — murmuro. E então respiro fundo, giro o corpo com o braço totalmente esticado e arremesso a mochila com o máximo de força por cima dos arbustos. Eu a vejo flutuar pela escuridão e seguro Maeve pela mão. — Certo, vamos sair daqui e pedir ajuda.

Estamos prestes a nos virar e correr quando uma voz fraca e familiar vem de trás dos arbustos, fazendo a gente parar.

— Que merda foi essa? — pergunta a voz.

Meu coração para e depois despenca até o pé. Maeve congela, os olhos tão redondos quanto um pires.

— Nate? — Ela respira e depois eleva o tom de voz num grito agudo. — Nate, *corre*! É Maeve. Essa mochila tem uma bomba dentro, de alguém que está ameaçando Eli. Você precisa correr na direção do restaurante agora!

Ouvimos um farfalhar alto e eu aperto a mão de Maeve.

— Nós temos que correr também. Não sei quanto tempo…

— Maeve? — É uma voz feminina.

Maeve engasga e grita de novo, alto e em pânico:

— *Bronwyn*?

Jesus Cristo. Nate e Bronwyn escolheram o pior momento possível para um passeio pelo jardim.

Maeve se lança para a frente e eu passo um braço pela sua cintura para impedi-la.

— Para o outro lado, Maeve! Me desculpe, mas temos que ir para o outro lado! — Eu começo a puxá-la, gritando na direção do jardim enquanto isso. — Não é piada, gente! Corram!

Duas pessoas saem dos arbustos de mãos dadas, e eu vejo de relance a silhueta de uma saia voando sob a luz fraca do luar. Sigo puxando Maeve pela grama, sem fazer o progresso que gostaria. Conforme as figuras vindo na nossa direção se aproximam, vejo Nate fazendo o mesmo com Bronwyn, tentando usar seu impulso para puxá-la. De algum modo, apesar do grande esforço de Maeve, consegui trazê-la até a metade do caminho entre a ciclovia e o restaurante.

— Vamos! — Trinco os dentes de frustração. — Nate está com ela! Isso não está ajudando! — Maeve finalmente para de lutar comigo e corremos pelo restante do gramado até estarmos a alguns poucos metros do restaurante. O som de vozes fica mais alto conforme as pessoas começam a se reunir no gradil, os rostos confusos iluminados pelas luzes brancas da decoração.

— Entrem! — Gesticulo com a mão que não está segurando o braço de Maeve. Eu ainda não confio que ela vai ficar por perto. E então, como ninguém está prestando muita atenção, eu dou minha cartada.

— Tem uma bomba no jardim botânico! Entrem todos!

Com a frase se vai o que eu ainda tinha de capacidade pulmonar, e ofego dolorosamente enquanto gritos e suspiros preenchem o ar. Nate e Bronwyn estão quase na metade do gramado agora. Nada aconteceu ainda, então me permito sentir algum alívio. Alguém que saiba o que diabos está fazendo poderia assumir agora.

342

Talvez não seja tão ruim quanto pensamos, talvez tenhamos tempo de sobra, ou talvez a mochila tivesse algo totalmente diferen...

Quando uma explosão corta o céu, o som é ensurdecedor. Eu e Maeve nos jogamos no chão enquanto uma bola de fogo laranja irrompe por trás dos arbustos. Eu estico o braço para cobrir a cabeça por instinto, mas, antes de bloquear minha visão, olho o gramado em que Nate e Bronwyn estavam há alguns segundos. Vejo a fumaça branca ondulando, alta e rapidamente pelo ar, fragmentos de Deus sabe o que girando com ela, e nada mais.

CAPÍTULO 30

Phoebe

Sexta-feira, 27 de março

— Cuidado, não tão perto. Você vai se queimar.

Tenho oito anos e estou sentada entre o meu pai e a minha irmã, em frente a uma pequena fogueira na beira da praia. É uma viagem especial, somente nós três. Mamãe está em casa com Owen, que é pequeno demais para assar marshmallows. Mas eu sou boa nisso. Seguro meu palitinho com distância apropriada das chamas, girando os marshmallows com cuidado até que cada lado esteja dourado e borbulhante. Sou melhor do que Emma, porque ela hesita demais e não aproxima o marshmallow o suficiente para que fique tostado.

É meio satisfatório ser melhor do que Emma em alguma coisa. Isso quase nunca acontece.

— O meu não está bom — reclama ela, irritada. Parece que vai cair no choro.

— Deixe-me ajudar você — diz papai, colocando sua mão sobre a dela para segurar o palitinho no lugar. E com isso eu fico

344

chateada por ter que assar o meu marshmallow sozinha e meto o palitinho mais do que devo entre as chamas, deixando-o pegar fogo.

— Também preciso de ajuda! — digo.

Meu pai deixa uma risadinha discreta escapar e pega o palito da minha mão, assoprando o marshmallow em chamas. Ele enfia verticalmente o palito na areia entre nós, e o marshmallow chamuscado começa a escorrer.

— Phoebe, você estava fazendo direito — diz ele. — Deixe para pedir ajuda quando realmente estiver precisando.

— Eu precisei — digo, amuada, e ele me envolve com um dos braços.

— Sua irmã precisava um pouquinho mais — sussurra ele no meu ouvido. — Mas estou sempre aqui para as duas. Você sabe disso, não sabe?

Eu me sinto melhor aninhada na quentura ao lado dele, e também sinto muito por Emma não ter aproveitado o marshmallow perfeito dela.

— Sim — respondo.

Ele beija o topo da minha cabeça.

— E me garantam que farão o mesmo uma para a outra. Vocês duas. O mundo pode ser um lugar muito duro, e vocês precisam ficar juntas. Combinado?

Eu fecho os olhos e deixo as chamas dançantes diante de mim inundarem minhas pálpebras com a cor alaranjada.

— Combinado.

O bipe me acorda. Uma máquina no quarto de Emma desperta e eu faço o mesmo, me aprumando na cadeira do canto. Tiro meu

345

cabelo do rosto conforme as lembranças do meu sonho desvanecem e eu me recordo de por que estou aqui.

— Emma — chamo, rouca. Estou quase de pé quando uma enfermeira entra no quarto.

— Tudo bem — diz ela, mexendo num botão da máquina atrás de Emma. — Vamos dar a ela mais um pouco de soro, é só isso. — Minha irmã continua imóvel na cama, adormecida. O quarto está na penumbra, e estou sozinha com Emma e a enfermeira. Não faço ideia da hora, e minha garganta está bem seca.

— Posso beber um pouco de água? — pergunto.

— Com certeza. Venha até a enfermaria comigo, querida. Estique um pouco essas pernas. — A enfermeira desaparece no corredor. Antes de segui-la, dou mais uma olhada em Emma, que está tão quieta e parada que também poderia estar morta. Então puxo o celular do bolso e finalmente mando a mensagem que estive evitando escrever faz semanas:

Oi, Derek. É a Phoebe. Me liga.

Deixo o quarto ainda meio grogue e encontro a enfermeira de Emma me aguardando no corredor.

— Onde está a minha mãe? — pergunto.

— Levou o seu irmão para casa para dormir. Uma babá vai ficar com ele e ela volta assim que deixar tudo ajeitado — responde a enfermeira.

Um relógio no corredor marca 22h15, e o andar está tranquilo a não ser pela conversa aos sussurros entre três enfermeiras agrupadas na mesa central.

— Alguém precisa tirar aqueles garotos da sala de espera — uma delas diz.

— Acho que estão em choque — responde a outra.

A que me deu a água faz um barulho ao se inclinar com os braços sobre o balcão em volta da mesa.

— Essa cidade está virando o inferno. Crianças morrendo, bombas explodindo...

— O quê? — Eu quase engasgo com a água. — Uma bomba? Do que você está falando?

— Hoje à noite — responde a enfermeira. — Num jantar de pré-casamento, veja só. Havia uma bomba caseira armada por algum jovem perturbado.

— Eles não são todos perturbados? — diz outra enfermeira, friamente.

Sinto minha pele formigar, os nervos em alerta.

— Pré-casamento? Em Bayview? Foi... — Eu pego meu telefone do bolso para checar as mensagens, mas uma das enfermeiras logo fala:

— No Restaurante da Talia.

Deixo meu copo cair com um estrondo, espalhando água pelo chão. Começo a tremer da cabeça aos pés, praticamente vibrando, e a enfermeira mais próxima me segura pelos ombros, dizendo rápido:

— Eu sinto muito. Deveríamos ter imaginado que você conheceria pessoas que estavam lá. Está tudo bem, alguém tirou a bomba da área antes que pudesse causar mais danos. Só um garoto teve mais que ferimentos superficiais...

— E eles estão aqui? — Olho enlouquecida ao redor, como se os meus amigos estivessem logo ali e eu ainda não tivesse notado.

A enfermeira me solta e pega o copo que deixei cair.

— Há um grupo na sala de espera mais próxima da emergência, descendo as escadas.

347

Eu saio para as escadas antes que ela consiga dizer qualquer outra coisa, meu tênis golpeando o chão de linóleo. Sei exatamente aonde ir; fiquei sentada na sala de espera da emergência na noite anterior, depois que os paramédicos trouxeram Emma. É no andar abaixo do que estou e, quando empurro a porta da escadaria, sou imediatamente atingida por um zumbido — é bem mais alto do que o lá de cima. Várias pessoas de avental cirúrgico estão paradas de braços cruzados em frente à televisão e a Liz Rosen, do Channel 7, que olha diretamente para a câmera com um terninho vermelho distinto e bem maquiada.

— Nada de imprensa a partir desse ponto — diz um homem conforme vou chegando mais perto deles.

A sala de espera está lotada, não há lugares para sentar. Meu coração aperta ao encontrar tanta gente que conheço com a pior aparência que já vi.

Bronwyn, o rosto manchado por lágrimas e o belo vestido vermelho rasgado, está sentada entre a mãe e uma mulher de meia-idade que não reconheço. Cooper e Kris estão de mãos dadas ao lado de Addy, que está curvada para a frente, mastigando suas cutículas. Luis está do outro lado de Addy, com Maeve em seu colo, segurando-a enquanto ela afunda o rosto contra o ombro dele, de olhos fechados. O braço direito dela está enrolado por um curativo feito com gaze. Eu não vejo Ashton nem Eli nem Knox em lugar algum. *Só um garoto teve mais que ferimentos superficiais...*

Eu sigo primeiro até Maeve, minha garganta fechada de preocupação.

— Ela está bem? — sussurro

— Está — diz Luis. — Dormindo. Ela apagou tem uns 10 minutos. — Seus braços estão firmes ao redor de Maeve. — Noite longa.

— Uma enfermeira lá em cima me contou sobre a bomba.
— Dizer em voz alta não faz parecer menos surreal. — O que houve?

Addy passa uma das mãos sobre o rosto.

— Quanto tempo você tem?

Kris se levanta e faz um gesto para a cadeira.

— Aqui, sente-se. Preciso ir ao banheiro. Alguém quer beber algo ou quer alguma outra coisa? Aproveitem que estou de pé.

— Eu mataria por uma Coca zero — diz Addy, cansada. Kris circula pela sala recebendo outros pedidos enquanto me sento na cadeira dele.

— Knox está bem? — pergunto, ansiosa. — Por que ele não está aqui?

— Ele está bem — responde Addy, e eu respiro aliviada. — Ele foi o herói da noite, na verdade. Juntamente com essa aqui. — Ela alcança o braço de Maeve e dá uma cutucadinha. — Ele, Ash e Eli estão com a polícia. Maeve deveria ter ido também, mas ela apagou e falaram para deixá-la descansar. Knox pode contar a história toda, acho. Eles estiveram juntos a noite inteira.

Arquivo a informação.

— Quem se machucou? A enfermeira disse que havia alguém ferido — digo, olhando ao redor da sala para tentar perceber quem faltava. — Foi...

Meus olhos passam pela expressão angustiada de Bronwyn novamente antes de Addy responder:

— Nate. — Eu suspiro e ela completa: — Ele vai ficar bem, dizem. É só que... ele e Bronwyn eram os mais próximos da bomba quando ela explodiu. E ele foi praticamente o escudo humano dela, então sentiu o impacto. — Ela levanta a mão para girar um dos brinquinhos dourados na orelha. — Foi... Você se lembra da

349

bomba na maratona de Boston? Que era uma panela de pressão com pregos e outras coisas dentro? — Concordo com a cabeça, embora não consiga acreditar que estamos conversando sobre técnicas de explosivos no meio do Bayview Memorial Hospital.

— Do mesmo tipo. Eles já estavam distantes, felizmente, mas o braço de Nate foi bem afetado e tiveram que tirar...

Ela hesita e eu fico sem respirar.

— O braço dele?

— Não! Não, não — responde Addy rapidamente. Ela puxa o brinco com força. — Meu Deus, sinto muito. Eu estava tentando me lembrar da palavra para, tipo... os pedacinhos que saem voando de uma bomba.

— Estilhaços — diz Luis. Fico mole de alívio quando Addy concorda.

— Mas ele vai ficar bem?

— É o que estão dizendo. Mas não sei a gravidade dos ferimentos do braço dele. — Addy fala mais baixo, tremeluzindo os olhos na direção da mulher de meia-idade sentada ao lado de Bronwyn. — Vai ser terrível se ele não puder trabalhar. Nate precisa do dinheiro para ficar no apartamento. Apesar de não serem mais casados, a mãe dele está morando com o pai, porque ele ainda está entrando e saindo da reabilitação e precisa de cuidados. É tão *tensa* aquela casa. Nate não pode mais viver daquele jeito. Simplesmente não pode.

Tem informação demais chegando de uma única vez, mas ainda há muita coisa que eu não entendo.

— Por que alguém faria algo assim? — pergunto. — Você disse que Knox e Maeve são os heróis, o que eles fizeram?

Addy expira.

— Ainda está meio confuso. Nós não tivemos muitas oportunidades de conversar com nenhum dos dois, o que entendemos completamente, mas... Havia esse cara, Jared Jackson, acho? O irmão dele é um dos policiais que está no noticiário por prender pessoas sob falsas acusações criminais a respeito de drogas. Ele vinha mandando ameaças de morte para Eli, e decidiu levar isso a cabo essa noite. Knox e Maeve estavam no encalço dele. Eu nem sei bem como eles chegaram nisso, sendo honesta, mas o seguiram até o Da Talia. — Ela estremece e abaixa na cadeira de novo. — Todos nós provavelmente estaríamos mortos sem os dois. A bomba estava literalmente embaixo do deck em que estávamos.

— Pelo menos a polícia prendeu o sujeito bem rápido — acrescenta Luis, soturnamente.

— Graças a Maeve e Knox — diz Addy. — Knox gravou tudo. O pior foi que a polícia *estava* no restaurante. Eli tomou todas as precauções por conta das ameaças. Mas eles estavam lá *dentro*. Ninguém se preparou para isso. — Os lábios dela ficam rígidos, formando uma linha. — Tipo, essa é a vida da minha irmã agora? Ela vai ter que lidar com terroristas e ameaças de morte? Eu amo Eli do fundo do meu coração, mas isso é horrível.

Maeve se mexe, mas não acorda, e Luis dá um beijinho no topo da cabeça dela.

— O casamento ainda vai acontecer amanhã? — pergunta ele.

— Eu nem sei. — Addy suspira.

Meu telefone começa a tocar no bolso. Eu pego o aparelho e contenho um resmungo ao ver que é Derek me ligando. Já. O *timing* é péssimo, mas não quero ficar fazendo joguinhos. Quem sabe ele não supera de uma vez. E talvez, quando acabarmos, Knox tenha voltado para me explicar mais a respeito do que aconteceu essa noite.

— Preciso atender — digo a Addy.

Eu me levanto e sigo com cuidado pela multidão da sala de espera até chegar ao corredor.

— Alô — digo, tapando a outra orelha com o dedo indicador.

— Phoebe, é o Derek. Estou feliz por você ter entrado em contato. — A voz dele parece distante e, se eu já não soubesse quem era, nunca teria reconhecido. *Eu não faço ideia de quem seja essa pessoa*, penso enquanto me apoio na parede.

— Por quê? — digo sem entonação.

Derek dá um pigarro.

— Bom, para ser honesto, eu não consigo parar de pensar em você desde a festa na casa da sua amiga. Sinto que podemos ter algo especial se...

— Você tá de sacanagem comigo? — Eu não percebo que estou gritando até que uma enfermeira me lança um olhar de advertência. Eu abaixo a voz. — Você sabia que Emma está no hospital?

— Ela o quê? — Ele parece desnorteado. — Não. Como eu saberia disso? Não falo com Emma há meses. O que aconteceu?

— Ela está destruída! E acho que tem relação com o que aconteceu entre nós; o que, a propósito, não foi *especial*. Foi estúpido. Enfim. Emma descobriu sobre a gente no mês passado, e de repente está bebendo horrores. Para quem você abriu a boca? Você parou um segundo para pensar que se saísse falando para os outros poderia chegar nela?

— Eu... — Derek fica em silêncio, o som da respiração dele sendo a única garantia de que continua na linha. Estou sentindo uma onda de satisfação por minhas palavras terem surtido efeito quando ele completa: — Phoebe, *eu* contei para Emma. No dia seguinte.

Eu pressiono o celular com mais força contra o ouvido, a fim de evitar o barulho do corredor.

— Como é? O que você disse?

— Contei a Emma sobre nós. Eu me senti muito mal e achei que você fosse contar a ela, então eu só... Eu queria tirar esse peso de mim, acho.

— Você contou para Emma — repito. Afasto o telefone da orelha e fico olhando para a tela, como se isso fosse me ajudar a entender as palavras de Derek, e uma sequência de mensagens da minha mãe pipocam:

Phoebe, você ainda está aqui?

As enfermeiras disseram que você desceu.

Preciso que você volte para o quarto de Emma.

Agora.

Merda. Não parece bom. Levo o telefone de volta ao ouvido apenas por tempo o suficiente para dizer a Derek:

— Preciso desligar. — E é o que faço antes de refazer meu trajeto escada acima.

Eu estava me preparando para muitas coisas quando cheguei ao quarto de Emma, mas não para um oficial da polícia.

— Hum. Oi — digo, nervosa, apertando o meu celular quando entro. Mamãe está sentada ao lado da cama de Emma e o policial está de pé. A enfermeira grisalha está escrevendo alguma coisa no registro da minha irmã, que segue dormindo. Observo o seu rosto tranquilo, desejando poder enxergar dentro da sua cabeça. Emma sabia sobre o que aconteceu entre mim e Derek. Ela *sabia*. Mesmo quando me confrontou no Café Contigo, ruborizada e quase aos prantos, balançando o telefone como se fosse a primeira vez em que ouvia a respeito.

A não ser que Derek esteja mentindo. Mas por que ele faria isso? Minha cabeça dói, meu cérebro trabalhando sem parar na tentativa de conectar os pontos de todas as novas informações que chegaram até mim hoje.

A voz irritada da mamãe penetra o emaranhado dos meus pensamentos.

— Phoebe, esse é o detetive Mendoza, da polícia de Bayview. Ele tem algumas perguntas para você.

— Para mim? — Tiro os olhos de Emma quando a enfermeira se apruma.

— Pode ficar aqui, se quiser — diz ela, cruzando em direção à porta. — Podemos fechar por alguns minutos para dar privacidade a vocês. É só apertar o botão se a paciente precisar de alguma coisa.

Eu fico parada perto da porta depois que ela fecha, e o detetive Mendoza dá um pigarro.

— Phoebe, eu já expliquei isso a sua mãe: você não está sendo acusada de nada relacionado aos eventos desta noite. Você tem um álibi válido para a noite inteira. Mas gostaríamos da sua cooperação conforme montamos o caso contra Jared Jackson, e para isso precisamos entender a sua relação com ele.

— A minha... o quê? — Eu gostaria de ter um copo de água em mãos. De repente a minha garganta está tão seca que dói. — Eu não tenho uma *relação* com ele. Ouvi esse nome pela primeira vez agora, lá embaixo.

— Nós interrogamos o Sr. Jackson pelas últimas horas sobre as motivações dele para o que aconteceu no Restaurante da Talia. Nós também apreendemos o telefone dele, em que ele alega ter meses de conversas com você. Ele disse que a conheceu em um fórum na internet chamado A Vingança É Minha no fim de dezembro. Vocês dois se conectaram pelas tragédias familiares e, eventualmente, concordaram em, como ele colocou, *derrubar* os seus inimigos. O Sr. Jackson disse que cumpriu a parte dele do acordo quando bolou um jogo de mensagens de Verdade ou Consequência, no Colégio Bayview, que acabou levando à morte de Brandon Weber no início do mês.

As minhas pernas ficam subitamente bambas e eu mal consigo chegar na cadeira do canto.

— Eu não entendo... Brandon... O que tem Brandon? — Eu olho na direção da mamãe, que se mexe ao lado da cama de Emma como uma sonâmbula tentando se levantar.

— Espere. Brandon Weber? Você não falou nada disso antes — ela se mete, grossa.

O detetive Mendoza olha para um bloquinho que tem nas mãos.

— De acordo com Jared Jackson, ele usou fofocas sobre os alunos do Colégio Bayview, incluindo sobre você e a sua irmã, para dar início ao jogo. — Ele me olha rapidamente, depois volta para as suas notas. — As ações que acarretaram na morte de Brandon Weber foram resultado de uma consequência endereçada a ele. O Sr. Jackson se aproveitou do conhecimento que tinha em construção para remover os suportes da plataforma, provocando a queda que levou Brandon à morte. Em troca, você deveria ajudar o Sr. Jackson a se vingar de Eli Kleinfelter por ter colocado o irmão dele na cadeia. Entretanto, o Sr. Jackson alega que você sumiu depois da morte de Brandon Weber e ignorou as tentativas de contato dele. E assim chegamos ao ataque desta noite. Ele decidiu lidar com a questão sozinho e finalizar o combinado sem você.

Não ignore as tentativas de contato. Precisamos conversar. Era isso que estava escrito no bilhete que peguei no Café Contigo ontem. Se estou entendendo o detetive Mendoza, Jared Jackson foi quem o escreveu. E bolou todo o jogo da Verdade ou Consequência... para mim. O que absolutamente não faz sentido algum. Mesmo deixando de lado a ideia sem sentido de que eu concordaria em machucar Eli... Como uma pessoa que eu nunca conheci acredita que eu faria um acordo desses? E que eu queria Brandon morto?

Vou vomitar.

— Não. Isso não... Eu não faria algo assim nem em um milhão de anos — respondo. Uma imagem me passa pela cabeça: Brandon no meu apartamento, me assediando e soltando insultos. Naquele momento, eu o odiei. Contei isso a quem não devia? Como Jared Jackson poderia saber sobre isso, ou sobre mim? — Por que eu? Brandon e eu não... Nós não nos dávamos bem o tempo todo, mas ele não era meu *inimigo*.

O tom do detetive Mendoza não muda, segue calmo e sem emoção, como se as suas anotações fossem um livro de referência que ele estivesse usando para dar uma aula:

— O Sr. Jackson disse que você lhe contou que Brandon Weber contribuiu para a morte do seu pai ao provocar o mau funcionamento de uma empilhadeira em um momento crítico de sua operação.

Tudo dentro de mim congela. Eu me esqueço de como respirar. As lágrimas que vinham se acumulando no fundo dos meus olhos congelam. O meu coração, que estava retumbando forte nos meus ouvidos, de repente está tão silencioso que por um breve segundo eu penso que estou morta.

— O quê? — Forço as palavras pelos meus lábios adormecidos, frios e murchos. Não parece ser tudo. Deve ser preciso mais palavras. Eu procuro por elas no meu cérebro. — Você. Disse.

Um choro sufocado escapa da minha mãe.

— Eu nunca quis que vocês soubessem, Phoebe. Qual o objetivo de saber uma coisa dessas? Eu sinto muito por não ter preparado você para isso. Mas você poderia ter *falado* comigo. Por que você não falou comigo?

Brandon. *Papai.* É um pesadelo. Estou acordada e tendo o pior pesadelo de toda a minha vida. Eu me belisco com o máximo de força que consigo, mas também não acordo.

— Eu não... — digo, finalmente — sabia de nada disso.

— De acordo com o Sr. Jackson, vocês dois conversaram sobre isso detalhadamente — diz o detetive Mendoza. — Quando você contou sobre o acidente pela primeira vez, ele procurou seu nome na internet e viu a cobertura de imprensa do serviço de cerimonial da sua mãe. Por isso ele propôs o pacto de vingança: ele sabia que você poderia lhe dar acesso ao Sr. Kleinfelter. — Pela primeira vez, a voz do detetive Mendoza fica um pouco mais gentil. — Você ainda estava processando uma descoberta traumática quando o conheceu. A lei compreende isso, principalmente quando temos cooperação total. Podemos contar com isso?

— Não. — A minha voz ganha força, finalmente, porque que se dane isso. A única coisa de que tenho certeza aqui é que não fazia ideia de quem era Jared Jackson antes de hoje. — Jared Jackson está enganado. Ou mentindo. Eu nunca falei com ele na internet, nem mesmo pessoalmente. E não sabia que Brandon tinha qualquer coisa a ver com o que aconteceu com o meu pai até esse exato momento. — Tudo está se desfazendo agora: as lágrimas escorrem, meu coração acelera e minha voz treme: — Eu não fiz nada disso.

— Então como Jared saberia que Brandon estava envolvido no acidente do seu pai, Phoebe? — pergunta o detetive Mendoza. Não como se estivesse zangado, mas genuinamente curioso.

Abro e fecho a boca.

— Eu contei a ele.

Pisco, completamente confusa. Eu disse isso?

O rosto do detetive Mendoza vira de mim para a cama de Emma. Os meus olhos seguem o movimento. Ela está se sentando, pálida, mas acordada. Sua mão está entrelaçada na da minha mãe.

— Eu disse a ele — repete Emma, baixo. — E disse a ele que eu era Phoebe.

A expressão da mamãe fica tensa do choque conforme o detetive Mendoza se aproxima do pé da cama.

— Você está dizendo que fez esse pacto de vingança com Jared Jackson, Emma? — pergunta ele.

— Eu... não. — Emma hesita. — Não como você descreveu. Eu o conheci na internet e fingi ser a minha irmã porque... porque eu estava com raiva dela por outros motivos. — Ela me dá uma olhada, e eu fico vermelha. — E eu contei a ele o que aconteceu com o meu pai e ele... e ele disse que poderíamos nos ajudar. — A voz de Emma vacila. Ela solta a mão da mamãe e começa a mexer na borda do seu cobertor hospitalar. — Mas ele nunca falou de Eli. Eu nem sabia que eles se conheciam. E assim que o jogo de Verdade ou Consequência começou, eu *odiei*. Eu me arrependi de tudo. Pedi a Jared para cancelar o plano e ele disse que o faria.

A voz dela treme mais e seus olhos se enchem de lágrimas.

— Mas o jogo continuou. Eu não entendi o porquê, mas tive medo de entrar em contato com Jared novamente. Fiquei esperando que ele se entediasse e parasse. E Brandon... — Emma solta um choro engasgado conforme as lágrimas escorrem por suas bochechas. — Brandon não deveria ter morrido.

Eu ouço o meu próprio suspiro quando o detetive Mendoza pergunta:

— O que deveria ter acontecido com Brandon? — Já não há mais o tom gentil de antes.

Emma hesita e minha mãe fala antes que ela consiga:

— Acho que basta — diz, a expressão de espanto sumindo. Os seus ombros se endireitam, como se finalmente algo estivesse se encaixando, e ela adiciona: — Acho que não devemos falar mais nada enquanto não houver um advogado presente.

CAPÍTULO 31

Maeve

Sábado, 28 de março

— Senhoras e senhores, aqui estão eles. Pela primeira vez apresentados como marido e mulher, deem as boas-vindas a Eli Kleinfelter e Ashton Prentiss!

A multidão no salão de festas do hotel fica de pé para bater palmas quando Eli leva Ashton para a pista de dança. Todos estão aplaudindo tanto que o som das palmas quase abafa a música. Ontem à noite, Eli e Ashton disseram a todo mundo que ainda planejavam se casar hoje, mas que entenderiam totalmente se as pessoas decidissem não comparecer.

Mas todos viemos, cada um dos convidados. Com exceção dos Lawton. A essa altura, o casamento está sem cerimonialista, porque a Sra. Lawton está ocupada com outras coisas.

Ninguém sabe exatamente o que aconteceu entre Emma Lawton e Jared Jackson. Eli só conseguiu apurar uma ou outra informação ontem à noite e hoje pela manhã. Pelo que ele entendeu, Emma encontrou a papelada do acordo com a empresa em

360

que o pai trabalhava logo depois do Natal. Ela estava revoltada o bastante para procurar pelo antigo fórum de vingança de Simon, onde conheceu Jared Jackson e contou para ele o que Brandon havia feito. Jared veio com a ideia de um pacto de vingança e Emma não refutou de imediato. Mas depois disso fica meio confuso.

De acordo com Eli, Emma diz que parou de falar com Jared logo após o início do jogo de Verdade ou Consequência. Ela insiste que não sabia que Brandon ia morrer, ou que Eli era um alvo. E Jared insiste em dizer que ela sabia.

O restante de nós só está esperando a verdade vir à tona.

Eu não sei como Eli conseguiu se preocupar comigo e com Knox no meio de tudo isso, mas ele garantiu que soubéssemos que o envolvimento de Phoebe se limitava a Emma usar o nome dela.

— Para a polícia, Phoebe não está mais sob suspeita — ele nos disse.

Ela mandou algumas mensagens para Knox e para mim um pouco antes de sairmos para o casamento:

Eu amo vocês dois.

Obrigada pelo que fizeram.

Estou feliz por vocês estarem bem.

Não consigo dizer mais nada agora, então não perguntem.

Desculpe.

Eu gostaria que as coisas fossem diferentes e que ela pudesse fazer parte desta noite. A cerimônia de casamento de Eli e Ashton acabou sendo o antídoto perfeito para o trauma de ontem. Vê-los trocando juras fez com que todos se lembrassem de que o amor, a esperança e a beleza ainda existem, mesmo quando as coisas parecem impossivelmente difíceis. O meu humor tem melhorado consistentemente ao longo do dia, e agora que Ashton e Eli estão dançando na pista — de um jeito meio desengonçado, porque Eli *não sabe* dançar e fica um esbarrando no outro —, eu me sinto quase normal. Addy, que chorou praticamente a noite inteira, está parada e sorrindo na beira da pista, com um belo vestido azul-claro de dama de honra. Ela está segurando um buquê de rosas brancas numa das mãos e com a outra segura o braço do padrinho-biólogo-molecular-gatinho. Ele se inclina na direção do ouvido dela e diz algo que a faz rir tanto que quase derruba as flores.

— Ashton está deslumbrante — diz Bronwyn. Ela está parada ao meu lado na nossa mesa, a mão firme na de Nate. Eu não acho que ela o tenha largado desde que ele recebeu alta do hospital pela manhã. Nate é o que está vestido mais informalmente entre nós, já que ele não conseguiu usar nada que não fosse uma camiseta com a tipoia. Os cirurgiões retiraram cinco estilhaços de metal do braço esquerdo dele, que está enfaixado até o ombro. Nate provavelmente ficará com cicatrizes, mas teve muita sorte por não ter tido nenhuma lesão no nervo.

E por trabalhar para o Sr. Myers. O pai de Knox foi até hospital ontem à noite para avisar a Sra. Macauley que o seguro da empresa pagaria o salário de Nate enquanto ele estivesse se recuperando.

— Por quanto tempo? — perguntou a Sra. Macauley, nervosa.

— Pelo tempo que for necessário — ele respondeu.

Agora Nate está sorrindo para mim e para Bronwyn.

— Parece que Eli está prestes a desmaiar.

— Eu tenho certeza de que é a primeira vez dele numa pista de dança — digo.

Nate concorda com a cabeça.

— Eu acredito.

Bronwyn olha ao redor do salão lotado.

— Onde está o seu par?

— Conversando com a mamãe e com o papai — respondo, apontando algumas mesas adiante, onde minha mãe está sorrindo animadamente para Luis enquanto papai dá um tapinha nas costas dele.

Minha irmã faz uma cara feia conforme os observa.

— Ah, isso não é nada justo. Luis é seu namorado faz cinco minutos e eles já estão caidinhos por ele. Levou um ano para que mamãe e papai começassem a gostar de... — Ela olha para Nate, que ainda está ao seu lado, e se toca: — Qualquer pessoa.

Nate passa o braço bom pela cintura dela e a puxa, cheirando seu pescoço.

— Do que você está falando? — brinca. — Seus pais me amam. Sempre amaram.

O DJ pega o microfone mais uma vez quando a música muda para um ritmo animado.

— Todos vocês, juntem-se ao casal na pista de dança!

Kris agarra Cooper pela mão e começa a puxá-lo.

— Vamos lá. É melhor você estar preparado, porque eu sou uma máquina quando se trata de dançar em casamentos. Nós só vamos parar quando a música acabar.

Cooper pisca enquanto o segue.

— Ainda tem tanta coisa que eu não sei a seu respeito, né?

— Vamos dançar — Bronwyn diz a Nate.

— Não posso. — Ele levanta o braço enfaixado. — Estou machucado.

Ela põe a mão nos quadris.

— Suas *pernas* não estão.

Nate faz uma careta e leva a mão até a testa.

— Me sinto tonto de repente — tenta, afundando na cadeira atrás dele. — Talvez eu desmaie. — Quando Bronwyn se inclina na direção do namorado com uma expressão preocupada, ele a segura pela cintura, puxando-a para o seu colo. — Provavelmente preciso de uma reanimação cardiorrespiratória. Você tem certificado, não tem?

— Você é horrível — reclama Bronwyn, mas começa a beijá-lo antes mesmo de terminar a frase.

Olho para a mesa dos meus pais, onde Luis segue conversando educadamente. Mais uma de suas qualidades: Bom em Lidar com Pais. Eu sugeriria que ele desse umas aulas para Nate, mas acho que com todo esse lance de *se sacrificar para salvar Bronwyn* ele finalmente conquistou os dois. Quando mamãe olha para onde estamos, ela nem faz cara feia para a sessão de amassos a minha direita.

Eu e Luis nos olhamos ao mesmo tempo, e eu não consigo evitar o sorriso quando ele vem na minha direção. Aquele garoto. De terno... uau.

Nós nos encontramos na beira da pista de dança e ele estende a mão.

— Vamos?

— Vamos — Luis me gira com habilidade, e minha saia rodopia, traçando um círculo brilhante antes que ele me puxe para perto. Eu apoio minha cabeça no seu peito, sentindo o cheiro agradável de sabonete, e ele aproxima os lábios do meu ouvido.

— Como você está?

É uma pergunta difícil de responder. Inclino a cabeça para poder encará-lo.

— Neste exato momento, muito bem. Hoje foi lindo. No entanto, no geral... — Um tremor percorre meu corpo, fazendo tudo arrepiar. — As coisas não estão ótimas, né? Estou com medo por Ashton, por Eli e por todos que trabalham com ele. Ninguém sabe o que está rolando com Emma. E Brandon continua morto. — Minha voz falha um pouco. — Se tivéssemos descoberto antes quem era Jared...

Os braços de Luis me apertam.

— Não tinha como você ler os pensamentos dele. Nem pense nisso. Você foi ótima, Maeve. Você salvou vidas, sabe. Você e Knox.

Essa parte ainda não parece real. O meu cérebro não me deixa imaginar um enredo alternativo em que nós não conseguimos tirar a mochila de Jared de perto do restaurante.

— Acho que sim. — Eu quero sentir algo bom, alguma felicidade, então lanço meus braços ao redor do pescoço de Luis e fico na ponta dos pés para roubar um beijo de leve.

— Um dia desses — diz ele quando me afasto — eu é que vou surpreender você.

Um sorriso se forma nos cantos da minha boca.

— Mal posso esperar.

— Talvez quando eu a levar num encontro de verdade.

Olho em volta.

— Isso aqui não é um encontro?

— Que nada, tem gente demais. E nós ficamos em ambientes fechados o dia todo. Você sabe como me sinto quanto a isso.

— Você é anormalmente afetado por isso mesmo. Aonde você me levaria, então? Se, por exemplo, decidíssemos fazer alguma coisa amanhã?

— Na baía La Jolla — responde imediatamente. — Levaria você para andar de caiaque.

Eu engasgo. Ai, Deus, praia não. E o *mar*. Mas talvez seja diferente com Luis. Muitas coisas já são. Ainda assim, estreito os olhos para ele.

— Caiaque? Parece trabalhoso

— Eu faço tudo — promete.

— É assim que vai ser namorar com você? Vai ficar me levando para cenários pitorescos na grande San Diego? — Não é nada mau, na verdade.

Ele abre um sorriso.

— Vou ensiná-la a andar de caiaque, se você quiser. É divertido, juro. Minha família vai muito durante o verão. Eles adorariam que você fosse também.

Estou gostando do rumo dessa conversa, mas...

— Mas talvez eu não esteja aqui — respondo. Ele levanta as sobrancelhas. — Acho que vou me candidatar para ser orientadora em uma escola no Peru, com Addy. Se for aceita, teria que estar lá em julho e agosto.

Venho pensando na possibilidade desde que vi o panfleto no apartamento de Addy, mais ainda depois do atestado de boa saúde do Dr. Gutierrez. Ontem à noite, enquanto não conseguia dormir, tentei enumerar as coisas positivas que vieram com essa experiência horrível. Luis, definitivamente. Ficar amiga de Phoebe. Ter aprendido que eu e Knox sempre poderemos contar um com o outro. E acreditar o bastante no meu futuro para fazer planos.

— Dois meses inteiros? Caramba. — Ali está a cara decepcionada de Luis de novo, até que ele a muda com um sorriso pesaroso. — Quero dizer, parece ótimo. Óbvio. Só me garanta que vai voltar.

— Eu garanto. Prometo. — Do canto do olho, percebo uma figura familiar sozinha em uma mesa vazia. Estou de olho em Knox, porque a todo momento sua aparência alegre desmonta e ele começa a esmorecer frente ao peso da noite passada. E agora parece ser um desses momentos. Eu me afasto de Luis e aperto o seu braço. — Vou ver como Knox está, ok? Ele parece precisar de companhia.

— Tudo bem — responde Luis. Eu me viro para sair, mas ele me puxa de volta e me segura pelas bochechas, se abaixando para me dar um beijo lento e demorado. Eu fico sem ar e ele ri conforme se afasta. — Agora foi.

— É, bem. Você ainda precisa de mais para me alcançar. — Olho para trás e jogo um beijo para ele, caminhando até Knox.

Quando chego na sua mesa, ele está de pé e com um guardanapo dobrado numa das mãos.

— Ei — diz. — Acho que vou embora.

— O quê? Não! A festa acabou de começar.

— Eu sei, mas… estou arrasado. — Knox afrouxa o nó da sua gravata, deixando-o mais baixo. O cabelo dele está bagunçado, os olhos sombreados por olheiras. — Foi um dia longo. E pensei em ver como Phoebe está, talvez levar um pedaço de bolo para ela. — Ele levanta a mão com o guardanapo, e agora percebo o glacê branco perolado saindo.

— Já cortaram o bolo? — pergunto. — Como eu perdi isso?

— Não cortaram — diz Knox. — Mas uma das garçonetes me disse que havia fatias extras na cozinha, caso alguém quisesse levar para casa. Ela me deu um pedaço.

— Muito legal da sua parte. — Num impulso, eu dou um passo à frente e aperto a mão livre de Knox. — Você é um bom amigo, sabe disso?

Em algum momento, provavelmente em breve, a nossa estranha história de amor vai vazar para além das fofocas do Colégio Bayview. A história de Jared Jackson tem peso, e os repórteres já estão atrás de detalhes. A equipe de Mikhail Powers tem ligado para a minha casa sem parar. O próprio Mikhail mandou um buquê imenso de flores exóticas e coloridas para nós, com um bilhete: *Minha mais profunda admiração e respeito pelas mulheres fortes da família Rojas, sempre.*

— Não se deixe levar pelo charme dele — Bronwyn aconselhou quando eu lhe contei. Mikhail Powers persuadiu minha irmã a dar mais de uma entrevista. Nunca foram ruins, mas ela sempre diz a si mesma que não vai repetir a experiência. Até repetir. — Mas se você for falar com ele, diga que mandei um oi.

Não pretendo falar com ninguém. Mas já experimentei o circo da imprensa antes, quando Simon morreu. Não vão sossegar enquanto cada uma das mensagens do Verdade ou Consequência não for exposta e analisada — incluindo o que aconteceu comigo e com Knox. Mas fiz minhas pazes com isso, e espero que ele não se importe, assim como eu não me importo. Nenhum de nós tem nada a justificar, ou motivo para sentir vergonha. Temos sorte, isso é tudo. Temos mais do que sorte por ter um ao outro.

Ele aperta a minha mão, dando um sorriso torto.

— Você também é.

CAPÍTULO 32

Knox

Sábado, 28 de março

A Sra. Lawton me recebe na porta e, pela sua aparência, eu diria que faz um mês que não dorme. Mesmo assim, ela se esforça para se animar e me lança um sorriso exausto.

— Olá, Knox. Como você está bonito.

Ela não me pergunta como foi o casamento, e eu não conto. É melhor não ter certas conversas quando as coisas estão recentes assim.

— Obrigado. — Consigo discernir um ruído leve de videogame em algum lugar do apartamento, e espero que Owen não apareça. Eu não conseguiria fingir que me importo com *Bounty Wars* nesse momento. — A Phoebe está?

A Sra. Lawton hesita.

— Desculpe, Knox, mas Phoebe provavelmente não deve falar com outra testemunha do caso Jackson agora. É um momento delicado.

369

— Não, eu entendo totalmente. Phoebe já disse, eu entendo. Prometo que não vou falar sobre o assunto. Mas achei que um amigo poderia ser bom. E... — Coloco a mão no bolso e puxo um papel dobrado. — Eu queria entregar isso a você. Eli mandou. É uma lista de advogados para os quais você poderia ligar, se estiver à procura de escritórios de confiança, ou algo do gênero. Ele diz que esses são bons.

Eli me mandou a lista por e-mail antes de sair de casa para a cerimônia de casamento. *O Até que Provem obviamente não pode chegar perto do caso, por causa do nosso envolvimento*, ele escreveu. *Mas Emma precisa arrumar uma defesa assim que for possível. Os precedentes de cortes pegando pesado com jovens tidos como incitadores, tanto pessoalmente quanto on-line, só estão crescendo. Mesmo quando há desistência, como aconteceu com Emma.*

Isto é, se ela desistiu mesmo. Eu quero acreditar em Emma, mas é difícil imaginar que Jared continuaria o jogo de Verdade ou Consequência sem o envolvimento dela. E ainda há um fato: ela deve ter abastecido esse cara de fofocas, não somente sobre Phoebe e Derek — o que é bastante doentio —, mas também sobre mim e Maeve, ainda que nenhum de nós tenha feito nada contra ela. Eu até achava que ela gostava de mim. Quem pode saber do que mais Emma é capaz?

Você tem certeza de que ela está dizendo a verdade?, escrevi para Eli.

Ele respondeu imediatamente: *Estando ou não, ela precisa de uma boa defesa.*

Espero um dia ser o tipo de cara que não se preocupa com uma garota que supostamente fez parte de uma trama de vingança para me destruir. Só que ainda não cheguei lá. Estou feliz por Emma ter que passar mais um dia no hospital e eu não correr o risco de esbarrar com ela agora.

— Que gentileza. — Os olhos da Sra. Lawton brilham quando pega o papel. — Por favor, diga a ele que eu agradeço. — Ela esfrega a têmpora e me dá um sorrisinho. — Imagino que alguns minutos com Phoebe não façam mal. Você tem razão: pode ser bom ver um amigo. Ela ficaria imensamente feliz em ver você, tenho certeza. Ela está no terraço.

— Obrigado, e... — Eu estava prestes a entrar, mas paro na soleira da porta. — Desculpe, onde?

— Fizeram um novo terraço no prédio. Instalaram o gradil na semana passada. Phoebe está lá. Você pode pegar o elevador até o último andar e então subir uma escada bem ao lado dele, que leva ao terraço.

— Ah. — O meu medo de altura ficou dez vezes pior depois que Brandon morreu, um terraço é o último lugar em que quero estar agora. Vou ficar bem no meio, de onde não se pode ver a borda. Vai parecer só mais um andar. Um andar sem paredes ou um teto. Merda. — Certo. Então. Eu vou então para o... terraço. — Tento dar um aceno confiante para ela quando sigo pelo corredor, mas não acho que convenço.

A porta do elevador é de espelhos, e eu poderia viver sem isso na viagem até o último andar. A minha camisa está para fora da calça e toda amassada, a gravata afrouxada está torta. Parece que eu penteei o cabelo com um aparador de grama. Pelo menos ele finalmente está crescendo, acho. Quando a porta se abre, encontro a escada e subo dois lances curtos de degraus até uma porta pesada de metal. Eu a empurro e imediatamente sou atingido por uma rajada de vento.

Certo. É óbvio. Porque a única coisa pior do que estar em um terraço é estar em um onde venta tanto que o vento pode atirar você de lá.

Sufoco o pensamento e tento dar uns passos adiante, até que vejo Phoebe encostada no que parece ser um gradil muito frágil.

— Ei — chamo e ela se vira. — Trouxe um pedaço de bolo.

Phoebe levanta a mão num aceno fraco, mas fica onde está, então acho que vou ter que ir até lá. Eu provavelmente devo isso a ela, depois de pensar, mesmo que por um nanossegundo, que Phoebe poderia estar envolvida nessa confusão.

— Você trouxe o quê? — ela pergunta quando estamos próximos o bastante para conversar. O cabelo de Phoebe está preso num coque desarrumado no topo da cabeça, cachos voando para todo lado com o vento. Ela está vestindo o que parecem ser calças de pijama e um top. Eu diria que ela está congelando de frio, mas Phoebe não parece perceber a friagem no ar.

— Bolo. — Engulo em seco, estendendo a mão quando estou a centímetros dela. É o mais perto que consigo chegar da armadilha mortal do gradil. — Bolo de casamento. Do casamento... — Por um segundo, parece que ela vai começar a chorar, e o arrependimento toma o meu peito. Foi besteira ter feito isso? E então ela sorri e pega o bolo.

— Obrigada. É muito legal da sua parte. — Ela separa um pedacinho e come, depois estende para mim o guardanapo. — Quer um pouco? — pergunta de boca cheia.

— Não, estou bem. — Coloco as mãos nos bolsos e tento entender para onde devo olhar. Um suor frio começa a cobrir o meu rosto. Não há nada ao redor além do céu, o que está me deixando tonto, então mantenho o foco no rosto de Phoebe. Mesmo sujo de migalhas, não é uma tarefa difícil. — Como você está?

Phoebe está comendo o bolo como se não colocasse nada na boca há dias. O que é possível, imagino. Ela diz algo que não consigo entender e eu espero enquanto ela engole.

— Na merda — repete, dando mais uma mordida no bolo.

— Imagino que sim. Eu sinto muito.

Ela engole de novo e limpa os farelos do canto da boca.

— Mas você! Eu não tive a oportunidade de agradecer. Primeiramente, por ter descoberto tudo e por ter salvado todo mundo. As coisas seriam ainda piores se... — A voz dela vacila. — Se mais alguém além de Brandon... Deus. — Ela dobra o guardanapo vazio ao meio para usar o lado que não está sujo e enxugar as lágrimas. — Me desculpe. Toda vez que eu acho que já chorei tudo, começo a chorar de novo. — Os ombros dela tremem conforme se curva no gradil, engasgando com altos soluços. — Não consigo parar. Não sei quando isso vai terminar.

Fico paralisado por alguns segundos, dividido entre a tristeza de Phoebe e o vazio assustador logo atrás dela. Então dou um passo à frente e ignoro como a minha cabeça gira e o meu estômago afunda ao chegar na borda do parapeito, puxando Phoebe para um abraço estranho.

— Ei, está tudo bem. — Eu afago suas costas enquanto ela chora no meu ombro. — Vai ficar tudo bem.

— Como? — ela lamenta. — Está tudo horrível. O meu pai está morto por causa do Brandon e Brandon está morto por minha causa!

— Não por sua causa — digo, mas ela soluça ainda mais. Fico segurando Phoebe por não sei quanto tempo até que ela finalmente para de chorar e começa a respirar bem fundo, num descompasso. Uma das palmas da sua mão está sobre o meu peito, e ela levanta os olhos cheios de lágrimas para me olhar.

— Knox, o seu coração está batendo muito forte.

— É. — Eu pisco, tentando afastar os pontos pretos do meu campo de visão. — O lance é que eu tenho medo de altura e esse gradil é... ele não parece seguro. Ou alto. Não é alto o bastante para o meu gosto.

— Ai, meu Deus. — Ela deixa uma risada chorosa escapar e, para o meu imenso alívio, vai me puxando do parapeito até estarmos no meio do terraço. — Por que você não disse nada? Eu poderia ter chorado no seu ombro aqui do mesmo jeito.

— Bom, você sabe. — Minha tontura retrocede a um nível aceitável. — Tento não chamar muita atenção para o quanto eu sou covarde.

— Covarde? — Ela me encara, enxugando as bochechas. — Você está brincando comigo? Você é a pessoa mais corajosa que eu já conheci. — Eu baixo o olhar, envergonhado, e ela ri de leve. — Sabe no que eu pensei lá no parapeito? Que o seu coração estava batendo forte assim por minha causa.

— Quê? — Fico tão assustado que praticamente grito, e Phoebe faz uma cara engraçada.

— Não precisa ficar tão apavorado.

— Eu não estou apavorado. Não mesmo — digo rapidamente. — É só que... não é algo que eu teria sequer considerado, porque... — Eu me calo e esfrego a nuca com uma das mãos. — Eu obviamente não teria nenhuma chance. Você é gata demais para mim. Não que eu passe um tempo bizarro e inapropriado analisando o quanto você é gata, mas...

E então eu não consigo mais falar, porque Phoebe está me beijando.

Sua boca é ao mesmo tempo macia e firme, e cada terminação nervosa minha que eu nem sabia que existia pega fogo. Ela tem gosto de açúcar, é cheia de curvas, tem a pele quente. Phoebe levanta a minha camisa, percorrendo a minha barriga com os dedos até chegar no cós da calça, e meu cérebro quase entra em curto-circuito. Só que não inteiramente, porque quando levanto as mãos para segurar o seu rosto, sinto que está molhado de lágrimas.

— Phoebe. — Eu me afasto com relutância, já sentindo a sua falta. Ela está respirando tão pesadamente quanto eu, mas os seus olhos estão vidrados. Passo o dedo pelo rastro de lágrimas no rosto dela. — Isso foi incrível, mas... Acho que você está triste demais agora. E preocupada e... Provavelmente não é um bom momento para fazermos isso.

Ela deixa escapar um som que é metade choramingo, metade gemido.

— Deus, eu sou um desastre. Você deve me odiar.

— O quê? Não! Tá brincando? Acredite em mim, eu gostaria muito que você tentasse isso de novo em, não sei, uma semana. Ou quando você estiver se sentindo melhor. Se você quiser. Mas se não quiser, tudo bem também.

Ela deixa escapar um suspiro trêmulo.

— Você tem noção do quanto é incrível?

— Não exatamente, não tenho. — Eu ajeito a frente da minha calça, que está meio desconfortável graças à ereção que o amasso com Phoebe provocou. Ela percebe meu movimento e sorri, maliciosamente, em meio às lágrimas. — Que fique registrado, no entanto, que tudo está funcionando perfeitamente aqui — completo. — Caso houvesse alguma dúvida depois de... você sabe.

Ela começa a rir tanto que eu ficaria constrangido se não tivesse notado que a alegrei.

— Ai, meu Deus, você me fez rir. Eu não sabia que isso era possível. — Ela limpa os olhos com as costas da mão. — Obrigada. Eu precisava disso. De tudo isso.

— Que bom. Fico feliz. — Eu a pego pela mão e puxo para a escada. — Podemos sair desse telhado agora?

Quando chego em casa, já está tarde. Andei por todos os lugares esta noite: da recepção do casamento até o apartamento de Phoebe, e de lá até a minha casa. Tem sido difícil respirar desde ontem, e o ar frio tem ajudado um pouco.

Meus lábios ainda formigam do beijo de Phoebe quando abro a porta da entrada. Revivi o momento uma centena de vezes a caminho de casa. Provavelmente só vai acontecer dessa vez, e tudo bem. As coisas não precisam ficar esquisitas. Se eu e Maeve conseguimos encarar a escola inteira sabendo da nossa não primeira vez, um beijo triste no terraço não é nada.

E vai saber, talvez Phoebe realmente tenha querido aquele beijo. Não seria demais?

As luzes da cozinha e da sala de estar estão acesas, e posso ouvir o som de algum jogo na televisão quando entro. Já passou da hora da minha mãe dormir, então deve ser somente o meu pai, e ele não gosta de ser interrompido durante um jogo. Deixo as minhas chaves sobre a mesa e sigo para a escada.

— Knox? — A voz do meu pai me interrompe. Então ouço passos até que ele aparece no batente da porta com uma garrafa de Bud Light na mão. A luz amarelada e pálida do corredor aprofunda cada ruga do seu rosto. — Como foi o casamento?

— Ah. — Por um instante, tenho um branco. Parece que o casamento aconteceu meses atrás. — Foi... bom. Eu acho. Você sabe. Foi bom o bastante, diante das circunstâncias.

Ele assente com veemência.

— É, com certeza.

— Nate estava lá — completo. — Ele parecia bem. Estava brincando, não parecia estar sentindo muita dor nem nada assim. — Dou um pigarro. — É ótimo o que você está fazendo por ele. Sabe, o lance do seguro. Todo mundo fica repetindo como foi bom... Como é bom. Vai ser.

Jesus. Você não consegue calar a boca, Knox.

— Norma da empresa — diz papai, sério.

— Eu sei, mas, tipo... você faz as normas.

Para a minha surpresa, sua expressão se transforma num sorriso.

— Acho que sou eu, sim.

É um momento tão bom quanto qualquer outro para externar o que venho querendo dizer a ele há um tempo.

— Pai, sinto muito por ter cortado caminho pelo estacionamento do shopping. Eu não deveria ter feito isso. Não é que eu não ouça você, ou que não respeite o seu trabalho. Eu respeito, sim, e muito. Só fui descuidado.

As linhas no rosto dele se suavizam.

— Bom, você tem 17 anos. Isso vai acontecer algumas vezes, acho. — Ele toma um gole de cerveja e olha para o chão. — Devo desculpas a você também. Eu não deveria ter dito que você não trabalhava duro. Sei que você trabalha. — A voz dele fica rouca. — E mais uma coisa. Você foi esperto ontem à noite. E corajoso e, embora eu desejasse que você tivesse se mantido em segurança nessa situação, estou orgulhoso demais pelo que você fez. Tenho muito orgulho de você, ponto final. Sempre.

Caramba. Eu consegui passar as últimas 24 horas sem chorar e agora o meu *pai*, de todas as pessoas, vai me fazer ir às lágrimas. E então ele provavelmente vai retirar tudo o que disse, porque sou um fraco. Antes que eu me descontrole, no entanto, papai abaixa a sua cerveja numa mesinha, deixa escapar um soluço engasgado e me puxa para um abraço de urso. Que dói um pouquinho, mas levando em consideração todo o contexto?

Vale a pena.

CAPÍTULO 33

Phoebe

Quarta-feira, 1º de abril

Eu demoro para sair do carro no estacionamento da escola na quarta-feira de manhã. Saí de Bayview no domingo e fui ficar com Owen e minha tia em outra cidade. Mamãe achou que precisávamos de uma pausa, e ela provavelmente estava certa. Owen continuou lá, porque é um gênio e está meses adiantado no conteúdo do ano letivo. Mas eu não posso ficar afastada para sempre.

Estou assustada por estar aqui. Com medo do que as pessoas vão pensar e dizer agora que a verdade está começando a aparecer. Receio que vão odiar Emma — e a mim. E eu não posso culpá-los, porque na maior parte do tempo eu odeio a gente também. Odeio Emma por ter começado essa confusão e a mim por ter dado o empurrãozinho que faltava quando fiquei com Derek no pior momento possível.

E odeio Brandon pelo que ele fez três anos atrás, mas não o bastante para não estar cheia de remorso pelo que aconteceu com ele. Sei que o erro de um garoto mimado de 13 anos não merece *isso*.

Tudo dói, basicamente. O tempo todo.

O meu telefone apita na bolsa e eu o alcanço para ler uma mensagem de Knox. *Não fique nervosa. Estamos com você.*

Mando um emoji de joinha de volta, sentindo um frio na barriga. Fico repassando o momento que tivemos no terraço o tempo todo — não somente o beijo, que esquentou todo o meu corpo de dentro para fora, mas a maneira como Knox me confortou no gradil por tanto tempo, mesmo que estivesse com muito medo. E o modo como me fez rir quando eu pensei que já havia me esquecido de como se fazia isso. E ele ainda estava extremamente gato com a camisa amassada e o cabelo desgrenhado, o rosto magro e assombrado pela noite anterior.

Talvez eu tenha uma quedinha por heróis feridos. Ou talvez a Phoebe do Futuro, que poderia valorizar alguém como Knox, não esteja tão distante quanto imaginei.

Meu telefone apita de novo. Agora é Maeve. *Entre. O sinal já vai tocar.*

Argh. Acho que não posso evitar isso para sempre. Saio do carro, tranco a porta e me arrasto na direção da entrada dos fundos. Meus olhos estão grudados no chão e, quando chego nas escadas, quase esbarro em um casal que se beija apaixonadamente.

— Desculpe, a culpa foi minha — murmuro, e congelo quando eles se afastam.

Meu estômago se contorce. Sean e Jules. Literalmente as duas últimas pessoas que eu queria ver. Nem consigo imaginar o que Sean vai me dizer — não, não preciso imaginar, porque ele já abriu a sua boca estúpida e, como não consigo me mexer, isso vai ser horrível.

— Oi, Phoebe.

380

É tão diferente do que eu esperava que o silêncio me atinge. Jules se desenrosca e dá uma cutucada no braço de Sean.

— Entre — pede ela. — Encontro você no meu armário. — Para o meu espanto, ele a obedece, seguindo desajeitado escada acima até desaparecer pela porta sem dizer uma única palavra.

— Você o adestrou — observo. E com isso eu quero me afundar no chão, porque, *meu Deus*, que grosseria; nenhum dos dois merece isso nesse momento.

Mas Jules sorri.

— Sean tem alguns modelos masculinos muito tóxicos na vida dele, mas tem se esforçado. Ele não é tão horrível quanto você pensa, Phoebe.

Acho que ela tem razão. Principalmente considerando que em algum momento eu pensei que Sean poderia ter começado o jogo das mensagens para matar o melhor amigo. Que piada comigo mesma, acho, quando na verdade foi a minha irmã quem fez isso. Supostamente.

Mas ainda tem uma coisa que eu preciso saber. Talvez já tenha aparecido na imprensa, mas tenho evitado o noticiário como a uma praga. Eu me inclino no corrimão, alternando o peso do meu corpo entre um e outro pé.

— Por que vocês mentiram, Jules? Sobre Brandon ter pulado?

— Apenas porque... Sean pensou que ficaríamos encrencados, sabe? Ele disse que seria melhor se pensassem que havia sido por causa do atalho, e assim não teríamos que explicar... tudo. — Ela põe uma mecha de cabelo atrás da orelha. — Inclusive o que disseram sobre você e Emma.

— Sean não ligava para isso — falei. Talvez eu esteja sendo grossa de novo, mas sei que é a verdade.

— Não. Mas eu liguei. — E eu acredito nela. — E Sean não teve a intenção de bater em Knox com tanta força, é sério. Ele entrou em pânico.

— Então ele nunca pensou que Knox estava indo atrás de Brandon — afirmo. Apenas para me certificar.

A boca de Jules se retorce.

— Não. Ele estava surtando e Knox estava... lá.

— A coisa vai ficar ruim pra você? — pergunto. — Por mentir, quero dizer.

Ela suspira.

— A polícia não está feliz com a gente, mas eles têm problemas bem maiores agora. Disseram que, se cooperarmos para dar continuidade ao processo, ficaremos bem. — Ela lambe os lábios e baixa o olhar. — Emma está...

Não deixo que termine.

— Não posso falar sobre Emma.

Jules assente rapidamente, quase como se estivesse aliviada.

— Entendo.

Só que ela provavelmente não entende. Não é só porque não tenho permissão para falar sobre o que aconteceu sem a aprovação do novo advogado de Emma — a quem devo encontrar pela primeira vez hoje mais tarde —, mas porque não sei nada diferente do que o restante do mundo já ouviu. Eu mal vi ou falei com Emma desde que a deixei no hospital na sexta-feira à noite.

Eu sei o que ela disse ao detetive Mendoza. E sei que ela se posicionou quando podia ter deixado que eu fosse incriminada. Mas é só isso.

O sinal toca. Tanto eu quanto Jules ficamos paradas, ajeitando nossas mochilas e arrastando os pés.

382

— Eu queria ter me esforçado mais para tentar conversar com você sobre o que estava acontecendo — digo, finalmente.

— Eu também queria — fala Jules. — Me desculpe por não ter ficado ao seu lado. Fiquei tão envolvida com Sean.

— Estou contente por você estar feliz. — É mentira, porque não consigo imaginar nenhum tipo de felicidade com Sean Murdock que não termine com um profundo arrependimento e alguma doença sexualmente transmissível, mas vou ficar calada pelo menos dessa vez. Acho que existem coisas piores do que ter um babaca como namorado.

Jules prende o seu braço no meu e me puxa em direção às escadas.

— Vamos, Phoebe Jeebies. Vamos voltar ao normal.

— Eu preciso que você seja 100% honesta comigo, Emma — pede Martin McCoy, apoiando o antebraço sobre a mesa da nossa cozinha. Ele é magro e coberto por sardas. O novo advogado da minha irmã é ruivo-claro, assim como era o meu pai, e isso, por algum motivo, me faz confiar nele. — As ações de Jared Jackson foram filmadas e não há dúvida sobre a culpa dele em relação à bomba no Da Talia. Além do mais, Jared confessou ter provocado a morte de Brandon Weber, embora não houvesse suspeita alguma do envolvimento dele até então. — Martin esfrega a têmpora, como se a confissão não solicitada de Jared machucasse o cérebro de advogado dele. — Pelo que posso dizer, ele fez isso exclusivamente para envolver você. Para que você caísse com ele. E o advogado dele tem montes de transcrições de chats — ele faz um gesto para uma pasta de arquivos à sua direita —, que alega terem sido com você, concordando com um pacto de vingança e planejando o jogo de Verdade ou Consequência.

Emma olha a pasta, nervosa.

— Você leu as transcrições? — pergunta.

Ela tomou banho antes de Martin chegar, então parece um pouco mais com a Emma de sempre. O cabelo escuro ainda está úmido e puxado para trás com uma bandana, e ela está vestindo uma das suas camisas quadriculadas favoritas. Ela prendeu o botão de cima errado, mas ainda assim. Um progresso.

— Ainda não — diz Martin. — Chegaram ao escritório um pouco antes de eu vir para cá. Mas, de qualquer maneira, eu gostaria de ouvir a sua versão primeiro.

Estou sentada ao lado de Emma, imaginando se vou ser expulsa da conversa em algum momento. Eu já contei a Martin tudo o que sei sobre Jared. E agora mamãe fica me olhando, inquieta, como se desejasse que eu tivesse ficado na casa da minha tia com Owen. Eu, de certa forma, sinto o mesmo. Mas se preciso ficar neste apartamento, prefiro saber o que está acontecendo em vez de ficar trancada no quarto sozinha. Então permaneço calada e imóvel.

Emma morde o lábio.

— Quero dizer... A mamãe já contou, não? Eu conversei bastante com ele. No começo.

Minha mãe se remexe no lugar, mas, antes que ela possa responder, Martin se pronuncia:

— Me explique exatamente como você conheceu Jared, sobre o que vocês dois conversaram e como terminou. Não tente amenizar nem deixe nada de fora. Eu não posso ajudar se não souber a história toda.

Minha irmã respira fundo. E eu também. *Lá vamos nós.*

A voz de Emma fica mecânica, como se ela estivesse se preparando para um longo discurso.

— É verdade o que Jared falou sobre como nos conhecemos on-line. Eu estava passando por um momento difícil. Tinha acabado de descobrir que Phoebe e o meu ex-namorado tinham ficado e estava muito chateada.

Fico observando a padronagem de madeira falsa da nossa mesa, evitando com cuidado o olhar da minha mãe, porque *essa* é uma conversa merda que não quero ter de novo. — Já estava bem ruim — continua Emma. — Mas depois eu fui mexer na papelada da mamãe, para tentar descobrir quanto dinheiro tínhamos guardado para a faculdade, e encontrei o acordo do acidente do meu pai. Eu fiquei... tão irada. — Os olhos dela estão só pupila. — Quando li o que Brandon havia feito, eu senti tanta raiva dele que não consegui pensar com nitidez. Eu queria *fazer* alguma coisa. Então me lembrei do antigo fórum de vingança de Simon Kelleher e fui procurá-lo. A hospedagem mudou, mas acabei encontrando o site. Inventei um nome e me inscrevi. Conheci Jared lá, e começamos a conversar. Nós meio que... tivemos uma conexão, acho. Bom, eu usei o nome da Phoebe.

Ela me lança um olhar culpado e eu tento manter minha expressão neutra. Não gosto que Emma tenha feito isso, mas é como Jules disse mais cedo: há problemas *bem* maiores agora.

— Eu contei tudo a ele — continua Emma. — Ele era um bom ouvinte. — Pela expressão em seu rosto, parece que dói nela admitir isso. — Jared disse que Brandon parecia ser o tipo de pessoa que nunca teve que enfrentar uma consequência por seus atos na vida. E que ele poderia me ajudar a me vingar dele, se eu o ajudasse a fazer o mesmo.

— Mas ele não contou a história dele? — Martin pergunta. — Você não sabia da relação dele com Eli Kleinfelter?

— Não — responde Emma, enfaticamente. — Eu não sabia nada sobre isso até o detetive Mendoza me contar. Ele disse que

Jared concluiu que a mamãe era a cerimonialista do casamento de Eli e decidiu... me usar. — Ela engole em seco. — Tudo o que Jared me disse foi que alguém havia arruinado a vida do irmão dele, e que a mãe tinha se matado por causa disso. Eu me senti péssima por ele. — Emma fica vermelha e baixa o olhar para a mesa. — Jared disse que podíamos começar por mim. Ele falou que poderíamos fazer algo para... machucar Brandon. Assim ele não poderia mais jogar futebol e saberia como é perder algo importante.

— E você concordou com ele? — questiona Martin, calmo.

Emma passa a língua pelos lábios.

— Sim — admite ela, baixinho, fechando os olhos por um momento quando a minha mãe emite um ruído assustado que não consegue segurar. — Naquele momento parecia... justo.

O meu coração está na boca, ameaçando me engasgar, mas o tom tranquilo de Martin não muda.

— E quem inventou o jogo de Verdade ou Consequência?

— Jared — diz Emma. — Ele gostou da ideia de usar o... *legado* de Simon, como chamou, para criar um jogo baseado em fofocas ao qual os alunos do Colégio Bayview não conseguiriam resistir. A intenção era construir o jogo devagar, até chegar a um ponto em que Brandon escolheria a consequência.

Emma fica tensa e eu ouço o seu pé começar a bater ritmadamente no chão.

— Jared falou que as pessoas são fáceis de entender. Se você já jogou Verdade ou Consequência, sabe que a maioria das pessoas escolhe a consequência. Porque elas querem parecer... ousadas, acho. Além do mais, ninguém quer ter que lidar com a verdade. Mas primeiro nós tínhamos que fazer as pessoas prestarem atenção. Era preciso começar o jogo com uma fofoca

386

de verdade, uma que ninguém soubesse, algo interessante e ao mesmo tempo verdadeiro e terrível. Depois disso, Jared disse que seria preciso apenas mirar nas pessoas que jogariam, e o plano estaria em curso.

— Certo — diz Martin. — Então você precisava de alguém que não comprasse a ideia para começar o jogo, e precisava de um bom segredo sobre essa pessoa. Você deu isso a Jared?

Emma para de batucar o pé e o único som na cozinha é o ruído baixo do relógio acima da minha cabeça. Então ela toma fôlego e admite:

— Sim. — Minha mãe contém outro som sufocado conforme Emma continua: — Eu estava fingindo que era Phoebe, então disse: "Eu transei com o ex da minha irmã, é um segredo terrível o suficiente para você"? — Eu me encolho como se ela tivesse me dado um tapa, e Emma continua: — E Jared ficou tipo: "Você quer mesmo contar isso?" e eu disse... — A voz de Emma fica tão baixa que eu preciso me esforçar para ouvi-la. — Eu disse: "Sim, por que não? Não é como se eu me importasse com a minha irmã. Se me importasse, nunca teria feito isso, para começar".

Eu vou chorar. Ou vomitar. Provavelmente os dois. Quero que Emma pare de falar, mas infelizmente Martin não pensa como eu.

— Certo. E você deu outros nomes a Jared? Pessoas que você achou que jogariam e escolheriam a consequência?

Emma concorda com a cabeça.

— Sim. Eu era monitora de Sean e dava carona para Jules até a escola, então tinha bastante certeza de que eles gostariam da atenção.

— E quanto a Maeve Rojas? — ele pergunta.

— Foi ideia de Jared — responde Emma. — Ele queria envolver Maeve porque ela fez parte de tudo o que aconteceu com Simon. Tinha isso em Jared... ele pensava *muito* em Simon. Queria ser mais esperto do que ele, enganar alguém que Simon não conseguiu enganar. — As bochechas de Emma ficam ruborizadas quando ela olha para baixo. — Maeve deveria ter escolhido a consequência, como todo mundo, mas ela não entrou no jogo. E eu não faço ideia de como Jared descobriu sobre ela e Knox. Eu nunca... eu jamais teria contado isso a ele. Mesmo se eu soubesse. Gosto dos dois.

Ouvir Emma dizer isso depois de ter confessado que me jogou no caminho de Jared dói mais do que pensei que fosse doer a essa altura, quando eu deveria me sentir anestesiada.

— E o que aconteceu quando o jogo começou? — continua Martin.

— Foi horrível. — A voz de Emma falha no fim. — As pessoas foram tão medonhas. Eu só conseguia pensar nessa frase, que não lembro onde li, mas diz mais ou menos assim: "Guardar rancor é como beber veneno e esperar que a outra pessoa morra". Foi exatamente assim que eu me senti. Eu não queria mais vingança. Eu só queria que aquilo parasse. — Ela me olha, implorando. — Sinto muito, Phoebe. Por tudo.

Fecho os punhos sobre o colo para não dizer a primeira coisa que me vem à mente, que é: *Você pode enfiar as suas desculpas no rabo, Emma.* Mas sei como é quando a sua irmã se recusa a perdoar o seu pior erro.

— Eu... Tudo bem — solto, entre dentes.

— No seu depoimento para a polícia, você disse que havia pedido a Jared para acabar com o jogo, e que ele concordou — prossegue Martin. — Isso está correto?

Emma assente.

— Sim. Ele estava zangado e nós discutimos. Mas em algum momento ele disse que ia parar, porque não daria certo se eu não estivesse totalmente comprometida. Eu deletei o aplicativo de conversas do meu telefone e achei que estava acabado.

A voz dela falha de novo.

— Mas o jogo continuou. Depois Brandon morreu e... — As lágrimas começam a cair rapidamente, escorrendo pelo rosto até os lábios ressecados dela. — Eu não sabia o que dizer ou fazer. Sentia tanto medo o tempo todo. Comecei a beber para tentar me acalmar e então não consegui mais parar. Quebrei meu telefone e o joguei fora, porque achei que ele poderia me incriminar. Eu sinto muito. Sinto muito por tudo. Sinto muito mesmo. — Ela se contorce contra mamãe, que a segura cautelosamente, como se não tivesse certeza se Emma ainda caberia ali.

Fecho e aperto bem os olhos para não chorar também. É tudo mais que horrível. Só consigo pensar que: *Isso jamais teria acontecido se eu e Emma ainda fôssemos próximas. Emma e eu ainda seríamos próximas se o papai não tivesse morrido. O papai não teria morrido se não fosse Brandon.* É o pior tipo de círculo vicioso, e estou começando a ver como pode dominar a sua mente.

Martin deixa Emma chorar por alguns minutos, examinando a sua pasta até que os soluços viram fungadas. Quando ela finalmente se solta da mamãe e enxuga os olhos, o advogado diz:

— Sei que isso foi difícil. Você está bem para continuar? — Ela concorda com a cabeça. — Você pode me dizer exatamente quando parou de se corresponder com Jared? A data e, preferencialmente, a hora?

Emma respira, trêmula.

— Acho que… foi logo depois que a mensagem sobre Phoebe foi enviada. Eu passei a noite na casa da minha amiga Gillian, mas não consegui dormir. Comecei a mandar mensagens para Jared, nós discutimos até ele concordar em parar com o jogo. Eu fiz *logoff* e fui me deitar, antes de meia-noite, acho. Foi a última vez em que falei com ele.

Martin está olhando para a papelada na sua frente.

— Isso teria sido em 19 de fevereiro, então. É a essa conversa que você está se referindo? — Ele entrega uma folha de papel para Emma e ela umedece os lábios, nervosa, ao pegá-la.

— São prints? — pergunta. — Das nossas conversas no aplicativo?

— Sim — confirma Martin. — Tirados do telefone que Jared usava. Olhando rapidamente, eles parecem corroborar o que você contou, indo até 19 de fevereiro. Como declarou, você pediu a ele que parasse com o jogo e, depois de alguma discordância inicial, ele concordou. — Pela primeira vez, as linhas ao redor da boca de Martin ficam rígidas. A minha pele começa a formigar antes mesmo que ele diga: — Mas nós temos um problema depois disso.

— Como assim? — Emma umedece os lábios de novo quando Martin levanta outra folha de papel.

— Essa é uma transcrição da manhã de 20 de fevereiro — explica. — Quando a conversa entre "Phoebe" e Jared recomeça.

CAPÍTULO 34

Phoebe

Quarta-feira, 1° de abril

Meu estômago revira quando mamãe diz num tom baixo e alarmante:

— Emma. — A minha irmã se vira na direção dela, os olhos arregalados, e mamãe complementa: — Você precisa contar tudo a Martin.

— Mas eu contei — insiste Emma, parecendo assustada. — Isso não é possível, deixe-me ver.

Martin lhe entrega o papel e eu me esgueiro para a frente para conseguir ler também.

Phoebe: Me desculpe pelo que falei mais cedo, não foi por mal.

Jared: Não falou por mal o quê? Que sou extremo demais e você está fora?

Phoebe: Sim, eu pirei por um instante, mas estou com você agora.

Phoebe: Vamos continuar.

— Não, não, *não*! — Emma larga o papel como se estivesse pegando fogo, encarando a folha com uma expressão genuinamente
confusa. — Não fui eu. Nunca mais falei com Jared depois da noite
na Gillian. — Ela parece suplicar, de mamãe para Martin, como
se pudesse fazê-los acreditar por pura força de vontade. — Eu juro
por Deus. Eu juro pelo *túmulo* do meu pai. Você não poderia...
checar o IP, ou algo assim?

Martin fica sério de novo.

— Vou conferir quão rastreável essa tecnologia é, mas aplica-
tivos de mensagens são complicados. Agora, se tivéssemos o seu
telefone, seria possível verificar. O seu aparelho não tem salvação?

Emma fica vermelha e baixa o olhar.

— Não, eu o esmaguei com um martelo e joguei numa lixeira.
Nem sei mais onde pode estar.

— Entendo. — O tom de Martin é calmo, mas ele não pode
estar tranquilo com isso.

Mamãe se inclina para a frente, sua voz é tensa.

— Não é possível que esse rapaz tenha escrito essas mensagens
para ele mesmo, quando Emma encerrou a conversa? — pergunta.

— Ele é claramente perturbado.

— É possível — diz Martin. — Jared certamente estava sob
forte pressão por causa da prisão do irmão, da doença do pai e do
suicídio da mãe. Talvez seja uma teoria que valha a pena seguir,
principalmente se as últimas correspondências mostrarem uma diferença nítida nos padrões do discurso. — Emma estica a mão como
se estivesse se afogando e acabasse de ver uma boia salva-vidas.

— Posso ver mais mensagens?

— Pode, sim. — Martin lhe entrega um bloco de folhas e um
lápis. — Aqui está o restante da conversa em 20 de fevereiro. Se
vir algo que pareça dissonante, anote.

Emma começa a ler e eu faço o mesmo. Depois de "Phoebe" reaparecer e prometer seguir com o jogo, Jared passa pelo menos meia página se vangloriando por ser brilhante. "Phoebe" concorda e... conforme leio as respostas, uma fagulha de esperança surge em mim. As mensagens não fazem mesmo o estilo de Emma. "Phoebe" está usando muitos "kkkk" e pontos de interrogação, para começar. E os elogios a Jared parecem excessivos. Será que a teoria da minha mãe está certa? Então leio o fim da página.

> Jared: Esse jogo é genial. As pessoas fazem qualquer coisa que você queira.
> Jared: Não importa se for estranho, a pessoa vai fazer.
> Phoebe: Quanto mais bizaro melhor, né? Kkkkk.

Seguro um arquejo bem a tempo. Meu coração começa a martelar, batendo tão forte que me dói fisicamente, e leio de novo a última mensagem. Não está escrito "bizarro". Está *bizaro*. Olho para Emma, cujo rosto ficou manchado de vermelho. Quando nossos olhares se encontram, sei que ela também percebeu.

Estou congelada na cadeira. Não tenho absolutamente nenhuma ideia do que falar ou fazer. Fico apenas pensando em todos os pequenos detalhes que não significavam nada até agora:

O meu irmão sempre escutando sorrateiramente atrás das portas.

O meu irmão que entende de tecnologia e conecta em rede todos os nossos dispositivos.

O meu irmão solitário indo ao Café Contigo, onde Maeve contou a Bronwyn o que aconteceu entre ela e Knox.

O meu irmão assustado vendo Brandon me insultar.

O meu irmão triste dizendo *Nossa família acabou* depois que eu e Emma brigamos por causa do Brandon.

E, ah, sim. O meu irmão, vencedor do campeonato de soletração, cometendo um erro raro e memorável. O encontro de "Phoebe" e Jared aconteceu antes que eu tivesse a chance de corrigi-lo.

Começo a me sentir tonta, então respiro profunda e ritmadamente enquanto encaixo mentalmente o meu irmão nos acontecimentos das últimas semanas. E faz sentido. Owen poderia estar monitorando as conversas de Emma com Jared desde o início — tudo, do acidente do nosso pai ao planejamento do jogo de Verdade ou Consequência e a decisão de Emma de abandonar o barco. E quando ela o fez, Owen pode facilmente ter entrado em cena. Fora que ele provavelmente teria sido muito mais cuidadoso ao cobrir seus rastros do que Emma; a coisa toda deve ter parecido um videogame para ele: a partida realista de *Bounty Wars*, planejando um movimento após o outro.

Até Brandon morrer.

Emma coloca a folha de papel sobre a mesa com tanto cuidado que seria preciso estar observando de perto para notar sua mão tremendo.

— Posso ver a última página, por favor? — pede ela. — O final das transcrições?

Martin folheia o bloco que está segurando e entrega uma folha para Emma.

— A troca de mensagens se encerra no dia em que Brandon Weber morreu — diz ele.

Eu me forço a não olhar para Emma enquanto nós duas começamos a ler:

Phoebe: Não era para ter acontecido isso.

Jared: Óbvio que era. É o que você queria.

Phoebe: Eu... eu não acho que era isso que eu queria.

Jared: Ele mereceu. Está feito. De nada.

Jared: Mas só temos meio caminho andado. Agora é a minha vez.

Jared: Ei????

Jared: Diga alguma coisa. Não ouse me dar um perdido.

E acaba aí. Eu não movo um músculo além de desviar o olhar para Emma, esperando pela reação dela. A minha irmã encontra o meu olhar novamente e, pela primeira vez em anos, nós temos uma conversa sem palavras. Como fazíamos quando éramos pequenas, lendo os pensamentos escritos na cara uma da outra. Invisível para todos, mas perfeitamente nítido para nós.

Emma olha para baixo, nota que deixou de fechar um botão da sua camisa xadrez e o faz habilmente. Então levanta o olhar, pálida, mas agora composta, e empurra a transcrição para Martin.

— Acho que minha mãe tem razão — diz. — Jared está alucinando. Isso é apenas ele conversando com ele mesmo depois que eu parei de responder. E ninguém pode provar que não foi isso que aconteceu, pode?

AGRADECIMENTOS

Um de nós tem sorte, e essa pessoa sou eu. No meu terceiro livro, eu não só tive a chance de revisitar personagens e um cenário que amo, mas o fiz com o mesmo time editorial fenomenal que me apoiou desde o início. Agradecimentos infinitos a Rosemary Stimola e a Allison Remcheck, por enxergarem a fagulha naquela primeira reunião sobre *Um de nós está mentindo* e por guiarem essa continuação (assim como a minha carreira) com tanta compreensão e cuidado. Eu não ia querer ninguém diferente ao meu lado.

Krista Marino, às vezes tento imaginar como seriam os meus livros sem a sua excelência editorial, mas esse é um pensamento assustador demais para essa escritora de thriller considerar por muito tempo. Obrigada por me ajudar a encontrar o que faltava para "o livro da Maeve" ganhar vida e também por me ajudar a construir uma história que poderia tanto seguir a da irmã mais velha quanto se sustentar sozinha.

Delacorte Press, por onde eu começo? Sou imensamente agradecida a Barbara Marcus, Beverly Horowitz e Judith Haut por darem aos meus livros e a mim uma casa tão acolhedora. Fico constantemente deslumbrada com todos os profissionais talentosos e dedicados com quem tenho o prazer de trabalhar diariamente, incluindo Monica Jean, Kathy Dunn, Dominique Cimina, Kate Keating, Elizabeth Ward, Kelly McGauley, Adrienne Weintraub, Felicia Frazier, Becky Green, Enid Chaban, Kimberly Langus, Kerry Milliron, Colleen Fellingham, Heather Lockwood Hughes, Alison Impey, Kenneth Crossland, Martha Rago, Tracy Heydweiller, Linda Palladino e Denise DeGennaro.

Obrigada à equipe incrível da Penguin UK — especialmente a Holly Harris, Francesca Dow, Ruth Knowles, Amanda Punter, Harriet Venn, Simon Armstrong, Gemma Rostill e Kat Baker — por ser a minha casa editorial longe de casa. Espero que publiquemos vários outros livros juntos (e não somente porque isso significa mais cupcakes personalizados).

Obrigada também a Jason Dravis, meu maravilhoso agente audiovisual, e aos agentes que ajudaram este livro a encontrar suas casas ao redor do mundo: Clementine Gaisman e Alice Natali, da Intercontinental Literary Agency; Bastian Schlueck, da Thomas Schlueck Agency; e Charlotte Bodman, da Rights People. E um outro obrigada a John Saachi e Matt Groesch, da 5 More Minutes Productions, e a Pete Ryan e Erica Rand Silverman, do Stimola Literary Studio. Um grande alô para os meus críticos parceiros Erin Hahn, Meredith Ireland e Kit Frick, por me ajudarem a dar sentido aos primeiros rascunhos e por serem pessoas incríveis e amigas.

Um agradecimento especial ao meu cunhado Luis Fernando, por me ajudar com as traduções, e ao restante da minha família, pelo suporte: mamãe, papai, Lynne, Jay, April e Julie. Muito amor para a próxima geração, que segue me impressionando com os jovens adultos que estão se tornando: Kelsey, Drew, Ian, Zachary, Aiden, Shalyn, Gabriela, Carolina, Erik — e meu filho, Jack, que é engraçado, leal, gentil e oficialmente mais alto do que eu. Finalmente, obrigada a todos os leitores que continuam seguindo comigo nessa jornada, porque nada disso acontece sem vocês.

Este livro foi composto na tipografia Minion
Pro em corpo 11/16, e impresso em
papel off-white no Sistema Cameron da
Divisão Gráfica da Distribuidora Record.